환장할 세상의 정감적 담론

－한국문학 현장

김선학 지음

새미

책머리에 ——

　20세기가 저물 무렵은 문학이 문화의 중심부에서 본격적으로 밀려나는 시기였다.

　정보산업화의 물결이 후기 자본주의 속악성과 만나고, 정치의 바람이 거세게 몰아치면서, 사람들은 관능적이고 감각적인 즐거움에 한없이 빠져들었다. 전문화되고 직업화된 스포츠에 정신없이 열광하였다.

　언어는 다만 전달의 기호에 머물고 사람들은 그것에 만족해했다. 언어로 인간 영혼의 순정(純正)함을 건져 올리는 고되지만 보람찬 문학은 뒷전으로 밀리고 가치의 덕목에서 제외되다시피 했다.

　분단에서 유신시대, 문민정부와 참여정부시대로 이어지던 격동하고 격변하던 가치혼돈의 전환기가 또한 지난 세기 한국의 모습이었다. 이 황량하고 삭막한 시기에도 작가들은 존재와 삶과 현실에 대한 고뇌를 언어로 건져 올리려고 분투했다. 그 자취가 한국문학의 현장을 형성한 것이 아닌가.

　그것을 읽고, 정리하고, 생각을 가다듬어 썼던 글들을 여기 모았다. 그러므로 여기 모은 글들은 한국문학 현장의 모습이고, 찌들어가는 문학의 처참한 자화상일지도 모른다.

　세기가 바뀐 오늘도 문학을 둘러싸고 있는 상황은 호전되지 않았고,

문학을 변두리로 밀어내는 사정은 오히려 더욱 심화하고 있다. 보수와 진보의 한국적 갈등은 문학을 더욱 초라하게 만들고, 문학의 평원을 이념의 구둣발로 짓이기고 있는 형국이다.

이런 시대를 어느 시인은 '환장할 세상'이라고 내뱉었다. 그 말은 '문학의 빙하기'라는 말의 또 다른 표현이고, '안 읽는 사람들과 사는 세상'의 동의어인지도 모른다.

문학은 정서의 냇물이 흐르고 소슬한 바람이 나뭇잎을 흔들고 아침 노을이 발갛게 떠오르는 그런 존재의 본향(本鄕)이라는 것을 부인할 수는 없다. 존재의 본향에 발을 딛고 작가들이 언어로 직조한 당대적 모습을 정감적으로 풀이해 보자는 것─그런 함의를 이 책의 제명은 머금고 있다.

출판계의 어려운 여건에도 책 간행을 맡아준 '도서출판 새미'와 어지럽게 흩어져 있던 원고를 모아 책으로 엮은 '도서출판 새미' 편집부 여러분에게 고마움을 전한다. 교정이며 원고정리에 정성을 쏟은 현대문학연구교실의 김상수, 이주현 두 조교의 노고도 위로하고 싶다.

햇살이 다사로워지긴 했지만, 봄이 올 듯 올 듯 아직도 꽃샘바람이 옷깃에 차다.

2012년 3월
지은이

차
례

책머리에

제1장
환전성(換錢性)과 속악성(俗惡性)

환전성(換錢性)과 속악성(俗惡性)

– 시로 출발 소설로 장르 이행한 시인소설가들의 내적 논리를 생각하며

1.

문학장르를 제도라고 말한 것은 르네 웰렉René Wellek과 오스틴 워렌 Austin Warren이다. 그들이 함께 쓴『문학이론』에서 문학장르를 그들은 이렇게 풀이하고 있다.

‘…… 문학의 종류인 장르는 일종의 제도이다. 마치 교회나 대학, 또는 국가가 하나의 제도인 것처럼, 그것은 동물이 존재하거나, 건축물, 예배당, 도서관, 신전이 존재하는 것처럼 존재하는 것이 아니라, 어떤 하나의 제도가 존재하는 것처럼 존재하는 것이다. 우리는 현존하는 제도를 통해 활동할 수 있고, 자기를 표현할 수 있으며, 새로운 제도를 창조할 수 있고, 가능한 한 정치나 제식에 참여하지 않고도 이런 일을 해나갈 수 있다. 우리는 또 제도에 참여할 수 있지만, 그것을 개조할 수도

있다……'

　요컨대 장르는 생명력을 가지고 있다는 의미이다. 새롭게 만들어 질수도 있고 바뀌어 질 수도 있고 아예 없어지기도 한다는 뜻을 제도라는말은 함의하고 있다. 바람직하지 않은 제도가 바뀌고 때로는 없어지는것처럼 장르도 그러하다는 것이다.

　새로운 제도가 공동체 구성원의 합의에 의해 결정되듯이 새로운 장르의 생성은 그런 움직임에 공감하는 많은 작가들의 동참, 추종이 수반되어야 한다는 것을 암시하고 있기도 하다. 결국 장르는 가변성을 가지고 있다는 것을 확인하게 된다.

　'시'라는 장르가 곧바로 문학 모두를 지칭하던 것이 문학의 옛 시대였다.

　서사시의 근본적인 구조가 진화하고 변화되어 소설이 제대로의 자리를 잡은 것은 18세기에 접어들어서였다. 이러한 사정은 시인이 곧 소설가이기도 했다는 확대해석이 문학의 옛날에는 가능했을 것이라는 생각을 가지게 한다. 이 생각은 오늘날 시인과 소설가 혹은 또다른 장르가한 사람에 의해 공유된다는 것이 하등 이상할 이유가 없다고 생각할 수있게 해 준다.

　루카치가 '별이 빛나는 창공을 보고, 갈 수가 있고 또 가야만 하는 길의 지도를 읽을 수 있던 시대는 얼마나 행복했던가. 그리고 별빛이 그길을 훤히 밝혀 주던 시대는 얼마나 행복했던가'(『소설의 이론』)라고 하던문학의 이른 시대에는 글을 쓰는 사람들은 하나의 장르라는 제도에 자신을 구속시켜 문학적 형식을 창작할 수 있었기 때문에 장르 구분에 의한 소속감에서 자유스러웠을지도 모른다. 그 자유는 글 쓰는 사람에게구속감으로부터 벗어나게 하는 행복일 수도 있었다고 루카치의 말을견강부회할 수가 있을 것이다.

애당초 소설은 도청도설道聽塗說이고 패관잡기稗官雜記였다. 저잣거리에 떠도는 이러저러한 일들을 꾸민 것이라고 한자문화권에서는 확신하고 있었다.

사정은 서구도 마찬가지이다. 그리스에서 서사시의 구조가 갈등과 길항의 인간관계를 세계와의 연관에서 구성한 것을 떠올린다면 보카치오의 『데카메론』이 우리식 표현으로 하자면 음담패설淫談悖說이라고 하지 않을 수 없을 것이다.

시민사회는 산업혁명을 시작으로 형성되었다. 따라서 시민사회는 산업사회의 등장을 의미하고 산업화된 사회는 도시화된 현실을 말한다. 산업사회는 농경위주의 사회보다는 훨씬 복잡해진 사회다. 도시화 된 사회에서 인간 사이의 갈등과 길항은 엄청나게 증가해졌을 것이다. 그런 바탕에 서구 소설의 뿌리가 내려져 있다면 동양의 도청도설―패관잡기와 동류항으로 서구소설의 발생을 말해도 좋을 것이다.

원론적으로는 서사시가 소설에로 이행되면서 시의 범주 속에 남은 서사시는 서정시의 그것과는 필적할 수 없을 정도로 미미해져 버렸다. 서사시가 진화 발전 변화되어 소설의 장르가 창조되면서 시의 영토를 서정시가 거의 전부 차지해버렸다고 해도 과언이 아니게 되었다.

처음부터 개인적인 정감의 표출로 시작된 서정시는 시를 더욱 개인적이고 주관적인 장르로 만들어버렸다. 이러한 사정은 소설이 시민사회와 산업화된 사회를 담아내는 장르로 확실하게 자리잡은 것과 무관하지 않다. 이른바 소설의 황금시대로 말해지는 19세기는 리얼리즘의 시대였고 그것은 객관적이고 과학적인 정신을 요구하는 것을 미덕으로 삼는 시대였다. 소설과의 변별을 위해 시의 장르는 더욱 개인적인 것에로 나아가지 않을 수 없게 되었다.

소설이란 새로운 장르의 탄생은 글 쓰는 사람을 시와 소설의 어느 한 장르에 예속되게 하였다. 소설이 객관적인 세계인 현실을 심층적으로 관찰하고 기록하려 함으로 시는 더욱 더 주관적인 개인 정감의 세계 속으로 빠져들게 되었다.

산업화된 사회에서 형성된 도시생활자들은 교육의 기회를 가지게 되고 문자를 해독하게 된다. 인쇄술의 놀랄만한 발전과 더불어 문자 해독의 인구가 급증하게 된 것은 이전의 후견인을 독자층으로 하던 후견인 중심에서 문학의 향유층이 벗어나고 있음을 말해준다. 불특정 다수가 독자가 된 이 시대에는 신문 간행이 일반화되고 신문에 소설이 연재되게 된다. 원고료나 인세印稅로 생활이 가능한 소설가의 탄생은 여기서 연유한다. 소설이 산업사회에서 자본주의 형성과정과 관계하고 있음을 또한 여기서 확인하게도 된다.

시만 써서 생활하는 사람이 없었음으로 시는 더욱더 개인의 주관적 세계 속으로 침잠하게 되고 만다. 이제 시와 소설의 장르는 완전 별개의 것이 되었다. 별개의 장르가 되었다는 것은 장르를 공유하고 글쓰기가 어려워졌다는 저간의 사정을 말해주는 것이다.

이러한 서구문학의 전개 과정은 우리의 근대문학 이후에 그대로 적용되었다고 보아도 무리가 없을 것이다.

2.

한국문학에서 시를 쓰는 시인과 소설을 쓰는 소설가의 구별이 생기게 된 것은, 장르의 구별이 보다 선명한 경계를 보이기 시작한 것은, 한 세기를 웃돌지 않는다. 일컬어 근대시와 근대소설이 시작된 시기와 함께하는 이들 장르의 구분 초기에는 시와 소설의 장르를 공유하는 작가를 만나기는 그렇게 어렵지 않다. 2인 문단시대로 불리어지는 1910년대에 이광수(1892~1950)는 시와 소설을 쓰는 장르를 공유하는 작가였다.

신체시류를 최남선만큼 열심히 썼고 단편과 장편『무정』을 썼다. 이광수의 경우 그것은 계몽의 수단으로 어느 것이 보다 효과적일까를 생각한 문학에 대한 가치관에서 비롯되었다고 보는 것이 온당할 것이다. 결국 소설로 귀착되어 이광수의 시작詩作은 끝나고 만다.

이광수의 다음 세대에 속하는 박종화(1901~1981)의 경우는 특이하다. 1920년대 초기 세기말적 낭만주의 시「사死의 찬미讚美」를 쓴 시인이 박종화였다. 광복 후 특히 한국전쟁(6·25) 이후 박종화는 소설을 썼다. 그의 역사소설은 당시에 거의 독보적이었다.『임진왜란』,『다정불심』 등은 박종화의 문학적 업적을 기록하는 대표적 소설들이다. 그 역시 소설을 쓰기 시작하면서 시 장르에는 관심을 보이지 않았다. 박종화가 소설에로 장르를 변화한 것은 나이의 변화에서 비롯된 것이라고 판단된다. 퇴폐적이기까지 한 시를 썼던 젊은 시절의 감성이 나이든 이후에도 계속될 수 없었던 것에서 기인하지 않았던가 싶다.

이상(김해경·1910~1937)의 경우 시와 소설은 시간적인 차이를 두지 않고 거의 동시에 창작되었다. 시와 소설의 장르를 확실하게 공유하였다.「오감도」와「날개」는 시와 소설의 장르를 공유했던 그의 대표작들이다. 이상의 문학장르 공유는 그가 건축기사였다는 사실과 함께 그의 재능에 연유한 것으로 보인다. 무엇이든 상관하지 않고 다 할 수 있다는 자신감―문학적 자신감의 소산으로 말해질 수 있을 것이다.

그것은 시와 소설 두 장르에서 모두 실험적인 입장에 서 있었다는 것에서 엿볼 수 있는 사항이다. 다다이즘이나 쉬르레알리슴의 계열로 말할 수 있는 시와 심리소설의 전형이랄 수 있는 소설에서의 아방가르드적 모습은 두 장르에 모두 자신감이 넘쳤던 것에서 비롯한다고 볼 수 있게 해 준다. 시든 소설이든 새로운 문학의 모습을 보여주겠다는 자신감

─그것이 이상으로 하여금 장르를 공유한 작가로 만든 내적인 의식이었다고 파악할 수 있을 것이다.

한용운(1879~1944)도 시와 소설의 장르를 공유하였다.

『님의 침묵』이 시 장르를 대표하는 시집이면 『조선일보』에 연재한 「흑풍」 그리고 「박명」은 소설 장르의 대표작이다. 한용운이 조선일보 연재에서 받은 원고료로 성북동에 자신의 집 심우장을 건축했다는 사실 등으로 미루어 문학을 일제에 대한 저항의 방편으로 선택한 것 말고도 생활의 한 수단으로 소설 장르를 공유하지 않았을까 하는 생각을 떨쳐버릴 수 없게 한다.

황순원(1915~2000)과 김동리(1913~1995)는 시인이면서 소설가였다.

황순원은 시로 등단하여 2권의 시집을 펴냈다. 1930년대 말부터 소설을 쓰기 시작하면서 소설 장르에만 전념한다. 단편 「소나기」 등은 말할 것도 없고 황순원 소설의 바닥에 깔려 있는 서정성은 그가 시적 정감을 서사 장르인 소설을 쓰면서도 결코 버리지 않았음을 알게 해준다. 그의 장르 공유는 산문의 시대인 산업화사회에서의 어쩔 수 없는 시대적 조류에 따른 것이 아니었던가라고 생각하게 한다. 시 장르가 가진 서정성을 소설에서도 결코 버리지 못했던 것에서 그 생각은 연유한다.

김동리도 시 장르로 등단하였다. 『시인부락』 멤버들과 어울려 처음에는 시를 썼지만 소설로 길을 바꾸었다. 소설이 근대이후 우리시대의 문학을 대표하는 장르가 되었고 소설이야말로 한국인의 한恨과 토속적인 샤머니즘의 세계를 표출해낼 수 있는 가장 적합한 제도라고 생각하였던 것으로 보인다. 토속적인 샤머니즘의 세계나 민족상잔의 전쟁 비극을 시로서 표출하기에 그것은 너무 협소한 장르라고 파악하지 않았을까 한다. 만년에도 그는 결코 시에 많은 정력을 쏟지 않았던 것을 통해 유추할 수 있게 되는 부분이다.

「금당벽화」, 「고가」의 소설가 정한숙(1922~1997)도 만년에 많은 시를 썼다. 그의 시는 자신의 삶에 대한 정서적 감응을 솔직하게 표현한 것이 대부분이다. 시와 소설의 장르를 공유한 이 작가는 소설이 무엇보다 노동이라는 것을 확인하고 있었다. 소설을 쓸 때의 엄청난 체력의 소모를 나이가 든 후 감당할 수 없었던 것은 아니었던가 싶다. 그는 자신이 느낀 것을 아포리즘적 짧은 형태의 시로서 남겼던 것이다. 분량이 짧은 시는 소설보다는 훨씬 힘이 덜 들었을 것이다.

3.

서사시가 장르 변신을 한 이후 소설은 19세기 이후 근대사회를 지배하는 가장 확실한 문학장르가 되었다. 시는 어둡고 칙칙한 개인의 내면에서 정감의 호수에 발을 담그고 주관적이고 개인적인 것에로 빠져들게 되었다.

사회와 현실 그리고 상황과 인간 그 모든 것이 어우러져 있는 것이 도시화 되고 산업화 되어 진 현대사회의 모습이다. 그 모습은 갈등과 길항 그리고 부조리와 이성이 서로 뒤엉켜 있는 질곡이다. 이 질곡을 이야기의 구조로 건져 올리는 소설은 현실과 사회를 표현하는 인간학이다. 이 인간학은 태생적으로 산업사회 이후의 시민사회와 자본주의에 깊이 연루되어 있고 문학도 환전換錢될 수 있다는 가능성을 보여주게 되었다. 소설의 환전성을 확실하게 입증해 준 사람으로 알렉상드르 뒤마를 들 수가 있을 것이다.

일컬어 전업작가는 소설을 써서 생활을 영위하는 사람이다. 전업작가의 수가 늘어가고 있는 것이 한국문학 오늘의 현실이다. 전업시인의 경우를 생각해 볼 수 있겠는가. 생각할 수 있다고 해도 시는 소설보다 환전성에서 매우 열등한 것이 사실이다.

전업시인은 생각하기가 힘들 정도이고 전업소설가는 어쨌든 늘어간다는 것이 현실이다. 이것은 소설이 환전성을 가졌다는 증거가 되기에 충분하다.

최근 한국문학에서 시로 등단하여 소설을 쓰는 시인소설가들인 공지영, 김연수, 박덕규, 성석제 등의 경우 왜 그들이 문학장르를 공유했느냐를 새삼 생각해보게 된다. 그들은 지난 시절 대부분 한국의 시인소설가들이 앞에서 살펴본 바로 시에서 소설로 장르를 이행했던 것처럼 시로 출발하여 소설로 장르를 전향한 작가들이다.

그들 중 한 사람(박덕규)을 제외하고는 모두가 전업작가에 해당한다. 그들의 작품은 독자들의 좋은 호응 속에 이른바 베스트셀러 작가군에 속해 있다. 작품이 많이 팔려서 인세를 넉넉하게 받아 생활하는 것이 베스트셀러 작가이다. 다원화하고 다양해진 직업군에서 소설을 쓰는 것도 직업이라고 할 수 있다는 것에 이의를 달수는 없다. 소설가가 직업에 속할 수 있다는 것은 바로 소설이란 문학장르의 환전성을 입증하는 구체적 증거가 된다.

소설로 출발하여 시로 전향하는 사람은 없다시피 하고 시에서 소설로 장르 이행을 하는 경우는 그 수가 상대적으로 많아져 간다. 그 이유의 일단은 바로 소설이 환전성을 가졌다는 점에 있다고 파악된다. 소설이란 장르의 환전성─소설을 직업으로 생활이 가능하다는 사실. 이것이 시에서 소설로 전향한 이 시대 시인소설가들의 첫째 의식이라고 판단하게 되는 까닭이다.

소설가 윤후명의 본명은 윤상규이다. 그는 윤상규란 이름을 사용하여 시로 등단했다. 얼마 후 그는 윤후명이라는 이름으로 소설가가 된다. 이후 그는 소설만 쓰고 있다. 그에게 소설을 쓰면서 왜 이름을 바꾸었느냐고 물었다.

'시를 쓰는 내가 소설을 쓰는 나로 바뀌었다. 소설가로 재탄생한 것이다. 이름을 바꿔야 하는 것은 당연하지 않는가.'

이 명쾌한 대답 속에는 이 시대가 시보다는 소설이란 장르로 문학을 하는 것에서 의의를 더욱 찾을 수가 있다는 뜻이 함축되어 있다. 시라는 장르로 이 시대를 문학적으로 웅전해 보니 안되겠다는 생각 그 다음에 소설로 장르를 바꾸어 내 문학을 다시 태어나게 하자는 것이 아니었을까. 시인소설가로 문학의 길을 바꾼 사람들의 내면의식에 이 같은 생각이 자리하고 있다고 두 번째로 보게 되는 소이연이다.

자본주의란 시장경제체제를 말하고 시장경제에서는 경쟁력만이 살아남을 수 있는 길이다. 독자가 작품을 읽어주어야 경쟁력은 생긴다. 경쟁력을 가져야 작가는 살아남을 수 있다. 독자는 불특정 다수임으로 그들에게로 다가가 경쟁력을 확보하려는 작가들의 고뇌와 고통은 상상을 초월한다. 그 고뇌는 그들이 시에서 소설로 전향하였으므로 져야 하는 당연한 멍에일지도 모른다. 불특정 다수인 독자들에게 호응을 받을 수 있는 시대정신 혹은 시대의 보편적 가치를 소설로 담아내는 일은 작가에게 있어서는 필요불가결이다. 베스트셀러만을 생각하는 작품이 이 필요불가결한 요소를 독자들의 구미에만 맞추려고 통속성과 상업성의 굴레에서 벗어나기 힘들다는 말은 타당성을 가진다.

전업 시인소설가가 애써 유념해야할 것은 바로 이 점이다. 그렇기 때문에 대중성이라고도 말할 수 있는 통속성과 상업성이란 속악성에서 벗어나면서 불특정 다수의 독자에게 다가갈 수 있는 통로의 모색이 무엇보다 필요할 것이다. 이 통로의 문학적 확보가 그들 문학의 위상을 제대로 된 자리에 설 수 있게 해 줄 수가 있을 것이기 때문이다.

따라서 공지영이 '원래 시인으로 데뷔했는데, 소설을 택한 이유는 시는 너무 힘든데 제가 이야기하나는 그럴듯하게 지어낼 자신이 있었'기 때문에 시에서 소설로 장르를 바꾸었다는 말은 장르 이행의 심층적인 이유와는 거리가 있다고 볼 수밖에 없게 된다.

4.

　문학의 장르는 제도와 같다. 제도는 시대에 맞게 고칠 수 있고 새롭게 만들 수도 있다. 문학의 장르 또한 새롭게 만들 수도 있고 변화시킬 수도 있다. 그것은 문학 하는 작가들이 동참하고 추종할 때 가능한 것이다.
　글 쓰는 사람이 이 세계에 대해서 문학적으로 대응하는데 자신에게 효과적일 것이라고 생각하는 장르를 선택하는 것은 바람직한 일이다. 그러나 그것은 글쓰는 자신만이 알 수 있고 오로지 자신만이 판단할 수 있는 사항이다. 그러므로 글 쓰는 사람의 장르 선택이 하나만의 장르가 아니라 두 가지 이상 여러 장르로 확산되고 여러 문학장르를 한꺼번에 공유한다고 해서 비판할 수 없다. 비판해서도 안 될 일이다.
　한 장르에서 다른 장르에로의 이행 역시 돌팔매의 대상이 될 수도 없고 되어서도 안된다.
　그러나 환전성 또는 실리적이고 공리적인 것에 얽매여 문학장르를 선택하고 불특정 다수의 독자들에게 영합하는 것은 극복해야할 것이다. 독자와의 영합은 글 쓰는 사람 문학 정신의 황폐화를 가져오고 필경 작품을 통속성과 속악성의 굴레에서 벗어날 수 없게 할 것이기 때문이다.

(시인세계─07년 여름호)

한 마리 까마귀와 절망 뛰어넘기

- 박영한의 문학과 삶

한 마리 까마귀 – 전쟁체험의 소설적 공간

한 비평가가 박영한의 등장을 '백조떼만 모여 있는 우리 소설계에 한 마리 까마귀 모양을 하고 나타났다'(김윤식)고 했을 때, 그의 작가적 출발은 매우 특이하고 이색적인 의장을 하고 있었음을 짐작할 수 있게 해준다.

아마도 백조는 상상력에 의존하여 소설을 정석적인 이야기의 구조로 엮어가는 정통적 소설미학에 바탕한 대부분의 작가들을 의미했으리라. 까마귀는 체험에 바탕하여 신산하고 거친 광기적 자세로 어쩌면 추악한 인간의 모습을 삶과 죽음이 교차하는 전쟁터에서 파악하고 썩어가는 시체 냄새에 후각이 발달한 까마귀와 같이 전쟁의 모습을 유난히 소설 공간에 밀착시키면서 인간의 실존을 이야기로 천착하는 작가를 상징한 것이 아닐까.

비평가의 그 다음 문장은 이렇게 이어진다.

'성급한 기대는 금물이나 『인간의 새벽』은 최인훈의 『광장』
이나 레마르크의 『개선문』과 같은 맥으로 읽을 수 있는 문단의
한 성과라고 생각한다.'

『광장』과 『개선문』은 전쟁소설의 범주에 드는 작품이다. 그것은 작가가 직접 전쟁을 체험하여 얻은 소설적 성과이다. 한국의 남북전쟁인 6·25와 1차 세계대전이 이 소설들의 배경이다.

또한, 이들 작품은 이데올로기의 허망함과 그것이 인간존재에 미치는 치명적인 폭력을 소설의 그릇에 담아내고 있다. 박영한의 『인간의 새벽』도 이 같은 전쟁의 체험에 뿌리를 내리고 있는 소설이라는 점을 확인할 수 있게 해주는 대목이다.

박영한은 그렇게 전쟁의 체험을 강하게 소설에 투영시킨 작품을 들고 등단하여 작가로서의 길에 접어들었다.

그의 출세작은 『머나먼 쏭바강』(『세계의 문학』 1977년)이다. 베트남전에 파병되었던 그의 전쟁체험에 뿌리를 두고 있는 작품이다. 『인간의 새벽』(『월간중앙』 1979~1980년)도 마찬가지로 베트남전을 배경으로 한 작품이었다.

박영한의 베트남전 참전은 경제적인 불우함과 깊이 연루되어 있다.

나이 스무 살이 되던 1967년 박영한은 부산고등학교를 졸업한다. 경제적인 이유로 휴학을 했기 때문에 졸업이 늦어진 것이다. 졸업 후 적빈의 생활은 대학진학을 포기할 수밖에 없게 했고 노숙, 방황, 거리에서의 싸움, 작부집 출입 등으로 떠돌게 했다. 고철공장의 노무자, 시간제 가정교사로 3년을 보냈다.

1970년—스무세살이 되어서야 대학에 입학하게 된다.

연세대 국문과에 학과 수석으로 합격하였다. 3월 2일 입학하자마자 휴학하고 이틀 뒤인 3월 4일에 군에 입대한다. 입학은 했지만 더 이상 학업을 계속할 경제적인 능력이 없었던 것이다.

입대하여 자대에 배속받자 곧 파월을 자원한다. 그때 파월되면 한국에서의 군 생활에 비해 상대적으로 고액의 봉급을 받을 수 있었기 때문이었다. 제대 후의 대학 복학을 위해 그는 그 길을 택한 것이다.

박영한은 경제적인 궁핍을 벗어나기 위해 전쟁터에 스스로 몸을 던진 것이었다.

이 처절한 개인사적인 청년기의 불우한 삶은 그로 하여금 더 날카로운 눈으로 베트남전쟁을 관찰할 수 있게 만든 계기가 되었다.

그는 베트남전을 이렇게 보고 있다.

'월남은 썩어 있었습니다. 전쟁이 한창 진행 중인데도 정권은 부패했고 관리들의 가렴주구도 심했으며 홍등가도 번창했지요. 또 전투를 고양시킬 만한 정당성도 없었고 의식도 투지도 없었습니다. 사실 우리나라로서는 참전에 대한 명분도 없었던 것 같습니다. 국익을 위해서라고 하지만 미국과 한울타리에 있다는 이유만으로 간 것이 아닐까요.'(19회 동인문학상 수상작가와의 대담—『주간조선』, 1988.9.18, 41쪽)

'어느 쪽이거나 간에 전쟁의 명분은 무성하고 그 속에서 고통당하며 메말라가는 개인이라는 이름의 잡초 …… 아버지는 프랑스군이, 오빠는 연합군에 의해서, 어머니와 동생은 민족해방전선이, 집은 미군 헬리콥터가 …… 얼마나 완전무결한 아이러니야 ……. 그리고 나란? 한국군과 미국인과 베트남인이 번 두 차례로 내 영혼을 조금씩 떼어 내어갔다……'(『머나먼 쏭바강』, 민음사, 1978, 94쪽)

　박영한이 본 베트남 전쟁은 허무맹랑하기 짝이 없는 전쟁이었다. 인간은 없고 이데올로기만 포성과 더불어 무성한 그 전쟁터에서 박영한은 전쟁과 인간, 이데올로기와 인간 사이의 고민을 소설에 육화시켰다. 그것이『머나먼 쏭바강』이고『인간의 새벽』이었다.

　적빈의 경제적 암울함에서 벗어나기 위해 몸을 던진 전쟁터에서 박영한은 그 전쟁터에서의 체험으로 이전의 한국소설에서 보지 못한 선이 굵고 강렬한 인상을 주는 특이하면서 이색적인 전쟁의 소설화에 성공하였던 것이다.

　『머나먼 쏭바강』은 한국인 소총수 황 병장의 좁은 눈 그물과 의식에 의존해서 베트남전을 바라보려 했다.『인간의 새벽』은 미국 통신사 민완기자 마이클의 시야에다 베트남전을 옮겨 놓고 보다 넓게 조망하려고 했다. 박영한은 그것을 '된장찌개와 김치'가 아닌 '셀러리나 넉맘'을 가지고 베트남전을 소설로 요리해보려 했다고 말한다(『인간의 새벽』―제1부 폭풍전야,『월간중앙』, 1979.10, 440~441쪽).

　『머나먼 쏭바강』과『인간의 새벽』은 이만한 차이를 가지지만 결국 박영한의 베트남전 체험이 육화된 것이라는 공통점을 가지며 그의 공식적인 문학적 시작이다. 박영한의 문학은 처음부터 자신의 체험을 강렬한 어조로 소설화하는 데서 출발하고 있었던 것이다.

체험의 육화 - 문학적 환생

　박영한 문학의 출발이 전쟁체험에서 비롯된다면 이후의 작품들도 그의 체험과 지나칠 정도로 밀접하게 관계하고 있다.

　작가의 체험이 소설에 투영되는 것은 항다반사다. 유독 박영한의 소설에서는 체험이 강렬하게 그리고 여과없이 그대로 드러나는 경우가 다반사이다. 그렇다고 소설적 장치에 박영한이 태무심한 것은 아니다. 그는 자신의 체험을 이야기의 구조 속에 오롯이 용해시키고 있다. 그의 소설이 자전적인 것은 분명하지만 사소설의 범주에 넣기 어려운 까닭이 여기에 있다. 뿐만 아니라 개인적인 체험에서 소설이 비롯하지만 시대 상황과 현실적 삶에 매우 밀접히 관계하게 하여 누구에게나 보편적인 문제로 소설적 메시지를 가지도록 하기 때문이라고 파악할 수 있는 부분이다.

특이하고 유별난 청년기의 삶―적빈과 방황, 그것을 타개하기 위해 전쟁터를 스스로 자원했던 처참한 경제적 사정은 작가의 의식에 깊은 상처를 남기면서 갈무리되었다가 소설 속에서 새롭게 생기를 머금고 태어난다.

「노천에서」(『문예중앙』 봄호, 1981)는 바로 청년기의 그 끝간데 없는 방황과 광기와 신산을 소설로 엮은 것이다. 서울과 부산을 떠돌면서 생활한 그의 경제적 사정은 「노천에서」에 보여주는 지난 어린 시절의 그것에서 크게 호전되지 않았다.

우찬제는 『작가세계』 1989년 겨울호 박영한의 특집에서 소상하게 엮은 박영한의 「문학적 연대기」에서 이렇게 말하고 있다.

'천렵생활 등을 즐겼다고(?) 해서 이 무렵 작가의 생활에 대해 섣부른 오해를 할 필요는 없다. 왜냐하면 그는 한 끼의 쌀과 반찬 값을 걱정해야 했던 집안의 가장이었기 때문이다. 사글세 5,000원도 결코 작은 돈이 아니었던 시절이었다. 하여 그는 속절없는 경제난을 타개하기 위하여 경남 지역의 5일장을 떠돌면서 호마이카상(床) 장사를 하기도 했을 정도였다.'

박영한의 경제적 궁핍은 5일장 떠돌이 장돌뱅이로 그를 몰고 갔던 것은 물론 나중 서울과 경기도의 경계지점에서 생활할 때에는 고료로 태양초 장사를 시작했다가 본전까지 몽땅 날리고 말았다.

그러나 결코 박영한은 그 경제적 궁핍에 주저앉아 절망의 어두운 나락으로 추락하거나 타락하지는 않는다. 그것을 벗어나기 위해 끝없이 진력하고 또 진력한다. 학업의 계속을 위해 베트남전에 지원하는 일에서부터 젖소와 돼지를 기르기도 하고 장돌뱅이가 되기도 하고 태양초 장사를 하기도 한다.

대개의 경우 이러한 그의 노력은 실패로 끝나고 말지만, 그는 또다시 그 실패를 벗어나기 위해 온 힘을 쏟아 붓는다. 그의 삶은 가난과 간난의 굴레를 벗어나기 위한 끝없는 투쟁으로 비유할만한 하다. 시지프스가 언덕에 올려놓으면 내려오는 바위를 끝없이 밀어 올리듯이 그는 계속 이어지는 가난과 끊임없는 쟁투를 계속한다.

가난과의 그 싸움은 현실적으로는 실패로 끝나지만 그 실패의 체험은 박영한의 문학 속에서 되살아나 성공을 거둔다. 베트남 전쟁의 체험이『머나먼 쏭바강』과『인간의 새벽』에서 소설로 환생한다면 소년기와 청년기의 가정적 적빈과 방황과 절망감은「노천에서」로 형상화되어 소설로 우뚝 우리 앞에 모습을 나타낸다.

부산과 서울을 떠돌면서 가난에 찌들었던 체험은 소설「지상의 방 한 칸」과「지옥에서 보낸 한 철」이 된다. 그 소설들은 자전적이면서 사소설적인 것을 뛰어넘는다. 박영한은 체험을 이야기로 육화시키는 탁월함을 보여주는 작가임에 틀림없다.

이 탁월함은『왕룽일가』(1987년),『우묵배미의 사랑』(1989년),『우리는 중산층』(1989년)에 오면 특유의 해학적 문체에다 서민들의 애환과 유머를 담아내어 대중성까지 확보한다. 이 대중성으로 그의 작품은 영상매체인 텔레비전에서 드라마로 각색되어 많은 시청자를 확보하기도 했다.

그것을 문학성과 대중성이 손잡은 드문 경우라고 말할 수 있을 것이다.

박영한의 소설이 체험에 바탕을 두지 않았을 때 주목을 끌지 못한 것은 우연한 것이라고 말하기 힘들다.

『양지로 날아간 새』(1984년), 『풍문의 도시』(1985년), 『장강』(1985년) 등이 그것이다. 신문연재소설이라고 해서 그렇다기 보다는 강한 체험이 육화되지 않을 경우 박영한의 소설은 힘을 잃고 만다. 같은 신문연재소설이었지만 『우리는 중산층』은 상당한 반향과 주목을 끌었던 작품이었다. 박영한의 소설—그의 문학은 체험과 견고하게 엮이지 않으면 삶의 진정성과 문학의 치열성을 확보하지 못한다는 것에서 그 답을 찾을 수는 없을까.

「지상의 방 한 칸」을 마련하기 위한 박영한의 가난과 유랑과 떠돎은 그것을 극복하려는 그의 끊임없는 진력과 함께 조선일보에 『우리는 중산층』을 연재하던 1989년부터 어느 정도의 안정을 찾기 시작한다. 구기동에 연립주택을 마련하였고 경제적인 안정도 획득한 듯했다.

그가 2000년 동의대학의 문창과 교수로 발탁되면서부터는 경제적 안정은 더욱 탄탄해지는 듯 했다.

그러나 그는 작품을 쓰지 못했다. 물론 다작의 작가는 아니었지만, 대학의 강의가 그에게 큰 부담이 되었던 것은 아닌가 추측해 볼 수 있는 대목이다.

박영한의 문학은 한마디로 절망의 끝에서 결코 절망하지 않고 그것을 벗어나기 위해 진력하는 마지막 희망의 메시아 같은, 체험이 육화된 형상을 하고 있다. 그의 베트남 전쟁 체험이 그렇고 「노천에서」의 청소년기 체험이 그렇고 부산과 서울의 변두리 마을을 떠돌며 「지상의 방 한 칸」을 희구하던 때가 모두 절망 체험으로부터 벗어나기 위해 진력했다는 공통점을 가지면서 그 체험이 문학으로 형상화 된다.

　박영한의 문학은 거듭되는 절망 속에서 결코 절망하여 쓰러지지 않고 인간과 현실과 삶과 죽음 그리고 전쟁터에서 인간의 실존을 추구하려고 했다. 절망에 결코 얽매이지 아니한 의지의 자유주의자라고 박영한을 명명할 수도 있을 것이다.

　그가 눈을 감기 사흘 전 일요일(2006.8.20) 오후 일산 백병원 병상에 누워 있는 그의 깡마른 손을 잡고 자꾸 눈물이 복받치는 것을 참았다.

　1947년 9월 14일(음력) 경남 합천에서 태어나 2006년 8월 23일 유명을 달리했으니 59년 동안 이승에서 머물렀던 셈이다. 그나마 많은 시간 그는 가난과 힘겹게 싸웠다. 너무 빨리 눈을 감은 건 아닌가.

　대한성공회 본당에 누워 있는 그의 명복을 빈다.

(2006.10, 문학사상)

사람과 언어의 어울림

- 전략, 전술 그 감흥

원래 언어란 '언言'과 '어語'를 함께 일컫는 말입니다. '언言'이 말이라면 '어語'는 글자에 해당합니다. 언어란 말과 글자를 함께 아우르고 있다는 것을 확인할 필요가 있습니다.

언어학자들은 언어의 성격을 사회성과 역사성에 두고 언어의 종류를 음성언어와 문자언어로 분류합니다.

의사소통은 언어의 가장 중요하고 결정적인 기능입니다. 이 기능을 이루기 위해 언어는 그 언어를 사용하는 언중言衆의 공인公認을 받아야만 합니다. 이것이 언어의 사회성입니다. 공인 받지 못하면 의사전달communication에 많은 혼란이 생겨 언어가 제 기능을 가지지 못하게 됩니다.

말은 음성언어이고 글자는 문자언어입니다. 이 두 종류의 언어에서 말은 글자보다 훨씬 먼저 생겼습니다. 기독교의 구약 첫머리에 '태초에 말씀이 있었다'는 구절은 음성언어인 말이 유구한 역사를 가졌다는 것을 말해주는 하나의 방증입니다. 녹음기가 발명되기 이전인 옛날에 말은 일회성에 그치고 말아 그것을 시간상으로 오래 간직하기가 불가능했습니다. 우리 속담에 '한 번 뱉은 말은 주워 담을 수 없다'라는 것은 이러한 음성언어가 가진 한계성을 이야기하고 있는 좋은 예가 될 것입니다. 글자의 발명은 이것을 극복했습니다. 문자언어의 등장으로 언어의 기록성이 비로소 생기게 된 것입니다.

<사람과 언어의 어울림>이란 표현 속에는 음성언어인 말과 문자언어인 글자가 사람과 함께 어울려 의사소통의 통로를 개척하고 그 길에 꽃과 나무 등도 심어 아름다운 어울림이 될 수 없겠는가, 라는 함의가 있다고 생각합니다.

영국의 인류학자 에드워드 버넷 타일러는 그의 저서 『원시문화 Primitive Culture』(1871)의 첫머리에서 문화를 '지식·신앙·예술·도덕·법률·관습 등 인간이 사회의 구성원으로서 획득한 능력 또는 습관의 총체'라고 정의했습니다. 타일러 말을 원용한다면 <언어문화>는 '사회구성원인 인간이 언어로서 표현하는 지식, 신앙, 예술, 도덕, 법률, 관습 등의 총체'라고 말할 수 있을 것입니다. 이때 언어는 물론 말인 음성언어와 글자인 문자언어를 모두 지칭합니다. 그러나 아무래도 지식, 신앙, 예술, 도덕, 법률, 관습 등의 총체를 효과적으로 담아내어 보존하고 계승하기 위해서나 기록성을 확보하려면 말보다는 글자인 문자언어가 더욱 유리할 것입니다.

<언어문화의 채색>이란 언어로서 표현한 과거의 문화 집적을 전제하면서 앞으로 이루어나갈 문화를 보다 아름답게 창조한다는 의미일 것입니다. '채색'이란 색칠한다는 단순한 의미에서 출발하여 무엇인가를 아름답게 표현한다는 더욱 광범위한 미학적 뜻을 가지기 때문입니

다. 이 경우의 채색이란 문학에서 말하는 표현expression에 해당한다고 할 수가 있습니다.

문자를 재료로 하여 아름다움을 획득하는 예술이 문학입니다.

문학에서는 문자를 가지고 다만 전하고자 하는 의미를 나타내는 것을 서술description 혹은 진술statement이라고 합니다. 표현은 나타내고자 하는 바를 아름답게 질서화하여 예술성을 획득하는 일련의 언어행위를 가리킵니다. 단순히 의사나 의미전달에 그치고 마는 것이 서술이나 진술입니다.

문학에서는 서술과 진술을 표현과는 명백하게 구분합니다. 표현은 예술성을 가지게 되지만 서술과 진술은 의사소통 그것으로만 소임을 다하고 말게 됩니다. 언어로써 다만 서술하거나 진술하지 않고 '표현'할 때 문학이 됩니다. 그 때 문학은 예술의 범주에 들게 되는 것입니다. '채색'이 아름답게 창조한다는 미학적 의미가 있다는 것은 바로 문학에서의 표현처럼 예술성을 가진다는 뜻입니다.

우리가 사용하는 언어로 지식, 신앙, 예술, 도덕, 법률, 관습 등의 총체인 문화를 아름답게 창조하여 예술성까지 획득하게 하는 표현 그것이 언어문화 채색이라고 생각됩니다. <사람과 언어의 어울림>은 그 기본적인 것이 의사소통이지만 의사소통을 뛰어넘어 문화를 창조하고 그것이 예술성까지 획득할 수는 없을까를 염두에 둘 때 언어문화 채색을 위한 전략과 전술을 생각하게 됩니다.

언어 사용의 용법을 두 가지로 나누어 설명한 사람이 I. A. 리처즈입니다. 『문학비평의 원리 Principles of Literary Criticism』(1924)에서 이 영국의 문학이론가는 우리가 일상생활에서 다만 의사소통을 위해 사용하는 언어의 용법을 과학적 용법이라고 했습니다. 예술성을 지니는 문학작품에서 사용하는 언어의 용법을 정서적(혹은, 환정적)용법이라고 명명했습니다.

'조그만 산에 안긴 바다는 호수처럼 고요하다.'라고 했을 때 '호수'는 '땅이 우묵하게 들어가 물이 괴어 있는 곳. 못이나 늪보다 훨씬 넓고 깊다.'는 의미로 사용되고 있습니다. 그 의미는 사전에서 설명하고 있는 의미입니다. 의사소통을 위해 사전에서 설명하는 언어의 의미를 그대로 사용하는 것을 언어사용의 과학적 용법이라고 말합니다.

'내 마음은 호수요, 그대 노 저어 오오.'라는 것은 다 아시다시피 김동명의 시 「내 마음은」의 첫 구절입니다. 이때 '호수'를 앞의 사전적 의미로만 해석할 수는 없습니다. 여기에서 '호수'는 사전적 의미를 바탕으로 하여 그와 같은 마음의 어떤 상태를 뜻합니다. 이렇게 사용된 언어의 용법은 '정서를 불러온다'고 해서 환정적 혹은 정서적 용법이라고 합니다. 시에서는 대부분의 경우 언어를 정서적 용법으로 사용하고 있습니다. 설명하고 지시하는 대상과 그 의미가 1:1의 경우 과학적 용법, 1:n의 경우를 정서적 용법이라고 리처즈는 부연해서 설명하고 있습니다.

정서적 용법으로 언어를 사용하는 방법은 서술이나 진술이 아닌 표현에 근접해 있습니다. 언어로 예술성을 확보하는 경우입니다. 언어의 과학적 사용법은 진술과 서술에 그치고 맙니다. 예술성 확보가 어려워집니다. 언어를 정서적 용법으로 사용하기 위해서는 직유simile와 은유 metaphor로 말해지는 비유라든가 상징symbol이라고 하는 수사법rhetoric의 사용이 필수적입니다.

언어로 문화를 창조적으로 아름답게 만들기 위해서는, 문화를 채색하기 위해서는, 언어사용에 있어 리처즈가 말한 언어의 정서적 사용법을 전략으로 채택할 만합니다. 전략을 전술보다 상위개념인 방법이나 책략으로 해석할 때 더욱 그렇습니다. '너를 좋아한다' 보다 '너를 좋아하는 내 마음은 바다다'라는 것이 훨씬 정서를 실어 듣는 사람에게 감흥을 불러 올 수 있는 것은 아닐까 합니다.

사람과 사람이 어울려 있는 공동체가 사회입니다. 사회에서의 사람들 어울림의 윤활유가 언어입니다. 사람과 사람 사이를 엮어 주고, 사람과 사람의 마음과 마음을 이어주기 위해 언어로 의사를 소통해야만 합니다. 언어소통의 길을 트고 그 길 위에 아름다운 나무와 꽃 그리고 열매를 달게 하기 위해 문자언어든 음성언어든 언어의 정서적 용법에 관심을 기울일 필요가 있을 것입니다.

수사법의 구조를 동원하기 위해 이 경우 어휘 습득의 풍부함이 무엇보다 중요할 것입니다. 한 공동체의 언어를 안다는 것은 그 언어의 어휘를 얼마나 충분하고 풍부하게 습득하고 있는가가 그 공동체 언어 파악의 관건이 됩니다. 보다 많은 어휘 즉 단어를 알고 있어야만 음성언어에서든지 문자언어에서든지 총체적인 문화의 결실을 창조적으로 갈무리할 수가 있습니다. 그뿐만 아니라 언어를 통해 이루어지는 어울림을 감동적으로 이끌어 갈 수 있을 것입니다. 다양하고 많은 어휘를 습득하는 일은 언어로 사람과 사람의 어울림을 성공적으로 이끄는 전술이라고 말할 수 있습니다.

서술이나 진술이 아닌 표현을 통한 언어사용의 정서적 용법을 전략으로 하면서 보다 풍부한 어휘를 습득하여 그것을 활용하는 것을 전술로 한다면 사람과 언어의 어울림이라는 소통의 길을 아름답게 포장할 수가 있을 것입니다. 그 소통의 길을 통해 가는 사람에게 이전에 느낄 수 없었던 감흥은 더욱 크고 높고 깊게 마음의 밭에 감동의 파도로 일렁거릴 것입니다. 그것이 음성언어든 문자언어든 그때 문화의 언어채색은 예술성에로 한 걸음 성큼 다가설 것이라고 믿습니다.

(2004.12, 언어문화색채연구소 강연)

장명등 밝음 속 우뚝한 문수보살

- 소설가 김문수와의 대화

'내 문학의 모든 것은 살아가는 생활의 연장선. 올곧지 않은 것은 올바르게 고쳐야 하고, 바람직하지 않은 길로는 결코 가려 하지 않는다. 종교를 따로 갖고 있지는 않다. 그러나 그런 생각이 종교라면 종교고 신념이라면 신념이다. 선비정신이라 해도 좋다. <냇가의 소나무는 더디게 자라지만, 울창하고 늦도록 푸르다>라는 <지지간송반 울울함만취 遲遲澗松畔 鬱鬱含晚翠>—글방을 만취당晚翠堂으로 한 것은 이런 생각과 무관하지 않다. 주위에서 만날 수 있는 사람들 그 일상에서 모티브를 찾는다. 고통받는 사람들의 삶을 위한 언어의 행렬이 내 작품이라 해도 좋다.'

창밖에는 장맛비가 쏟아지고 작가 김문수의 목소리는 카랑카랑 했다.

김문수의 소설은 세계로 향해 언제나 열려 있다. 그의 소설적 시야와 안목은 세계와 인간에 대해 넓고 깊게 파악하려고 한다. 사회와 현실에 대해서, 인간존재에 대해서, 이념에 대해서, 문학과 예술에 대해서, 역사에 대해서 그 모든 것을 포괄하는 삶의 총체성에 대해서 언제나 개방되어 있다. 이것은 모든 사람의 일상에 그 소설적 뿌리를 내리려고 하는 작가정신과 닿아 있다.

시인 박정희는 '문수는 내성적, 겸손하고 고운 성격. 얼핏 연약한 작가처럼 보인다. 결코 그렇지 않다. 누구보다 강하다. 아무도 말하지 않을 때 그는 소설로서 분명하게 말한다.'고 주장했다.

내성적이기에 나서지 못하고, 겸손하기에 이순을 넘었어도 영원한 후배로 언제나 뒷바라지에 앞장서고, 후배를 돌보는 맏형 같은 자애로움—작가 김문수의 문학은 화려한 스포트라이트 보다는 장명등 같은 은은한 조명 속에서 오히려 우뚝하다. 별명이 문수보살임을 아는 사람은 안다. 지혜를 담당하는 여래가 문수보살. 그는 소설적 지혜로 고통받는 이웃의 일상에서 화려한 행보가 아닌 나직하지만 끈질긴 천착으로 문학적 진실을 캐내는 휴머니스트다.

20회 동인문학상의 수상작은 김문수의 「만취당기」. 동인문학상 수상전까지 고료를 가져다 드려도 마뜩찮게 여기시던 선친께서 동인문학상 수상 소식을 듣고 처음으로 흐뭇하게 생각하신 것 같았다고 회상했다. <만취당>이란 글씨를 직접 써 편액까지 하신 다음 집까지 들고 오셨다. 작가의 글방에 걸게 하신 그 얼마 후 타계하신 선친. 작가의 목소리는 떨렸다.

시인 강민의 엉뚱한 질문. '문수 형, 연애해 본 적이 있으신가? 솔직하게 말하시오.'

'대구 출신 아내와 중매로 결혼. 결혼 전 짝사랑을 한 적은 있다. 말 한마디도 건네지 못했다. 스크린―영화의 화면에 왔다가 스쳐 가는 그런 스크린 연애였다. 그 후에는 없었다.'

청중의 파안대소. '소설창작을 강의하면서 어떤 점을 강조하시는지?' 평론가이면서 시인인 조병무의 질문.

'우선 문장 수련에 주력. 정확하고 좋은 문장을 쓰려면 어휘력이 풍부해야 할 것. 한자의 해독은 어휘력 증강과 관계한다. 한자 학습을 학생들에게 권장한다. 소설의 얼개 엮기는 그 다음. 작품은 반드시 이면지에 쓰게 한다. 한 장의 종이를 만들기 위해 얼마나 많은 나무가 벌채되는가. 나도 초고를 반드시 이면지에 쓴다.'

이면지에 작품을 쓰지 않으면 호통을 치는, 나서지 않으면서 환경운동을 실천하는 이 고집불통―작가 김문수. '감히 말한다면 김문수 작품은 소설의 모범답안. 정통적 소설기법을 벗어나지 않는 철저한 리얼리스트. 변화를 갈망하면서 항용 모범답안이 답답하게 하는 경우도 있음을 아시는가.' 청중 모두는 반발. '모범답안이 아닌 소설 같잖은 작품이 한국소설을 잡탕으로 만드는데 무슨 소린가!' 김문수는 당대 한국소설의 우등상 감. 동인문학상은 물론 현대문학상, 한국일보문학상, 한국문학작가상, 조연현문학상, 동국문학상, 오영수문학상, 대한민국문화예술상의 수상은 김문수 소설이 우수함을 입증하는 저울추.

'지금 문수는 사진을 찍을 때나 공식행사에서 긴장하여 모습이 제대로 나오지 않는다고 한다. 팸플릿의 사진을 보라. 잘 나왔지 않나. 문수가 거짓말 한다. 아니다. 거짓말 하고 있지 않다. 문수는 원래 저렇다. 자신을 내세울 줄 모르는 진국이다. 사람과 문학, 그 행동이 일치하는 것이 김문수다.'

시인 최재복. 동국대 선배, 문학의 앞선 세대인 그의 촌철살인은 작가 김문수의 인간과 문학을 직핍한 것이 아닐까. 청중들의 박수가 그것을 확인하게 했다.

'화가가 되고 싶었다. 소설 이외의 것을 찾으려면 그림을 그리고 싶다'는 작가와 대화한 지 3시간 여. 아직도 창밖에서는 죽비소리로 장맛비가 숲에 내리 꽂히고 있었다.

(2003.7.9, 문학의집)

한국문학에 일구는 청조문학의 영토

- 자랑스러운 부산고(釜山高)의 역사

어느 나라 문학에서도 찾아 볼 수 없는 명예 시인이 한국에는 있다. 시인보다 더 시를 사랑하고, 시의 생활화에 온몸을 내던진 사람에게 한국시인협회의 시인들이 자청하여 붙여준 이름이 명예 시인이다. 등단을 이처럼 화려하게 한 시인은 없다. 이전에도 없었고 이후에도 있을 것 같지가 않다.[1] 시를 쓰지는 않지만 시를 쓰는 시인들이 더 존경하는 시인ー그 명예 시인이 청조인임을 아는 사람은 드물다.

김성우(3회)는 명예 시인이다. 부산고는 세계 최초이고 유일한 명예 시인을 가졌다. 청조문학은 그래서 세계문학 속에 하나의 신기원을 이미 이루어 놓고 있다.

---

[1] 2002년 현재ー그 후 재능교육의 박승훈 회장이 시인협회로부터 명예시인에 추대됨. 그 역시 부산고(16회) 출신임.

김성우는 한국일보 빠리 특파원·편집국장·주필을 지낸 언론인이고 수필가이다. 그의 문체는 개성적 수필 문장의 전범이다. 일가一家를 이룬 명문가가 바로 김성우다. 욕지도 출신인 그의 글에는 언제나 쪽빛 남해 바다 색깔과 해초 내음이 베어있다. 귀 기울이면 나직하게 찰싹이는 해조음이 들려오는 듯 하다.

'나는 돌아가리라. 내 떠나온 곳으로 돌아가리라. 출항의 항로를 따라 귀향하리라. 젊은 시절 수천 개의 돛대를 세우고 배를 띄운 그 항구에 늙어 구명보트에 구조되어 남몰래 닿더라도 귀향하리라. 어릴 때 황홀하게 바라보던 만선(滿船)의 귀선(歸船), 색색의 깃발을 날리며 꽹과리 두들겨대던 그 칭칭이소리 없이라도 고향으로 돌아가리라. 빈 배에 내 생애의 그림자를 달빛처럼 싣고 돌아가리라.'(『돌아가는 배』의 시작 부분)

시보다 더 시적인 문장. 김성우의 문체에는 분명 시의 조사措辭를 뛰어넘는 시정신이 도사리고 있다. 그것이 단군 이래 한글로 쓰여진 가장 감동적인 문장의 하나를 만들게 했다. 그래서 그는 명예 시인이다.

한국문학에 시낭송의 붐을 조성한 사람이 김수남(9회)이다. 그는 색동회를 만들어 주변부에 있던 아동문학을 문학의 중심부로 이동시킨 아동문학가. 『소년한국』 사장을 지낸 언론인. 한국일보의 같은 지붕 아래서 김성우와 김수남의 청조인 콤비가 펼쳤던 1970~1980년대 시의 생활화 운동은 한국문단에서는 전설처럼 회자되는 시사랑하기의 구체적 실천운동이었다. 100여 편 이상의 시를 암송하던 생전의 모습은 희랍신화 속의 뮤즈였다. 나직하면서 힘차게 가슴에 파고들던 그의 시낭송을 들으면 음악보다 시가 한 수 위임을 새삼 깨닫게 된다. 그는 현대의 음유시인―호머였는지도 모른다. 모교 야구 시합이 있으면 핸드마이크로 스탠드에서 응원을 주도하던 그 열정적인 모습. 대선배를 무엄하게도 '감격시대'라고 불렀더니 바로 별명이 되어버렸다. 문학적인 생활 전부가 이제는 신화가 되었고 그는 시신詩神이 되어버렸다. 그는 부산고의 청조문학을 햇빛에 쬐어 달빛으로 헹구어 낸 뮤즈였다. 햇빛에 쬐면 역사가 되고 달빛에 바래면 신화가 된다고 했던가. 김수남은 청조문학을 한국문학사에 역사로 편입시키고 누구도 못한 신화의 세계에로 그것을 끌어다 놓고는 훌쩍 피안으로 가버리고 말았다.

'일출봉에 해 뜨거든 날 불러주오 / 월출봉에 달 뜨거든 날 불러주오'로 시작되는 가곡 「기다림」의 노래말을 모르는 사람이 있을까. 노래말의 주인공은 요절한 시인 김민부(12회). 32년을 이승에서 살다가 불귀의 객이 되고 말았다. 바다가 보이는 저 초량동의 교정에서 키운 시심을 주옥같은 언어와 만나게 하여 시 속에 갈무리한 시인. 한국 현대시의 역사에 확실한 청조문학의 영토를 개간한 시인이었다.

착하고 깨끗하고 맑은 영혼을 가졌던 청조문학의 시인이 김사림(11회)이다. 본명은 광수였고 사림은 필명이었다. '온정적인 인간성을 바탕으로 순연한 서정을 예리한 감각으로 표현한'(성문각 간, 세계문예대사전) 것으로 평가되는 김사림의 시는 청조문학이 한국문학에 차지한 기왕의 영역을 확장하는 데 적극적인 견인차 역할을 하였다. 그도 50을 넘기지 못하고 아까운 생을 마감하고 만 것을…….

『청조인』지에 시를 싣고자 청탁을 드렸더니 '펜클럽에선가 어디선가에서는 번역문학가란에다 내 이름을 실어 두고 있던데 용케도 시인으로 아셨구려'라고 전화 너머에서 웃으시던 시인이 송영택(5회)이다. 번역문학가로 등재한 것도 무리가 아닌 것이 지금까지 라이너 마리아 릴케 시의 최고 명역은 송영택의 번역이다. 애송되는 릴케의 「가을날」은 그의 번역을 따를 사람이 아직 나오지 못했다고 보는 편이 온당하다. '지금 집이 없는 사람은 이제 집을 짓지 않습니다. / 지금 고독한 사람은

이후에도 오래 고독하게 살아 / 잠자지 않고 읽고 그리고 긴 편지를 쓸
것입니다'(릴케, 「가을날」 부분). 천의무봉은 이런 번역을 이름 할 것이다.
송영택의 시가 이룬 성취의 끝자락에서 이와 같은 명역은 탄생하는 것
이 아니겠는가.

　그뿐인가. 시에서 성춘복, 소한진, 장하춘(이상, 8회), 강영환(10회),
김석규, 박상배, 안건일(이상, 10회), 김철(13회), 김창근, 박용석(이상,
15회), 이영일(16회), 박구하(18회), 유자효, 최중태(이상, 19회), 박지열,
정대현, 정영태(이상, 20회), 이상호(21회), 강경주(21회), 전원책(25회),
박상남, 이규열(이상, 29회) 등은 한국 문단에서 시적 성취도를 객관적
으로 공인받고 있는 시인들이다. 이들은 한국 시문학사의 한 영역에 분
명 청조문학의 표징을 뚜렷하게 각인했고, 확실하게 각인해 갈 것이다.

　베스트셀러 『머나먼 송바강』의 박영한(19회), 본명이 정찬동(25회)
인 정찬 등이 동인문학상을 이미 수상한 것은 한국 소설문학의 터전에
도 청조문학의 거점이 확실함을 말해준다. 김춘복(10회), 김종욱(12회),
공동철(28회)의 소설도 이미 하나의 경지를 이루고 있음은 한국 문단에
다 알려진 사실이다.

　부산대학에 있는 김천혜(11회), 동국대의 김선학(16회), 고려대의 이
남호(28회)의 정치精緻한 문학이론에 의한 날카로운 평필은 청조문학의
위상을 확실하게 자리매김하는 나침반이 되고 있다. 수필의 손일석(8
회), 김태수(10회), 최화웅(15회), 최화용(16회), 정의화(20회) 등의 활동
은 무엇보다 부산고의 청조문학이 문학의 전 장르에 걸쳐 다양하게 전
개되고 있음을 잘 말해주고 있다.

　대학과 언론계 등에서 여론의 향방에 지대한 영향을 행사하고 있는
논객과 문필인들, 대학에서 문학이론을 연구하는 문학교수들을 청조문
학은 끌어안고 있다. 그 수가 너무 많아 한정된 지면에 일일이 거명하기

란 실로 난감하다. 이들의 문필활동은 오히려 청조문학의 영역보다 더 넓고 크다. 따라서 이들의 활동과 위상은 달리 다룰 수밖에 없을 것이다. 이들 청조인의 활동이 청조문학 어제와 오늘의 자양분이 되고 있음은 두말하면 췌언이다. 뿐만 아니라 이들의 글쓰기가 청조문학 내일의 등대가 되리라는 기대에 이론이 있을 수는 물론 없을 것이다.

(2002, 청조인 - 재경 부산고 동인지)

먼 곳으로 가버린 그리운 사람들

곡哭, 이성선 시인!

웃고 있는 사자.

경주 토함산 정상 못 미쳐 오른쪽으로 난 길을 한참 내려가면 장항리가 있다. 장항리 촌락에 닿기 얼마 전 토함산에서 내려오는 계곡을 넘으면 산자락에 장항리 사지寺址가 있다. 절터에는 도굴꾼이 폭파하여 파괴된 탑과 훼손된 탑신을 수습하여 복원한 두 개의 탑이 상처를 드러낸 그대로 동쪽과 서쪽에 서 있다. 수줍은 것 같지만 당당하다. 절의 이름을 알 수 없어 그저 장항리에 있는 절터라 하고, 탑들을 장항리 사지의 석탑이라 부른다는 것이다.

아직도 남아 있는 절의 금당 자리. 거기 연꽃 문양을 한 불상의 대좌 아래 양각되어 있는 사자는 쪼그리고 앉아 웃고 있다. 신라의 사자는 부처님 다리 아래에서 한쪽 팔을 쳐들고 그렇게 천 년을 웃어 오고 있다.

심장마비로 이성선 시인이 타계했다는 소식을 최동호 교수가 전했다. 너무 뜻밖이고 황당해서 최 교수와 함께 속초로 가는 길에서도 전혀 실감이 나지 않는다. 홍천을 지나고 인제와 원통을 지나 미시령 너머 속초에 시인과 만날 약속을 하고 즐거운 마음으로 가는 길로만 여겨지는 것은 무슨 연유인가. 환갑의 나이를 아직도 청춘이라고들 하는데 이렇게 허망하게 가버리다니! 지난여름 원주의 <토지문학관>에서 만났을 때가 어제 같은데.

차창 밖은 신록이 아름다운 오월. 바람에 하늘거리는 연초록 잎사귀를 하염없이 바라보며 자꾸 경주 장항리의 그 웃는 사자를 떠올리게 되는 것은 또 무엇인가.

이성선 시인은 설악산의 동해 쪽 치마폭에 자리한 속초의 토박이. 정갈한 언어로 그가 추구하던 시 세계를 이렇게 말한 적이 있었다.

> '……이성선의 시가 가진 독창적이고 상궤를 벗어나는 독특한 심상화는 결국 그가 불가사의한 자연과 우주의 세계를 꿰뚫어 감득하게 하는 직관과 일상의 세계를 맞물리게 하는 능력의 탁월함에서 해명될 수 있는 사항으로 파악된다. 자연 속에 가로놓여 있는 신비하고 불가사의한 요소를 꿰뚫어 일상성과 맞물리게 하는 직관력은 고요하게 시인 자신의 내면을 갈앉혀 명료한 의식으로 인간존재의 근원을 통찰하지 않는다면 획득할 수 없는 일이다. 모든 대상을 자신의 안쪽으로 끌고 와서 저 무한한 자연 속의 우주적 질서와 조응시키지 않을 때 불가사의한 세계의 시적 심상화는 불가능하다고 생각되기 때문이다……. 이성선의 시는 자연으로 일컬어지는 우주적 질서에 대한 외경심에서 출발하였다.'(이성선시집 『새벽 꽃향기』 '해설'에서, 문학사상사, 1989)

설악산과 동해와 속초 그곳의 자연을 빼고 시인 이성선을 말한다는 것은 가당찮은 일이다. 날이 저물어 캄캄한 영랑호반. 거기 도립의료원에 잠들어 있는 시인의 영전에서 서울에서 관광버스로 온 숭실대학교의 문창과 학생들이 스승과 마지막으로 만나는 자리에서 이것이 혼자만의 생각이 아님을 확인할 수가 있었다. 거기에서 치루어진 영결식을 방불하는 자리에서 학생들은 울먹이며 이 사연을 말했고, 훼손되는 설악산과 동해와 속초의 자연을 지키려는 안간힘으로 이성선 시인이 공동의장직에 있었던 환경단체의 사람들이 이것을 강조했다. 속초에 있는 많은 문우들이 연이어 시인의 영전을 찾고 있는 그 향촉대 옆에는 정말 이성선다운 글귀가 눈을 끌게 했다.

'고인의 뜻에 의해 부조금은 받지 않기로 하였으니 해량 있으시기 바랍니다'

마지막 피안으로 가는 길에도 노자가 필요 없다고 생각했던 이성선. 그냥 학이나 타고 가겠다는 생각이었을까. 아니면 설악이 지척이고 그곳이 피안이니 여비 같은 것은 불필요하다고 생각했을까. 착한 성인이 될 것이라고 해서 성선聖善인가. 원래 성스럽게 태어나 착한 일을 많이 했다는 뜻을 '성선'이란 말은 머금고 있는 것인가. 누구에게라도 부담되는 일은 결코 하지 않으려 했던 시인 생전의 정결했던 자세가 눈시울을 젖게 한다.

소주잔을 마주하고 앉은 최 교수는 계속 말없이 침통했다. 고형렬 시인이 왔다. 그 역시 이 황당한 소식에 아연할 뿐이라고 한다. 우리는 말없이 소주잔만 기울였다. 거기 소설가 양귀자와 그 부군인 살림출판사 심만수 형이 왔다. 소설가는 인터넷신문에서 시인의 부음을 접했다고 한다. 시인의 시를 너무 좋아했던 소설가는 생전 일면식도 없었지만 너무 안타까워 심 형과 함께 차를 끌고 황망히 왔다고 한다. 영전에서 처음으로 조우하게 된 시인과 소설가. 한국문학의 텃밭에는 아직도 이같이 질척거리는 정이 흐르고 있는 것을! 그러므로 한국문학 담당자들은 결코 외로울 수가 없지 않는가.

『문예중앙』 기자 시절 심만수 형은 이성선 시인을 속초에서 취재했었다고 한다. 그것이 벌써 10년도 지난 세월의 저편. 흐르는 것이 어디 세월뿐인가. 물도 바람도 흐르고, 흘러서 어디론가 가 버리고 사람도 흘러 흘러 저 피안 너머로 사라지는 것이 아닌가.

공주에서 부인과 함께 도착한 나태주 시인의 눈시울은 이미 젖어 있었다.

이성선, 나태주, 송수권은 속초와 공주와 광주의 각기 다른 공간에서 그들 서정의 텃밭을 시로서 일구고 있었던 사람들. 서정의 가마솥을 받치고 있는 세 개의 솥발에 그들을 비유할 수도 있을 것이다. 서정성이라고 부를 수 있는 동질의 울타리 속에 함께 있던 그들이 아닌가. 한국 서정시의 삼총사라고 그들을 명명할 수는 없겠는가. 그 솥발의 하나가 부러져 버렸다.

손을 잡는 나태주 시인의 목은 메어 있었다. 언제 왔는지 옆에 서 있는 이성선 시인의 막역지우 최명길 시인의 긴 얼굴이 영전의 촛불에 얼비치며 슬픔으로 일그러지는 것을 저 병풍 너머 누워 있는 시인은 아는지 모르는지. 부러진 솥발의 하나를 나태주와 송수권은 어떻게 할 것인지. 이 부질없는 생각의 끝에서 최명길 시인과 80년대 말 속초 대포항의 횟집에서 이성선 시인이 '산 것을 이렇게 먹는 것도 살기 위한 것인지 모르지만, 김 형! 나는 회를 젓가락으로 집을 때마다 자꾸 눈물이 나올 것만 같소'라던 말이 뒤통수를 친다.

그렇다. 이성선은 생명 있는 모든 것을 더불어 사는 이웃으로 생각했다. 아니 이 세상에 존재하는 모든 것을 이웃으로 생각하고 이웃의 아픔과 고뇌를 언어에 새기려고 했다. 불면의 밤을 지새우며 '등잔 앞에서 / 하늘의 목소리를 듣는다 // 누가 하늘까지 / 아픈 지상의 일을 시로 옮겨 / 새벽 눈동자를 젖게 하는가'(「먼 산이 적고 있다」에서)하고 순백의 청순함으로 노래하지 않았던가.

'존재하는 모든 것에는 불성이 있다(衆生悉有佛性)'고 했던 싣달타의 생각과 맥을 잇는 이성선의 사유는 다분히 불교적인 것인지도 모른다. 그래서 근년에 두 번이나 그는 인도의 곳곳을 배낭만 달랑 메고 떠돈 것은 아니었을까. 불교적이라기보다는 저 낭만주의자들의 유기체적 세계관을 생득적으로 가져 자신의 생각을 확인하려 미지의 땅, 정신주의의 극한을 잉태한 불교사상의 본향 인도를 답사한 것은 아니었을까.

속초를 사랑하고, 설악을 온몸으로 껴안고 동해의 해풍에 가슴을 쓸어내리던 이성선 시인이었다. 설악이 망가지고 분단의 아픔을 증언하는 동해 바닷가 철책의 갈퀴와 속초라는 사바세계 저잣거리에서 순백한 그의 영혼은 늘 상처받았던 것은 아닐까. 토함산의 외진 자락 장항리의 석탑이 도굴꾼에 의해 폭파되었듯이 그의 영혼은 항상 속인들에 의해 시달리고 공격받으며 전율하고 있었던 것은 아닐까.

그러나 장항리 탑이 수줍은 듯 당당하게 서 있듯이 그는 설악을 마주하고 동해를 등 뒤에 두면서 속세의 어떠한 공격에도 꿋꿋하게 언어의 묘목을 서정의 밭에 심으면서 숲으로 가꾸려 했던 것을 누가 있어 부인할 수 있단 말인가.

그는, 차라리 한 마리 사자였을지도 모른다. 울부짖으며 포효하는 사자가 아니라 설악의 하늘 아래 서정이란 한 손을 쳐들고 중생들의 가련한 행실을 웃고 있었던 사자였을지도 모른다. 아니다. 그는 사자였다.

설악의 자락을 온몸으로 떠받치며 웃고 있는 한 마리 사자였다. 토함산 자락 장항리 연화대좌 아래서 웃고 있는 그 사자였다.

　　　‘아이 발자국에 달이 떴다 // 물 속으로 천년을 죽지 않고 지나
　가는 / 눈부신 바람 한 줄 // 달이 뜬 물마다 / 울금향 꽃이 줄줄이
　피어난다’(「발자국」 전문)

그래서 천년을 죽지 않고 지나가는 눈부신 바람이 되어 영전의 일렁거리는 촛불 너머에서 웃는 사자의 모습으로 다가오고 있었다. 칠흑의 영랑호반으로 뛰쳐나온 내 눈에서 뜨거운 것이 쉼없이 뺨을 타내렸다.

내일이면 한 줌 가루로 설악의 가슴에 뿌려지리라.

그것도 이봐, 이성선 형, 당신의 뜻이라며?

웃는 사자로 당신은 정말 설악의 산신령으로 영원히 살 작정을 애당초 한 것은 아닌가. 당신이 내딛는 자국마다에는 울금향 꽃이 줄줄이 피어날 것이 분명한데.

한밤중 미시령을 넘으며 최동호 교수도 나도 언어가 도단되어 버렸다.

사람은 피안으로 가도 그의 시는 이승에 남아 있는 것. 설악에서 웃는 사자의 모습을 하고 산신령으로 시인은 영생할 것이다. 아, 우리의 이성선 시인!(2001년 5월 15일 서정시학)

장호章湖의 시 전집을 발간하면서

한 사람의 문학은 영면함으로서 완성됩니다. 긴 문학적 편력이 끝나고 눈을 감았을 때 그의 문학은 우리에게 완성된 모습으로 새롭게 우뚝 서게 됩니다.

장호 선생님의 문학도 지난 해 1999년, 한 세기가 마감되던 그 해에, 우리들 곁에서 홀연 다시 오시지 못할 길을 떠나신 후 새롭게 다가와 커다랗게 섰습니다. 선생님은 시인이셨습니다. 문학 교수이셨고, 알피니스트였으며 탁월한 수필가이셨습니다. 해박한 문학이론과 문학사와 시론에 관한 선생님의 열강과 저술들은 어렵고 곤고했던 50년대와 60년대 이 땅의 척박한 문학의 토양에 물이 되고 거름이 되었습니다.

에베레스트의 정상을 한국인으로서는 처음 밟았던 등반대의 훈련대장이셨지만 당신께서는 굳이 마다하시고 대원들만을 정상으로 등반케 한 산악인이셨습니다. 『나는 산으로 가야겠다』에서 『한국명산기』를 거쳐 『우리 산이 좋다』에 이르기까지 선생님의 산에 관한 수필들은 인문학적 혜안으로 감성과 지성을 아우르면서 한국의 산을 새롭게 해석한 현대의 『산경표』고 문학적인 『대동여지도』였습니다.

선생님께서는 생전에 합동시집을 포함하여 10권의 시집을 상재하셨습니다. 현실에 밀착한 시정신으로 삶의 실상과 인간문명에 대한 치열한 비판을 언어에 각인하시고자 하셨습니다. 선생님의 시들은 전통적인 한국시의 음풍농월적 서정성을 배격하고 있습니다. 시집 『돌아보지 말라』를 거쳐 『동경 까마귀』와 『신발산』에 이르러 선생님의 정밀하고 치밀한 현실적이며 문명비판적인 시의 세계는 하나의 경지를 이루었습니다. 한국시가 가진 식물적인 서정성을 인류사의 거대한 파고에 적셔내어 한국어가 도달할 수 있는 지성의 극한에서 육화된 지혜의 서정성을 확보하셨습니다.

선생님께서는 한국 시극운동을 개척하시면서 그것을 완성하려 하셨습니다. 시극 『수리뫼』가 보여주는 세계는 그리스 비극의 정신과 민족의 얼을 습합하여 민족정신의 좁은 테두리를 넘어 인류의 보편적 삶의 실상에 다가가려고 합니다.

김장호金長好라는 본명을 버리시고 선생님께서는 호수로 말할 있는 이승을 두루 주유하시며 글로써 살겠다는 뜻으로 장호章湖라는 필명으로 시를 쓰셨습니다. 그리고는 다시 저승을 살펴보시려고 우리들 곁을 떠났습니다.

시인은 시로써 말합니다. 시가 있음으로 시인의 삶은 불멸하며 영생한다고 우리들은 믿습니다. 선생님의 시를 모아 전집으로 엮는 까닭이 여기에 있습니다.

시가 우리들 곁에 있는 한 선생님은 영원히 우리와 함께 계실 것입니다.

(2000년 가을, 장호 시 전집)

제2장
20세기 말 한국시의 지형도

1부

절망이 보여주는 하나의 경지

신비의 안개, 황홀한 언어의 숲
– 조정권의 「신성한 숲」 연작과 「地上의 바구니」

조정권의 「신성한 숲」(『현대시학』11월) 연작은 신비한 분위기에 싸여 있다. 저녁나절 산마을을 골안개가 휘감듯이 이 신비한 분위기는 풀잎에 맺힌 이슬방울처럼 영롱한 언어들을 온통 감싸고 있다. 이 신비한 분위기의 휘장을 걷고 안으로 한 발 다가서면 신비함은 바로 도저到底한 사색의 결과 얻어진 지혜에서 비롯됨을 알게 된다. 이 지혜는 구도와 닿아 있다.

구도를 종교적인 사항과 결부시킬 필요는 없다. 시인의 경우 구도는 시를 쓰는 일 자체일 수 있고, 삶에 대해 깊이 생각하는 사색 바로 그것일 수도 있다. 조정권의 시에 나타나 있는 구도는 삶에 대한 사색이고, 사색의 텃밭에서 수확하는 지혜의 열매를 탐하는 집착이다. 이 집착은 매우 강하고 끈질기다. 집착이 강한만큼 언어에 대한 시인의 지나치리만치 섬세한 배려는 시 전체를 언어의 황홀한 숲으로 만들고 있다.

'빛을 경멸하는자 들어오지 못할 것이요 / 빛을 저바린자 들어오지 못할 것이요 / 빛을 저주한자 들어오지 못할 것이요 / 빛을 가린자 들어오지 못하리라 / 다만 고통받는자 이 문을 지나리라'(「신성한 숲 2」). 이런 구절은 조정권이 사색의 텃밭에서 지혜의 열매를 수확하는 시적 표현의 하나다. 세심하게 가려 뽑은 언어들이 얼마나 황홀한 숲을 이루고 있는가를 가늠해 볼 수 있는 구절이기도 하다. 시인의 구도가 지혜의 열매를 얻고, 시인이 절차탁마하여 영롱한 언어의 숲을 시로 조성하는 흔하지 않은 예를 「신성한 숲」의 연작에서 확인하게 된다.

그러나 『현대시학』(11월)에 발표된 이 3편의 연작은 너무 신비의 안개에 싸여 있다. 이 안개는 읽는 사람을 언어의 숲 속에서 방황하게 만든다. 방황은 시인이 수확하는 열매의 맛을 놓치게 만들고 말기 십상이다. 그 때 '시인'만의 깨달음은 '우리'의 지혜와 슬기로 재생산 되지 못하고 만다. 신비의 안개를 걷어낼 때 시인만의 깨달음은 우리 모두의 지혜와 슬기로 다가오게 될 것이다. 정신주의의 극단 혹은 명상의 깊은 계곡에서 빠져나와 황홀한 언어의 숲에 확실한 오솔길을 내는 일은 그래서 필요하다. 언어의 절약과 시 전체 구성의 압축이 사려 깊게 행해질 때 오솔길은 모습을 나타내게 될 것이다.

『현대문학』(11월)에 발표한 「지상地上의 바구니」와 「동참하세요」에서 조정권의 시는 이 일을 감당하고 있다. '오래 전부터 내게는 의미 깊은 저녁이 / 가라앉아 음악을 이룰 때가 있다. / 과일 속에 단맛을 들여 놓듯 / 마음의 시원始原인 어둠이 무게를 내리듯 / 나는 과일의 외피外皮에 지나지 않는다'(「지상의 바구니」). 감사하는 마음으로 우주의 신비를 안아 들이려는 깨달음이 이들 구절에는 내밀하게 박혀 있다. 「신성한 숲」의 연작에서 신비로운 분위기의 안개가 「지상의 바구니」에서 걷혀지고 있는 것을 본다. 분명 조정권은 명상의 시인이다.

(1994.11, 한국일보)

절망이 보여주는 하나의 경지
─천양희 시집 『마음의 수수밭』

편안한 마음으로 읽으면 천양희의 시는 답답하다. 답답한 마음일 때 읽는 천양희의 시는 절망의 동반자가 세계 속에 있다는 유대감을 갖게 해 준다. 천양희의 시는 답답하고, 암울하고, 절망적인 색깔을 띠고 있다. 시인은 세계 속에서 절망하고, 절망하면서 삶의 바다를 헤쳐 나갈 수밖에 없는 고달픔을 언어로 풀어놓는다. 사는 일이 생각보다 답답하고 마음대로 해결할 수 없는 것임을 천양희의 시는 너무 노골적으로 진술하려 한다.

『마음의 수수밭』(창작과 비평사)은 시인 천양희의 시 세계가 절망의 한 경지에 도달하고 있음을 보여주는 시의 행렬이다. 표제의 시를 조심스럽게 읽으면 시인이 왜 '수수밭'을 자신의 '마음'으로 설정하고 있는가를 알 수 있게 된다. 설정이라기보다 시인은 '마음이 수수밭을 지난다'라고 시의 처음에서 말하고 있다. 시집의 시 속에서 시인은 언제나 떠돌면서 절망하고 있는 모습을 보여준다. 그렇기 때문에 시인은 그 방황을 '수수밭'이라는 대상을 통해 토로하고 싶은 것이다.

화려하지 않고, 아름답지도 않은 외양을 가진 것이 수수다. 그것이 모여 하늘을 향해 고개 숙이고 있는 것이 수수밭이다. 수숫대 사이로 파랗게 트여가는 하늘, 수숫대 사이로 떠오르는 보름달은 절절 끓던 여름이 가고 소슬한 바람을 몰고 가을이 오고 있음을 알려준다.

하늘은 어쩌지 못하는 운명 혹은 섭리 같은 것, 가을은 결실을 말하는 계절이 아닌가. 시인은 수수밭이라는 언표를 통해 운명과 섭리에 고개 숙이고, 지명知命의 연륜에 서서 절망의 결실을 언어로 담아내려 한다. 그래서 시인은 '저녁만큼 저문 것이 여기 또 있다'고 '머위잎 몇장 더 엎어 뒤란으로'가서 말하게 된다. 그리고 '이 세상에 없는 길을 / 만들 수가 없다. 산 옆구리를 끼고 / 절벽에 오르니, 천불산千佛山이 / 몸속에 들어와 앉는다. / 내 맘 속 수수밭이 환해진다'고 말한다. '세상에 없는 길을 만들 수가 없다'는 것은 섭리와 운명에 고개 숙여 그것을 받아들이는 자세가 아닌가. '수수밭을 지난다'에서 '수수밭이 환해진다'로 끝나는 것은 방황과 절망을 넘어 이제 한 경지를 결실하는 시인의 모습으로 이해할 수는 없겠는가.

시는 가장 주관적인 장르고 시인은 구제받을 수 없는 존재라는 투로 사르트르는 시인을 비아냥했다. 시인은 세계를 너무 주관적으로 파악하려 하는 점이 있음은 사실이다. 그래서 자신의 울타리 너머에 있는 공동체 삶의 모습에 태무심하는 경우가 많다. 자신의 절망을 자신의 울타리에 속에 가두고 '다시는 아무 곳에나 내 이름을 내려놓지 않으리라'면서 빗장을 걸어 잠근 세계가 시집『마음의 수수밭』이 보여주는 시 세계다. 시인의 절망을 보편적인 인간의 운명적 절망으로 시에서 변용할 수는 없을까를 생각해 본다. 너무 노골적인 운명적 절망에 대한 천양희의 진술이 가진 시적 한계를 여기서 만나게 된다.

(1994.11.23, 한국일보)

참신한 감수성, 비틀어 놓은 언어의 숲
- 신현림의 시

신현림의 시 속에서 세계는 사막이고, 인간은 상처 받은 영혼이며 스스로는 구정물이다. 신현림은 언어를 비틀어 놓고, 비틀어 놓은 언어들이 이루는 공간에서 아무렇게나 내던져진 시대와 인간의 찢어진 몰골들과 만나게 한다. 뒤틀린 삶의 조각들을 수 없이 주워 담게 한다. 세계와 인간의 또 다른 모습을 생각하게 하고, 감수성의 날카로움과 치열한 시인의 몸부림을 섬뜩하게 받아들이지 않을 수 없게 한다.

세계사에서 간행한 시집『지루한 세상에 불타는 구두를 던져라』에서 신현림이 보여준 것은 자기 방기적放棄的 태도였다. 그것은 어둡고 질척거리는 시적 공간이었고, 쉽게 접할 수 없었던 새로운 감수성과의 만남이었다. '무참히 나를 짓밟고 흘러가라 / 오래된 토마토를 밟고 가듯이 / 나의 나약한 마음을 개의치 말고 / 네가 타고 온 철로를 따라가라'(「이별의 영상」에서). '나를 짓밟고 흘러가라'는 자학적인 구절 뒤에 '오래된 토마토'를 놓을 수 있는 시적 감수성은 분명 참신한 것이다. 세상을 지루한 것으로 보고, 불타는 구두를 '던진다'가 아니라 '던져라'라고 청유형으로 장치하면서 문득 자신을 방기하는 진술을 눈여겨 볼 필요가 있다. 그것은 냉소적이면서 자학적이고 허무의 깊은 어둠이 깔려 있는 부정적 세계인식이다.

이 부정적 세계인식이 보다 심화되면서 그 영역을 넓혀 가고 있음을 『현대문학』(94년 10월호)에 발표한 「비오는 방」과 「세월, 갈 테면 가라지요」에서 보게 된다. '나는 구정물이오 / 나날은 사막의 늪 / 발버둥칠 수도 없이 도무지 / 알 수도 없이 뒤퉁대며 어른이 되었소'(「비오는 방」의 앞부분). '구정물'과 '사막의 늪'과 '발버둥'과 '뒤퉁대며'를 나란히 놓으면 신현림의 세계인식이 냉소성과 자학적인 방기를 바탕으로 하고 있음을 확인하게 될 것이다. '멸종된 인간은 그리움이지만 / 멸종된 시간은 두통이다'(「세월, 갈 테면 가라지요」 앞부분). '인간'과 '시간'을 '깡그리 씨를 말린다'는 '멸종'으로 조사措辭한 것은 허무의 그 질척거리는 바탕이 아니라면 불가능할 것이다. 신현림의 이러한 허무주의적 세계관은 '비디오는 이 시대의 마약입니까? / 저승 가는 길에도 비디오방에 들러시오'(「세월, 갈테면 가라지오」에서)라고 문명비판적 사항과 접목한다. 이것은 이후 신현림의 시적 변모를 생각하게 해주는 대목이라고 말할 지 않을 수 없다.

신현림은 자신의 시들을 상처가 깊고 추운 영혼의 세계 속에 감금시킨다. 그래서 냉소적이고 자학적이며 허무주의적인 토양에 깊이 뿌리박게 한다. 새로운 감수성으로 잎을 움트게 하려하고, 언어를 비틀어 한국시의 또 다른 모습이란 꽃을 피우려 한다. 진실로 그 꽃이 탐스런 열매로 영글게 하려면 자기방기적인 포즈는 동참의 능동성으로 바뀌어야 한다. 그러지 않을 때 그것은 다만 일회성의 몸짓으로 끝날 수도 있을 것이기 때문이다.

(1994.10.26, 한국일보)

맑고 밝으며 투명한 시
– 이성선의 시집 『벌레 시인』

시인 이성선은 시집 『벌레 시인』(1994.10, 고려원刊)의 '자서自序'에서 '내 안의 현자賢者를 사랑했다'고 말한다. 시인의 내면에 현자가 있다는 확신 없이 진술할 수 없는 말이다. '어질고 총명하며 성인의 다음 가는 사람'이 현자에 대한 사전적 풀이다.

이성선의 시는 맑고 밝으며 투명하다. 명징한 언어로 자연 속에 몰입되는 스스로의 정서를 정갈하게 풀어놓는 특성을 갖고 있다. 시인이 자연이란 대상에 흠뻑 빠져 삶의 현장인 현실로부터 초연하려고 한다. 처음부터 현실의 잡사에 관여할 의사가 없음을 노골적으로 표출한다.

'내설악에서 밤에 / 우주 전체가 / 계곡 물 속으로 들어가는 것을 / 보았다.'(「오세암」), '산이 나에게 걸어올 때 / 산길은 내 안에 있다.'(「산길」), '산을 들여다보며 / 사람이 악기가 되기를 기다린다.'(「물을 들여다보며」).

이러한 구절은 시적 대상인 자연과 합일된 상태나 합일되려는 의지를 나타내려는 예가 된다.

'사람을 피해 / 더러움에 고개 돌려'(「들국화」), '저렇게 썩어 죽어 가는 몸둥이도 / 흰구름 품은 거울로 누우면 / 몸에 퍼진 암세포가 목화꽃 음악처럼'(「영안실을 나오다가」).

이 같은 표현은 현실의 잡사에 눈을 돌리려 하는 시인의 마음을 읽게

해 준다. 암세포조차 목화꽃 음악처럼 인식하려는 시인의 생각은 현실
에서 눈을 돌리려는 정도를 넘어 현실에 오불관언吾不關焉하려는 구체
적 언표로 생각할 수밖에 없다. 결국 자연과의 교감, 자연에로의 몰입은
현실을 등지려는 생각에서 비롯된 것임을 알 수 있게 한다.

정신주의란 시에서 현실을 들어내고 형이상학적인 사유의 세계를 채
워놓는 일련의 시적 경향이다. 그런 의미에서 이성선의 시는 정신주의
시의 범주에 놓을 수 있다. 그러나 현실을 '등진다'는 것과 현실을 '들어
낸다'는 것의 차이에 주목할 필요가 있다. '등진다'는 것이 현실과의 절
연絶緣을 의미한다면, '들어낸다'는 것은 현실과 관계關係한다는 뜻이 숨
어 있다.

이성선의 시들은 현실을 등지는 쪽에 서 있다. 현실과의 관계 존속이
아닌 현실과 절연하려는 자리에 서 있다. 현실과 완전히 절연할 때 자연
과의 교감이나 자연과의 합일이 지혜의 편린과 만나기는 힘들다. 자연
도 현실의 한 부분이란 생각이 거기에는 빠져 있기 때문이다. 자연 속, 저
미물의 세계에도 생존경쟁이 있음을 그것은 지나쳐 버렸기 때문이다.

이성선의 시를 한 특색 있는 정신주의적 경향으로 평가할 수는 있다.
그러나 시인 내면에 있는 현자가 '총명하며 성자 다음 가는 사람'의 자
리로 세계 속에 서기 위해서는 지혜의 체득이 필요하다. 지혜는 현실과
절연하는 것이 아닌 현실과의 관계 속에서 획득되는 삶의 알맹이다. 이
성선의 시집『벌레 시인』의 시들은 현자가 현실을 등질 때 세계 속에서
설 수 있는 것이 아님을 역설적으로 또 한 번 확인하게 해 준다.

(1994.9.12, 한국일보)

행동하는 지성과 사색하는 지성

김지하의 시

8월 말에 출간된 김지하의 시집 『중심의 괴로움』(솔 출판사)을 읽은 후, 다시 『시와 시학』(가을호)에서 작품 「무無」를 읽었다. 1970년 첫 시집 『황토』의 세계에 보다 많이 닿아 있었다. 초기 시집의 날카로운 서정이 더욱 폭넓고 깊이 있는 사상적 조응을 통해 시인의 원숙한 사색의 자취와 함께 또 다른 모습을 보여주고 있었다. 그것을 '실존적 치열성'이라 말할 수도 있을 것이다.

『중심의 괴로움』을 관통하고 있는 것은 생명사상이다. 김지하는 자신의 정치적 경험과 생명에 대한 외경을 나란히 놓는다. 그에 있어서 생명사상은 모든 것을 살려내는 '살림'의 의미를 강하게 띠고 있다. '살림'을 생명의 원동력이라고 생각한다. 치열한 힘이라고 파악한다. 그 힘을 통해 괴로운 정치적 경험을 확인하기도 한다. '흙밑으로부터 / 밀고 올라오던 치열한 / 중심의 힘'을 본다. 괴롭고 흔들리는 속에서 '내일 / 시골 가 / 가 / 비우리라 피우리라'고 노래한다. 비우는 것을 '무無'라고 본다면, 피우는 것은 '살림'이다. 그것을 다시 이렇게 말하기도 한다. '땅 위의 풀과 벌레 / 거리의 이웃들 / 해와 달 별과 구름 모두 다 / 모두 다 죽어가는 이 한낮 // 내 속에 / 텅빈 속에 / 바람처럼 움트는 / 왠 첫사랑 우주 사랑'(「무」에서). 비운다는 것, 텅 비운다는 것은 무엇인가. 그것은 세계를 아무 전제도 없이 바라보는 것이 아니겠는가, 김지하는 그 텅 빈 속에 '우주의 사랑'을 담으려 한다.

격동하는 시대의 격랑에 휘말린 시인은 불행하다. 그 거센 풍랑에 비켜서서 안일을 탐했던 시인은 더욱 불행하다, 그들은 시인으로서는 서글픈 존재다. 시인이 시대의 파수꾼임을 자임할 필요까지는 없다. 그러나 시인은 불행을 자초할지라도 자신의 시대를 정직하게 언어에 담아내는 책무로부터 벗어나서는 안 된다. 누구보다 김지하는 불행을 감내하며 시대의 격랑과 맞선 시인이다. 그것을 그는 '중심의 괴로움'이라고 토로하고 있는지 모른다.

그 괴로움을 힘으로, 힘에서 '살림'으로, 우주에 대한 사랑으로 확대하는 곳에 김지하의 진면목이 있다. 시집 『황토』에서 보인 서정성이 『오적五賊』이 가진 비판적 현실인식과 아우르면서 생명사상으로 모아진다. '살림'의 큰 영역으로 확대된다. 그것을 시집 『중심의 괴로움』과 작품 「무」에서 읽는다. 행동하는 지성과 사색하는 지성은 둘이 아니다. 행동과 사색은 하나다. 하나여야만 한다. 시를 포함하는 문학은 예외라고 누가 말할 수 있는가. 그것을 김지하의 시에서 또다시 확인하게 된다.

(1994.9.14, 한국일보)

절망과 시어의 투명성
─박상순의 「고독의 이미지」 외 4편

시인은 절망한다. 자신과 세계, 삶과 현실 그리고 마지막에는 언어에
절망한다. 살이 찌고 느긋한 포만감 속에 행복한 웃음을 입가에 달고 있
는 시인을 상상할 수 있는가. 왜 시인은 항상 깡마른 모습, 고뇌하는 얼
굴로 떠올려 지는가. 시인은 절망 속에서 포기하지 않고, 새로운 자신
과, 경이로운 세계와, 절망하지만 포기할 수 없는 새로운 언어를 찾아
언제나 몸부림치기 때문이다.

시인의 끊임없는 절망과 몸부림은 일상을 넘어선 자리에 있다. 일상
을 넘어선 자리는 범인凡人의 생각이 미치지 못한 새로운 세계다. 시인
이 쓴 시 속에는 시인이 찾아낸 미지의 세계가 있다. 시를 읽는 평범한
사람들은 놀라움과 감탄으로 이 세계에서 눈뜸의 희열을 맛본다. 시가
읽는 사람에게 안겨주는 감동이다.

박상순은 『문학과 사회』(가을호)에 발표한 5편의 시에서 절망하는 시
인의 모습을 보여주고 있다. '고독'이라는 말로 자신에게 절망하는 모습
을, '컵 속의 폭풍' 혹은 '길 없는 마을'이란 언표로 삶과 현실에 대해서
절망하지만 포기할 수 없는 몸부림의 모습을 보여준다. 이러한 절망적
인 시인의 모습은 박상순이 언어에 절망한 것의 구체적 태도를 통해 전
혀 다른 분위기로 다가온다.

박상순의 시어들은 투명하다. 질척거리는 산업사회, 공해로 파괴되
고 멍든 환경, 물신주의와 자본 만능, 과학 우세, 도시화와 속물주의 상
황을 건져 올리는 뒤틀리고 복잡하고 관념적인 언어숲에서 뛰쳐나온
결과다. 시어의 투명성은 그래서 문득 명경明鏡 같은 속성을 가지게 한
것으로 보인다.

「고독의 이미지」, 「빵공장으로 통하는 철로로부터 22년 뒤」는 대화

체로 엮은 시다. 그것은 시인 자신의 회한과 절망을 통해 그것을 뛰어넘는 낙천적인 공간을 형성하고 있다. 절망을 전혀 다른 분위기에서 느끼게 하는 원인이다.

'인연이에요. 사막에 가보았어요. 아주 넓은, 아니 광막한, 미국에서요. 나도 몇 번쯤은 밤새워 울었어요. 당신도 그렇지요. 인연이에요.'(「고독의 이미지」에서). 압축과 비약을 통해 '고독'의 실체를 '인연'과 '사막' 그리고 '울음'으로 투명하게 제시하고 있다. 어떤 경우에는 「길 없는 마을에서 시작함」이라고 제목하여 절망을 극복하려는 의지를 투명하지만 강하게 제시하기도 한다.

박상순이 절망을 투명한 언어로 건져 올린 5편의 시들은 유니크하다. 이 독특함이 시인 자신의 절망에 너무 주저앉아 버린 감을 떨칠 수 없는 이유는 무엇인가. 자신의 절망을 굽이치는 역사의 질곡 혹은 현실의 소용돌이와 조우시킬 수 없겠는가 하는 아쉬움 때문이다.

(1994.8.30, 한국일보)

능숙한 솜씨, 깊은 사색의 자취
- 오규원의 시

오규원이 『현대문학』 8월호에 발표한 연작시 「물과 길」 다섯 편은 쉽게 읽혀지는 시가 아니다. 일상어를 시어로 선택해서 물과 길 그리고 산과 하늘, 남자와 여자의 이미지를 확연하게 지시해 준다. 그럼에도 이 시들이 쉽게 읽혀지지 않는 곳에 이 작품을 주목하는 이유가 있다.

쉽게 읽혀지는 시들은 정감 쪽에 치우쳐 있는 경우가 많다. 정감은 시가 처음부터 가져야 하는 구비요건이다. 시의 본바탕인 서정시의 '서정

抒情'이라는 말을 떠올리면 보다 확실해 진다.

아무래도 정감은 시인의 주관적인 울타리를 벗어나기 힘든 심성의 표출이다. 시 속에 담겨 있는 시인의 주관적인 정감은 읽는 사람의 그것과 만나 감정이입이라는 객관화를 거치지 않을 때 감동으로 연결될 수 없다. 실패하고 있는 대부분의 한국시가 이런 경우에 속한다.

오규원의 「물과 길」 연작은 정감에 치우쳐 있는 시가 아니다. 그것은 삶과 세계에 대한 시인의 지적 천착과 관계하고 있다. 지적 천착은 정감적이기 보다 이성적인 영역이다. 그것은 시인의 치열한 구도의 시정신과 관계한다고 말할 수 있다. 이 구도정신을 오규원은 일상어로 구체화하려 한다. 구체화된 이미지는 뚜렷하게 다가오지만 그것들이 떠올리는 세계와 삶 그리고 존재에 대한 사색의 본질을 파악하기에 읽는 사람은 어려움을 겪는다.

'물'이 의미하는 생명의 근원, '길'이 말해주는 삶의 역동성 그리고 '하늘'로 표상되는 존재의 가능성과 유한성 등을 해독하는 것은 많은 괴로움을 읽는 사람에게 안겨 주기에 족하다. 언어를 다만 사물을 지시하는 기호로만 생각한 결과다.

언어 자체가 이데올로기란 입장을 표명한 것은 바흐친이다. 쉽게 읽히지 않는 「물과 길」의 연작시 다섯 편이 가진 문제를 극복할 수 있는 통로를 여기서 찾을 수는 없겠는가. 언어는 항상 사물의 기호로서만 존재하는 것은 아니지 않은가.

그럼에도 오규원의 「물과 길」 연작시가 주목의 대상이 되는 것은 구도정신을 표출한 시들이 갖지 못한 점을 갖고 있기 때문이다. 또한 시인의 지적 천착을 구체적인 이미지로 제시해 주고 있기 때문이다. 이 이미지들은 존재와 삶 그리고 세계에 대한 시인의 사유를 더불어 생각할 수 있도록 시 속에 흡입시키는 역할을 매우 효과적으로 수행한다. 정신주의, 명상시 또는 사상시라고 말해 왔던 기왕의 지적 사유를 담으려 했던 많은 시들이 관념의 늪에 빠졌던 것에서 벗어나려 하고 있다. 한 성숙한 경지에 접어든 시인의 치밀하고 능숙한 솜씨와 그 깊은 사색의 자취를 그래서 읽을 수 있다.

(1994.8.17, 한국일보)

수사의 힘, 유장한 가락
– 이기철의 시

소설이 현실에 대응한다면 시는 정서와 함께 있기를 원한다. 정서와 함께 하기 때문에 시에는 소설에 담겨질 수 없는 미세한 정서의 가닥이 실핏줄처럼 펼쳐져 있다. 현실에 대응하는 시가 없는 것은 아니다. 시가 현실에 응전한다고 해도 결국 정서의 통로를 거쳐서 그것은 완성된다.

정서란 무엇인가. 어떠한 갈등과 길항도 주관적으로 처리하려는 개인적인 마음의 흐름이다. 또한 바람처럼 모습을 가지지 않는다. 그것은 바람처럼 흔적을 남길 뿐이다. 바람의 흔적이 물에서 물결로, 나뭇잎에서 작은 흔들림으로, 매달아 놓은 깃발에서 펄럭임으로 나타나듯이 정서가 언어에 실핏줄처럼 엉겨 펼쳐질 때 서정시라는 모습으로 드러난다. 그리고 정서라는 주관적인 마음의 흐름은 언어와 만나면서 가락을 만든다.

시의 이같은 원초적 속성을 꿰뚫어 알고 있는 시인으로 이기철을 들 수 있다. 그의 시어에서 정서의 미세한 가닥이 어느 시인의 시보다 투명하게 드러나 있음을 목격하게 된다. 그의 시어들이 이루는 진술의 숲에는 유장한 가락이 숨 쉬고 있다. 그 가락은 정서가 언어와 만나면서 획득하는 시인의 개성율個性律이다. 이기철 시의 이러한 특성은 「서풍西風에 기대어」, 「젖 먹이는 여인」, 「작은 이름 하나라도」(이상 『현대시학』 12월호)에서도 그대로 드러나 있다.

  '어떤 방황은 우리를 황홀하게 한다 / 저녁은 투명하고 / 아미 같은 길들도 저녁땐 구부러져 있다 // 우리가 닦고 닦던 유리의 날들이 / 우리가 미처 보듬지 못한 놀을 데리고 / 나보다 먼저 거기에 와 있다 // 왜 삶은 모나고 죽음은 둥근가를 / 왜 지상의 나날은 거칠고 천상의 나날은 편안한가를 / 소멸에 길든 서풍은 대답하지 않는다'(「서풍에 기대어」에서). 지상과 천상의 세계에 대한 시인의 정서가 언어 속에 흔적을 남기면서 절묘한 가락을 형성하고 있음을 알게 될 것이다. 이 가락은 시인의 지상과 천상에 대한 세계인식을 한번쯤 되씹어 보게 한다. 모나고 둥근 것으로 지상과 천상을 파악할 수 있게 하는 사색에로의 권유는 개인의 정서가 가락을 형성하면서 감동으로 다가오기 때문이다. 이기철의 시는 이것을 감당하고 있다.

  '이 세상 작은 이름 하나라도 / 마음 끝에 닿으면 등불이 된다 / 아플 만큼 아파 본 사람만이 / 망각과 폐허도 가꿀 줄 안다'(「작은 이름 하나라도」에서)라는 진술에서는 시인의 주관적 정서가 보편적 정서로 다가가는 수사修辭의 힘을 느끼게도 된다. 이기철의 시가 가진 흡인력이다.

  이기철의 시는 분명 현란한 수사적 강점과 많은 미덕을 갖고 있다. 그럼에도 불구하고 왜 때로 진부함을 느낄 수밖에 없는가. 정통적인 시적 미학에 너무 많이 기대고 있기 때문이다. 정통적 시적 미학이 비판의 표적일 수만은 없다. 정통적인 미학을 파괴하려는 시정신이 오히려 정통적인 미학을 보완하여 진부함을 뛰어넘는 새로움을 만든다. 이 역설적 진실은 지나칠 수 없는 것이고, 결코 간과해서도 안되는 사항이다.

(1994.12.6, 한국일보)

세계내존재(世界內存在)와
존재내세계(存在內世界)

『문학세계』 5월호에 발표된 시 전문을 인용하면서 시작한다.
심산의 「시인」이란 작품이다.

> 그는 평론가들과 시에 대해서 긴 토론을 했다 / 그는 애인들
> 과 사랑에 대해서 긴 토론을 했다 / 그는 혁명가들과 혁명에 대
> 해서 긴 토론을 했다 / 그는 상인들과 돈벌이에 대해서 긴 토론
> 을 했다 / 그들이 모두 돌아가 홀로 남게 되자 / 그는 비로소 긴
> 울음을 토했다.

이 짤막한 시는 시인이 세계를 응시하고 생각하는 모습을 <간결하
게 설명>하고 있다. 시인은 시와 사랑과 혁명, 돈벌이에 대해 토론한
다. 홀로 남게 된 시인은 긴 울음을 토한다. 시와 사랑은 정서적인 사항

이다. 혁명과 돈벌이는 현실적인 것이 아닌가.

시와 사랑이 상부구조라면 혁명과 돈벌이는 하부구조다. 정서적인 것과 현실적인 것, 상부구조와 하부구조 그 모든 것에 시인은 관계한다. 그러나 그 모든 것에 절망한다. 그래서 시인은 통곡할 수밖에 없다. 세계에 대해 시인은 절망한다. 그러나 절망을 통해 계속 세계와 관계하지 않을 수 없다. 시인은 세계 속의 존재이기 때문이다.

위의 시를 성공한 작품으로 파악할 수는 없다. <간결하게 설명함>으로써 성취된 한 편의 시를 썼다고 말할 수 없다. 설명인 진술이 아니라 환정적喚情的인 용법으로 조사措辭하여 표현으로 확립시켜야 시로서의 진면목에 다가설 수 있기 때문이다. 여기에는 시인의 시적 표현에 대한 노력과 그보다 더 치열한 시정신이 요구될 것이다.

시인이 세계에 대해 절망하는 모습의 한 극한을 김승희의 시에서 만나게 된다. 『문학사상』 5월호에 발표한 「자기 젖꼭지」 외 4편이 그것이다.

이들 작품은 미국체험에서 얻어진 것들이다. 아이오와의 창작연수를 통해 획득한 시인의 사유가 낳은 것이다. 5편의 작품 중 하나인 「기억의 고집」은 이렇게 시작된다.

건너고 싶어라, 저 강물이여 / 왜 나의 앞에는 미시시피 강물이 있으며 / 왜 나의 곁에는 지난 여름 부서져 버린 / 나무다리의 잔해들이 이젠 다리로 못 건너 간다 하고 / 거칠게 부서져 물 위에 누워 있는가

건너고 싶지만 건너지 못하는 시인 앞에 놓여진 강. 벗어나 극복하고 싶지만 결코 극복할 수 없는 삶의 멍에. 그것에 시인은 강하게 대응한다. 그 강한 대응은 선택한 시어들에서 극명하게 드러난다. 김승희는 언어를 가다듬어 아어체雅語體로 표현하는 기왕의 진부한 조사措辭를 처음

부터 거부한다. 생각한 사항을 그대로 내뱉는다. 그래서 시적 표현에 힘이 실리게 된다. 그 힘은 세계 속에서 절망하며 그것을 벗어나려는 강한 대응의지와 어우러진다.

함부로 내뱉는 듯한 표현 속에는 도치·영탄·반복·설의법 등의 기교가 교묘하게 어우러져 있다. 그것은 개성률個性律이란 리듬을 획득하는데 적극적으로 작용하고 있다. 시인의 시적 표현에 대한 각고의 노력 끝에 얻어진 결과라고 볼 수밖에 없다. 「기억의 고집」 마지막은 이렇다.

> 비키고 싶어라 / 그것밖에 ( )은 없네 / 그래도 아름다운 것이 남아서 / 자꾸 뒤돌아보며 / 타임 스퀘어 광장 불 밝힌 네온사인 처절한 인공낙원 / 속으로 되돌아 거슬러 오르기도 하면서 / (부나비도 나비인가?) 나비가 되고 싶은 나방이들 / 옷깃이 네온 불빛에 젖어 / 화안히 피처럼 피어나는 것도 모른 채……

인용한 둘째 행의 ( )를 어떻게 해독해야 할 것인가. 그것은 단절이 아니겠는가. 달리 말한다면 벗어나지 못하는 세계 속의 존재인 시인 스스로의 절망을 표현한 또 다른 기호가 아니겠는가.

이 작품 「기억의 고집」에는 「공무도하가」 전문이 한 행으로 네 번이나 반복되면서 한 연을 이루고 있다. 강을 건너다 죽어버린 백수광부白首狂夫를 그 아내가 통곡하여 불렀다는 이 한역가漢譯歌를 김승희는 왜 반복하고 있을까. 세계 속에서 절망하지만 결코 벗어나지 못하는 시인의 모습을 백수광부로 말하고자 한 것은 아니겠는가.

거론한 이 작품 외의 시들도 모두 세계 속에서의 절망과 그로부터 벗어나기를 치열한 시정신으로 표현하고 있다. <인간(세계내존재)은 누구나 살지만 그것에 함몰하지 않고 솟구치기 위하여 즉 존재내세계를 창조하기 위하여 쓴다>라는 시작노트의 김승희 말을 수긍하게 된다.

그러나 절망의 극한이 그것으로부터 벗어나려는 모습보다 시 속에서 더 돋보이는 것은 무슨 까닭일까. 김승희의 시가 당면하고 있는 문제의 하나로 파악된다. 이 점은 김정란의 작품(『현대시학』 5월호) 「여자의 말」 외 4편이 보여주는 자기극복과 좋은 대조를 이루고 있다. 비슷한 시적 수사를 보여주는 김승희와 김정란의 작품은 그래서 흥미로운 시정신의 대조를 보여주고 있다는 생각을 하게 된다.

이성선의 시들 「산길」 외 4편(『현대문학』 5월호)은 세계 속 존재에 대한 고뇌의 흔적을 찾아볼 수 없다. 그의 시들은 세계 속 존재인 시인의 사색과 그것에서 획득한 정갈한 지혜의 가닥들로 구성되어 있다. 그래서 이성선의 시들은 존재 속에 또 다른 세계를 형성하고 그것을 통해 우주로 나아가는 길을 찾는 구도자의 모습을 보여준다.

> 1) 산길은 산이 가는 길이다 / 나의 몸은 내가 가는 길 / (……) / 산이 나에게 걸어올 때 / 산길은 내 안에 있다. (「산길」에서)

> 2) 어디 향하는 곳 있는 것 아닌데 / 동트는 하늘의 경을 등에 지고 / 그 사람이 오기 전 / 먼 닭울음소리 있기 전 // 별과 쇠똥 흩어진 길 위에 / 나의 발이 / 발자욱을 던지고 있다. (「새벽 산책」에서)

> 3) 열었던 저서를 닫고 밖을 보니 그 사이 눈은 더 아득히 쌓여 세상 길은 이제 다 지워졌는데 갑자기 문에 날개 부딪는 소리. 나가보니 큰 새 한 마리 길을 벗어나 거기 주저앉아 멀뚱한 눈으로 나를 쳐다본다. 땅에 없는 길 하나 나를 찾아와 문 앞에서 산 쪽으로 신발을 내려놓고 있다. (「이탈」에서)

> 4) 손 없는 / 천수(千手)의 사람이 와서 고르는 곡조(曲調) // 길

은 여기서 모두 / 우주 쪽으로 열려 있다. (「무현금(無絃琴)」에서)

1)에서 <산길>이 <내 안에 있다>고 시인은 말한다. 이런 시인의 자세는 세계 속의 존재로서 세계와 맞서 절망하고 그것에서 벗어나려는 몸부림으로 볼 수는 없다. 존재 속에 세계를 끌어오려는 관념주의자의 모습이다. 2)에서는 존재 속으로 끌어온 세계를 또 다른 세계와 연결시키려 한다. <발자욱을 던지고 있다>에서 그것은 확인된다. 3)에서 땅에 없는 길은 바로 2)에서 연결하려 한 또 다른 세계로 향하는 길이다. 또 다른 세계로 향한 길은 우주로 열려 있는, 우주로 향하는 길임을 4)에서 알 수 있게 한다.

이성선은 세계 속 존재인 시인이 그 세계를 다만 생각 속에서 시인의 존재 안쪽으로 끌고 온다. 그렇게 끌어온 세계는 완벽하게 형이상학적인 상부구조가 전혀 배제된 관념의 세계다. 관념의 세계에서 이성선은 우주의 세계, 지혜의 세계로 열려 있는 길을 모색한다.

『현대문학』 5월호에 발표된 시들은 존재 속으로 끌어온 관념의 세계에서 우주에로 열린 길을 찾는 시인의 고백이다. 그 고백에는 자연에 대한, 그 자연의 신비에 대한 정갈한 시인의 지혜가 놓여 있다.

이성선의 시들이 이러한 지혜의 가닥을 질박한 시어로 건져 올리는 데 성공하고 있다. 그러나 하부구조인 현실의 질곡과 그 길항에서 절망하여 벗어나려는 존재의 솟구치는 의지를 보여주는 못한다. 보여줄 수가 없다. 애당초 그의 시는 그것과는 초연한 관념의 세계, 형이상학의 세계에서 출발했기 때문이다. 그러므로 현실적인 고뇌의 흔적이 없음은 당연하다.

한국시 특질의 하나는 이러한 상부구조의 시적 형상화였다. 상부구조인 형이상학적 사유의 시는 현실과 유리된 관념의 성을 쌓게 했다. 그 성 속에서 시인이 현자賢者로서 군림하는 모습도 목격할 수가 있었다.

6 · 25 동족상잔의 이데올로기 대리전을 치른 전후의 폐허에서 이러한 관념주의의 시인을 두고 '충치 앓는 소리로 신라의 하늘을 노래한다'고 말한 비평가의 독설은 전혀 의미 없는 것은 아니었다. 이성선의 시가 관념 일변도에서 벗어나야 하는 이유를 여기서 찾아보고 싶다.

세계내존재世界內存在인 시인이 그곳에서 무한히 절망하는 것은 숙명일지 모른다. 그것에서 벗어나려는 절망으로부터의 의지를 가진 시인만이 존재내세계存在內世界를 만들 수 있을 것이다. 그러나 존재내세계는 관념주의자들이 존재의 안쪽으로 세계를 끌어오는 것과는 구별되어야 한다. 또 현실에 대한 강한 저항만을 능사로 생각하는 일컬어 행동과 저항의 시들과도 변별되어야 할 것이다.

온두라스의 시인 환 라몬 사르비아가 아이오와 대학의 문학 강좌토론에서 한 말을 김승희는 작품들과 함께 쓴 시작노트에 적고 있다. 많은 것을 생각하게 해주는 말이다. 다시 옮겨 적는 까닭이다.

…… 나는 내가 되기 위해 쓴다. 사람은 내가 되기 위해 억압과 싸워야 하고 싸움을 뛰어넘는 사랑을 창조해야 하고 안 보이는 자유를 확인하기 위해 상상력의 우주를 만들어야 한다. 상상력이 있고 그래서 나의 상상력으로써 억압의 현실을 넘는 공간을 만들 때 나는 세계내존재로서 존재내세계를 만들었다고 할 수 있겠다. 나는 현실의 문제에 대한 자동응답기 같은 조건반사의 시를 쓰지는 않는다.

(1994.6, 현대문학)

세계를 비틀어 생각하지 않는 시

시인은 항상 절망하는 것인가. 자신에 대해, 자신이 살고 있는 세계에 대해, 그리고 삶에 대해 무한히 절망하는 것이 시인의 참 모습인가.

시를 읽으면 세계는 언제나 불만족한 곳이고, 사람은 언제나 슬픈 존재인 듯한 착각에 빠진다. 마치 불만족과 슬픔이란 색깔의 안경 너머로 대부분의 시인들은 세계를 바라보고, 자신을 이해하려는 것 같다는 생각에 젖는다.

깨어 있는 정신은 언제나 자신이 살고 있는 세계에 절망했다는 말을 떠올린다. 깨어 있는 정신을 지성이라고 한다면 세계를 형형한 눈빛으로 꿰뚫어 보며 절망하는 시인은 분명 시대의 지성이다. 절망하는 시인 그리고 깨어 있는 지성.

(1) 멸망조차도 방부제를 듬뿍 먹고 / 박제가 된 이 세기말의
하늘에는 / 해가 져도 타는 노을이 없다. (이형기, 「해가 져도 노
을이 없다」에서, 『현대문학』 4월호)

(2) 나를 싫어하면서 / 내 속으로 들어오는 나 / 내 안에 있는
모든 것을 증오하며 / ..... / 철저히 어리석어 질 것 / 세상에 등을
돌린 채 / 마음 놓고 어두어져 갈 것. (김초혜, 「나에게」에서, 『현
대문학』 4월호)

(3) 내 마음 육체에 갇혀서 자주 머뭇거릴 때 세상은 항상 나
를 보냈었지 내 등을 떠밀었지. (신경숙, 「가거라 세상아」에서,
『문학정신』 4월호)

(4) 햇살의 바퀴들을 작살내는, 그 불특정 다수를 향한 살의처
럼 / 살아왔다. 이제 마침표의 잎새를 매달고 싶다. (김신용, 「등
나무 앞에서」에서, 『문학정신』 4월호)

이번 달 발표된 시들에서 아무렇게나 뽑아 본 구절이다.

(1)은 세기말에 서 있는 시인이 지난 한 세기를 돌아보면서 문명에 의
해 파탄되고 망가진 지구를 문명비판적 시각에서 바라보고 있는 시다.
아무튼 세계를 절망적으로 바라보고 있는 시인의 모습을 알 수 있게 해
주는 구절이다. (2)의 시구에서는 시인이 자신을 극도로 증오하고 세상
에 등을 돌리고 살아야겠다는 지극히 비탄적인 모습을 볼 수 있게 해준
다. (3)에서 시인은 세상이 자신을 항상 버려왔다는 점을 강조하고 있
다. (4) 역시 세계와 그 속에 살고 있는 인간을 증오하고 그들에게 살의
를 느끼면서 살아왔다는 시인의 고백을 듣게 된다.

자신에 대해 실망하고 세계를 절망적으로 파악하는 것은 비판적 시
각에서 연유하는 것이라고 보아야 한다. 비판적 시각은 결국 사람이 살

아가는 현실에 대한 비판적 자세를 갖게 한다. 그래서 보다 바람직한 것에로 향한 시인의 간절한 소망을 역설적으로 표현한 것이라고 말할 수 있을 것이다.

비판적 시각은 지성의 속성이다. 시인이 지성인으로서 당대에 절망하고 자신에 대해 실망하는 것은 그래서 당연한 일이다. 그러한 시인의 치열한 정신은 세상의 소금이라는 표현을 가능하게 해주는 근거가 될 것이다.

그러나 세계와 자신을 그렇게 바라보지 않고도 삶의 진면목과 이치, 인간의 본질적 가치에 다가서는 경우도 있음을 간과해서는 안 된다. 이 점을『현대문학』4월호에 발표된 정현종의 시들은 일깨워준다.

「까치야 고맙다」, 「무너진 하늘」, 「움직이는 근심은 가볍다」, 「사담私談」, 「설렁설렁」 등의 제목을 가진 5편의 시들이 그것이다. '까치'에게 고마워하고, '근심'이 가벼우며, 개인적인 사항을 담백하게 털어놓는 '사담' 그리고 느리지도 빠르지도 않으면서 악착스럽지도 않은 '설렁설렁' 같은 시 제목에서도 정현종이 세계와 자신을 어떤 자리에서 바라보고 있는가를 촌탁할 수 있게 된다. 그것은 다음과 같은 시인의 시작메모에서 더욱 극명하게 드러난다.

> '한마디 덧붙이자면 <서두르지 않기로 하는 것보다 사람한테 더 긴요한 것은 없다>는 19세기 소로우의 말은 그 이후 더욱 더 그 의미가 심장해지고 있는데, 시야말로 <서두르지 않기로 하는> 일 중의 대표적인 것이어야 한다고 나는 생각한다.'

'서두르지 않는다'는 것은 여유를 가지겠다는 뜻으로 바꾸어 생각할 수 있는 말이다. '여유'를 갖고 세계와 시인 자신을 바라보며 관찰하겠다는 의지가 인용한 시인의 말 속에는 들어 있다.

정현종은 많은 시인들이 세계와 자아를 절망적으로 바라보고, 현실을 비판적인 시각으로 파악하는 일을 서두른다고 생각하고 있는 듯하다. 여유를 갖고 조용하게 차근차근 일상의 범박한 생활 속에서 세계와 사람, 삶의 이치와 오묘함을 언어로 건져내고자 한다.

따라서 정현종의 시어들은 간결하고 정갈하다. 간결하고 정갈함으로 그의 시는 전체적으로 짧고, 아주 가녀리긴 하지만 결코 가볍게 지나쳐 버릴 수 없는 독특한 흡인력을 가지고 있다. 이 독특한 흡인력은 여유 속에서 결코 서두름이 없는 시인의 깊은 통찰력에서 비롯된다.

「설렁설렁」의 전문을 통해 살펴보면 확실해진다.

바람은 저렇게
나무잎을
설렁설렁 살려낸다
(누구의 숨결이긴 누구의 숨결,
느끼는 사람이 숨결이지)

바람의 속알은
제가 살려내는
바로 그것이거니와

나 바람 나
길 떠나
바람이요 나무잎이요 일렁이는 것들 속을
가네, 설렁설렁
설렁설렁

바람이 나뭇잎을 흔드는 아주 작은 한 현상을 시적 대상으로 하고 있다. 일상생활 속의 미미한 한 부분이다. 나뭇잎이 바람에 흔들리는 것을 시인은 생명의 탄생으로 파악한다. 그 탄생은 누군가에 의한 것이 아님을 '느끼는 사람의 숨결' 그리고 '바람의 속알은 / 제가 살려내는' 것이라고 말한다.

일상적인 평범한 언어의 선택, 그 언어들을 정갈하고 맑게 가다듬어 배치한 이 짧막한 시를 그냥 지나칠 수는 없다. 바람의 속알은 제가 살려낸다는 시인의 여유 있는 자연이치에 대한 통찰력 때문이다. 정현종의 시가 독특한 흡인력을 갖게 되는 이유의 하나다.

일상생활 속의 자연현상에 대한 통찰력만을 정현종의 시가 보여주고 있는 것은 아니다. 그의 시는 현실의 모습을 서두르지 않으면서, 결코 절망적인 것으로 파악하지 않고 담담하면서 날카롭게 드러내준다.

> 학교가 앵무새 둥지 아니냐
> 남이 한 소리 따라 하고
> 제가 한 소리 또 하는
> 앵무새떼 아니냐.

「사담」의 한 부분이다. 제도권 교육기관인 학교의 한 속성, 비판 받아야 하고 극복해야 할 한 속성을 날카롭게 드러내 주고 있다. 이러한 현실에 대한 날카로운 비판적 드러냄을 절망적으로 세계를 비틀어 파악하지 않으면서 달성하고 있는 곳에 정현종 시의 장점이 있다. 그것은 정현종의 표현대로 서두르지 않는 여유에서 비롯되는 결코 폄시할 수 없는 시정신에서 비롯된다.

현실과 자신에 절망하고, 세계를 비판적 안목으로 비틀어 생각하는 시인들만 있는 것은 아니다. 그렇게 하는 것만이 현실과 인간 그리고 세계를 시로 파악하는 방법의 전부도 아니고 가장 바람직한 방법이라고 말할 수도 없다. 그것을 정현종의 시에서 확인하게 된다.

정의홍의 시 「가족들의 눈을 속이고」(『현대문학』 4월호)는 담담하고 편안하게 읽히는 작품이다. 「그녀 생각 4」라는 부제가 붙은 이 시는 유교적 가치관이 아직도 잔존하고 있는 우리 사회에서 사랑은 무엇이고, 죽음은 무엇이며, 그리움은 무엇이고, 가족은 무엇인가를 돌이켜 생각하게 해준다.

정통적인 시적 형태 속에 유별나게 시인이 메시지를 강조하지 않고 체험적 사실을 언어로 풀어놓았기 때문에 더욱 편안하게 읽힌다. 이 점은 정의홍이 이 작품과 함께 발표한 「장승에게」가 분단과 민족의 아픔 등 메시지를 강하게 전달하려다 오히려 감동의 폭을 좁히고 있는 것과 비교하면 무척 대조적이다.

이념적이며 사회적이고 정치적인 사항보다 아직도 정서적인 사항이 시의 대상이 될 때 사람들은 보다 편안한 느낌으로 시를 읽는 것은 아닐까.

그대 무덤을 찾아간 날은
참새떼 울음에도 눈물이 핑 돌고
지난해 죽었던 잎들 다시 돋았는데
당신만은 왜 돌아나지 못하는가
나는 키 작은 한숨으로 피어 있는
몇 송어리 이름 없는 풀꽃이고 싶다
그리움 그리움으로 서 있는
그대 무덤 앞의 소나무이고 싶다

「가족들의 눈을 속이고」의 마지막 연이다. 가만히 소리 내어 읊조려 보라. 얼마나 평안한가. 가족의 눈을 속이면서도 사랑과 그리움을 간직해야 하는 유교적 가치관 속에 살아가는 한 남자를 생각해 보라.

(1994.5, 현대문학)

시를 안 읽는 사람들과 사는 세상

언어의 음악성
– 박상배 시의 경우

소설은 경험되고experienced, 희곡은 관람되고witnessed, 시는 엿들어진 다overheard. 이것은 시가 언어의 예술이고, 시의 언어인 시어가 가진 음악적 요소를 다른 문학 장르와 비교하여 강조한 말이다. 다른 장르와는 달리 시가 언어의 음악적인 성격과 불가분의 관계에 있음을 강조하는 말로 이해해도 좋다.

정형시라고 말해지는 시의 형태는 언어의 음악적인 요소를 시 속에서 실수 없이 가장 효과적으로 획득하고자 하는 의도에 의해 탄생된 것이다. 그러나 정형시의 운율인 정형율이 형성하는 언어의 음악성은 폐쇄적이고 굳어져 있으며 일반적이고 따라서 너무 진부하다. 정형율에는 말결의 생동감과 역동성이 결핍되어 있다. 개성율로 말해지는 자유시의 운율은 이 굳어 있는 정형율을 뛰어넘어 언어가 가진 음악성을 생동하고 역동적인 것으로 획득하고자 하는 노력의 결과 탄생된다.

자유시가 산문적인 모습에 다가서면서도 언어가 가진 잠재적인 음악성을 시인이 개발하여 내재율을 가지게 함으로써 산문이 아닌 시가 된다. 그래서 자유시의 운율을 달리 개성율이라고도 한다. 다른 사람에 의해 주어지고 만들어진 운율이 아니라 시인이 스스로 창조하고 개발한 운율이란 의미를 이 말은 담고 있다.

이런 논의는 도식적이기 때문에 오히려 시를 말하는데 장애가 될 수도 있다. 그러나 다른 장르와는 다르게 시가 언어의 예술이라는 의미에서 간과할 수만은 없다.

언어는 음악성과 관념성과 회화성을 가진다. 이미지즘 운동이 언어의 회화성에 보다 많은 관심을 기울인 것은 사실이다. 그러나 언어의 음악성이나 관념성 자체를 무시한 것은 아니다. 언어가 가진 성격의 하나인 회화성을 두드러지게 강조했을 따름이다.

한국 현대시의 당대적 모습을 이미지와 메시지 중심으로 분류하는 것은 설득력 있는 갈래 매김이다. 박상배의 시들은 분명 이미지 중심의 시로 말해질 수 있다. 『문학정신』(4월호)에 발표된 「잠언집 24」 외 3편도 이미지 중심의 시들로 분류가 가능하다. 이미지를 중심으로 시인이 의도하는 바를 전달하고자 한다. 이 시들도 시집 『모자 속의 시들』에서 보게 되는 시세계의 연장선상에 있다.

그러나 이미지를 주축으로 하여 짜이는 박상배의 시들은 짧고 명료한 이미지는 전달되지만 시어가 가진 음악성의 개척과 개발에 소극적이다. 시인은 자신의 주변에서 일어나는 일상사들을 제시하고 그것을 통해 속물화된 현실을 뒤틀고 비꼬려고 한다. 그 풍자적인 시인의 의도는 언어가 가진 메시지인 관념성과 회화성에 의해 전달되고 있다. 그러나 그 시들 속에는 시어가 가진 음악성이 이루는 공간이 닫혀 있다.

달리 말하면 언어가 가진 음악성의 개발에 시인은 소극적이다. 그 결과 읽는 사람은 짤막한 한 편의 산문을 접하는 듯함에서 벗어나기가 힘들다.

실험시라고 말해지는 성질의 시들이 있다. 기왕의 시가 가진 형태로는 도무지 표현할 수 없다고 판단한 시인은 이전의 형태에서 완전히 벗어난 시의 모습을 보여주려고 한다. 그것은 기존의 시형태를 해체해 버린 것일 수도 있고, 심한 경우 이상李箱이 보여준 것처럼 언어 자체를 완전히 거부한 것일 수도 있다. 그것은 새로움의 모색이라는 측면에서 갈래를 달리하여 검토될 사항이다.

박상배의 시들은 이러한 실험정신과는 거리를 두고 있다. 그의 시들을 굳이 실험시라고 한다면 그것은 온건한 것이라고 해야 할 것이다. 이말은 그의 시들은 기존의 시 형태를 정면에서 거부하고 있다고 말하기 힘들다는 뜻이다.

> 제2단 옆차기는 여기서 일단 멈추기로 한다 횡설수설이 어떤 경우 메타 논리로 우뚝 기립하게 되듯이 풀잎에 대한 이런 저런 잠언의 모음이 불현듯 시집의 발문으로 스르륵 돌아났다 현자들에게 감사하며, 몽매한 자들에게 더욱 감사하며, 남은 건 이젠 되잡아 낙반할 일 뿐이다 정말이다 오직 그것뿐이다 이 시집을 두말없이 내어준 자본의 하늘님께 더더욱 감사하며 이젠, 좀, 바야흐로! 제3단 뒷차기를 위해서

「풀잎송頌. 13」의 전문이다. '송頌'이라는 노래의 의미를 제목에 단 것은 반어적인 시적 수사라고 말할 수 있다. 이 작품에서는 언어의 회화성에 의한 이미지보다는 오히려 언어가 가진 의미성인 그 메시지에 더 다가서고 있는 듯함을 느낀다. 그것은 이 시가 '곧 출간될 시인의 제 2시집

의 발문으로 쓰인 것'이기 때문일지도 모른다. 그러나 「희망의 별」 등의 다른 시들에서도 이 점은 가시지 않고 있다. 이것은 박상배의 시가 이미지 중심 계열의 시라고 했을 때도 아쉬움이 남는다는 것을 의미한다.

그러나 박상배의 시들은 다른 시인의 시에서 볼 수 없는 장점을 갖고 있다. 그것은 일상적인 주변사를 통해 간략하고 압축적으로 현실을 날카롭게 풍자하고 있는 점이다. 만약 언어의 음악성에 적극적으로 다가간다면 분명 그의 시는 이미지를 통해 메시지를 전하면서 새로운 개성율의 공간을 특이하게 개척할 수 있을 것이다.

삶과 인간에 대한 내면적 통찰
– 이태수의 시

이태수가 『한국문학』(3, 4월호)에 발표한 2편의 시는 그가 「시작메모」에서 말하고 있듯이 시인 내면을 언어로 풀어놓은 작품이다. 서정시의 속성은 시인의 내면 의식과 보다 밀접하게 연결되어 있다. 그러나 이태수의 「낯익은 문 앞에서」와 「그 꿈속의 나라에는」의 두 작품은 내면의식이라고만 말하기에는 부족한 시인의 삶과 인간에 대한 통찰이 두드러져 보이는 시다.

이태수는 '생각'이라고 하는 이 형체를 명료하게 지각할 수 없는 추상적인 대상을 객관적 상관물들을 통해 구체화 시킨다. 이 구체화는 시인이 추상적인 대상을 이미지로서 극명하게 전달한다는 의미다. 그 전달은 다만 전달로서 그치지 않고 시인의 꿈과 동경을 설명하고 있는 데서 극명하게 드러난다.

연의 구분이 없는 비연시인 「낯익은 문 앞에서」는 우선 세 부분으로 나누어서 논의해 볼 수 있다.

생각을 양지 바른 돌담 밑, 햇살에
얹어놓고 싶다. 따스하고 포근한,
한없이 낮은 데로 내리는,
생각들을
서슬 푸른 칼날 위에 퍼덕이게 하고 싶다.

　첫 부분에 해당하는 이곳에서 시인은 생각이라는 추상적 대상을 시인의 바램인 동경을 말하면서 구체적인 모습으로 떠오르게 해준다. 그것은 '따스하고 포근한' 어떤 것이다. 또한 그것은 '서슬 푸른 칼날 위에 퍼덕이는' 무엇이다. 두 개의 상반되는 성질로서 생각의 모습을 지각하게 한 것은 인간 내면에 있는 생각은 복잡하고 하나의 모습만을 띠고 있지 않음을 시로서 말하는 것으로 이해할 수 있는 부분이다.

　동시에 시인 자신에게 있어서는 온화하고 치열한 것이 언제나 내면에 공존하고 있음을 표현한 것이다. 온화한 것이 시인 본래의 모습이라면, 현실 속에서 찌들고 갈등하면서 살아가야 하는, 부조리하고 폭력마저 난무하는 삶의 현장에서 시인이 시인답게 살아가야겠다는 의지의 모습이다.

앉아 있지 않고, 서 있지도 말고
달리고 싶다. 이따금
이 눈물겨운 먼지 앉은 세상에서, 문득 바깥으로 트이는
조그마한 오솔길을 향하여..... 생각을
달리는 자동차의 바퀴에 달아놓고 싶다.
경쾌하고 역동적인, 한없이 앞으로 나아가는.
생각들을 깊고 높은
하늘의 옥빛에 묻어놓고 싶다.

　제시한 두 번째 부분은 행동지향적인 시인 자신의 모습 그 너머에 있

는 근원적인 것에 대한 동경이다. 그 동경은 '하늘의 옥빛'으로 시각화되고 있다. 끝없이 앞으로만 질주하는 현대인 누구나가 바라는 맑고 투명한 삶에 대한 염원이라고 말할 수 있다.

마지막으로 시인은 '누워 있고 싶다'고 말한다. '앞으로 나아가는' 속에서도 '누워 있고 싶'고, 그래서 '이 눈물겨운 안개 세상'이라고 삶을 파악한다. '빗장이 걸린, 낯익은 문 앞'은 그래서 인간으로서의 한계와 동경의 절묘한 표현으로 이해되는 부분이다. 이것은 인간의 가능성과 한계를 동시에 말해주고 있다. 뛰어넘으려고 하지만 결국 인간은 '낯익은 문'이긴 하지만 '빗장'이 걸린 곳에 서 있을 수밖에 없다는 시인의 통찰력이다.

이태수의 「낯익은 문 앞에서」는 부드럽지만 강한 시다. 그가 사용하는 시어들은 매우 부드럽고, 행의 구분이 계산된 작시作詩는 이 시를 안정적이게 한다. 「그 꿈 속의 나라에는」은 「낯익은 문 앞에서」 보다 긴장감이 덜한 작품이다. 그러나 인간의 동경과 이상이 보다 구체적으로 제시된 장점을 가진다.

이태수의 시에 이러한 덕목들만 있는 것은 아니다. 「그 꿈속의 나라에는」에서 보이는 것과 같은 압축되지 않은 조사措辭는 그의 시를 긴장이 풀어진 산문적 진술구조로 보이게 한다. 「낯익은 문 앞에서」가 보여주는 덕목들이 보다 천착되었으면 하는 바람이 그래서 더욱 강해진다.

쉽게 이해되는 정갈한 정서 – 유경환과 정양의 시

이해하기 어려운 시가 논의의 표적이 된 때가 있었다. 60년대의 일이다. 이해하기 어려운 시는 독자를 잃게 된다, 독자가 없는 시의 위상이 어떻게 될 것인가가 논의의 핵심이었다.

이른바 난해시에 대한 이러한 논의는 이제 자취를 감춘 듯하다. 그 연유가 어디에 있는가를 이렇게 생각해 본다.

그 논의가 진행된 60년대만 해도 시는 많은 사람이 이해하려고 애를 쓰던 때였다. 시에 대한 일반 독자들의 이해가 어렵다는 것은 하나의 쟁점으로 떠오를 수가 있었다. 그러나 이제 시에 대한 독자들의 관심은 찾아보기 힘들게 되었다. 일반인들은 시를 읽지 않는다. 시뿐만 아니라 문학이 가치덕목의 자리에서 밀려난 시대에서 시인들은 시를 쓰고 있다. 전파매체가 온통 사람들을 휘잡고 있다. 관심은 거기에 쏠려 있지 문학, 특히 시에서 떠난 지 이미 오래 되었다. 시는 시를 쓰는 사람들끼리 서로 읽고 논의하는 끼리끼리 예술의 자리에 서고 말았다. 일컬어 동호인의 것으로 되었다. 시에 관심조차 없는데 무슨 이해 운운이 있을 수 있을 것인가 하는 것이 첫째로 생각해 볼 수 있는 이유다.

변화하는 시대에 앞서 가는 시인들의 감수성이 언어로 건져 올리는 사항은 첨단적일 수밖에 없다. 60년대 일반인들의 의식수준은 도무지 시인의 감수성을 쫓아갈 수가 없었다. 그러나 이제 일반인들도 시인의 감수성을 따라갈 수 있는 수준에 와 있게 되었다. 일반 독자들도 이제는 시인이 쓰는 시를 이해하지 못하는 수준이 아니다. 사정이 이러하니 난해시라는 말이 나올 수 없지 않느냐고 보는 것이 또 다르게 생각해볼 수 있는 까닭이다.

요컨대 전자는 시가 일반인들의 관심권에서 밀려났다는 데서, 후자는 일반 독자들의 수준이 그만큼 상승되었다는 곳에서 연유를 찾아 본 것이다. 이러한 파악 말고도 여러 가지 관점에서 말해 볼 수 있겠지만 크게는 이러한 두 갈래로 요약할 수 있을 것이다.

아무래도 전자 쪽의 이유에서 난해시의 논의가 사라진 것이라고 생각하게 된다. 시가 명맥을 유지하는 것만 가지고도 다행으로 알아야 하는 시대에 우리는 살고 있다. 그렇게 많이 출간되는 시집, 줄잡아 문학지에 발표되는 시만 한 달에 백편을 훨씬 상회하고 있지 않은가.

어쨌든 아직도 난해한 시는 존재하고 있다. 난해한 시가 존재할 수밖에 없는 것이 바로 현대가 아닌가. 그러한 논의는 갈래가 다른 것이므로 여기서는 이야기 하지 않기로 한다.

『한국문학』(3, 4월호)에 발표된 정양의 「성묘」와 「봄」 그리고 『문학사상』(4월호)에 발표된 유경환의 「온달이 사는 동네」라는 제목의 연작 5편은 이해하기 쉬운 시다. 난해한 시가 아니다.

(가)
내 나이만큼 흩어진
나뭇잎들
어디선가
다시 꼿꼿한 한 그루로
맑은 빛줄기 앞에 서리라

갈등의 갈피까지도
얼비치는
물가에
빛의 물살로
그 나무 다시 보리

가슴바닥에 아직도
내리는

잔뿌리 숨소리.

(나)
생전의 슬픔이 저렇게
이슬로 내린다고 한다
생전의 원한도 미움도 저렇게
이슬로 내린다고 한다

발길에 채이는 이슬을
이슬떨이 씻김굿 삼고
젖은 바지 걷으며 바라보는
눈 부시는 풀밭의 아침

우리네 슬픔이 저렇게
반짝인다면
미움이 그리움이 저렇게
눈부시게 아름답다면

이슬이여
부대끼며 부대끼며 남아 있는 것들이
못 견디게 사라지는 것들이
얼마나 맘 놓이리

(가)는 유경환의 「온달이 사는 동네. 2」, (나)는 정양의 「성묘」 전문이다. 읽어보면 시인이 말하고자 하는 바가 분명하게 드러난다는 것을 알게 될 것이다. 시인은 어렵고 복잡다단하고 어두침침한 분위기를 시 속에서 결코 만들지 않고 있다. 맑고 투명하며 천진스러울 정도의 순수한 정서를 언어로 오롯이 담아내고 있다.

유경환은 자연과 시인 스스로를 합일 시키고 있다. '나무'와 '나'를 교감 시키면서 자연을 인간의 문제로 끌어들여 맑음과 빛으로 그것을 되살려내고 있다. 그것은 조선시대의 시인들이 자연 속에 시인 자신을 동화 시키던 모습을 연상하게 해준다. 그러나 유경환은 그들과는 다르다. 그는 자연을 자신의 안쪽으로 끌어 온다. 유경환의 작품을 음풍농월이라고 말할 수 없는 이유가 여기에 있다.

음풍농월은 자연 속에 시인이 한없이 몰입되어 동화되는 것을 말한다. 유경환은 자연에의 몰입이 아니라 자연을 자신에게 끌고 오는 것이다. 결국 자연을 통해 인간과 세계를 말하려는 것이 아니라 인간과 세계 속에서 자연을 말하려고 한다. 그는 '갈등의 갈피까지도 / 얼비치는 / 물가에 / 빛의 물살로 / 그 나무 다시보리'라고 말하게 된다.

「온달이 사는 동네」의 나머지 작품들도 예시한 작품과 같은 범주다. 요컨대 유경환은 연작인 이 다섯 편의 시 속에서 삶의 황혼을 예비하면서 결코 자연 속으로 가는 것이 아니라 자연을 자신에게로 끌어온다. 이것은 전통적인 자연과 인간의 시적 설정관계와는 다른 면모다. 그는 자연과 인간의 관계를 새로이 설정하고자 하는 의욕을 누구나 쉽게 헤아릴 수 있는 시적 표현과 정서의 표출로서 담담하게 언어로 건져내어 우리 앞에 보여주고 있다.

정양의 「성묘」는 삶의 유한성과 인간사의 갈등과 길항을 '이슬'을 통해 알레고리하고 있다. 릴케가 '사람의 고독은 하늘로 피어올라 비로 내린다'는 구절을 연상하게 해준다. 정양은 역시 자연에 동화되는 것이 아니라 자연을 인간의 것으로 환원시키고 있다. 자연중심이 아니라 인간중심의 자리에서 자연을 파악한다.

맑고 정갈한 정서를 바탕으로 하고 있기 때문에 '생전의 원한'과 '미움' 그리고 '슬픔'과 어두운 삶의 모습도 마냥 깨끗하게만 느껴지는 시적 장치를 하고 있다. 시인의 사색과 성찰이 한 경지에 다다른 모습으로 이해할 수 있게 한다.

쉽게 이해되는 시가 반드시 좋은 시는 아니다. 쉽게 이해할 수 있는 대부분의 시들은 전통적인 정서와 연결되어 있다. 예시한 유경환과 정양의 시들이 가진 정서도 전통적인 것과 닿아 있다.

그러나 그들의 시는 전통적인 것들이 가졌던 '음풍농월로 절망을 땜질'하고 있지는 않다. 그들의 시는 전통적인 정서에 닿아 있으면서 그것과는 다른 자연관을 보여준다. 난해한 시가 아니라 쉽게 이해할 수 있기 때문에 이들의 시를 주목하는 것만은 아니다. 쉽게 이해되면서 우리의 마음에 삶과 인간 그리고 자연에 대해 성찰할 수 있도록 하기에 그들 시는 주목의 대상이 된다.

훌륭한 시는 누구에게나 쉽게 이해된 것은 사실이다. 다시 한 번 말한다면 쉽게 이해된다고 해서 반드시 좋고 훌륭한 시는 아니다. 유경환의 시와 정양의 앞에 든 시를 훌륭한 시의 범위에 포함시키는 것을 유보하는 것은 이들 시가 가진 시 정신의 치열성이 새로운 모습이라고 할 수만은 없기 때문이다.

새로운 모습의 시는 당대의 현실적인 감수성과 실험의식의 전위성을 얼마간 시 속에서 감지할 수 있을 때 얻어질 수 있는 사항이다. 유경환, 정양의 시가 이 부분을 한번 깊이 생각해볼 필요가 있을 것이라 생각되는 까닭이다.

시를 읽지 않는 사람들과 사는 세상
─ 이갑수의 시

이갑수의 시에는 신선한 당대적 감각이 배어 있다. 이갑수의 경우 그것은 단순하고 솔직하며 직접적인 시적 수사에서 얻어지고 있다.

세기의 말인 시간적 지점에서 한국은 후기 산업사회의 자본주의 속 악성이 그대로 노출되는 사회다. 이데올로기와 복잡한 여러 조직들이 인간을 옥죄는 사회다. 이러한 사회에서 탯줄을 대고 있는 시인은 차라리 그런 복잡성과 등을 돌리고 혼자서 느끼고 생각하며 행동한다. 그 같은 당대적인 젊은 감수성을 이갑수의 시는 극명하게 보여주고 있다.

이갑수의 시는 과격한 실험적 형태를 취하지도 않고, 심각한 사항을 요란하게 떠드는 그런 자세도 가지지 않는다. 쉽고 담백하고 간결하게 직정적으로 시적 대상을 언어로 잡아낸다. 『현대문학』(4월호)에 발표된 「나팔꽃 피는 나무」, 「내 나이 벌써 11시」의 2편 시에서 이것을 엿볼 수 있다.

「나팔꽃 피는 나무」는 '바다 속 소라껍질 같은 나무와 꽃은 / 저 혼자만이 오랜 비밀을 간직하고 있다'는 마지막 구절이 보여주는 대로 담백한 서정시다. 그러나 이 담백한 서정시는 개인주의의 극한을 보여주고 있다. 이것은 일종의 섬뜩함을 갖게 해준다.

모른다는 것이야말로 어쩌면
그동안 정직하게 모은 유일한 재산
보이지 않는 곳에서 자꾸 이자가 불어나는,
매일 찾아오는 짧은 점심시간을
직전까지 가서야 허기로 겨우 알았으니깐.

「내 나이 벌써 11시」의 앞부분이다. 아무 거리낌 없이 자신을 표백하는 간단명료한 시적 수사. 이것이 80년대 지배적 흐름의 시와는 엄청나게 다른 한 모습이라고 말할 수 있을 것이다.

이갑수 시의 이러한 경박성은 때로 시적 균형을 깨뜨릴 수도 있다. 그러나 앞으로의 시에서 그의 신선한 감각이 어떻게 전개될 지는 눈여겨

볼 필요가 있을 것이다.

시를 읽지 않는 대부분의 사람과 더불어 살고 있는 세상에서 우리는 시에 대해서 말하고 있다.

도대체 문학지에 발표되는 시를 몇 사람이나 읽을까.

이러한 물음에 많은 사람들이 읽고 감동하고 있으며, 시는 고급예술의 정수라고 자신 있게 말할 수 있는 사람이 누구인가. 읽지 않는 시를 쓰는 많은 시인들, 고등학교 교과서에 실린 시를 읽은 후 시에 대한 기억이 까마득한 저 많은 무리들. 시가 위기상황에 온 시대에 시를 이야기하는 것이 얼마나 부끄러운 일일 수도 있는가.

그러나 읽힐 수 있는 감동의 시 한 편을 찾아 디오게네스처럼 등불을 들고 대낮에도 문학의 거리를 헤매야 하는 것을!

(위 전부, 1994.5, 한국문학)

불교시. 서경시적 구조. 만드는 시

최동호가 『세계의 문학』(1994 봄)에 발표한 3편의 시에서 불교적 사유의 자락을 붙잡게 된다. 불교적 사유라고 해서 특별한 의미로 생각할 것은 아니다. 다만 일상 속에서 지나쳐 버리기 쉬운 평범한 사항들을 시인이 범상하지 아니한 관찰로 표출해 내고 있다고 파악할 성질의 것이다.

「새벽 빛」,「어린 솔나무에게」라는 시의 제명이 말해주듯이 시인은 일상의 현실 속에서 제재를 취하고 있다. 그러나 그 제재는 '달마는 왜 동쪽으로 왔는가'라는 부제가 말해주듯이 불교와 관계있는 사람과 방향을 통해서 시인의 의도를 알게 해준다. 앞의 두 작품 외 나머지 한 편의 제명은 「세속의 길」이라는 보다 구체적인 불교적 용어를 사용하고 있다. 그것은 부제의 일련번호가 말해주듯이 연작의 형태를 취하면서 일상 속에서 보다 확실하게 불교적인 것에로 나아가는 시인의 의도적

조치가 아닐까 하는 생각을 갖게 해준다.

『아침 책상』의 시집에서 보여준 최동호의 시 세계가 있는 그대로 일상을 드러낸 것이라면 이번의 작품들은 거기에 불교의 사유를 착색한 것이라고 말할 수 있을 것이다. 그리고 최동호의 이번 작품들은『아침 책상』에서의 시들과는 그 형태에서 전혀 다른 점을 보여주고 있다. 그것은 시인의 생각을 보다 많이 그리고 직접적으로 시 속에서 표현하고 있는 것에서 확인할 수 있다.

「새벽 빛」은 생명의 탄생과 거기에서 확인되는 우주의 질서와 시인의 의지를 읽게 한다.

구름은 산 위에서 굽어보고
빗방울 길을 따라 바다로 흘러가니
오고 갈 것이 본래 없는데

어린애는 왜 목이 붓도록 울고
눈썹 짙은 달마는
왜 먼길을 왔는가

잔잔한 강물이
마음 그림자를 비춰주니
하늘에서 떨어진 둥근 달덩이 하나
물속으로 들어가서

하늘 바닥에 피리 불어
별들을 창창이 박아놓고
그림자 없는 길을 건너간다

너 가는 곳이 어디냐
뜰 앞의 잣나무!

제자리를 지키리라.

「새벽 빛」의 부분이다. '오고 갈 것이 본래 없는데'가 불교적 사유의 직접적인 표현이라면 '제자리를 지키리라'는 시인의 의지로 볼 수 있을 것이다. '하늘에서 떨어진 둥근 달덩이 하나' 혹은 '하늘 바닥에 피리 불어 / 별들을 창창이 박아놓고'의 구절들은 우주의 질서를 말하는 것이다. 그 질서는 어린애의 울음과 어우러지면서 생명의 탄생과 그 섭리를 표현하는 것으로 이해할 수 있게 한다.

「어린 솔나무에게」에서는 보다 시인의 의지와 각오가 두드러지게 나타난다. '누가 참으로 진실을 말했던가. / 던져지고 부서지면서 저 근원에의 / 뿌리를 굳게 가지라. / 운명처럼 등뒤에서 바람이 불어온다.'의 마지막 구절에서 시인이 불교적 사유로 세계 속에 굳게 자리하고 싶은 의지의 표현을 읽게 된다. 「세속의 길」에서는 허물어진 암자를 통해 사바세계인 세속의 험난한 도정을 우회적으로 말해주고 있다. '동쪽으로 가는 자는 / 서쪽 길을 잃으리니'의 구절이 말하려는 근원적인 메시지는 '서쪽'이라는 불교의 정토 방향을 통해 시인이 불교적 사유에 침잠하고 있음을 알려주는 것이다.

불교적인 용어를 나열한다고 불교적 사유의 시라고 말할 수는 없다. 불상이나 불교의 유적을 통해 자신의 불교적 생각을 피력한다고 불교시가 되는 것은 더욱 아니다. 최동호의 「새벽 빛」 등의 시를 통해 알 수 있는 것은 일상 속에서 지나쳐 버리는 평범한 실상에서 불교의 세계관과 우주관 그것을 바탕으로 하는 시인의 의지가 언어와 만날 때 불교시의 참모습은 있어진다는 점의 확인이다.

최동호가 발표한 세 작품을 주목하는 까닭이 여기에 있다. 최동호가 기왕의 불교시 영역을 확대하면서 불교시의 새로운 모습을 보여줄 수 있기를 '달마는 왜 동쪽으로 왔는가'의 연작에서 기대하고 싶다.

박태일의 신작시 5편(『현대문학』, 94.3)은 시인의 새로운 시어 개척이 무엇보다 눈에 뜨이는 작품이다.

박태일의 시들은 객관적 상관물을 통해 압축적인 이미지 제시가 뛰어난 특성을 가지고 있었다. 그의 시어들은 섬세하게 조탁되고 압축된 견결한 것이었다. 이러한 시어들이 엮어내는 이미지는 집약적이고 참신한 것이었다.

> 산 겹겹 물 망망 세월 건너온 기러기는 새로이 깃들 땅을 내려다본다 사람의 뼈와 왕모래가 섞여 빛난다 앞다퉈 몰려오던 샛강물 안개도 두근두근 부딪다 물러서는 기스락이다 하얗게 터진 별 부릴 다듬어주던 갈기구름의 추억도 먹빛 죽지에 묻었는가 백 마리 천마리 출렁출렁 하늘 하늘 밑둥을 옮기는 재기러기 쇠기러기
>
> 옛 길에 떠밀려 새 길로 나선다 얼부푼 논둑 따라 따뜻한 쥐불자리 쥐불냄새 외우 선 당집 훼나무 비알에서 된바람은 지나온 세월의 상처를 핥고 있었는가 늘비늘비 햇살지기 먼 능선이 금줄처럼 늘어선다 신갈나무 가장이 마다 차운 맨살이다 금빛 얼음꽃이 박혔다 타타타타타 타타타타타 어디랴 동서남북
>
> 기러기 나라 물마을이 깜빡 저문다.

「여항에서—남녘기행. 3」의 전문이다. 분류하면 서경시에 더 가까운 이 작품은 박태일의 시가 종래 갖고 있던 언어의 조탁과 압축 그리고 이미지의 견결성을 모두 가지고 있다. 뿐만 아니라 '기스락' '얼부푼' '외우' '비알' '늘비늘비' 등의 시어는 일반적으로 사용하지 않는 언어의 개발이다. 이미 사어처럼 된 한국어를 새롭게 시 속에서 조명하고 있다.

시인이 언어를 다루는 장인이라는 말은 너무 진부하다. 그러나 시인

이 언어의 연금술사가 아니고 무엇이란 말인가라고 한다면 할 말이 없다. 시인은 무엇보다 언어와 함께 그 생명력을 가지게 된다. 여기에 시인이 새로운 언어의 개척에 혼신의 정력을 쏟아야 하는 근거를 찾게 된다.

박태일은 이것을 누구보다 확실하게 인식하고 있다. 예시한 시에서 보는 바로 그는 한국어의 새로운 조명을 통해 시어로서의 한국어 가능성을 한 단계 끌어 올려놓고 있다. 이러한 그의 노력은 집약적인 이미지 제시로 시의 성취도 역시 수준에 올려놓는다.

그러나 「천성진―남녘기행. 2」, 「가덕 복지원―남녘기행. 3」, 「할미꽃」, 「시월」 등의 작품은 예로 든 작품처럼 이미지의 제시가 탁월한 만큼 서경시적 범주에서 벗어나지 못하고 있는 아쉬움을 갖게 한다. 역사인식, 상황과 자아의 갈등, 대사회적인 자아의 고뇌를 이러한 서경시적 구조로 담아내기는 어렵다. 세계 속에 던져진 인간존재의 모습을 정서적인 그릇으로 담아내기에 서경시적 구조는 열세다. 박태일의 시가 시어의 새로운 개척과 함께 이러한 것을 담아낼 수 있게 된다면 분명 새로운 모습의 시인으로 우뚝 설 수 있을 것이다.

이하석은 『현대문학』(94.3)에 「흰 그림자」와 『문학사상』(94.3)에 「사랑」 외 4편의 신작시를 발표하고 있다. 이하석의 시가 가지고 있는 특성을 알기 위해서는 「흰 그림자」를 살펴보는 것이 효과적이다.

「흰 그림자」는 시에 대한 이하석의 생각을 엿보게 한다. 그는 산업화되고 물신화 되었으며 문명화 된 이 시대에 시는 '만들어 진다'고 생각한다.

> 청탁서도 와서 발목이 잡혔으니 시를 만들면서
> 시를 만들지만
> 내 말은 자주 망설인다

　　내 인기척을 저쪽에서 무어라 받아들일지
　　내 안에서 내 말을 지우는 바람소리가
　　들리고 나무가 흔들리지만

「흰 그림자」의 앞부분이다. 시를 '만드는' 것과 '쓰는' 것의 차이는 무엇인가. 만든다는 것이 인위적이고 작위적인 쪽에 가깝다면 쓴다는 것은 보다 자연발생적인 쪽에 서 있는 것은 아닐까.

'내 인기척을 저쪽에서 무어라 받아들일지' 이하석은 자주 망설인다고 말한다. 그리고 마음속으로는 상당한 고뇌를 한다는 것을 '내 안에서…. 바람소리가 들리고 나무가 흔들'린다고 표현하고 있다. '저쪽'이라는 것은 시를 읽어 주는 독자를 말할 것이다. 시에서 말하고자 하는 것을 '인기척'이라고 한다면 시를 만드는 이하석은 독자의 반응에도 관심을 두고 있음을 알 수 있게 된다.

이하석의 시를 유심히 살펴보면 그가 얼마나 작위적으로 시를 '만들고' 있는가를 알 수 있게 된다. '썩자, 내 그리운 사람들아 / 부디 너희들의 애인들에게 영원히 사랑한다는 헛된 맹세 말고'(『세계의 문학』94 봄, 함성호의 「신은 주사위 놀이를 즐기는 중이다」의 첫 1, 2행)처럼 이하석은 시에서 직접 시인의 정서를 서술하는 조사법을 쓰지 않는다. 그는 시어들을 고르고 골라서 그것들을 비틀어서 결코 자연스러운 시인의 정서 표출이라고는 생각할 수 없게 '만든다'.

이하석의 시를 '만든다'는 발상과 방법은 그가 「비에 대하여」, 「동봉」, 「무주에서」 등의 시에서 환경파괴에 대한 문명비판을 시도하는 데는 효과적이고 성공적이다.

　　너무 빨리 마음을 드러내는 건
　　빤한 수작에 불과하다.

물론 산성비도 비지만,
비 앞에서 비칠대는 내 마음을 아무리 드러내려 해도
비를 바라보는 내 마음이 반성되지 않는 한
모든 게 빤한 수작이 될테지.
누가 내 앞에서 퍼득이며 자꾸 빗물을 턴다.

「비에 대하여」의 마지막 부분이다. 그가 비판하고 있는 환경파괴에 대한 고발은 시를 만들면서 뒤틀어 놓은 언어들이 오히려 효과적임을 확인하게 된다, 그 뒤틀린 언어들은 거세고 둔탁하지만 독특한 개성율을 획득하고 있기도 하다.

시를 통해 볼 때 이하석은 독특하고 개성이 유별나게 강한 시인으로 파악된다. 「사랑」에서 보여주는 인칭대명사의 남발은 오히려 독특한 메시지를 주고 있다는 것도 놓쳐서는 안 될 것이다. 그러나 보다 유연한 정감을 시 속에서 느낄 수 있도록 했을 때 그의 시에서 느끼는 건조함은 많은 경우 극복될 것이란 생각을 해보게 된다.

(1994.4, 현대문학)

작은 것 속의 큰 것

무엇을 위한 시조형식인가
- 윤금초 시조집 『해남 나들이』

시조에 대해 생각해 본다. 시조의 파악이 조선조의 경우 음악과 불가분의 관계에 있었음은 아무리 강조해도 지나치지 않다. 창으로 불렸던 시조를 오늘날의 우리가 한 편의 시 작품으로서만 오로지 이해한다는 것은 시조의 전모를 파악하는 데 무리라는 점을 간과해서는 안 된다.

따라서 고시조라고 말해지는 시조의 이해에는 창으로서의 시조를 전제하고 그 음악적 면모와 아울러 시적 가치를 천착해야 할 것이다. 현대시조의 경우 이러한 시조의 바탕을 생각하면서 그 연속성과 새로운 시대에 적응하는 장르로서의 변화와 변모가 시도되어야 할 것이란 생각이다.

현대시조가 현대시의 특성을 조화롭게 수용하면서 원래 시조가 가진 음악적인 요소를 창으로서가 아닌 시어 자체에서 파악해내는 일도 중요할 것이다. 그것은 한국어가 가진 음악적 요소의 새로운 지평을 개척한다는 의미에서도 의의 있는 일이 아닐 수 없다.

사실 시조가 한국의 한시가 시의 정통적 자리를 오로지 하고 있던 조선조와 그 이전의 시대에서 시여詩餘라는 명칭으로서도 사용되었음을 지나쳐서는 안 된다. 이것은 한시를 하는 틈틈이 한 번쯤 창작하던 장르가 시조라는 것을 일깨워주는 말이다. 거기에는 삶과 현실에 대한 치열한 대응으로서의 의미보다는 그것과는 다른 자리에 있는 한가함과 여유로서 즐김의 의미가 더 강했다는 것을 알게 해준다. 따라서 고시조의 내용에는 주로 음풍농월적인 세계인식이 강하게 배어있었음은 결코 우연이 아닐 것이다.

시대의 변화가 이러한 시조의 형식과 내용적인 특색에 변화를 시도하게 된다. 임란과 병란이란 큰 전쟁을 겪고 난 후 평민의식의 대두와 더불어 엇시조와 사설시조가 생겨나게 된 것이 그렇다.

음악의 요소와 시적 요소가 분리하게 된 현대시조에서도 이러한 시대적 변화에 적응하는 시조의 형식 및 내용에서의 변화가 있어야만 할 것이란 판단이다. 현대시조 시인들은 이러한 문제에 태무심한 듯하다. 대부분의 경우 전통적인 것의 지속과 그 계승이란 점에 관심을 기울이고 있는 듯하다. 이호우, 이영도 이후 김상옥, 정완영 등의 현대시조에서 그것을 확인하게 된다. 바른 의미에서 전통적인 것의 지속과 계승이란 당대의 것과 상응되지 않는 것을 끈질기게 지키는 것이라고 할 수만은 없다. 근원을 훼손하지 않으면서 당대에 적응되는 새로운 형식과 내용을 창출해내는 것이다.

윤금초의 시조에는 기왕의 시조시인들이 가진 보편적인 관심에서 벗어나려는 의지와 노력이 역력하다. 그의 시조에서는 고시조의 틀을 온

존시키면서 그것에서 벗어나려는 의지가 있다. 형식에 있어 평시조와
엇시조 혹은 사설시조를 한 작품 속에 혼효시키는 것이라든가 내용에
있어 민감한 당대적 관심사와 정면으로 대응하면서 끈질기게 연결되어
있는 것이 그렇다.

> 그리움도 한 시름도 발묵(潑墨)으로 번지는 시간
> 닷되들이 동이만한 알을 열고 나온 주몽
> 자다가 소스라친다, 서슬 푸른 살의(殺意)를 본다.
>
> 하늘도 저 바다도 붉게 물던 저녁답
> 비루먹은 말 한필, 비늘 돋은 강물 곤두세워 동부여 치욕의 마
> 을 우발수를 떠난다. 영산강이나 압록강가 궁벽한 어촌에 핀 버
> 들꽃 같은 여인, 천제의 아들인가 웅신산 해모수와 아득한 세월
> 만큼 깊고 농밀하게 사통한, 늙은 어부 하백의 딸 버들꽃 아씨
> 유화여, 유화여. 태백산 앞발치 물살 급한 우발수의, 문이란 문
> 짝마다 빗장 걸린 희디흰 적소(謫所)에서 대숲 바람소리 우렁우
> 렁 들리는 밤 발 오그리고 홀로 앉으면 잃어버린 족문 같은 별이
> 뜨는 곳, 어머니 유화가 갇힌 모략의 땅 우발수를 탈출한다.
> 말갈기 가쁜 숨 돌려 멀리 남으로 내달린다.

『해남 나들이』라는 제명으로 민음사에서 나온 윤금초 시조집에 있
는 「주몽의 하늘」의 부분이다. 전통적인 시조의 형식으로 말한다면 전
부 3연으로 되어 있는 연시조의 1연과 2연에 해당한다.

1연은 전통적인 시조 형식의 자수를 그대로 지니고 있다. 그러나 제
시해 보인 2연은 완전히 평시조의 형식을 벗어나고 있다. 사설시조의
형식에 준하는 특성을 보인다. 같은 작품에서 이처럼 각각의 연을 형식
적으로 달리 설정하는 것은 고시조 혹은 기존의 시조에서는 보기 드문
경우다. 요컨대 윤금초는 기존의 시조 형식을 벗어나고자 하는 부단한

시도를 보여주고 있음을 알게 된다.

> 대명천지 밝은 날은 땡볕 외려 섬뜩해라
> 하늘 밑창 맞물린 저 수평선 이고 서서, 초라니 망둥이 새끼
> 3.4조로 해갈대는, 진수렁 뻘밭 헤집는 따라지 민초들은 저마다
> 방패막이 울짱 같은 연막 친다.
> 한 평생 자맥질하는 천덕꾸리 달랑게로.

「청맹과니의 노래」여섯 번째 「개펄」의 가운데 부분이다. 민초들의 서러운 삶의 정황을 '천덕꾸리'로 환치시키는 부분에서 기존의 시조시인들에서 찾아보기 힘들었던 시인의 현실인식과 역사인식의 실체를 만날 수 있다.

윤금초의 시조가 갖고 있는 이러한 새로운 영역에서의 현대시조 위상찾기를 장경열을 이렇게 말한다.

> "윤금초의 시조 세계는 깊이 있는 사유와 자연스러운 감정을 함께 아우르고 있다. 그 사유의 깊이와 감정의 자연스러움은 시조 형식과 팽팽한 긴장관계를 유지하고 있는데, 이때 시조 형식은 시를 소진될 수 없는 그 무엇으로 만들고 있다."

형식이 내용과 긴장관계를 유지하면서 살아 있는 무엇으로 바꾸어 주고 있다는 의미다. 공감이 가면서도 아쉬운 것은 '무엇을 위한 시조 형식인가'라는 말이 의미하듯이 윤금초의 시조가 보다 더 과격하게 기존의 시조형식을 허물면서 현실인식과 역사의식을 현대시가 갖고 있지 못한 전통의 지속적 측면에서 제시해 주었으면 하는 점이다. 그것의 언저리를 볼 수는 있지만 아직도 확연하게 볼 수 없음은 『해남 나들이』가 가진 한계라고 말할 수 있을 것이다.

변화하는 시세계와 신선놀음
—서정주 시집 『늙은 떠돌이의 시詩』

　시세계가 부단히 변화하는 시인으로 서정주를 말할 수 있다. 팔순을 바라보는 노대가가 아직도 자신의 시세계에 안주하지 않고 계속 변신하고 있는 것은 시에 대한 시인의 열정이 조금도 식지 않았음을 말해주는 것이다.

　시집 『늙은 떠돌이의 시』(민음사 출간)를 읽으면 시인 서정주가 왜 자신의 시세계를 계속 변화 시킬 수밖에 없는가를 얼마쯤 헤아려 볼 수 있다. 그리고 이 시인의 한계가 무엇이고, 그의 시가 가진 덕목이 무엇인가를 촌탁해 볼 수도 있다. 동양적인 정감의 세계, 삼국유사를 통해 보는 신라인의 심성과 불교적 세계 인식의 지평, 토속적인 샤머니즘의 세계와 전통적인 한국인 마음의 자락 그리고 동심의 세계와 인간의 원초적 정서가 가지는 순진무구성의 천착이 서정주의 시가 변화해온 궤적이다.

　'떠돌이'라는 말이 제시하듯이 이제 그의 시세계는 방황이 아니라 방황 그 자체임을 암시하려고 한다. 목적을 설정하지 못하고 이 곳 저 곳 얼쩡거리는 것이 방황이라면 방황 그 자체가 바로 목적이기 때문에 그것은 목표상실이 아니다. 오히려 목표나 목적을 훌훌 벗어던진 어떤 달관의 경지 같은 것이다.

　그것은 '시의 표현의 매력 추구도 자연과학의 발견의 추구와 마찬가지인 새 경지의 발견의 추구라고 나는 나이가 더할수록 더 생각하게 되는 것이다'라는 말로 바꾸어 놓을 수 있는 성질의 것이다.

　　동래(東萊)시장 구석에 앉아
　　부산(釜山)의 해물잡탕을 먹고 있으면

두 눈깔까지를 아조 잘 감춘다는
바다 게들의 달아나는 긴 행렬이 보이고,
고막조개들이 둔갑해 날아오르는 새떼와,
고막녀(女) 고막녀(女)들 옛부터 고막녀(女)들
유달리 고막을 잘 줍던 그 많은 고막녀(女)들과,
그리고
조용하디조용하여 너절하지 않던 날에만
아조나 먼먼 단군(檀君) 쩍부터
하늘이 그 입술로 친히 부신다는
하늘의 그 고은 고동소리가 들린다.

「부산釜山의 해물잡탕」 전문이다.

‘둔갑’ 그리고 ‘단군’, ‘고은 고동소리’라는 말에 이 시의 핵심은 놓인
다. ‘둔갑’이 비현실적이라면 ‘단군’ 역시 신화적인 사항이다. 이 둘의 비
현실적이고 신화적인 상황 속에서 시인은 ‘고은 고동소리’를 듣는다는
것이다. 요컨대 현실적인 것과 신화적인 것을 한꺼번에 끌어안는다.

이 시 속에서 화자인 시인은 해물탕을 먹는 실질적인 행위 보다는 신
화적이고 비현실적인 환상 속에서 현실을 떠나 고동소리를 듣는 신선
적인 입장에 있게 된다.

서정주 시의 특성 하나가 여기에 있다. 현실적인 현상을 현실로서가
아니라 신화 혹은 설화적인 비현실성으로 변용하고 시인 자신은 그 변
용의 주체인 신선의 경지에 앉으려고 하거나 앉아 버린다. 이러한 시적
태도를 60년대에 김종길은 접신의 지경이라고 말했다.

접신의 지경이 바람직한가의 여부 이전에 서정주의 이러한 시적태도
는 시세계의 변화와는 다르게 시인으로서의 일관된 시적 태도로 파악
된다. 그의 시가 치열하게 자신과의 형이상학적 대응은 하면서도 현실
과 사회의 상황에 맹목하고 있었던 것도 바로 이러한 시적 태도에서 비

롯된 것으로 파악할 성질이다.

서정주는 한국어가 가진 유연성을 극대화 시키는 조사능력을 갖고 있다. 어떠한 한국어도 그의 시 속에 놓이면 유연성을 가진다. 이 유연성은 유장함이라고도 말할 수 있는 것으로 그 언어들이 이루는 이미지의 공간은 관조와 여유 그리고 넉넉함을 가진다. 예시한 「부산의 해물탕」이란 시에서도 이러한 그의 조사능력은 유감없이 발휘된다.

그러한 조사능력은 서정주 시인의 시적공간의 확대와 그에 따르는 이미지의 급격한 변화와 이동에 있다고 파악된다. 예시한 작품에서 보면 부산 동래 그리고 시장에서 바로 바다로 이미지가 이동된다. 다음 비상하는 새들로 변화되는 이미지는 고막을 줍는 바닷가 처녀들에로 그리고 단군과 하늘로까지 이미지의 공간이 무한하게 확대 이동된다. 이 역동적인 이미지의 변화에서 오는 확대된 공간 확보가 서정주의 시어에 유연성과 유장성을 가져다주게 된다. 시어의 이 유장함은 서정주의 시가 가지는 덕목으로 놓여진다.

보다 현실과 사회의 상황에 서정주의 시가 관심을 갖게 되기를 바라는 것은 어리석다. 다만 우리는 서정주의 변화하는 시세계와는 다르게 한결같은 시적태도가 지닌 이른바 신선놀음 같은 것에서 벗어나기를 기대해 볼 수밖에 없을 것 같다. 신선놀음은 시인 자신을 비인간화시킴으로 반드시 천착해야 할 인간존재의 모습을 시인이 창조하는 시 속에서 희화화 시킬 수도 있기 때문이다.

匠人으로서의 시인, 사상가로서의 시인
– 정인영과 박태일 그리고 임동확의 시

정인영의 시에는 바쁜 일상 속에서 잊어버리고 있던 근원적인 정감이 있다. 나는 그렇게 읽었다.

「바람 속으로」(『한국문학』)는 사모곡이다. 어머님에 대한 애틋한 사랑이 절절이 넘쳐나는 정통적인 서정시다.

> 뒷뜰의 치자나무와
> 연륜으로 닳은 세간과
> 잃어버린 아들의 낡은 털옷,
> 둘러선 사람들 해묵은 상념들에 하나하나
> 손 내밀어 작별하시고 어머니는
> 그 바람 속으로 걸어 가셨다

「바람 속으로」의 한 연이다. 어머니. 누구에게나 이 말은 가슴에 넓고 깊은 웅덩이를 만들어 주는 정감의 도가니가 아닌가. 그래서 정인영은 어머니의 죽음을 '바람 속으로 걸어 가셨다'고 애써 죽음이란 말을 피하려 한다.

그러나 정인영이 구축하고 있는 어머니에 대한 간절함에는 근원적인 정감을 뛰어넘는 새로운 감동이 없다. 그것은 어머니를 시 속에서 구체화 시키는 객관적 상관물들이 너무나 진부한 것들이기 때문이다. 절제하고 압축하면서 이미지를 구축하는데 사용되는 객관적 상관물은 시인이 현실 속에서 새롭게 찾아낸 시인만의 것인 참신한 대상이어야 할 것이다.

그 참신함은 이미지를 구축하면서 시 속에서 시인만의 것인 창조적 세계로 되고, 읽는 사람에게는 깨닫지 못한 새로운 세계로의 여행이 될 것이다. 그 때 있어 온 감동이 아닌 새로운 감동의 물결을 읽는 사람 마음 속 정감의 도가니에 일렁이게 할 수 있을 것이다.

'치자나무' '닳은 세간' '낡은 털옷' 같은 객관적 상관물이 기왕의 시인

들에 의해 얼마나 사용된 것인가에 정인영은 한번쯤 생각해볼 필요가
있을 것이다.

> 그대 집 그대 마을 길 바꿨네
> 더 멀고 더딘 길
> 늦봄 볕살 자글자글
> 걷다 만 애기감자 자주감자 밟히는 들길
> 모롱이 돌면 먼 산 훌쩍 안겨오고
> 내 마음 몇 갈래 새 길도 들어서
> 그대 집 그대 마을 부러 바꿨네
> 무릎부터 파랗게 추억을 머금은 몸
> 문득 사철쭉 꽃대 따라 길 잡으니
> 무슨 빗소린가
> 늦장단인가.
>
> 연잎 빗방울 튀기고 노는 저 메뚜기

계간지 『시詩와 반시反詩』(93년 겨울호)에 발표된 박태일의 「그대 사는
마을까지」 전문이다. 정인영의 시어 선택과 박태일의 그것이 매우 대조
적이다. 정인영이 산문적인 풀어쓰기의 수사법을 사용하고 있다면 박
태일의 그것은 절제되고 압축적이면서 설명이 아니라 이미지에 의존하
는 전달방법을 사용하고 있다.

이미지를 구성하는 객관적 상관물이 정인영의 그것과 박태일의 것은
전혀 다르다. 시인 자신의 관찰에 의한 세계 속의 대상을 사용함으로 박
태일의 시에서는 참신한 감동을 갖게 된다.

설명적인 수사법으로 메시지를 전달하든, 절제된 언어로 대상의 이
미지를 통해 시인의 의도를 전달하든 그것의 우열을 가릴 수는 없다. 그
러나 설명적인 수사법의 시가 가진 산문성은 그것이 시의 형식이 도움

을 주지 못할 때 실패하고 만다는 것을 정인영은 생각해 볼 일이다.

박태일의 시가 갖고 있는 간결성과 압축은 분명히 돋보인다. 그러나 이미지에 의한 메시지 전달이 갖고 있는 역사성과 치열한 현실인식이 그의 시에서는 희석되어 있다.

> 산을 열고 들어서니
> 산은 없고
> 가뭇가뭇 눈길 끝
> 절집 아궁이
> 뉘집 홀며느리가 새 공양주로 들었나
> 솔가리 한 짐
> 연기 한 줄기

박태일이 『시와 반시』에 함께 발표한 「화악산」의 전문이다. 한 폭의 산수화를 보는 듯한 느낌이다. 이 뛰어난 조사법措辭法. 그러나 그 이상 무엇이 없음을 아쉬워한다면 과욕일 것인가.

좋은 시인은 장인일 수 있다. 그러나 위대하고 훌륭한 시인은 사상가였다는 말을 새삼 생각하게 된다. 훌륭했던 시인은 인간의 위대한 정신 그 자체가 아니었던가.

임동확의 시 「마음의 두엄자리」와 「밤의 내력」(『한국문학』, 94.1.2)을 읽으면서 시인이 세계를 보는 눈은 연령에 관계없이 변화한다는 것을 확인하게 된다.

'개가 구역질나는 똥을 망설임 없이 받아 삼키듯 / 제 몸 깊숙이 같으면서도 다르고 / 다르면서도 같은 생명의 갈키를 세워라'(「마음의 두엄자리」 부분)라는 구절과 '이제는 화려한 꽃핌 대신 향기를 발하는 시간들을 맞는다'(「밤의 내력」 부분)라는 구절을 한 시인이 함께 쓸 수 있다는

것은 세계를 획일적으로 판단하지 않고 보다 포괄적이며 다양하게 보
는 것이 시인을 얼마나 성숙하게 만드는가에 대한 확인이다.

임동확이 시작메모에서 쓰고 있듯이 시인은 '작은 것 속의 큰 것'을
탐하는 시대의 파수꾼인지도 모른다. 시인이여, 작은 것에서 큰 것을 시
로서 증언하라. 그리고 작은 것도 크고 위대하다는 것을 언어로서 실증
하라.

(1994.3, 한국문학)

지식은 산문을 낳고, 지혜는 시를 낳는다

시적 대상으로서의 자연

이성선의 시에 대해 관심을 가져왔던 것은 비단 혼자만은 아닐 것이다. 그의 시어는 절제되어 있고, 그가 시에서 말하고자 하는 것은 다른 시인들에 비하면 보다 뚜렷하고 명료한 이미지로 표현된 특징을 가진다.

자연을 시적 대상으로 삼으면서 자연 속에 내재되어 있는 영원성이랄까 신비성까지를 시인의 마음속으로 끌어오는 세계를 구축하고 있다. 유기체적인 세계관 혹은 범신론적인 입장에 선다고 말할 수 있는 이성선의 시정신은 맑고 투명하면서 명상적이다.

『문예중앙』(93년 겨울)에 발표한 3편의 시에서도 그것을 알 수 있다.

흙길을 가다가 문득 본다.
발자욱이 남아 있다.

　　발자욱

들여다보니 놀랍다.
사라진 얼굴이 그 속에 숨어 있다.

찾았다. 잃어버린 사람
나비 한 마리
발자욱 속을 난다.

「산시山詩 43」의 전문이다. 흙길 속의 발자욱. 그것은 자연이다. 자연 속에서 잃어버린 사람을 찾고, 나비 한 마리 나는 모습을 등장시키면서 자연과 하나가 된다. 다시 말하면 시인이 자연 속에서 또 다른 인간의 모습을 확인하게 된다. 자연이 곧 생명을 가진 인격체임을 말하고자 한다.

　같이 발표한 「산시 44」는 이렇게 인간과 하나로 어우러지는 자연 속에 원효와 의상의 고사를 들추면서 신비성까지 가미하고 있다. '내가 다시 방안에 앉아 침묵 속에 차를 / 한잔 마시니 / 동해 바다가 한잔 줄어들었다. // ―나는 바다를 끌어 마셨노라. // 입에 달이 걸린다.'와 같은 구절에서는 자연과 인간이 합일되면서 온통 자연이 인간을, 인간이 자연 그 자체가 되는 광경을 볼 수 있게 된다. 그래서 '입에 달이 걸린다'라는 뛰어난 이미지가 강렬한 느낌을 배가 시켜주게 구성한다.

　이성선의 이러한 시세계는 그의 초기 시에서부터 지금까지 지속적으로 견지되어 오고 있다. 자연과 인간을 하나로 하는 유기체적 세계관 속에 시인의 날카로운 언어 감각이 탁월한 이미지를 형성시켜 놓는 특성이 그것이다.

　같은 산을 시의 대상으로 하면서 장호는 이성선과는 다른 시 세계를 보여준다. 40여 년이 넘는 시작詩作을 기념하면서 펴낸 장호의 시집 『신발이 있는 풍경』(도서출판 답게) 속의 시편들은 대부분 시인이 산을 오르

내리면서 산에 대해 생각한 것을 주요내용으로 하고 있다.

산길을 톺아 오르는데
어디로 가는 길이냐 묻길래
산길을 간다.

산에서 사람을 만났더니
어디를 가느냐
산에 간다.

여기는 산 아니냐
다잡길레 또
산을 간다.

산길에 끝이 없다면
웃을지 모르지만,
끝장을 재촉하는 길만이
사람의 길일까.

우듬지에 걸린 보름달만이 달이 아니듯이
길에는 끝이 없다.

길은 거기 발아래 놓여 있는 것이 아니다.
가야 길이지.
앞서 간 발로 다져진 길만이 길이 아니다,
열면 길이지.

길이란 미리, 어디 걸려 있는 것이 아니다.
길 찾아가는 길
이 길이 길이지.

「길 찾아 가는 길」의 전문이다. '길'이라는 시적 대상을 '산'과 합하면서 시인은 그 속에서 삶의 지혜를 찾아낸다. 대상인 자연과 하나로 합쳐지는 이성선의 그것과는 매우 다른 세계관이다. 자연 속에서 삶의 본질 혹은 현실의 사항을 해결할 수 있는 고리를 찾아내는 시정신이다. 대상으로서의 자연을 그대로 두어 두고, 그 자연 속에 있는 인간의 삶과 현실을 예리하게 관찰하고자 하는 자세다.

'앞서 간 발로 다져진 길만이 길이 아니다'라는 구절에서는 문득 로버트 프로스트의 「가지 않은 길」을 떠올리게도 된다. 인간의 무한한 창의성 그리고 개척정신, 모험심이 결국은 놓인 길이 아닌 새로운 길을 만들게 되고, 만들어야 한다는 것을 거기에서 확인하게 된다.

장호에게 있어 자연은 인간에게 무한한 삶의 지혜와 현실의 문제 해결을 제시해주는 어떤 것이다. 그는 산이라는 자연을 대상으로 하고 있지만 사실은 인간과 현실이라는 관계 속에서 자연을 바라보고자 한다. 인간이 사는 현실이 빠진 산과 자연은 그에게는 의미가 없다.

이성선의 시가 가진 세계는 장호의 시 세계에서 보면 음풍농월적인 것이다. 자연과 하나가 되어 그 속에 탐닉하고 있는 것은 현실을 내동댕이치는 것으로 생각할 수밖에 없다.

자연과 합일되어 자연 자체로서의 인간 그 정신의 구극을 천착하는 일이나, 현실과 삶의 모습을 자연 속에 투영시키고 거기서 지혜의 가닥을 찾는 일은 둘 다 의미 있는 일이다. 그러나 현실이 빠져버린 자연 속에 인간을 놓아 인간과 자연이 하나로 되는 세계관은 신비주의의 색깔이 너무 짙은 것은 아닐까. 이성선의 시에 얼마간 불만이 있다면 이 같은 신비주의 색채라 말할 수 있을 것이다.

장호나 이성선과는 또 다른 자리에서 김지하는 자연과 시의 관계를 설정하고 있다. 『현대문학』(93.11)에 발표한 「일산시첩―山詩帖」에서 김지하가 자연을 어떻게 시로서 형상화하고 있는가의 한 켠을 볼 수 있게 된다.

김지하에게 있어 자연은 자신의 삶을 되돌아 성찰하게 하는 것으로 생각된다. '일산'은 지명이지만 그 곳은 대도시로부터 벗어난 보다 자연 속에 놓여 있는 삶의 터전이다. 그 곳에서 시인은 '내 몸에 / 살 떠나고 // 뼈만 남았구나'라고 확인한다. 부조리한 현실, 획일적이고 전체주의 체제, 인권이 유린당하고 인간의 권리가 폭력에 의해 무참하게 짓밟히던 시대를 시정신의 치열함으로 맞섰던 저항시인의 성찰과 아픔이 이 구절 속에는 배어 있다.

외로울 땐
풀잎 하나도 정답다

하늘 가득 스모그 속에
아직도 살아 있는 대지

아
참새 지저귀고
아직도 꽃이 피고

하늘엔
흰구름도 흐른다

아파트에 쭈그려 앉아
허공 한쪽 볼 수 있으니
내 삶
아직은
괜찮다

고마워
눈물 난다.

　모두 5까지 되어 있는 「일산시첩」의 3번째 시 전문이다. 김지하는 자연에 인간을 합일 시키지도 않고, 자연 속에서 삶과 현실의 지혜를 찾으려고 하지도 않는다. 다만 시인에게 보이는 자연을 통해 시인 자신을 성찰하고 자연의 의미가 자신과 어떤 관계 속에 있는가를 확인하여 토로할 뿐이다. 이 같은 성찰과 토로는 자연을 시인의 내면으로 끌어와서 자신이 자연으로 되는 경지까지를 상상하게 된다. '흰 햇살 눈부신 / 뼛속에서 / 무지개 꿈꾸고 // 뼛속에서 / 풀잎 자라고 / 해와 달뜨고 // 밤낮 / 굿치는 소리 들린다'는 구절이 이 점을 알게 해준다. 자신 안에 풀잎이 자라고 해와 달이 뜨는 상태를 시인은 그대로 말하고 있다.

　김지하는 자연을 시인의 내면으로 끌어와서 자기대로 해석하고, 그 해석을 통해 자신의 삶의 현재성을 확인하려 한다. 말하자면 자연을 자기의 것으로 만들면서 자아의 존재를 현실 속에서 확인하고 확증하려 한다. 자연을 자기의 것으로 만들어 버리는 이러한 경지. 여기에 저항시인으로 혹은 통절히 현실을 풍자했던 시인의 강렬하면서 끈질긴 시정신의 투혼을 엿볼 수 있게도 된다.

　시적 대상인 자연을 어떻게 시인이 바라보아 그것을 시로 형상화하는가를 왈가왈부하거나 시시비비할 수는 없다. 그러나 이성선, 장호, 김지하의 시에서 보이는 자연을 대하는 시인의 태도에서 시인이 현실과 삶 그리고 시인의 존재와 어떤 굳게 관계되면서 신비주의로부터 벗어나는 것이 보다 바람직한 것이라고는 말할 수 있을 것이다.

개성율이 획득되는 공간

시인의 내면을 시로 표출하는 대조적인 경우를 이상희의 시와 김정란의 시에서 볼 수 있는 것은 흥미 이상의 것이다. 흥미 이상의 것이란 이상희가 전통적인 시의 조사법措辭法으로 김정란이 이 전통적인 조사법에서 벗어나려 하고 있는 점에서는 대조적이지만 그 결과는 동일하다는 것에서 비롯한다.

이상희는 「겹꿈」을 『한국문학』(93.11~12)에, 김정란은 「기도」를 『문학사상』(93.11)에 발표하고 있다.

(가)
황토 고물
걸음에 묻어나는
가파른 산길이었네
모가지 긴 들꽃 흔들며
우우-내려가는 여자들 속에
섞여 있었네 문득
들꽃 하나 여자 하나
까마득 벼랑
떨어졌네

(나)
사물의 사이와 사이에서 넘어지며, 일어나며
이 긴장과 이 가슴앓이를 차마 살아내요
미련도 없이, 다만 당신을 향해 서서,
착하고 온순하게, 둥둥 세계를 등에 업고
잠재우면서..... 당신이 거기 계시기만 하면, 다만......

(가)는 이상희 작품의 부분이고, (나)는 김정란의 작품 부분이다. (가)

가 전통적인 조사법에 자리하고 있음은 확연하게 알 수 있을 것이다. 이러한 조사법에 의한 이미지 구축은 손쉬운 방법이긴 하지만 신선함의 결여라는 단점을 가진다. (나)는 관념적이면서 자유분방하고 힘이 있는 조사법이다. 날카롭게 이어지는 이미지와 이미지의 연결은 매우 신선한 느낌을 준다. 그러나 주의 깊게 살펴보면 시인이 말하고자 하는 가닥이 둘 다 설명적이다. 이것은 객관적 상관물인 이미지들이 너무 두드러지게 시인의 진술을 노골화시키기 때문이다. 시인 내면에 자리하는 사항을 한꺼번에 제시하려는 의도에서 비롯된 결과로 파악할 수 있는 성질의 것이다.

그러한 필연적인 결과로 두 작품의 행을 그대로 연결시키면 산문의 몇 줄 같은 인상을 받지 않을 수 없게 된다. 이상희가 전통적인 조사법에 의지하고 있거나 김정란이 그곳에서 벗어나 보다 다른 수사법으로 이미지를 구축하려고 한 것을 알게는 되지만 시어의 음악성에 너무 태무심하지 않았던가 하는 생각을 떨쳐버릴 수 없게 한다.

그러나 이상희의 작품은 여인이 가진 심층심리 속에 소외감과 고독감 그리고 현실의 어려움을 떠올리려는데 성공하고 있다. 김정란의 작품은 저돌적으로 심층심리의 천착에서 벗어나면서 오히려 그것을 더 표출하는 결과를 가져오고 있다. 두 여류시인의 방법은 다르지만 그 단점과 장점이 오히려 같은 결과로 나타나고 있는 것은 흥미로운 일이다.

이 두 작품과 황지우의 작품을 대비해 보면 어떨까.

너무 늦게 온 것들;
붉은 사루비아 찬바람 속에 있네
서울로 돌아가는 벗 배웅하고
터미날 돌아나오는 그날
시멘트 화단에 나와 있던 그것들;

바람이 윤곽을 흔들어놓은 그 자리
붉은만이 공중에 떠 있네

늦게 온 것들에 대한 측은지심(惻隱之心)
찬바람에 옻오른 붉은 사루비아
여기는 터미널

『한국문학』(93.11~12)에 발표한 「붉은 사루비아」의 전문이다.

황지우는 시어는 물론 구두점에까지 신경을 쓰고 있음을 간과해서는 안 된다. 어째서, .를 하지 않고 ;을 하였는가를 생각하면 이 점을 이해할 수 있을 것이다. 이 시의 어느 행들을 아무리 붙여보아도 산문의 문장으로 되지 않는다는 점도 기억할 필요가 있을 것이다. 요컨대 황지우는 시 속의 기호까지 시어로 상정하고 그것을 통해 시어가 가진 음악적 요인을 끌어내려 하고 있다.

시가 산문과 구별되어야 하는 요인이 어디에 있는가를 사려 깊게 생각한다면 이상희와 김정란이 가진 시어의 산문성은 극복될 것이다. 자유시가 가진 음악성의 공간을 개성율이라고 한다. 이 개성적인 운율의 확보는 오로지 시인의 치열한 시정신과 시어에 대한 깊은 성찰의 그 끝에서 얻어지는 것이다.

시집 『떠남』과 감동의 객관화

유자효의 시집 『떠남』(문학수첩)을 읽었다. 박호영은 '떠남의 어려움과 숙명성' '고통과 미련으로부터의 떠남' '새로운 열림으로서의 떠남'으로 유자효의 시집 시들을 분류하면서 이렇게 말하고 있다.

　"시인은 오랜 떠남의 생활로부터 떠남의 철학을 터득했다. 떠남이란 우주의 정연한 이치요, 다만 우리의 시야가 흐려, 집착하는 것이 너무 많아 떠남을 망설이고 있는 것이다. 우리가 자유를 얻지 못하고 자질구레한 모든 것에 둘러싸여 구속되어 있는 것도 떠남의 진정한 의미를 모르는 까닭이다. 그러므로 시인은 노래한다. 떠남이야말로 새로운 열림을 가능케 해 우리를 일상의 삶으로부터 구제하는 것이라고."

　박호영의 이 지당한 분류는, 나의 생각으로는, 너무 지당하기 때문에 오히려 유자효의 시들이 갖고 있는 특성을 지나치게 보편화해버린 듯하다.

　유자효의 시에는 힘이 있다. 이 힘은 주로 그가 사용하는 시어에서 비롯된다. 그러나 유자효의 시들에는 감동을 객관화 시켜주는 장치가 미흡하다. 그래서 그의 시들이 갖고 있는 이 힘은 시인 자신의 소리로만 그치고 마는 경우가 많아질 수도 있다. 시인이 시에서 자신의 소리만을 힘 있게 강조하면 그것은 시를 읽는 이의 감동으로 변용시키는 데 열세가 되고 만다.

> 황사가 온다.
> 미친년처럼 머리를 풀어헤치고
> 통곡하듯이 어르릉 거리며
> 흙이며, 먼지며, 중금속이며
> 온갖 잡다한 쓰레기들을 쏟아 놓는다.
>
> 도시의 허파엔 니코틴들이 내려 쌓이고
> 이를 갈며 달려드는 기계의 무리.
> 긴장하라, 긴장하라.
> 부르짖는다.

시끄럽다
사랑할 수가 없다.

「비탄의 도시」 전문이다. 문명비판적 메시지를 담고 있는 이 시에는 힘이 있다. 빠른 호흡 그리고 적절한 시어의 배열에 의한 행과 연의 구분이 힘을 만들어 주고 있다. 그러나 끝 연에서 시인의 모습 혹은 메시지가 너무 직접적이므로 오히려 감동의 폭을 좁혀준다. 감동의 객관적 확보란 시인의 목소리를 낮추면서 시인의 주관이 지혜롭게 객관적인 것으로 변용될 수 있는 통로를 확보하는 일이다. 유자효의 시들이 고른 수준과 그 가능성을 가지면서 동시에 이러한 미흡한 요소를 공유하고 있음을 숨길 필요는 없다. 그의 시는 박호영이 말하듯이 새로운 열림의 지평을 확보할 수 있는 가능성을 충분히 갖고 있기 때문이다.

능력 있는 시인이 오랜 침묵 끝에 상재한 시집 『떠남』을 읽고 난 후, 『문학사상』(93.11)에 마종하 시인이 쓴 '지식은 산문을 낳고, 지혜는 시를 낳는다'는 말을 새삼 충격적으로 떠올렸다.

이 말을 모든 시인에게 전하고 싶다. 글의 제목을 이것으로 삼는 까닭이 여기에 있다.

(1993.11~12월, 한국문학)

2부

‘살과 뼈’로 말해지는 두 경향

현재적 의미의 서정성

1.

이형기의 시는 서정성의 현재적 의미를 생각하게 한다. 원래 그의 초기 시는 원초적인 서정이라 말할 수 있는 것의 드러냄이었다. 첫 시집 『적막강산寂寞江山』(1963)에서 그가 추구한 것은 전통적 서정을 주조로 한 한국인 정서의 근원적인 것에 대한 천착이었다.

『한국문학』(9, 10월호)이 기획한 회갑맞이 시인 신작선 연보에 의하면 그는 전통적 서정이 주조를 이룬 이 첫 시집의 시 세계에 대해 실은 그 때 이미 그러한 세계에 대한 회의를 느껴 시적 전신을 모색하면서 평론에도 손을 대기 시작했다고 적고 있다. 전통적인 서정의 세계에 대해 왜 회의를 느꼈는지를 파악하면 그가 추구하는 시세계의 맥을 잡을 수 있다고 생각된다.

이형기가 앞에 말한 연보에서 적고 있는 것을 좀더 살펴보기로 한다.

1975년 세 번째 시집『꿈꾸는 한발旱魃』상재. 초기의 전통적 서정을 청산하고 새로운 세계를 이룩했다고 그 연보는 말한다. 회갑을 맞는 다른 시인들의 연보도 함께 실린 이 연보는 내용으로 보아 편집자가 주관적으로 작성했다기보다 시인 자신의 도움을 얻어 서술한 것으로 보인다. 이형기는 자신의 시가 전통적인 서정의 세계에서 벗어나야 한다는 전제를 염두에 두고 있었음이 확인된다.

시인이 과거의 것에서 벗어나 새로운 세계를 모색하려는 것은 당연한 일이다. 그렇게 하지 않는다면 그 시인은 자신만이 추구하는 시 세계를 창조할 수 없다. 전통적인 서정의 세계에 대해 회의를 느낀 이유도 여기에 있다고 파악할 수 있다. 이형기는 그러한 의미에서 자신의 시 세계를 독자적으로 확보해야한다는 생각을 일찍부터 가지고 있었음이 확실해진다.

이형기의 시가 서정성의 현재적 의미를 생각하게 한다는 말은 이형기의 시적 노력이 회갑을 맞는 시점에서 얼마간 성취되었다는 의미이기도 하다.

전통적인 서정의 세계는 농경중심의 사회에서 배태되었다. 그것은 정착과 여유라는 심리적 움직임과 관계한다. 있어야 함이 당연함에도 떠날 수밖에 없는 것에 대한 간절함, 가져야 됨에 대한 갈구를 충족하지 못함에서 생긴 아쉬움이 그 정서에는 배어 있다. 이별과 그리움을 기저로 해서 생기는 한恨이 한국의 전통적인 정서의 많은 부분을 차지하고 있음에서 이것은 확인된다. 능동적이고 행동적이지 못하며 항상 수동적인 자세는 그 정서에서 비롯되는 당연한 모습이다. 진취적이고 행동적이지 못하다는 비판 앞에 어쩔 수 없는 이 전통적인 정서의 모습에는 눈물과 애달픔이 가을날 포도를 뒹구는 낙엽만큼이나 지천으로 깔려 있다.

현재적 정서는 한국 사회가 전통적인 농경사회에서 벗어나 있다는 것에서 파악해야 한다. 20세기 한국시의 정서와 그 이전의 시적 정서가 결코 동류항일 수 없고, 동류항이 되어서도 안 된다는 것은 20세기 한국의 현재적 정서는 산업사회 혹은 근대화된 공업사회라는 것과의 조응 속에서 생각하고 파악되어져야 한다.

정서를 풀어내는 것이 서정이다. 현재적 정서를 풀어내는 서정성, 그 것이 변화된 정서의 토양에서는 어떠한 모습으로 나타나는가. 그 한 부분을 이형기의 시는 초기에 보여주었던 세계와는 다른 모습으로 제시해 주고 있다.

『한국문학』(9, 10월호)에 발표된 몇 작품은 현재적 서정성에 대한 이형기의 몇 가지 모습을 포괄적으로 제시하고 있다.

마지막 희망은 자기 부재에 대한 성찰과 그 고발이다. 심부름도 대리, 시험도 대리, 살인도 대리, 법정에서도 대리인이 있어야 하는 그런 시대에 대한 성찰이다. 자신의 확실한 모습인 자아는 어디에 있는가. 그것은 오직 죽음이라는 것에서 찾아질 수밖에 없다고 절규한다.

> 그러나 죽는 것만은
> 누구도 대신해 주지 못 한다
> 내가 직접 죽을 수밖에 없다
>
> 아 안심이다
> 그래도 내가 꼭 나라야만 되는 일
> 마지막 희망 하나 아직 남아 있으니!

마지막 희망의 끝부분이다. 자신을 정확하고 확실하게 만날 수 있는 것은 죽음뿐이라는 삶의 현장. 이 현장이 과연 인간을 위한 가치 있는 일인가를 이형기는 묻는다.

「서울로 이사 온 밀레의 이웃」에서는 산업화가 반드시 수반하는 도시 집중화 현상을 시로 말하려 한다. 도시 집중화 현상이 농촌의 황폐화를 몰고 오는 것은 불문가지. 이러한 삭막한 현상을 이형기는 '농사를 지어서 살 수가 없다. / 전원은 그림 속에 버려두고 / 사람은 빠져나와 도시로 가자.'는 언어로서 건져 올린다.

얼음 우에 댓닢자리 보아
님과 나와 얼어 죽으려고
한겨울 이 밤 더디 새라 했더니
그리하여 가슴 저리는 사랑노래
애절한 꿈으로 하나 남기려 했더니
아서라 말아라
때는 바야흐로 지구 온난화시대
거대한 그 온실 안에서는
아무 데도 얼음이 얼지 않는구나
아희야 댓닢자리 치워라
님과 나와 택시 잡아타고
포근한 러브 호텔 침대로 가리니

「신만전춘」의 전문이다. 여기서는 두 가지를 한꺼번에 말하려고 한다. 공해에 의한 환경파괴의 문제. 그리고 사랑에 대한 풍속의 바뀜이다. 그러나 시인은 바뀐 사랑의 풍속을 긍정적으로 보지 않는다. 그것은 이 시의 전체적인 구조가 반어법으로 시종하고 있으며, 풍자적인 모습을 띄고 있음에서 확인된다.

여기서 간과할 수 없는 것은 이형기가 한국의 옛 시를 어떻게 파악하고 있는가 하는 점이다. 「만전춘」이라는 고려속요에 대한 오늘날 시인이 보는 시각. 그러나 그것은 「만전춘」에 대한 깊은 천착이 아니라 다만 시적 대상으로 사용하려는 실용적인 입장에 서 있을 뿐이다. 옛 시의 정서와 현재적 정서의 아우름이나 두 정서에 대한 현재적인 시적 의미로서의 해석이 아니라 환경파괴와 사랑의 풍속에 대한 비판과 야유를 위한 수단으로 「만전춘」을 사용하고 있다. 생각하고 있는 시에서의 메시지를 전달하는 데 있어 이것은 효율적일 수 있을 것이다. 반면에 보다 통시적인 가닥에서 정서의 편차를 통한 의미 있는 실체로서「만전춘」을 해석하지 못하는 아쉬움을 가진다고 할 수도 있다. 이형기의 시가 경박성을 가진 듯이 보인다고 한다면 이러한 곳에 그 이유가 있는 것은 아닐까.

「자화상」에서는 자신의 진면목을 찾으려는 시인의 끝임 없는 노력과 좌절을 읽을 수 있게 된다. 방화계획에서는 결코 퇴색될 수 없고 그래서도 안 된다는 시정신의 치열성과 만난다. 이것은 시인은 고통과 슬픔과 재능을 팔아먹는 사람이지 나이를 팔아먹는 사람은 아니라는 시작노트에서의 그것과 동일선상에 있다. 또한 「물구나무 서기」(문학사상, 10월호)에서 보여주는 끝임 없는 자기 갱신과 맥락을 같이 하는 것이 아니겠는가.

이형기의 시가 보여주는 현재적 서정성의 의미는 산업화 사회가 배태하는 정서와 닿아 있다. 그의 시는 넓게 보아 문명비판적 성격을 가진다. 그러나 그것은 김광섭의 「성북동 비둘기」가 가지고 있는 관념적인 색채가 농후한 것과는 다르다. 보다 구체적이고 견고하며 시적 에너지를 갖고 있다. 그것이 역사적인 사항과 아우를 수만 있다면 송욱의 「하여지향何如之鄕」을 언어적으로 완벽하게 극복하면서, 김광섭의 관념성을 뛰어넘는 문명비판적인 독자적 영역인 현재적 서정성을 한국시사에 인각시킬 수 있으리란 판단을 가지게 된다.

2.

　박제삼의 시는 너무 연약하다. 이 말은 그의 시가 식물적이란 말과 통한다. 식물적이란 원래 농경사회의 정서가 가지는 대표적 사항의 하나다. 유목사회의 정서가 동물적이며 전투적인 것과는 달리 이 식물적 정서는 고요하고 태평연월적이지만 너무 가냘프다. 그것대로의 의미가 거기에는 주어지지만 현실성의 결여를 말하지 않을 수 없게 된다.

　『한국문학』(9, 10월호)의 회갑맞이 시인 신작선에서 보게 되는 박재삼의 「빛나는 것에 빠져」 외 4편의 작품은 이러한 생각에 더욱 확신을 갖게 한다. 세상을 바라보는 시인의 눈이 달관에 빠진 것도 아니고 가녀리긴 해도 애잔한 슬픔을 지니는 일컬어 전통적인 정서의 맥락도 아닌 어정쩡한 신변잡기에 빠져 있음이 안타깝다.

> 전에는 시(詩)를 써도
> 자꾸 고치고 또 고치고
> 처음 쓴 내용이
> 새카매지도록까지
> 이 말이 나올까 저 말이 나올까
> 어지간히 가리고 또 가렸는데
> 이제는 그럴 기운도 차츰 없어지고
> 그저 수월하게만 꾸미려드네.
>
> 이것이 잘못인 줄은 알지만,
> 그래서 안 되는 줄은 알지만,
> 모든 것이 시시하게만 느껴지는
> 이 잘못을 어쩔 수는 없다구.
> 아, 하늘은
> 더 없이 높게 갠 것이
> 따지고 보면 그런 걸 불가항력(不可抗力)이라고

깨닫게 한다구.

「요즘의 내 시詩」의 전문이다. 시인이 노년에 접어들어 바라보고 생각하는 것을 모두 운명으로 체념하는 모습을 읽게 된다. '기운도 차츰 없어지고 그저 수월하게만 꾸미려드네'라는 고백에서 그것을 확인하게 된다. 그것은 어쩔 수 없는 사람의 생이고, 거역할 수 없는 자연의 섭리일 것이다. 그러한 시인의 솔직하고 담백한 고백이 얼마간 삶과 인간을 생각하게는 해준다. 그러나 거기에 현실은 없다. 이 점이 박재삼 시가 갖는 특성의 하나다.

현실을 생각하지 않고 삶과 인간의 존재를 파악하는 일이 과연 온전한 것일까. 삶과 인간 그리고 현실은 분리할 수 없는 항목이다. 다만 그 것을 분리해서 생각하는 곳에 한국 서정시 맹점의 하나가 있는 것은 아닌가. '얼마 안 있어 / 해가 중천에 떠오르는 / 나날이 겪는 / 똑같은 반복 속에 / 하늘만 미칠 듯 높이 깔릴 것이여 / 아득한 일과日課 중에서'라는 구절에서 보듯이 박재삼은 모든 사항에 현실의 복잡함을 빼버린다. 그 것이 삶의 한 방법일 수는 있을 것이다. 그러나 감동으로 휘잡을 수 있게 하는 데는 수동적이다.

성공한 경우의 박재삼 시가 가진 가녀린 서정이 주는 그 애달픈 감동. 때로 달관한 듯한 어조. 그것이 신변잡기적 사항의 서술 속에 묻혀버린 안타까움을 『한국문학』(9, 10월호)에 발표된 근작들에서 가지게 된다. 건 강이 회복되어 현실을 시 속의 가녀린 정서 안에 보다 많이 담게 할 수 는 없겠는가. 성공한 그의 시들을 생각하며 이번 시들이 보여주는 안타까움이 안스럽다는 생각을 갖지 않을 수 없다.

김여정의 시적 정서는 박재삼의 그것과 넓게는 같은 영역이라 말할 수 있다. 그러나 그것은 다른 면모를 보여준다. 박재삼이 가녀리다면 김 여정의 정서는 날카롭고 질기다. 그 날카로움은 김여정의 시가 확실하고 명료한 이미지를 엮고 있음에서 나타난다.

> 배꼽은 복사꽃이고 사과꽃이고 배꽃이다
> 배꼽은 복사꽃 위의 별의 기쁨이고
> 배꼽은 사과꽃 위의 별의 슬픔이고
> 배꼽은 배꽃 위의 별의 아픔이다.

「배꼽」(『한국문학』 9, 10월호)의 부분이다. 배꼽이라는 인체의 부분을 꽃과 연결시키고, 기쁨, 슬픔, 아픔으로 이어놓는다. 인체의 사물을 가시적인 꽃과 심리적인 감정의 흐름과 아우르는 이미지의 구축은 긴박감을 자아내게 한다. 이 긴박감이 보다 강인한 느낌을 김여정의 시에서 느끼게 해준다.

그러나 김여정의 시 역시 현실을 담고 있기는 하되 그것은 회고적이다. 당대적이 아닌 이 현실은 다만 시 속에서 정서를 환기시키는 구실밖에 못하게 한다. 살아 있는 당대적 현실 그것으로 시에서 파악할 수 있게 되어 있지 않다.

그것은 한국의 전통적인 서정시가 갖고 있는 여러 특성 중의 하나다. 그 특성은 한국의 서정시가 현실의 당대적 사항에 맹목 혹은 능동적이고 적극적으로 대응하지 못하고 있다는 평가를 받는 요인이 된다.

> 어머니의 눈물이 방울방울 호박잎에 맺혀 있는 돌담길에 열세 살 어머니의 흰 고무신 한 짝이 조각배로 떠 흐르고 있었드란다…… 어머니의 세 오랍동생들은 어머니의 눈물이 별이 되어 빛나는 하늘을 미루나무 가지 사이로 바라보며 미루나무처럼 잘도 잘라 주었드란다. 어머니의 눈물의 전설을 따라 걷는 돌담길에 열세 살 어머니의 흰 고무신짝이 하늘에 반달로 떠 있었다.

「호박덩이」(『한국문학』 9, 10월호)라는 이 작품에서 보이는 현실은 회고조적 현실의 파편들이다. 소월의 「접동새」가 갖고 있는 회고조적 현실 그리고 미당의 「마른 여울목」이 가진 과거지향적 현실의 모습이 바로 이 작품에도 고스란히 놓여 있을 뿐이다. 날카로운 이미지의 구축에도 불구하고 김여정의 작품이 전통적인 한국 서정시의 약점을 그대로 답습하고 있음은 시인 자신에 의해 극복되어야 할 부분은 아닐는지.

3.

『현대문학』(10월호)에서 박남수의 신작시 5편을 읽고 난 후 처연함에 잠겼다. 처연함이라는 것은 엄밀하게 말해 이 작품들이 가진 시 세계와는 무관한 것일 수도 있다. 그러나 그 느낌이 결코 시의 세계와 무관하지 않다는 것을 다시 정독하면서 확인했을 때 시에 있어 모국과 모국어란 무엇인가을 반추하였다.

박남수의 시들은 하나의 경지를 이루고 있었다. 그것은 고독의 깊은 심연 같은 것이기도 하고 한없이 가라앉는 침잠의 끝자리에 있는 어둠 같은 것이기도 했다. 시인이 모국을 등졌을 때 시인은 무엇을 생각할까를 이 시들은 말해주는 것 같기도 했고, 그 등진 모국의 언어로서 시를 쓸 때 시인의 비애 같은 것을 이 시들은 잔잔하게 들려주는 같기도 했다. 그러나 박남수의 조사措辭는 빈틈이 없었고, 그가 선택한 언어들은 정밀하고 치밀하게 시정신과 만나 이국의 현실 속에서 시인이 무엇을 생각하는가를 들려주고 있었다.

언젠가 왔던 길 같기도 한 좁은 길을
두리번거리지만, 우리가

언제 왔었는지 물어볼 사람
이제 없네, 옆에서
늘 함께 거닐던 키가 작은 사람
굽어보아도 보이지 않네.
혼자서 거니는 길, 이제
기쁘지도 즐겁지도 않네.

「소로小路」의 전문이다. '기쁘지도 즐겁지도 않네'가 말해주는 체념 같기도 하고 슬픔 같기도 한 것은 고독의 빛깔일 것이다. 그것은 반려자가 부재해버린 현실의 상황과 만나면서, 시 속에서는 다만 혼자 거니는 길로 표현된다.

이렇게만 보면 이 시는 다만 시인의 신변잡사를 말하고 있다고 할 수 있다. 그러나 그렇지 않다. 8행의 이 시 속에 잘 다듬어 놓은 언어들을 한 번 더 살펴볼 필요가 있다. '두리번거리지만'에 주목해야 한다. 또 '언제 왔었는지'라는 시간적 언표를 놓쳐서는 안 된다.

두리번거리는 그 몸짓은 언제 왔었는지를 헤아리는 것과 상관된다. 요컨대 사람이 살아가는 현실 속에서 두리번거리며 제대로 자기의 것을 찾지 못했다는 회한이 거기에는 있다. 따라서 언제 왔는지를 몰라서가 아니라 그것을 물어볼 사람이 부재한다는 고독의 그 깊은 속을 박남수는 건져 올린다.

이 짧은 시가 가진 고독의 엄청난 의미는, 한편으로는 시인이 모국을 등진 사실과 그것이 시인에게 가져다주는 심대한 타격과 관계할 것이다. 문득 프로스트가 「가지 않은 길」에서 읊은 진취적인 미국인의 개척정신을 떠올리게도 된다. 그것과 상반되기는 하지만 그만큼 깊이 있게 고독의 심층부를 박남수는 「소로小路」에서 형상화하고 있다고 말할 수도 있을 것이다.

박남수의 고독이 모국을 등졌다는 것과 모국어는 버릴 수 없는 시인
으로서의 개인적인 사연이 엉켜 있는 차원에 머무는 것만은 아니다.
「비둘기」라는 작품은 그의 시가 평화지향적인 휴머니즘과 인간의 갈등
을 역사적인 맥락에서 접근하려는 영역에 놓여 있음을 지나쳐서는 안
될 것이다.

모국을 떠나 모국어로 시를 쓰는 시인. 외국어인 한국어를 익혀 시를
쓰는 또 다른 외국시인. 이 둘의 관계를 비교해 볼 수는 없겠는가.
박남수의 시를 읽으면서 일본인이 한국어를 익혀 시집을 내었다는
소식을 들었다. 그 시집을 출간했다는 민음사의 이영준 주간에게 전화
를 걸었다. 시집 부쳐주기를 부탁했다. 고맙게도 이 주간이 곧바로 속달
로 부쳐주었다.
사이토우 마리코가 한국어로 쓴 시집은 『입국』. 그녀의 이력은 이러
했다.

1960년 일본 니가타 출생. 1979년 명치대학 문학부 역사학과에 입학
하여 고고학 전공을 하면서 한국어를 배우기 시작. 1983년 사조사思潮
社가 발간하는 『현재시수첩』에 시가 게재되면서 시작詩作. 1991년 한국
에 건너오다.

14년 정도 배워 한국어로 시를 썼다니. 일차적인 놀람은 그것이었다.
그러나 이 시집을 읽고 더 큰 경악에 사로잡혔다. 대동강 부벽루에 올랐
던 김황원의 고사. 눈 아래 펼쳐지는 경치를 보고 한 줄밖에 못썼다는
그 언어도단言語道斷에 비유할만한 놀람이었다.
젊은 감수성의 날카로움과 현실인식의 치열함. 투철한 역사인식에

근거한 시정신.

사이토우 마리코의 시를 박남수의 그것과 대비시켜본다는 것은 어불성설임을 확인하는데 오래 걸리지 않았다. 그것은 박남수와 사이토우 마리코 시의 성취도와는 상관없는 사항 때문이었다. 둘의 시는 전혀 다른 가닥에서 각기 파악되어야 할 성질의 것이었다. 사이토우 마리코의 시는 그래서, 내게 있어서는, 시간을 더 두고 보다 성실히 읽으면서 하나씩 하나씩 점검하는 것이 좋겠다는 판단이 섰다.

머지않아 사이토우 마리코 시집의 시들을 해부하고 말 것이다! 이런 글에서는 사족이 분명한데도 왜 이 말을 자꾸 붙이고 싶은가.

(1993.11~12, 한국문학)

'살과 뼈'로 말해지는 시의 두 경향

이하석과 이기철의 시

6월 5일 오후 고려대 인촌기념관에서 <김달진 문학상> 시상식이
있었다. 올해 4회로 접어드는 이 상의 수상자는 이하석이었다. 심사에
참가했던 김종길, 김윤식, 황동규, 오세영, 정현기 등의 심사소감 발표에
서 한국시의 오늘날 상황을 엿볼 수 있었다는 것은 하나의 보람이었다.

어느 시상식에서도 볼 수 없었던 일종의 논전 같은 것이 그 시상식에
서 있었던 것은 이례적인 일이다. 시상식에까지 수상자의 결정을 놓고
논의되었던 심사과정에서의 이견이 재연된 것이다. 한국시의 현재 위
상과 그것을 보고 있는 시각의 차이가 심사에 참가한 사람들의 소감발
표를 통해서도 표출된 것이다.

수상자의 대상 작품을 이하석의 시와 이기철의 시로 압축한 심사위
원들은 격론을 벌렸던 것으로 보인다. 그것을 요약해서 말한다면 김윤

식이 심사경과 보고에서 말한 대로 이미지를 보다 시에서 중요하게 생각하는 시각과 시인의 삶에 대한 성찰을 내면적인 치열성을 통해 언어로 건져 올리는 것을 평가의 우선으로 두어야 할 것이란 관점의 차이였다고 할 수 있을 것 같다. <김달진문학상> 시상식을 즈음해서 연간으로 간행되는 『서정시학』1993년 여름호에서 보게 되는 심사평은 저간의 사정을 밝히 설명해 주고 있다.

> "이기철의 「아름답게 사는 길」 연작과 「지상에서 부르고 싶은 노래」 연작은 그가 계속 시에 따스함과 깊이를 더하고 있다는 것을 보여준다. 예삿일이 아니다. 그전까지의 그의 시는 편한 쪽으로 방향을 잡고 있었고, 그 방향은 대체로 '돌아오지 않는 江'이었다. 그러한 그가 새로운 살을 획득하기 시작한 것이다… 아마도 나까지 포함해서 주로 이미지 중심의 시론을 갖고 있는 사람 다수의 심사위원 구성이 아니었다면 이 상이 그에게 갔을지 모른다." (황동규)

결국 황동규는 이기철의 시를 '살'로, 이하석의 시를 '뼈'라는 비유적 표현을 사용해서 말하고 있다. 오세영은 전혀 다른 입장에 서 있다.

> "두 분 중에서 필자는 끝까지 이기철 씨를 지지하였음을 밝혀둔다. (이기철의 시가) 무엇보다 호감을 주었던 것은 시 속에 자신의 철학을 담기 시작했다는 사실이다. 이는 그의 시가 단순히 미학적 차원 혹은 사변적 차원에 머물기를 거부하고 윤리적 차원에서까지 확장되는 것을 의미한다는 점에서 매우 의의 있는 일이라고 생각한다."

『서정시학』(1993년)에 실린 이하석의 시와 5월 15일 초판으로 간행된 이기철의 시집 『地上에서 부르고 싶은 노래』(문학과지성사)에서 그들의 시를 살펴보기로 한다.

(가)
계류와 더불어 칭얼대며 내가 숨긴 길. 동굴의 숲가엔
엘레지꽃들이 고개 숙인 채 나의 그림자를 응시한다.

그 짧은 생애들의 외롭고 강렬한 눈길 따돌리며 산등성이에
올라서자 조릿대숲이 앙칼지게 울며 열린다. 큰바람이 내 욕망
을 뒤집느라 웅성거린다.

아직 집에 가고 싶지 않다.
바람의 칼날이 조각하다 부러뜨린 나뭇가지 끝에
간밤에 눈이 얼리고 간 내 꿈이 싹트고, 산정에서
뒤엉키는 내 마음의 사나운 구름.

(나)
언덕너머에 집이 있고 강 건너에 불이 있다
배추밭을 가꾸는 사람의 마음이 거칠어져서는 안 된다
인간의 말은 너무 난해해
소들은 풀들과 가장 가까운 곳에 귀를 대고 산다
안 보이는 곳에서 샘물이 솟고
벌레들은 해지기 전에 가시나무 울타리에 집을 짓는다
가본 길만 길이 아니다, 어둠 속으로 벋은
가보지 않은 길은 얼마나 깊고 싱싱한가
그곳에 흩어진 마음 조각들이
저들끼리 모여서 노래가 된다

(가)는 이하석의 「가야산」, (나)는 이기철의 「地上에서 부르고 싶은
노래 2」의 전문이다. 이하석의 시는 김종길의 표현대로 '짧으면서도 경
험의 깊이를 가지고 있다'. 그러면서 대체적으로 소품성에서 크게 벗어

난 자리에 있지 않다. 이것은 오세영도 지적한 말이지만, 보다 적절하게는 '이 씨의 특징인 간결성이란 실상 벼락 맞은 언어조각에 다름 아니었다'(『서정시학』에서의 심사평)는 김윤식의 말이 더 정곡을 찌른 것이라고 할 수도 있다. (가)의 「가야산」에서 볼 수 있는 것은 김윤식과 오세영의 말을 아우르면서 김종길의 파악이 다소 엉뚱하다고 할 수도 있을 것이다. 그러나 김종길의 말은 「가야산」을 비롯한 이하석의 일련의 작품들이 가진 장점을 말한 것이고, 김윤식과 오세영은 그것을 비판적으로 파악하려 한 곳에 근본적인 차이가 있다.

(나)의 「地上에서 부르고 싶은 노래 2」를 비롯한 이기철의 시에서는 상상력을 언어로 끌고 가는 힘이 있고, 언어적 표현이 보여주는 힘과 사색의 깊이가 드러나 있다. 그러나 그것도 김종길이 지적하는 것처럼 '치밀한 사실적인 서정이 사변적인 진술로 대치되고 있다'고 말할 수도 있을 것이다. 그러나 단순한 이미지의 제시에 머무르지 않고 그것을 내면화하는 구성의 완결성에 주목하지 않을 수 없을 것이다.

요컨대 이하석의 시와 이기철의 시가 보여주고 있는 것은 당대 한국시의 두 갈래 큰 가닥의 모습이라고 할 수 있다. 즉 언어의 압축과 그 긴장성을 통한 견고한 이미지의 구축과, 삶을 통찰하는 시정신이 어떻게 상상력의 공간과 내면의 시적 공간을 합치면서 언어와 만날 것인가에 초점을 맞추고 있는 경향이 그것이다.

언어가 가진 속성을 3가지로 나누어 볼 수 있다. 그것은 음악성과 관념성과 회화성이다. 시가 결국 시인의 시정신이 언어와 만나 이루어진다고 할 때 이 3가지의 속성은 하나로 합해지면서 총체적으로 표출되는 것이 이상적이란 가설을 세울 수 있다. 이상적이란 말은 총체적으로 합해지는 것의 어려움을 나타내는 말이기도 하다.

고전주의 시대가 언어의 음악성에, 낭만주의가 그 관념성에, 현대시가 회화성에 비중을 실을 수밖에 없었던 것이 이 점을 설명해준다. 한국 현대시론의 초기가 I.A.리처즈나 에즈라 파운드, 엘리엇 등 영미 주지주의 혹은 이미지즘의 영향권에서 벗어날 수 없었던 사정은 언어의 음악성과 관념성에 다소 소홀했던 측면이 있었음을 상기시켜준다. 그렇지 않다고 해도 한국의 초기 현대시 전개과정이 한국어의 조탁 훈련에 미숙했던 것은 사실이다. 그리고 감정의 과잉발산이나 지나친 관념성에로의 편향이 있었던 것도 숨길 수 없다. 그것이 언어의 회화성에 치중하는 이미지즘의 시론에 경도하게 된 요인으로 지적될 수도 있다.

한국 현대시 현단계의 커다란 두 가지 경향이 이미지즘 우위론과 내면 성찰의 언어적 표현, 혹은 그 메시지에 강점을 두고 있음을 <김달진문학상> 수상자 선정과정에서 확인할 수 있게 된다. 그러나 바람직한 것은 어느 것의 우위보다는 그것의 통합에로의 모색과 한국어가 갖고 있는 음악성의 개척이다. 한국어가 단음절어이기 때문에 음수의 반복에 의한 이른바 자수율에 음악성의 근간이 있다는 고정관념의 틀에서 벗어나야 한다.

이하석과 이기철의 시들을 보다 자세하게 관찰하면 <김달진문학상> 선정과정에서 논의된 것과는 또 다른 점이 있음을 알게 된다. 그것은 견고한 이미지 구축에 보다 성공하고 있는 이하석의 시에서 보다는 이기철의 시에서 한국어가 가진 유연성 즉 음악성이 보다 많이 감지된다는 점이다. 이것은 '사변적 진술'로만 볼 성질의 것은 아니다. 김윤식이 이하석의 시를 가리켜 '벼락 맞은 언어 조각'이라 했을 때, 그것은 언어의 음악성을 이하석의 시가 획득하는데 보다 열세였다는 뜻은 아니었을까. 메마른 시어들이 갖고 있는 건조함이 이기철의 시에서는 극복되고 제시된 (가)와 (나)의 작품을 입속에서 조용히 낭송해보면 쉽게 알수 있지 않겠는가. 이기철의 시를 이하석의 시보다 평가하고 싶은 이유가 여기에 있다.

서정주徐廷柱의 시로부터 벗어나기

　한국시가 서정주를 극복해야한다는 말은 서정주의 시가 확보한 그 영역을 확장시켜야 한다는 의미다. 그만큼 서정주가 확보한 한국시에서의 영역은 넓다는 뜻도 이 말은 포함하고 있다. 일제 말에 시로서 친일했다거나 그의 정치적인 행보가 민주주의의 신념과 거리가 있었다는 논의는 일단 접어둔다고 하자. 여든을 바라보는 이 노대가의 시가 종잡을 수 없는 언어유희 같은 것으로 나아가고 있다면, 그의 시가 확보한 영역을 지켜야 하기도 하고, 한편으로 확장시키기도 해야 하는 우리들은 이 점에 대한 논의를 유보할 수만은 없다.

　『현대시학』(5월호)에 그는 신작으로 한 편의 동시를 발표하고 있다. 「티베트 이야기」라 제목 한 이 동시의 전문은 이렇다.

> 코끼리와 원숭이와 토끼와 산새가
> 넷이서 사이좋게 무화과나무 앞에 와서
> "우리넷 중 누가 먼저 이 나무를 보았나?
> 먼저 본 차례대로 형노릇을 합시다"고
> 그 중에 산새가 먼저 의견을 냈는데요.
>
> "나는 저 나무가 내 키만 할 때 처음 보았다"고
> 코끼리는 말씀하고,
> "나도 저 나무가 내 키만 할 때 처음 보았다"고
> 원숭이도 말씀하고,
> "나는 저 나무가 새싹일 때 처음 보았다"고
> 토끼는 대답하고,

"내가 누운 똥에서 그 새싹은 자라느니라"고
산새는 대답했어요.

산새가 제일 큰 형이 되고,
토끼가 둘째형이 되고,
원숭이가 셋째형이 되고,
코끼리는 맨 막내아우가 되었지요.

그래서 코끼리는 원숭이형님을 등에 태우고,
원숭이는 그 등에 또 토끼형님을 태우고,
토끼는 또 그 등에 산새형님을 태워서,
그렇게 4층으로 업고서는 좋아라하며
무화과나무 앞을 떠나갔어요.

　이 동시의 핵심은 '내가 누운 똥에서 그 새싹은 자라느니라'는 산새의
대답 부분에 있다. 그런데 그것은 '똥'이라는 이른바 객관적 상관물과
관계하고 있으므로 지혜와 슬기로움의 시적 형상화라기보다는 우스갯
소리나 미소를 머금는 정도의 재치에 머물고 마는 안타까움을 남긴다.
　시어의 선택과 그 전체적인 구성에 있어서도 의인화된 세계를 표출
하는 데는 효과적이지만 시를 통해 생각하게 하는 메시지의 전달에는
수동적이다. 그것은 산문적 구조에서 비롯된다고 말할 수 있다. 그러나
그것보다는 세계를 바라보는, 달리 말하면 현실을 바라보는, 안이함 혹
은 시정신의 치열성 결여에서 찾을 수 있다. 시정신의 치열성 결여라는
다분히 논쟁을 유발할 수 있는 이런 단정은 서정주 시의 경우에 있어서
는 언제나 지적될 수 있다. 세계와 시인의 만남이 시 속에서 언어를 통
해 형상화 될 때에는 적당주의가 배제되는 깊이 있는 성찰이 있어야 한
다. 강소천과 이원수의 동시에서 볼 수 있는 대상을 시인의 내면으로 끌
고 와서 그것을 역사적 사항과 결부시키면서 동심이 가진 정서에 다가

가는 노력의 흔적이 위에 든 시에는 없다.

'붙이는 말'에서 '티베트의 어떤 이야기의 한 부분을 따로 떼어내어서 이렇게 구성해 본 것'이라고 말하고 있다. 그러나 '이야기의 한 부분'이 다만 이야기로서의 기능을 넘어서지 못하고 있다. 이야기의 기능이 소설의 몫이라면 이것을 시의 몫으로 변용시키기 위해서는 치열한 시정신이 수반되었어야 할 것이다. 시집『질마재 신화』의 시에서 보듯이 샤머니즘적인 토속성을 지닌 '이야기'를 시의 몫으로 변용시키지 못한 작품들은 다만 우스갯소리 정도에서 머물고 말지 않았던가.

몸부림치는 생명의지(『화사집』), 동양적인 정감의 평원(『귀촉도』), 『삼국유사』 속에 잠들어 있는 아득한 신라의 하늘과 불교의 세계(『귀촉도』), 토속적인 샤머니즘의 질퍽거리는 웅덩이(『질마재 신화』)를 거쳐 자서전적인 생애의 시화, 그리고 기행시 혹은 풍물시, 외국 산 이름과의 시적 만남 등 부지런한 자기 모색과 변신이 서정주의 시 세계에는 있다. 그럼에도 불구하고 적당주의로 일관하는 시정신. 새 것 찾기에는 열중하면서 현실과 세계에는 애써 맹목 하는 미당의 치열성이 결여된 역사인식과 세계관의 한 부분을 다시 동시로 쓴「티베트 이야기」에서 보게 된다. 서정주로부터 벗어나는 길이 바로 한국 현대시의 새 영역 찾기임을 또 한 번 확인하게 된다.

황지우와 정호승의 시

황지우는 시어를 아낄 줄도 알고 마구 낭비할 줄도 아는 시인이다. 언어를 아낄 때 그의 시는 사색의 깊은 심연을 보여준다. 언어를 혹사하고 마구 낭비할 때 현실을 난도질하는 풍자적 성격을 띤다. 풍자적 성격을 띠지만 확실한 지적 비판의식을 가진다. 그러므로 언어를 낭비하는 것 같지만 사실은 낭비하고 있지 않다. 이 복잡다단한 세계와 현실을 비판할 때 시가 길어지지 않을 수 있을 것인가. 시가 길어져 있으니까 일견 언어를 낭비한 것처럼 보일 뿐이다. 그러나 황지우의 길어진 시도 살펴보면 섬광 같은 감각에 의한 대상의 파악을 통해 촌철살인 하는 축약의 덩어리다.

> 소비에트가 무너지던 날 난, 난
> 광주 공항(光州 空港)에서 스포츠지를 고르고 있었어
> 세계지도에서 내가 귀순하고 싶은 나라들이
> 일시에 없어진 느낌이었다고 할까
> 내가 마흔 살이 되니까
> "개좆 같은 세기"가 되어버린 것 있지
> 나더러 평양 가서 살라 하면 못 살지
> 그렇지만 국토통일원에다가
> 나는 개마고원에 가 살고 싶다는 신청서를 내볼까
> 하는 생각은 해봤는데, 단 어느 쪽도 간섭하지 않는다
> 는 조건으로, 나더러 또라이라 할 것 같아 안했어

『세계문학』(여름호)에 발표한 「우울한 겨울. 2」의 앞부분이다. 모두 65행으로 된 비연시다. 이 긴 시도 떼어놓고 보면 전혀 언어가 낭비된 것을 알 수가 없다. 황지우가 그의 시에서 현실을 얼마나 혹독하게 풍자하고 있는가는 일단 그가 사용하는 비속어에서다. '개좆' '또라이' 등의 시어가 사용되는 행간에서 읽을 수 있는 것은 화자인 시인 자신의 비하를 통해 현실을 여지없이 풍자하고 있는 모습이다. '단 어느 쪽도 간섭하지 않는다'에서는 분단의 실상과 그로 인한 이데올로기의 강요를 시인이 받아들일 수 없음을 단호히 표시한다. 이것은 지적인 확고함이 없이는 이루어질 수 없는 것이 아닌가.

황지우 시의 이러한 장점에는 시인 스스로가 극복하여야 할 사항이 도사리고 있음을 간과할 수는 없다. 황지우가 「세계문학」(여름호)에 발표한 인용한 작품 외「거울에 비친 괘종시계」, 「우울한 겨울. 1」, 「우울한 겨울. 3」, 「뼈아픈 후회」 등의 작품에서는 세계를 다만 비아냥의 대상으로만 삼고 있다.

세계와 자아의 만남을 주관적으로 표출하는 것이 시다. 그러나 시가 시로서 온당하게 자리하기 위해서는 세계와 현실에 대한 성찰을 지적인 대응으로서만이 아니라 정서적인 자리에로 이동시키는 것도 필요하다. 이 정서적인 자리에로의 이동에서 황지우는 매우 수동적이다. 뿐만 아니라 의도적인 자기비하를 대상에 대한 비판으로 시종함으로서 빈정거림을 뛰어넘는 감동의 영역으로 읽는 사람을 흡입시키는데 열세다. 이 점은 황지우가 보기 드문 날카로운 감각을 가졌음에도 그것의 정서화에 얼마간 실패하는 원인으로 되고 있다. 『현대문학』(6월호)에 발표된 정호승의 작품, 그중에서도 특히 「영안실 입구」와 대비 시켜보면 자명해진다. 그러나 정호승의 시가 가진 장점을 황지우가 보완하고, 황지우의 장점을 정호승이 보완한다면 하는 바람은 엉뚱할지 모른다. 그러나 개인적으로 주목하고 있는, 경향이 전혀 다른 두 시인의 세계가 상호보완 관계에 놓이기는 힘들 것이다.

이렇게 문제제기를 해보는 것은 황지우의 표현을 원용하면 '개좆같은 세기'의 비평가이기 때문인지 모른다.

「서울의 예수」, 「새벽편지」, 「별들은 따뜻하다」의 세계에서 정호승이 『현대문학』(10월호)에 발표한 시세계는 얼마간 변모를 보이고 있는 것 같다. 「황순원 선생의 틀니」, 「수의壽衣를 만드시는 어머니」, 「영안실 입구」 등의 작품에는 죽음의 그림자가 드리워진 허무주의 같은 것이 엿보인다. 그 허무주의는 일종의 달관의 모습을 띄고 있기도 하다. 그

같은 허무주의와 달관의 모습은 「세족식洗足式을 위하여」에서도 목격
된다.

> 가르치지 마라 부활절을 위하여
> 가르치지 마라 세족식을 위하여
> 사랑을 가르치는 시대는 슬프고
> 사랑을 가르칠 수 있다고 믿는
> 믿음의 시대는 슬프다

「세족식을 위하여」의 마지막 부분이다. 아포리즘의 구조인 이 시의
행간에서 읽게 되는 것은 슬픔의 메시지다. 시인이 자신의 시대를 슬픔
으로 인식하면서, 명령형 어미를 쓰고 있는 것에서 달관과 허무의 모습
을 읽게 된다. 그러나 시인이여. 삶에 드리워진 죽음의 그림자를 감지하
고, 허무를 생각하고, 달관의 포즈를 갖기엔 아직도 할 일이 많이 남아
있지 않은가. 죽음과 허무를 생각하고 거기에 깊은 성찰로 치열하게 대
응하는 시정신이 살아있을 때, 삶에 대한 달관은 포즈가 아닌 달관 그
자체로 우뚝 작품 속에 자리하는 것은 아니겠는가.

(1993.5~6, 한국문학)

동시, 그리고 육체와 정신

1. 김춘수의 동시들

김춘수가 『현대시학』 5월호에 발표한 다섯 편의 동시는 『문학사상』 5월호에서 특집으로 다룬 동시들과는 전혀 다른 모습을 보여준다. 『문학사상』 특집에서 윤석중, 김요섭, 신현득, 유경환 등의 동시들이 보여주는 세계는 그동안 우리들이 생각해 오던 동시의 개념, 즉 '어린이다운 심리와 감정을 제재로 하여 성인이 어린이를 위하여 쓴 시'라는 것에서 한 발짝도 비켜서지 않고 있다. 말하자면 정통적인 동시의 패턴에서 일탈하고 있지 않다.

동시의 출발을 동요라고 한다. 그래서 요謠가 가진 음악적 요소인 가락, 즉 정형적인 율조인 자수율(3 · 3조 혹은 4 · 4조)을 근간으로 하면서 내재율인 산문시적 운율공간을 얼마간 확보하고 있는 점이 그것이다. 어린이다운 심리와 감정을 어른의 시각에서 표출하려 한 점이 그 다음에 꼽힐 수 있는 특징일 것이다.

이러한 정통적인 동시의 특징들은 그 같은 특징을 가지기 때문에 어른의 세계에로 어린이를 끌어들이려고 하고 그 같은 일의 필연적 결과로 교훈적이며 계도적인 주제 쪽으로 동시를 편향시키게 된다. 그래서 어른의 정감 속에서 어린이의 정서를 조율하려는 의도가 작품 속에 배어 나오지 않을 수 없게 된다.

김춘수의 동시들은 이 같은 종래의 동시들에 대한 고정관념 같은 것에서 시원스레 벗어나고 있다. 김춘수는 <동시에 대하여>라는 '시작 노트'에서 이렇게 말한다.

> 어른은 아이를 경험했지만, 아이는 어른을 경험하지 못했다. 따라서 어른은 아이 때의 기억이 남아있지만 아이는 어른에 대한 기억이 없다. 더 부연해서 말을 하자면 어른은 때로 아이의 심리로 돌아갈 수 있지만 아이는 어른의 심리로 다가갈 수 없다. 그것(어른의 심리)은 아이에게는 영원한 미지의 세계이다.
>
> 나는 물론 어른이지만, 어른의 복잡 미묘한 심리를 잠시 떠나 단순 소박한 아이의 심리로 돌아가고픈, 일종의 퇴화본능 같은 것이 문득 고개를 드는 때가 있다. 나는 퇴화라는 말을 했지만, 다른 쪽에서 보면 그것은 회귀본능(니체의 여업회귀의 사상과도 맥이 닿아있는)이라고도 할 수 있으리라. 하여간 나는 나대로 동시에 대한 일종의 형이상학적 해석을 해보면서 문화의 여명기에 있었던 동서의 서정시들을 생각해보기로 했다. 고대 그리스 사포와 고대 중국의『시경(詩經)』작가들이다. 그들이 남긴 것들이 바로 동시요, 서정시의 원형이요, 전형이다. 나는 그렇게 생각한다.

인용이 좀 길었지만, ① 아이는 어른의 세계를 경험하지 못했다. ② 모든 어른은 아이의 심리로 돌아가고픈 회귀본능을 가진다. ③ 서정시의 원형은 동시에 있다, 로 요약할 수 있는 내용이다. 좀 깊이 생각해보면, ①이 있기 때문에 ②의 항목이 보다 가치 있는 것으로 된다고 파악할 수 있다. 그리고 ③의 항목은 동시가 곧바로 어린이의 정서를 어른의 눈으로 표출하는 것이 아니라 서정시의 원형으로 파악해야 한다는 점이다.

따라서 이러한 전제를 두고(혹은, 이 같은 이론적 배경을 두고)창작되어진 동시이기 때문에 한국의 정통적인 동시의 영역에서 김춘수의 동시가 벗어나고 있다는 판단을 갖게 된다.

　　(가)
　　수염이 자 가옷 / 눈은 왕방울.
　　못난 여치가 사는 / 마을이 있다.
　　치자꽃 피는 달밤에 / 여봐라 활개치며 / 나들이 간다.

　　(나)
　　산과 들에 쌓인 눈 /녹여주면서 / 봄 봄 봄 / 봄이 왔어요.
　　꽁꽁 얼어붙은 강 / 풀어주면서 / 봄 봄 봄 / 봄이 찾아 왔어요.
　　이 땅에서 겨울을 /몰아내면서 / 봄 봄 봄 / 봄이 찾아 왔어요.

　　(다)
　　옥양목 한 필 통째로 빨아 / 눈부시게 넣어놓은 / 고향 산시냇가 /
　　어느 때부터인가 색줄의 소나기 / 쏟아지고 쏟아져 / 초록 잎으로 솟아나고 /
　　푸른 배추꽃으로 살아나고 / 빨간 풀꽃열매 지천으로 덮이나 / 물감 엎질러 야단맞던 날처럼 /
　　가끔 꿈에 / 무지개 쏟아지는 소리 / 소스라쳐 놀란다.

(가)는 김춘수의 「못난여치」(『현대시학』 5월호) 전문이고, (나)는 윤석

중의 「봄봄봄」 전문이며, (다)는 유경환의 「어머니」(이상 『문학사상』 5월호)부분이다.

(나)는 너무 진부한 외형적 자수율에 의존하고 있기 때문에 상투적인 동시의 시적 공간에서 벗어나고 있지 못한 답답함을 보여준다.

(다)는 「물감 엎질러 야단맞던 날처럼」에서 보듯이 어른이 보는 어린이의 세계, 즉 교훈적 요소가 말끔히 가시지 못한 안타까움을 갖게 해준다.

요컨대 (나) (다)의 작품이 정통적인 한국 동시의 패턴에서 벗어나지 못하고 있는 반면에 (가)는 우선 신선하다. (가)에는 표출되어 형상화된 시어들이 각기 함축된 의미를 최대한 응축하고 있기 때문에 자수율의 외형적 가락이 아닌 시인의 개성적 율조인 내재율의 공간이 한없이 넓다. 또한 작가의 직관이 「치자꽃 피는 달밤에」 등의 환상적이며 낭만적인 세계를 심상화 하고 있으므로 서정시가 갖고 있는 객관적 상관물에 의한 이미지 획득에 성공하고 있다. 따라서 (가)의 작품은 정통적인 한국동시의 영역을 지양하면서 서정시의 원형으로서 동시의 새 면모를 보여주는데 성공하고 있다.

김춘수가 앞서 인용한 글의 말미에서, '동시의 동童자는 어리다가 아니라, 때 묻지 않았다, 순결하다로 새겨야'한다고 했을 때의 의미를 생각해볼 필요가 있을 것이다. 동시의 길이가 김요섭, 이준관(이상 『문학사상』 5월호)의 그것에서 보듯이 길어지고 있는 것 역시 동시가 어린이의 순결한 정서의 표출이란 입장에 선다면 압축하고 응축시킬 필요는 없을는지.

아무튼 김춘수가 『현대시학』 5월호에서 보여준 동시들은 한국 동시가 비약적인 변화의 영역을 획득할 수 있는 가능성을 보여주었다는 판단을 가능하게 해준다.

2. 강우식과 임동확의 시

　임동확의 시는 줄기차다. 줄기차다는 말은 그의 힘 있는 시적 수사력
이 그가 다투는 시어들을 힘차게 밀고 나간다는 뜻이기도 하다. 임동확
은『현대시학』5월호에「하룻밤 사이의 꿈결같이」의 4편과『현대시학』
5월호에「영원히 시작이고 끝인」외 1편 등 모두 7편을 발표하고 있다.
『현대시학』에 발표한 작품은 모두「운주사 가는 길」이란 부제가 붙은
연작시인데 운주사에 조성된 천불탑의 불교적 설화를 배경으로 한 것
이다.

> 갈망은 갈망 속의 갈망으로 끝이 없고 / 길은 길속의 길로 다
> 함이 없나니 / 거기 두 번 탈취당할 수 없는 / 가장 은밀한 기억을
> 순장(殉葬)하고 / 몇 번이고 그리움의 혈(穴)을 누르며 / 큰 강을
> 바삐 건너려는 자여 / 이제 아무 것도 후회하지 말거라

　「우리에게 범한 죄를 우리가 용서하듯이-운주사 가는 길 4」의 앞부
분이다. 임동확의 시는 시적 대상을 묘사하려는 쪽보다 그 대상에다 시
인의 사유를 이입하려는 입장에 선다. 그래서 시인자신이 시적 대상에
대해 생각하고 성찰한 것을 대입시켜 풀어놓는다. 앞의 인용된 부분에
서 볼 수 있듯이 한 행 한 행이 모두 경구적인 성격을 작고 있는 것도 이
같은 시인의 태도에서 비롯하고 있다고 파악된다.

　임동확의 시적 태도가 이와 같은 점은 반드시 덕목일 수만은 없다. 그
러나 시인의 사유 폭이 넓고 깊지 않다면 시적 대상으로부터 이만한 아
포리즘의 구절을 획득하기는 어려울 것이다. 그러나「영원히 시작이고
끝인」·「기억 속의 철길」등『현대시학』5월호에 발표된 작품은 시인
의 사유의 폭과 깊이를『현대시학』쪽의 작품에 대비할 때 보다 좁고 얕

아서 줄기찬 시적 수사가 턱없이 산문화된 느낌을 지을 수 없게 된다. 뿐만 아니라 유년기 혹은 청년기의 시인 자신의 추억담의 영역에서 크게 벗어나지 못하고 있게 된다.

분명 임동확의 작품들은 그의 시적 수사 능력이 범상하지 않음을 말해주고 있지만 사유의 폭과 깊이가 그 수사능력을 뒤따르지 못할 때 오히려 산문화된 치기를 노출하고 마는 결과가 됨을 확인 할 필요가 있을 것이다.

강우식의 「불시잡변佛詩雜辯」(『현대시학』 5월호)은 임동확의 시가 가진 단점을 훌륭하게 극복해주고 있다. 직제와 절제, 그리고 압축과 함의를 시어의 조탁으로 획득하면서 불교의 선禪적 발상을 시적 공간에 다잡아매는 일을 수행하고 있다.

여기 와서는 만세를 불러도
동서남북 어느 길목에서나
넉넉함으로, 넉넉함으로 받아주리라.

애인이여, 애인이여
이 탑 앞에서
밑바닥이 제일 튼튼한 이치를 배우자.

<찬(讚)>
돌은 불(火)이다.
불은 불(佛)이다.
탑(塔)은 완성이다.
우리도 살다보면
탑 될 날 있으리.

「22. 원각사 십층석탑 인연설圓覺寺 十層石塔 因緣說」의 마지막 부분이

다. 강우식의 시에서 보이는 '자궁'·'음경'·'피박' 등의 비속어가 거치
적거리긴 하지만 그의 시가 가진 압축적 함의의 공간은 임동확의 서술
적이며 줄기찬 시적 수사력이 짐짓 간과하고 있는 부분을 생각하게 해
줄 것이다. 더욱 강우식의 윗 인용 시에서 보이는 찬讚 부분의 '우리도
살다보면 /탑 될 날 있으리' 등은 시인의 불교적 사유가 가닿는 어떤 극
한의 것을 감지할 수도 있을 것이다. 시적 수사력의 줄기참이 범상하지
않은 능력으로 보이는 임동확의 시들이 강우식의 시가 가진 절제와 함
의의 공간과 융섭될 수 있는 자리가 있다면 한국시의 또 다른 변화의 새
기원이 열리지 않을까를, 그래서, 생각해보게 된다.

3. 병마와 싸우는 시인의 시

　사람의 육신은 유일한 것이다. 그래서 육신은 늙고, 병들고 아픔을 가
지게 된다. 그 병든 아픔을 정신력으로 극복할 때 맑고 청정하며 빛나는
영혼의 자태는 경탄의 모습으로 우리들 안전에 우뚝 설 것이다. 그러나
병든 아픔을 극복하는 정신력의 모습을 모든 사람이 다 보여주지는 못
한다. 시인은 그 같은 병마와 싸우는 육신의 처절한 울음을 영혼의 맑고
깨끗한 보자기로 걸러서 언어에 인각印刻하여 우리들에게 현현시켜주
는 고귀한 존재이다. 그렇지만 모든 시인이 다 이 일을 수행하지는 못하
는 것이 또한 현실인 것을 부인할 수는 없다.
　육체적인 인간존재가 병마의 질곡에서 세계를 보는 시각을 언어에
인각한다. 그래서 영혼의 빛나는 부분을 우리에게 보여주는 시가 있다.
『한국문학』5, 6월호에 발표된 최하림의 「병상일기」와 「거기, 그렇게,
시간처럼」이란 작품들이 그것이다.

휘파람새들이 휘이익 휘이익 하늘을 날고 뱀들이 이들을
먹으러 오는 새벽이면 의사들은 가운을 입고 안경을 쓰고
머리 하얀 새들을 데리고 온다. 그들은 잠을 잘 잤느냐
변을 보았느냐 묻는다 나는 그의 손님이다. 그는 주사를

　「병상일기」의 앞부분이다. '새'들과 '뱀'의 대칭, 간호원을 '새'로 상징
한 시어들 속에는 '새'를 먹으러 '뱀'이 나타나는 시인의 사유 속세계를
알 수 있게 해주는 시적 장치가 있다. 이 작품의 끝부분 '휘파람새들이
지금은 아프다'라는 구절은 저 광활한 우주 속을 훨훨 날아다니지 못하
는 시인의 육체적 병고가 얼마나 처절한 것인가를 말해주는 절창이라
할 만하다. 어둡고 암울하지 않은, 밝고 활기찬 사물들로 시를 구성하면
서 육신의 아픔이란 어둠을 정신력의 밝음으로 지양시키면서 영혼의
맑고 청정한 모습을 시인은 보여 주고 있다. 이것은 육체의 유한성과 그
고통을 정신이 이기고 극복한다는 확신이 시인에게 있기 때문이 아니
겠는가.

참솔나무들이 무성한
등성이를 넘고 골짝을 건너
울음소리 깊은 곳으로 가면
징 소리 들린다는 마을에서는
수초들이 흘러가고 물속의
생물과 무생물이 흘러가고
엄청나게 빠른 물속에서는
쑥부쟁이 같은 것들 담쟁이 같은 것들
물방아 같은 것들이 쓸려가면서
옛날같이, 고요하게
거기, 그렇게, 시간처럼

「거기, 그렇게, 시간처럼」의 전문이다. '거기'는 시인의 육체가 현존하는 '세계'일 것이고, '그렇게'는 이 시의 앞부분이 말해주고 있는 '세계의 모습'이며, '시간처럼'은 유한한 것을 확인하며 그것을 극복하려는 시인의 치열한 정신─인간정신이 아니겠는가.

최하림의 시가 돋보이는 것은 다만 병마와 싸우는 시인의 모습이 절제된 표현으로 형상화한 것에만 있지 않다. 그의 시는 유한한 인간의 육체를 무한한 생명력을 가진 정신, 그 치열한 시정신으로 뛰어넘고 있는 곳에 자리한다. 아무 시인에게나 그것이 가능하지 않음을 우리는 확인할 필요가 있을 것이다. 시인의 영혼의 맑고 청정한 모습과 함께.

(1992.6, 문학사상)

'설명'이 아닌 '느낌'으로서의 시

1. 김수영의 시론과 정진규의 연작 「몸시詩」

　김수영이 뛰어난 감성으로 논리화한 그의 시론 「시詩여, 침을 뱉어라」에서 절규한 '온 몸으로, 시는 온 몸으로 쓰는 것'이라는 경구를 생각한다. 그 말의 뜻을 중언부언할 의도는 없고, 정진규의 연작시 「몸시」편들에서 '몸'은 김수영이 말했던 '온 몸으로, 시는 온 몸으로'에서의 그 '몸'에 연유한 것은 아닌가 생각하게 한다. 이 같은 생각은 다분히 도식적이다. 한편으로 '시'를 말하기 위해서 억지로 가져다 붙이는 작위적이고 주관적인 생각일 수밖에 없다. 그러나 정진규가 『문학사상』과 『문학정신』 4월호에 발표한 「몸시」 68에서 73까지를 살펴 읽으면서 (물론 그가 「몸시」를 시작할 때부터 가졌던 생각이지만) 김수영이 절규했던 '몸'이라는 말과의 상관관계를 헤아리지 않을 수 없다.

　요컨대 김수영과 정진규가 시론과 시를 통해 말하고 있는 '몸'이란 삶의 총체적 모습 혹은 영靈과 육肉이 합해져 있는 인간 존재의 참모습 또는 상부구조의 정신영역과 하부구조인 현실과 사회의 공간을 모두 감싸는 세계와 인간의 모든 것을 말하고 있다고 보아야 할 것이다. 즉자卽自와 대자對自, 자아와 세계가 합일된 혹은 통일해서 합해져 있는 상태 그것을 '몸'이란 말로 축약하고 있다고 파악해야 할 것이다.

그래서 정진규가 그의 연작시「몸시」에서 시로써 파악하고자 하는 것은 삶의 총체적인 모습, 안과 겉을 다 아우르는, 현실과 자아의 내면을 합일시키는 존재의 참모습 같은 것이라 생각하게 된다. 또 한편으로 정진규는 이 같은 자신의 시적 태도가 '온 몸으로' 부딪쳐 시적대상을 언어로 형상화 할 것이란 의도가 있음을 암시하고 있다고 볼 수 있을 것이다. 그의 73편까지 다다른「몸시」의 거의 대부분이 부제를 달고 있다. 또 형식적 특성이 산문시적 경향 속에 놓여있다. 그것은 서정적 요소와 결합, 혹은 그것을 보다 효과적인 시적 구조 속에 놓으려는 노력으로 파악해 보게도 된다.

『문학사상』 4월호에 발표한「몸詩」 68과 69는「생물」,「길일」이란 부제를 달고 있다. 68에서는 '종소리보다 내겐 새들이 더 놀랍더군', '나는 아무래도 생물의 편이더군'의 구절이 말해주듯이 물질적인 종소리보다는 살아 숨 쉬는 새소리가 보다 생동하는 생명 그 자체라는 점, 그리고 인간의 생명의식이 그 무엇보다 상위구조임을 말하려 한다.

> 지난 가을 따지 않고 놓아 둔 내 뜨락의 겨울 산수유 빨간 열매가 눈 속에 더욱 점(點) 점(點) 빨갛다 길일(吉日)이다 오늘은 내 생일이자 첫 손자의 백일 되는 날, 선(線)이다! 이른 아침부터 흰 눈, 그래 서설(瑞雪)도 내리고 하느님의 떡 백설기를 이웃들에게 돌렸다 쉰네 해 낡은 내 낡은 집이 잠시 새집 같아지고 새 옷도 얻어 입었다 길일(吉日)이다 내 소멸의 빈 터에도 풀잎 하나

돋는구나 풀잎, 아기의 손을 쥐니 가득 조여오는 생동(生動)! 온
몸이 개운했다.

　69의 「길일」이란 부제가 붙은 「몸시」의 전문이다. 손자의 탄생과 그
백일, 그것을 시인은 '소멸의 빈 터'에 돋아나는 새로운 '풀잎'으로 말하
려 한다. 손자의 탄생은 그러므로 혈연으로서의 시인 자신의 분신이며
대를 이어 세계 속에 살아갈 시인의 소멸을 충만으로 환치시켜줄 수 있
는 구체적 표상이란 의미가 이 작품의 행간에 숨어있다.

　68에서도 그렇지만 69에서도 정진규는 시인으로서 자신의 시적 전
언을 압축된 시어로 나타내려 하지 않는다. 압축하려 하지 않는 의도가
시의 형태를 산문시 쪽으로 향하게 하는 원인이 된다. 그것은 정시적인
사항을 세계 속에 놓여있는 모든 물질적 요소와 아우르면서 심상화하
려는 의도와 닿아 있다. 그러나 그 의도는 필연적으로 시를 이야기의 구
조와 연결시키게 된다. 「행복론論」, 「좌莝」, 「상처」, 「신산神算」이란 부
제가 각각 붙은 70에서 73까지의 「몸론論」도 모두 설화적인 구조 속에
놓여 있다. 그리고 그 설화적 구조 속의 화자는 '나'인 시인 자신이다.

　앞서 인용한 시 속의 '점點 점點 빨갛다'나 70(「행복론」, 『문학정신』 4월
호)의 「몸시」에서 '달 뜨는 밤이면, 마음 달뜬 밤이면'의 구절에서 보이
는 시간적 이미지인 '점점'을 공간적 심상인 '점點 점點'으로 환치하여 공
감각적 심상을 획득하는 조사법과 '달 뜨는 밤'의 자연적 심상을 '달 뜨
는 밤'인 정서적 이미지로 연결해주는 돋보이는 언어적 장점을 「몸시」
의 시들은 갖고 있다. 그러나 설화적 구조를 한 편 한 편의 시인을 화자
로 하는 시가 시인 자신의 세계와 관계하는 개인적 항목의 담론화에 머
물고 마는 테두리에서 벗어나고 있지 못하다. 말하자면 트리비얼리즘
의 시적 변용에서 벗어나고 있지 못한 아쉬움을 갖게 해준다.

　물론 서정적 자아와 세계와의 만남이 시의 본향이라도 해도 총체적

인 삶과 인간존재의 모습을 「몸시」의 연작에서 드러내려함에 이러한 정진규의 시적 태도는 효과적이라 판단하기 어렵다. 효과적이지 못하다는 판단은 결국 「몸시」 연작이 갖고 있는 단점이라고 말하지 않을 수 없게 한다.

지금까지 73편을 썼고 앞으로도 이어질 것 같은 연작시 「몸시」에 바라고 싶은 것은 시적 자아와 세계 속의 현상이 합일하면서 시인의 서정적 자아가 질곡과 갈등의 현실 속에서 인간존재의 보편적 모순으로 바뀌면서 트리비얼리즘을 넘어서는 설화구조의 극복에 있었으면 하는 점이다. 그 같은 생각의 연장에서 김완하의 시를 만나게 된다.

2. 감상주의에서의 벗어나기

김완하의 「도마등 I」과 「별들의 고향」(문학사상 4월호)은 시각에 따라서는 전혀 상반된 판단이 가능한 작품으로 보인다. 비판적 입장에 선다면 이 두 작품은 치기가 극복되지 않은, 문명 비판적이기에는 선이 굵지 않은 감상적인 것이라 말할 수 있을 것이다. 일찍이 김광섭이 그의 관념적 시세계를 벗어던지고 문명화되는 삶의 터전을 두고 고향상실과 문명폐해를 말한 절창 「성북동 비둘기」에 견주어 논의할 때 김완하의 작품에 대한 이 같은 시각에 반론을 제기한다는 것은 어려운 일일 것이다.

그러나 김완하의 작품에는 시인 자신의 서정적 자아를 세계와의 만남에서 보편적 사항으로 변화시켜 놓은 점이 돋보인다.

아들의 고향은 어디라 일러줄까 / 1990년 9월 4일, 내 긴장된
가슴에 물꼬를 트던 / 산부인과 수술실일까, 걸음마를 배워 걷던

「도마등 *I*」의 전반 부분이다. 아들의 고향을 생각하는 시인의 서정적 자아를 말하고 있다. 그러나 그것은 곧이어 다음과 같은 시적 표현을 통해 산업화, 문명화 되어가는 속에서 인간 존재의 고향 그 근원적 본향이 상실되는 현대인의 보편적 정서를 잡아 올린다.

> 아침이면 일찍 깨어 싱싱카를 타는 아들을 두고 / 베란다로 나가 저 멀리 보문산을 바라다 본다// 지척에 피던 진달래도 민둥산도 깎여 '복음 로얄'/이 들어서고, 그 어디 봄날 하루도 새소리 한 방울 / 들리지 않는데, 이다음 아들은 무엇을 떠 올리며 / 향수를 새길까

김완하의 또 다른 작품 「별들의 고향」도 사라져 가는 것에 대한, 그 인간적이고 정서적인 것에 대한 안타까움을 이야기 하고 있다. 「별들의 고향」은 산문시적 형태를 갖고 있으면서도, 정진규의 「몸시詩」처럼 빛나는 조사는 두드러지지 않지만 설화적 구조와 시인의 개인적 정서를 많은 부분 자제, 혹은 그것에서 벗어나고 있다는 데서 「몸시」가 짐짓 간과하고 있는 어떤 것을 갖고 있다고 생각할 수 있다. 그러나 아무래도 감상적인 분위기를 넘어서고 있지 못한 점에서 김완하의 작품은 비판적 표적에서 자유롭지 못할 것이다.

이성선의 작품에서는 시인의 현실의 질곡, 그리고 길항, 갈등의 항목들을 고스란히 들어내어 버리고 있다. 그의 시 세계는 긍정적으로 말한다면 자연과 인간의 합일이란 도교적 가치관과 물질보다는 정신이 세계를 지배한다는 정신주의에 발을 담그고 있다. 그래서 그의 시어들은 잘 정제된 식물적인 것이라 말해볼 수도 있을 것이다. 『문학사상』 4월

호에 발표된 「복사 꽃」, 「물을 들여다보며」는 이 점을 극명하게 말해주는, 지금까지 그의 시세계에서 조금도 비켜선 자리에 있지 않다. '저 깊은 가지 / 허공에 피어 허공을 물들이는 / 너 목숨 저물면 / 거기 그냥 사그러져라」(「복사꽃」에서) 같은 구절과 「물을 들여다보며 / 산이 꽃이 되기를 기다린다. // 산을 들여다보며 / 사람이 악기가 되기를 기다린다.' (「물을 들여다보며」에서)는 구절들은 이 점을 확인시켜주기에 충분하다. 그럼에도 불구하고 이성선의 이 같은 전통적인 도교적 자연관, 정신주의 등이 감상적인 것에서부터 벗어나고 있는 것을 김완하는 주목할 필요가 있을 것이다.

그것은 확실한 세계인식과 오랫동안의 깊이 있는 사유와 성찰의 그 끝에서 시적 대상을 찾고 그것을 시어와 조화시키고 있기 때문일 것이다. 그렇다고 나는 이러한 이성선의 시세계를 결코 긍정적으로만 보고 싶지는 않다. 도교적 인식론과 정신주의를 벗어나는 자리에서 길항하고 갈등하는 현실의 세계에 발을 담그고 몸부림치는 서정적 자아의 격정적 모습을 보여줘야 한다고 생각하기 때문이다. 이러한 바람의 가능성을 이성선의 『현대문학』 4월호에 발표한 「초상화」와 「보이지 않는 무덤」 두 편 중 「보이지 않는 무덤」에서 발견할 수 있을 것 같다.

  누가 나를 불러냈는가

  청산(靑山) 가득 하얀
  박꽃 피어 눈부셔라.
      ·
      ·
      ·

  새들은 또 어디 가서 죽었는지 무덤이 안 보이네.
  다른 영혼을 키우려 떠난 자는 죽어서

세상에 무덤을 두지 않네

새벽에 언덕에 혼자 서 있는 빛처럼

「보이지 않는 무덤」의 앞과 뒷부분이다. 서정적 자아의 격정적 모습의 한 켠을 읽을 수 있는 이 작품은 이 격정적 자아 때문에 도교적 가치관과 정신주의 기왕의 모습이 아닌 시인 자신의 것을 보여주는 것으로 파악하고 싶다. 이성선의 시가 시인 자신이 정해 놓은 울타리에서 부단히 벗어 나려할 때 자신의 시세계를 떠받치는 자연합일, 정신주의는 오히려 자신의 몫이 되어 더욱 튼튼한 터전이 된다는 점을 확인할 필요가 있을 것이다.

3. 갈 곳도 죽을 곳도 없이 뛰어나가는 시

최승호의 시에는 '최승호의 것'으로만 이야기할 수 있는 '자신의 것'이 있다. 그것은 그로테스크한 것이랄 수도 있고, 시인의 감수성이 첨예하게 세계의 비속함과 만나는 문명비판적인 요소라 할 수 도 있을 것이다. 아니면 그 첨예한 감수성이 시적 대상과 만나는 번쩍임을 선적禪的 발상이라 할 수도 있을 것이다.

『현대문학』 4월호에 발표한 「뿔쥐 · 2」는 최근 최승호의 시가 가진 이 같은 특성들을 모두 함유하고 있다는 면에서 주목된다.

    1
    뿔쥐가 시 속으로 뛰어들었네
    텅 빈 시가 뿔쥐로 불룩해졌네

2
뽈쥐 든 시를 발표했네
복제된 뽈쥐들이 도처에 들끓고 있네

3
뽈쥐 이빨이 자꾸 자라나서
의미의 의자들을 다 갉아먹어버리면
나는 침대에 앉아 있어야 하나,
구멍이 나고 용수철이 주저앉은 침대에?

「뽈쥐 · 2」의 앞부분이다. '뽈쥐' '용수철' '침대' '이빨' 등의 경음과 격음들의 거센 시어가 가져다주는 비속하기까지 한 뽈쥐의 심상은 '뽈쥐'와 '시'를 연결시키는 황당무계함을 제시한다. 이 황당무계함은 그렇기 때문에 충격적이고 발상에 있어 선적이다. '뽈쥐 든 시를 발표했네 / 복제된 뽈쥐들이 도처에 들끓고 있네'에서 보여주는 날카로운 비평정신은 선적 발상과 호응함으로 촌철살인의 아포리즘으로 인식될 수밖에 없다. 「뽈쥐 · 2」의 마지막, '뽈쥐 없는 시는 텅 비어버린다'가 읽는 사람에게 가져다주는 충격도 결국은 시인이 첨예한 자신의 감성을 극도로 날카롭게 버린 결과에서 오는 것일 것이다.

그러나 최승호의 시가 가진 '최승호적인 것'은 아직도 거칠고 투박하다는 점이다. 그것을 이용하려 하지만 말고 극복해야 할 것이란 생각은 최승호의 시적 특성을 잘 보여주는 「뽈쥐 · 2」를 통해서 그가 말하고 있듯이 '갈 곳도 죽을 곳도 없는데 뛰어나'가는 것만이 시적 성취의 능사가 아님을 최승호가 인식하는 일이 필요할 것이란 뜻이다.

시를 논의하는 일은 늘상 논의한 시에 대해 상처를 주는 일이란 생각을 한다. 그 생각은 결국 시는 논의하고 설명하는 것이 아니라 읽고 바로 가슴으로 느끼는 것이란 말에 동의하도록 한다. 그러나 이번 달에 발

표된 많은 시들 중에서 박남수(『현대시학』4월), 조영서(『현대시학』4월), 천
양희(『문학정신』4월), 정현종(『현대문학』4월)의 작품을 말하지 못한 이 안
타까움!

(1992.5, 문학사상)

여성시, 남성시가 아닌 인간의 시

1. 인간적인 모든 것의 건져 올림

『문학사상』 3월호에서 특집한 여성시인 11인의 시에 대해 논의하고 싶다.

가장 여성적인 것이 사실은 가장 남성적인 것과 가까운 자리에 있을 수 있다는 생각을 해보게 된다. 사실 여성적인 것과 남성적인 것을 구별할 수 있는 변별요인을 찾는 것은, 문학에 있어 불가능하다는 판단이고 그와 같은 구별은 불필요하다고도 생각된다. 여성과 남성의 구별은 신체적인 것에 불과할 따름이며 상부구조인 정신적 영역에서 성의 구분은 하등의 의미를 띨 수가 없다고 보기 때문이다.

그럼에도 왜 유독 남성시인 특집은 기획되지 않고 있는 것일까. '여성 시인'이라 언표言表하는 생각의 근저에 혹 '남성'에 대한 또는 '남성 위주'의 발상 방법에 대한 주눅이 개재되는 것은 아닐까. 문정희는 이 점을 「처용아내의 노래」에서 '허긴 천 년 동안 이 땅은 남자들 세상이었으니까요'라고 말한다. 물론 '천 년'이란 신라가 그 왕조를 유지한 천 년 동안인지 아니면 처용설화 이후 지금까지를 셈한 것인지가 명확하지는 않다. 다만 남성이 역사적 상황의 모든 것을 포함하여 가치기준의 결정을 그들 중심으로 행한 것을 두고 한 말로 파악된다.

가장 여성적인 것이 가장 남성적인 것과 근거리에 있다는 생각은, 요컨대 부드러움의 극한은 강하고 세찬 것의 극점과 이웃하고 있다는 것을 말하고자 함이다. 여성이 여성적이고 남성이 보다 남성적임은 지극히 자명한 일이다. 여성적인 것이 부드러움에 다가가고, 남성적인 것이 강건하고 힘센 것과 관계함은 따라서 당연한 터이다. 그런데 부드러움과 강함의 극한이 이웃하고 있음을 이 둘이 모두 여성과 남성을 포괄하는 '인간'이 가진 동일한 속성이기 때문이다.

남성시인 송강 정철의 「양미인곡兩美人曲」과 여성시인 황진이의 시를 두고 생각할 때 이 생각의 타당성은 입증될 수 있다. 남성시인의 강하고 세찬 연정戀情의 극한이 부드러움으로 이행되고, 여성시인의 부드럽고 섬세한 정감이 '동짓달 기나긴 밤을 한허리 둘혜내어'의 날카롭고 강인하며 불꽃 튀는 치열함으로 표출되고 있지 않은가.

『문학사상』 3월호의 특집 여성시인들의 시를 읽으면서 이러한 생각을 반추하게 된 것은 여성적인 것을 여성에게서만 찾으려는 고정관념이 얼마나 잘못된 것인가의 의식이다. '여성시인'이 아니라 다만 '시인'이며 그들은 '여성적인 것'을 언어로 건져 올리는 것이 아니라 '인간적인 모든 상황'을 시로서 표출하고 있다는 점의 확인이었다.

2. 김정란과 정끝별의 시적인식

김정란의 「에우리디체」 2편은 각각 「엷은 물질의 기억」과 「보송보
송한 현실 또는 폭발하는 말들」이란 부제를 달고 있다. 앞의 작품과 뒤
의 작품 모두가 부제에서 말하고 있는 '폭발'이란 한 점으로 모아지고
있다. 그것은 시의 기존 문법, 다시 말하면 정통적인 시의 기법에서 일
탈하며 폭발하는 데서 출발하고 있다고 파악된다. 그것은 두 편의 작품
이 모두 대화체로 되어 있다든가 가장 감각적인 이미지에 이어 느닷없
이 관념어를 등장시키는 등의 극히 계산적인 시적 구성에서만 찾을 수
있는 것은 아니다.

팽팽하게 읽는 사람을 긴장시키는 빠른 템포와 조사措辭, 기승전결이
온통 뒤섞여 버린, 차라리 그와 같은 짜임새를 송두리째 무시하고 있는
태도에서 보다 분명히 인식할 수 있게 된다.

(A)
드러난, 캄캄하달지, 희미하달지, 흔들린달지 / 아주 최소한
의 물질의 불안한 기억의 진흙 위에서 / 내가 문득 깨달았어요
내가 스틱스강 / 건너편으로 던져진 것을… 내가 이제 / 그대 목
소리에 대답할 말을 잃어버렸다는 것을 / 보아요 말의 온갖 결들
에마다 스며든 이 까끌까끌한 부재, 내가 울며 그것을 / 껴안아
요. 견디어내야 해요 그 수밖에는 없는 것을 / 내가 알아요 멀리
강 건너에 두고 온 그대

(B)
그러나 보아요 내 펄럭이는 살들 속에서 / 노래의 순결한 아
기들이 움직이기 시작해요 / 맙소사 이 애들이 성큼 나를 넘어서
는 걸 보아요 / 엄마 우리가 엄마를 뛰어넘었어 우린 / 엄마의 갇
혀 있는 현실에 관심없어 그래도 가엾은 엄마

(A)는 「에우리디체」 앞의 작품 부분이고, (B)는 뒷 작품 부분이다. (A)에서 '까끌까끌'이란 촉각 이미지 바로 뒤에 '부재'라는 관념어를 등장시킨 부분에 주목하면서 (B)에서 '펄럭이는 살들'이란 표현과 '성큼 나를 넘어서는 걸 보아요'와 '가엾은 엄마'라는 구절들을 연결시켜보면 김정란의 시가 기존의 시적 문법에서 얼마나 폭발하여 그것을 넘어서려 하는가를 촌탁할 수 있다. 정통적인 시의 기법은 설명적이며 진술적 조사를 통한 이미지의 조립에 충실하려 한다.

김정란의 시에서처럼 감각적인 것과 관념적인 것의 결합, 이미지와 이미지의 연결을 통한 심정적인 토로의 삽입 등을 시험하는 일을 기존의 시적 문법은 생각하기 힘들다. 요컨대 김정란의 작품은 기존의 것에서 일탈하는 폭발을 통해 긴장감을 고조시키면서 한국어가 가진 감각성과 관념적 요소를 절묘하게 결합시키고 있다. 현대인의 심층적인 불안 심리를 오르페에 대한 대화로 아우르면서 시인의 내면을 표출하는 데 성공하고 있다고 말할 수 있다.

정끝별의 시는, 김정란의 시가 가진 덕목을 갖고 있지는 않다. 그러나 비속한 것에서 현대인의 우수와 사랑, 그리고 늪과 같은 현실의 질곡을 정통적인 시적 기법으로 건져 올리고 있다. 「페스트, 페스트, 비가 내린다」도 그렇지만 「나는 빠져들어간다」에서 이 점은 더욱 돋보이는 것 같다.

냉장고 속 야채가 문짓문짓 짓무르며 / 씽크대 수채구멍 찌끼들이 뒤엉키고 / 밤새 쓰지 않은 혀에는 비릿한 입내 / 세상 영혼의 따뜻한 주름들이 발산하는 / 황홀한 난지도의 향기 / 모래내 잠자리떼처럼 / 나는 그 속에 빠져들어간다 / 오 커다란 거품들 / 나는 사랑했기에 / 욕망했고 꿈꾸었고, 싸우기도 했다.

「나는 빠져들어간다」의 앞 부분이다.

정끝별의 시는, 그러므로, 비속한 일상 속에서 현실의 진면목을 통찰하는 장점을 가진다. 아름답고 꿈같고 부드럽고 밝은 면을 정감과 아우르는 것만이 서정시의 능사가 아님을 분명히 보여주고 있다.

3. 현실인식과 허무적 영원주의

문정희와 강은교는 역사적 인물 혹은 설화적 인물을 시적 대상으로 하고 있다. 문정희가 '김정호' '처용아내'를, 강은교가 '도미 처'를 대상으로 했다. 문정희의 「대동여지도 앞에서」, 「처용아내의 노래」 강은교의 「먼 길」이 그것이다. 그러나 이 두 시인의 대상 인물들에 대한 시적 대입지점은 매우 다르다. 문정희는 역사적 인물과 설화를 통해 시인 자신이 살고 있는 당대의 현실인식을 표출하려 하는 자리에 서 있다. 그러나 강은교는 '도미 처'를 통해 사랑의 본질을 형상화하려고 한다.

그리하여 돌아온 곳 / 사랑이 사랑을 마셔 버리는 곳 / 먹구름은 노상 창 밑을 떠돌고 / 길들은 안개를 한 줌 입에 넣고서 우물거리네 / 싸움은 싸움을 몰고서 우물거리네 / 네거리엔 찬 바람만 불어 / 축 늘어진 어깨로 그대와 나 / 흐린 길 헤매니 / 걸음에 걸음이 밟히는구나 / 한 눈물에 두 눈물 구슬피 베어지는구나 / 희망은 마약처럼 / 잡풀 뿌리에 매달려 / 도요새 도어마리 오늘도 / 먼 길 떠나는데 / 사랑하는 나뭇잎 하나 / 나뭇가지에서 떨어지네 / 벼락치는 소리로 떨어지네.

강은교가 「먼 길」 끝부분에서 이처럼 보여주고 있는 것은 '사랑이 사랑을 마셔 버리는' 마약처럼 희망이 잡풀 뿌리에 매달리는 허무주의적인 사랑의 영원성 같은 것이다. 사랑을 영원성과 허무주의의 두 가닥으로 파악하고 있다고 생각할 수 있게 되는 부분이다. 이것을 당대의 현실적 인식을 떠나 있는 영원주의라고 말할 수는 없겠는가.

우리나라 골짜기마다 별을 매달고 / 드러누운 산맥마다 피를 돌게 한 / 슬프고 아름다운 한사(寒士) 궁학(窮學)의 시인.

오늘, 두 쪽으로 갈라진 부끄러운 지도 위엔 / 탱크자국 땅장사만 우글거려

홀로 가슴치고 있을 것이다. / 다시 온전한 지도를 그리기 위해 / 조선팔도 매운 바람으로 날고 있을 것이다.

문정희의 「대동여지도 앞에서」의 끝부분이다. 김정호의 역사인식을 당대의 현실에 끌고 와서 시인의 현실인식으로 파악하려 한다. 분단 그리고 부동산 투기라는 이 가슴 아프고 한심한 현실에 대한 시인의 분노 또는 그 같은 시정신이 표출되고 있다. 그러나 이러한 현실인식을 역사적 인물을 통해 투영시킬 때 보다 유의해야 할 일은 그것이 시사성을 뛰어넘는 어떤 항구적인 역사인식으로 파악될 수 있게 하는 시적 장치의 필요성이다.

그것은 감각적 조사措辭나 진술적 패턴에서보다는 장중하고 격렬한 상징적 형상화가 효과적일 것이란 생각이다. 어쨌든 역사적 인물에 대한 문정희의 시적 대응과 강은교의 그것이 대조적이면서 그 둘을 포괄 지향하는 어떤 자리의 설정이 한국시의 또 하나 과제는 아닐까 생각해 보게 된다.

4. 유연함과 날카로움

　김여정과 강계순의 시(『현대문학』 3월호)는 김남조의 시가 그렇듯이 삶에 대한 경험과 인식이 의지로 표출된 모습을 보여준다. 김여정과 강계순의 작품이 보다 간결한 조사로 직제된 것이라면 김남조의 작품은 유연한 부드러움을 가진 느긋한 어법에 의존하고 있다.

　　　(C)
　　　눈 내린 저물녘에 / 은보라 빛 어둠 고이는 / 이 거룩한 무게 / 삶은 깊을수록 유정(有情)하구나 / 헌옷 입은 / 이순의 여인이여

　　　(D)
　　　어느덧 나는 / 살바람 부는 추위의 / 광야에 섰구나 / 아니다, 절망의 사막에 섰구나.

　　　(E)
　　　지상의 교통망 모두 / 항공노선까지 / 꼼짝없이 폐쇄시킨 채 / 보이지 않는 손으로 / 서서히 목을 조여오는 / 저 / 미망의 / 적이여

　(C)는 김남조의 「이순耳順에」의 마지막 연, (D)는 김여정의 「아니다 아니다」 앞부분, (E)는 강계순의 「안개」의 끝연이다. (C)에서 삶에 대한 경험을 지혜로 감싸 안는 노시인의 유연하고 부드러운 시적 표현은 종교적인 경건함을 띠고 있다고 파악해도 좋을 것이다. (D)는 날카로운 현실인식을, (E)는 '미망의 적'을 생각하는 앙칼짐을 삶의 경험을 통해 확인하고 있다. 연륜의 차이에서 온다고 볼 수만은 없는 (C)와 (D)(E)의 시정신 편차는 그 어느 것이 바람직한가를 떠나 (C)처럼 유연함과 (D)(E)와 같이 날카롭고 앙칼짐이 그것대로의 의미를 확보하고 있다고 파악된다.

그러나 현실에 대한 낙관주의나 비판주의적 시각이 함께 공존하는 시정신 속에 (D)(E)와 같은 압축된 시적표현이 (C)와 같은 느긋함도 포용할 수는 없을까. 이런 생각의 연장에서 이향아의 「낙원은 낯설지 않다」(『문학사상』 3월호)를 읽으면 섬세한 시인의 관찰력이 돋보여진다.

> 꿈꾸는 피안의 어떤 언덕에도 / 바람에 흔들리는 나무들 있을 거다 / 쉬엄쉬엄 흘러가는 강물은 천 리 / 긴 꼬리 흔들면서 할미새는 울겠지. / 늦가을 사과는 익어 떨어지고 / 잠 안 오는 깊은 밤의 그리움도 있어 / 요요한 낙원은 쓸쓸한 나의 여백 / 거기 오래오래 무사하여라

유연함과 날카로움의 공존은 결국 이향아의 이 작품 「낙원은 낯설지 않다」의 마지막 연이 표현하고 있듯이 '쓸쓸한 여백'이란 원초적인 시적 정감이 언제나(아니면, 가끔이라도) 우리가 생각하게 되는 근원적인 동경과 맞닿는 자리에서 이루어질 수 있는 것은 아니겠는가. '바람에 흔들리는 나무' 같은 인간존재는 '꿈꾸는 피안'에서도 어쩔 수 없이 인간일 따름으로 우뚝 서 있을 수밖에 없는 것이 아닌가. '여성' 혹은 '남성'으로서가 아닌 '인간' 그것으로.

(1992.4, 문학사상)

'시'가 '시'로서 완성되는 것은

1. 일상사에 결여된 보편적 항목

시 속에서 현존하는 사람의 인격을 그대로 사용하는 경우의 득실을 생각해본다. 물론 시적 대상은 그 폭을 제한할 수 없고 제한해서도 안 된다. 그러나 시적 형상화의 성취에 있어 보다 효과적인 대상을 선택하는 일이 시작詩作에 있어 유리할 것임은 당연한 일이 아닌가.

이러한 생각을 갖게 된 것은 이번 달에 발표된 중견 시인들의 작품에서 실존하는 인물의 인명을 시적 대상으로 삼고 있는 것이 많이 눈에 띄었기 때문이다. 좀 확산해서 말한다면 이 같은 현상은 중견 이상의 시인에서 뿐만 아니라 보다 젊은 시인들의 작품에까지 두루 산견散見되어지는, 요컨대 최근 우리 현대시의 무시할 수 없는 흐름 중 하나가 아닌가 생각되기도 한다.

황동규의 「내 시時벗 오규원은」(『문학사상』 2월호), 그리고 『현대시학』

2월호에 발표된 박상배, 박제천의 작품들을 들어볼 수 있을 것이다.

①

내 시벗 오규원은 / 허파꽈리 절반이 일 않고 노는 병 지니고 조용하게 살고 / 허파꽈리 전부가 멋대로 말듣는 병 가진 나는 / 입 위장 항문 혹사, 조용찮게 산다. / 외롭지도 않은데 술 퍼마시며 그들과 만난다. / 그들은 반란을 일으키고 / 반란이 끝나면 / 묵묵히 다시 일들을 한다. / 남은 허파꽈리 혹사하며 살라 이르려다 / 그의 안경 문득 빛나 / 술잔으로 간신히 말을 막았다.

②

춤을 잘 추는 사람이 시도 역시 잘 쓴다 이 말은 며칠 전 하재봉 노혜경 장석남의 출판기념·등단축하 모임 후 신촌 올로올로(주: 기차역 근처의 조그만 카페)에서 춤파티를 벌인 자리에 김수경(주: 이상호의 서울 현지처)이 내뱉은 소리다. 나는 그날 장정일의 기맥히 몸놀림에서 춤의 한 극치를 보았다.

③

어느날 화가 오수환이랑 조각가 이영학이랑 술판을 벌이다가 내 두상(頭像)을 만들어 보겠다는 조각가의 말에 귀가 번쩍 띄였다. …(중략)… 자세한 내용은 시인 이형기의 작품에 나오는 비두만(飛頭蠻)의 이야기와 같으므로 여기서는 생략하기로 한다.

①은 황동규 작품의 전문이고 ②는 박상배의 「잠언집 13」의 부분, ③은 박제천의 「날아다니는 머리」 첫 부분과 끝 부분이다. 시인이 시 속에서 표현하고 있는 대로 오규원은 시인이고, 하재봉, 노혜경, 장석남, 김수경, 장정일은 각각 문인이며 오수환은 화가 이영학은 조각가, 이형기는 시인으로 모두 현존하는 예술가들이다.

황동규는 시詩벗인 오규원의 병을 통해 육체적인 병마와 정신적인 방황과 분주함이 우리의 세속적 삶과 어떤 관계에 있는가를 드러내려 하고 있다. '남은 허파꽈리 혹사하며 살라 이르려다'라는 부분이 이 같은 판단을 가능하게 해준다. 말하자면 시인의 친구인 또 다른 시인의 병을 통해 자신이 놓인 삶의 질과 두께를 생각하려는 것으로 파악되는 작품이다. 그러나 이 작품에서 소박한 독자들은 오규원 시인의 병과 이 작품을 쓴 황동규 시인의 느낌이 다만 오규원－황동규 간의 우정을 재점검하는 극히 개인적인 시인의 일상을 펼쳐놓은 것 이상이라 생각하기 힘들게 될 것이다. 시인의 일상이 다만 평범한 것으로 전달되지 않고 읽는 사람 자신의 삶의 부분과 정감적으로 만나지는 영역의 형성이 감동의 자락을 붙잡게 되는 일차적 요건이다. 황동규의 작품은 시인의 개인적인 사항이 보편적 정감의 공간 속에 자리하려는데 소극적이라고 판단할 수밖에 없다. 소박한 독자의 입장은, 그래서, 이 작품에 흡입되어지지 않는 자신을 만나게 될 것이다.

박상배의 경우 이러한 사정은 더욱 심화되어 나타난다. 산문시의 형태를 취하고 있는 ②의 시 「잠언집 13」에서는 하재봉, 노혜경, 장석남, 김수경 등의 실존인물이 이 작품에서 왜 시적 대상으로 필요했는지가 잘 파악되지 않는다. 시인은 '심장의 박동이 곧 시의 박동을 이룬다'는 것을 시적 표현으로 확인하기 위해 이런 시적 장치가 필요했을 것이라 해독할 수는 있다.

그러나 정작 시인의 일상사와 시인의 직관이 극히 개인적인 차원에서 시작되고 있음을 확인시켜 주는 것으로 이해하기 십상일 것이다. 물론 어떠한 메시지도 시인의 일상과 직관에서 시작되지만 그 주관적인 시인의 일상과 직관이 개인의 영역을 뛰어넘어 보편적 사항에로 확산되고 필경에는 인간 영혼의 근저에 접근하는 길은 개인적 차원을 재확인시키는 시적 표현을 뛰어넘을 때 가능한 것이 아니겠는가.

박제천의 작품 ③의 경우 시인의 일상사를 그대로 표출하는데 실존하는 예술가들이 다만 동원되고 있다는 느낌을 떨쳐버릴 수 없다. 조각가가 시인의 '두상'을 만들겠다고 했다. 그래서 자신의 머리가 '하늘 여기저기를 떠돌아다니는 꿈을 꾸었다'는 것이 ③의 작품 내용이다. 물론 같이 발표된 「움직이는 머리」, 「얼굴과 얼굴 사이」, 「공기와 공기 사이」 등과 ③의 작품이 연결되어 있고, 이 연결된 작품에서 자신의 참된 실존의 모습을 찾으려는 몸부림을 읽을 수 있게 된다. 그러나 역시 산문시 형태를 취하고 있는 이들 작품에서 실존하는 예술가들의 등장은 시인 자신의 일상사를 읽는 사람에게 재확인시켜 주는 역할에서 크게 벗어나고 있지 않다고 보인다.

일상사를 보편적인 삶의 항목으로 언어에 인각할 때 시인의 일상은 인간의 보편적인 삶의 지혜 그리고 영혼과 교감한다. 그것의 표현은 시인이 삶과 인간을 보는 직관의 폭과 깊이 그리고 그 높이와도 상관할 것이다.

다시 말하면 시인 개인의 일상사에 시적 표현이 다만 멈추었을 때 그것은 시인의 신변잡기를 벗어나기 힘들게 된다. ① ② ③의 작품이 현존하는 사람의 인명을 시적 대상으로 삼고 있음으로 이 같은 사정은 더욱 심화되었다고 판단된다. 이 같은 일상사의 내보이기로 현존하는 사람의 인명을 시적 대상으로 한다면 그것은 작품의 성취도에서 득得보다는 실失이 많다고밖에 말할 수 없다.

요컨대 실존하는 인명을 시적 대상으로 하는 경향은 그 대상이 시적 대상으로 될 수밖에 없는 필연성이 부여되면서 일상잡사의 표출에서 벗어날 때 효과적일 것이다. 어쨌든 시는 시인 자신의 일상사에 대한 독백이나 그 표백이 아니지 않은가.

2. 지향점이 다른 두 목소리
– 이성선 · 최승호

이성선의 시에는 깨달은 자의 목소리만 있다. 깨닫게 되기까지의 질
척이는 고뇌와 가난과 시련이 말끔하게 가셔져 있다. 그래서 투명하다.
그것을 시인 자신은 이렇게 말한다.

> '세상을 음악처럼 보는 운동자, 풀, 나무, 짐승, 별, 벌레들의
> 숨소리를 제 영혼의 노랫소리(잘 배워 알고 있는 엄격한 절대군
> 주 신(神)이 아니라, 들판과 하늘에 가득 떠 있는 잡신(雜神)들. 그
> 들이 어울려 들려주는 우주의 관현악)로 듣는 열려 있는 신비가
> 들의 귀, 바닷가에 서서 자신이 우주의 작은 호흡이라는 것을 깨
> 닫고 새롭게 봉헌하는 삶.' (시인의 산문, 『문학정신』 2월호에서)

'열려 있는 신비가들의 귀'를 지향하는 이성선의 시에는 그러니까, 삶
의 질곡은 일단 덮어두는 자리에 설 수밖에 없다.

> 속초 의료원 영안실에서 / 오토바이로 먼저 간 제자 앞에 / 무
> 릎 꿇어 절하고 / 죽음을 뒤로 막 문 열고 나오다가 이 광경에 깜
> 짝 놀라 / 그 자리에 굳어 섰다.
> 아아 / 저렇게 썩어 죽어가는 몸뚱이도 / 흰구름 품고 거울로
> 누우면 / 몸에 번진 암세포가 목화꽃 음악처럼 / 보석 향기로 세
> 상을 때리는구나. (「영안실을 나오다가」, 『문학정신』 2월호)

'저렇게 썩어 죽어가는 몸뚱이'도 '보석 향기로 세상을 때리는구나'라
고 파악하는 시인의 시정신을 우리는 함부로 나무랄 수만은 없다. 그것
이 '열려 있는 신비가들의 귀'로 듣고, 눈으로 확인하는 일이므로 또한
의미를 지닐 수밖에 없다. 그러나 이성선이 그토록 갈고 닦아 티없이 맑

은 시어 속에 심어놓은 것은, 그가 「산시山時·42」(『문학정신』2월호)에서 밝혔듯이, '오묘한 / 빛과 어둠의 세계다'. 그렇지만 그 오묘한 세계를 떠받치고 있는 것은 현실의 질곡이고, 갈등이며, 사람과 사람이 뒤엉켜 길항하는 현실이다. 그렇기 때문에 '산도 자기도 없는 / 거기 / 그가 앉았다'는 시적 표현은 허황된 소리로 들릴 수도 있다. 따라서 감동의 폭을 좁힐 수 있는 '신비가'의 맹목 하는 현실인식이란 비판에서 자유로울 수도 없다.

최승호의 시를 보라.

> 새들은 부메랑이다. 허공에서 땅으로 돌아온다. / (때로 새들은 낮닭으로, 밤의 거위로 살아간다) / 그러나 무의자(無依子)의 새들은 온몸을 허공에 던져 / 뒤돌아보지 않고 북두(北斗)를 향한다고 한다. / 그 새들은 모두 발이 없다. (「낮은 곳이 그리운 욕망」 전문, 『문학사상』 2월호)

초월의지를 말하고 있는 이 짧은 시행들에서 2행과 끝 행에는 초월의지가 현실에 뿌리내리고 있음으로 가능하다는 응축된 시적 표현이 도사리고 있지 않는가. '초월'과 '신비'가 다르다고 말할 수 있다. 그러나 그 모든 상부구조가 하부구조인 현실을 떠나서 생성될 수 없음을 최승호는 꿰뚫어보고 있다. 물론 '부메랑'이나 '무의자無依子' 등의 시어들이 모국어의 바람직한 조탁이라고 할 수는 없다. 그러나 그것은 시인 나름대로의 저 광대무변한 형이상학의 세계를 세속적 언표言表로 다잡아 놓으려는 의욕에서 비롯된 걸그적거림이라고 볼 수 있을 것이다. 이성선의 시적 자세가 최승호의 그것과 변별할 수 있는 요인이면서 이성선의 시가 갖지 못한 점을 최승호는 치열하게 대응하고 있음을 알게 된다. 또한 최승호의 조사措辭가 갖지 못한 덕목을 이성선이 갖고 있음도 아울러 알 수 있다.

3. 치열한 시정신의 응집력

> 눈들어 바라보면 천지사방 하나인 산 / 눈 감고 짚어보면 우
> 리 모두 가슴앓이 산이었던 것을. / 금강이 따로 있더냐 백두가
> 어디 먼 데 / 따로 있더냐. / 산으로 가면 우리 모두 큰 산이 되고 /
> 산에서 흐르면 우리 모두 큰물을 이룬다. / 이 개구멍 바위에서
> 저 솟아오른 바위 무엇인가. / 우리가 주저앉아 만드는 것 모두
> 무엇인가. / 사람 사는 일 사리사리 / 우리가 사상에 등 돌려도 잘
> 보이는 그 길. / 삶과 죽음이 칼날 같은 사이인데도 / 남과 북 쇠
> 가시 지뢰밭 사이인데도 / 그 길로 바람 가고 구름 가고 새가 간
> 다. / 물이 가고 소리가 가고 그리움이 간다. / 우리가 가고 내가
> 간다. (이성부, 「용아장릉에서」 부분, 『현대문학』 2월호)

이 힘 있는 조사措辭들은 이성부의 시정신이 치열한 데서 비롯한 것
이다. 시적 대상인 '산'과 그 '능선'에서 분단의 아픔과 이데올로기의 허
망함과 그 극복을 힘 있게 설득하고 있는 힘은 어디에 근거하는가.

그것은 이성선의 '신비가'에의 지향이나, 최승호의 '초월의지' 그 모
든 것을 아우르는 현실인식과 역사의식을 정감의 바탕으로 감싸놓는데
있을 것이다. 김주연이 말하는 '정신주의라는 것이 선禪이나 도통한 것
으로만 잘못 이해되는' 것을 이성부의 시는 극복하여, '비극적 세계의
어둠과 만나 실패하고 절망하고 또 극복의 과정을 보여주는 그 자체의
의미'를 지니고 있다고 말할 수 있을 것이다. '삶과 죽음이 칼날 같은 사
인데도 / 남과 북 쇠가시 지뢰밭 사이인데도'가 보여주는 비극적 세계의
어둠은 '그 길로 바람가고 구름가고 새가 간다. / 우리가 가고 내가 간다'
를 통해 그 극복의 과정을 힘 있게 제시하고 있다.

> 내 젊은 방황들 추슬러 시(時)를 만들던 / 때와는 달리 / 키를
> 낮추고 옷자락 숨겨 / 스스로 외로움을 만든다. / 내 그림자 도려

내어 인수봉 기슭에 주고 / 내 발자국 소리는 따로 모아 먼 데 바위 뿌리로 심으려니. / 사람이 그리워지면 눈부신 슬픔 이마로 번뜩여서 / 그대 부르리라. / 오직 그대 한몸을 손짓하리라.

이성부가 앞의 작품과 함께 발표한 「숨은 벽」의 전문이다. '숨은 벽'은 '서울 북한산에 있는 바위벽의 하나'라는 주注가 달려 있다. 이 작품은 시인 자신이 행하던 일상사를 전반부에서 표현하고 있다. 그러나 그 일상사가 시인 자신의 신변잡사에 그냥 머무르지 않고 보편성을 획득하는 요체는 후반부에 있다. '사람이 그리워지면 / 눈부신 슬픔 이마로 번뜩여서 / 그대 부르리라'는 시인 자신의 언표言表이면서 동시에 읽는 사람 누구에게나 공감이 가게 하는 정서적 응집력을 가진다. 그 정서적 응집력이 바로 시인의 일상사를 보편성이 획득될 수 있게 하는 부분이다.

시적 대상인 자연의 바위벽을 자신의 일상사와 정서로 융합시키면서 결국 시인의 직관이 읽는 사람과 공감의 영역을 개설하는 과정을 이 작품은 극명하게 보여주고 있다.

무엇이 시고 어떻게 써야 시인이 되는가. 이 물음의 정답은 누구도 작성할 수 없다. 다만 일상사의 표백이 아닌 보편적인 공감의 영역이 시어를 통해 읽는 사람과 형성될 때 그 작품은 시가 되고 그것을 쓰는 사람은 시인이라고 말할 수 있지 않을까. 쓴 사람과 그 작품만으로 시가 존재할 수는 있을 것이다. 그러나 그것을 읽고 감동하는 또 다른 사람이 있을 때 그 작품은 '시'로서 완성되는 것은 아닌가.

(1992.3, 문학사상)

서정주의와 현실주의

박두진의 시에서 생각하는 것

박두진의 시는 강렬하고 웅혼하다. 그의 시에 표상되는 모든 것에는 힘과 격정 그것을 함께 아우르는 시인의 치열한 시정신이 행간에 짙게 깔려 있다. 『청록집靑鹿集』 이후 그가 추구해 온 범우주론적 시세계는 시적 기교의 하나인 언어의 갈고 닦음을 초월하는 언어 자체를 시의 구조 속에 시어로 있게 만드는 언어의 사상적 기능을 극대화시키고 있다. 그가 즐겨 사용하는 해, 별, 달과 돌 그리고 모든 시적 대상은 자연과 상관하고 있고, 그 자연 속에서 시인이 감응하는 정신의 깊이와 조응되고 있다. 그 정신의 깊이는 한편으로 현실의 상황과 연관되어 있기도 하고, 또 다른 쪽으로는 인간존재에 대한 끈질긴 천착과 맞물려 있기도 하다. 『문학사상』 1월호에 발표된 「어느 새벽 꿈」, 「소녀상小女像, 너」 그리고 『현대문학』 1월호의 「겨울 나무 너」에서도 이 점을 확인하게 된다.

『문학사상』에 발표된 두 편의 시가 현실의 상황에 보다 연관하고 있다면 『현대문학』에 게재된 작품은 존재론적 천착이 많이 기울어 있다고 말할 수 있을 것이다.

> 눈물과 피 그 넋과 영의 영원한 승리
> 깃발 펄펄 당신 앞에 날리고 싶었던,
> 자유, 자유, 사랑, 평화
> 균등, 평화, 사랑,
> 무한 혁명의 만세 소리
> 치닫고 있었다.

「어느 새벽 꿈」의 한 연이다. '넋과 영'이란 상부구조 혹은 존재론적 심상을 '깃발'과 '혁명'으로 조응하면서 '자유, 사랑, 균등, 평화'의 하부구조인 현실과 아우르는 일은 치열한 시정신이 아니고서는 불가능할 것이다. 결국 「어느 새벽 꿈」에서 시인은 '부르고 싶은 이름 모두 합창으로 울리고 / 쏟아지는 해와 달, 별의 별빛 장엄한 / 꽃잎 자욱히 우주 천지에 쏟아져 내리고 있었다'고 시인의 정신적 극한이 가닿는 상상의 세계에서 영혼의 승리를 찬양하고 있지만, '눈물 철철 혼자서 나도 울고 있었다'고 형상화함으로써 이상과 현실이 결코 합치될 수 없는 한계를 갖고 있음을 안타깝게 절규하고 있다. 이 구절은 「겨울 나무 너」에서 '빈 들에 혼자 서서 / 혼자서 너는 떨고 있다'와 이어지고 '별에 혼자 너만 서서 / 울음 울고 있다'의 '울음'이란 한 영역으로 모아진다. 강인한 의지와 웅혼한 기상을 언어의 사상성과 조우시킨 시인이 결국 현실 속에서 인간존재가 추구하는 꿈과 이상이 실현될 수 없는 것임을 깨닫게 되고, 그것이 광대무변의 우주 속에 하나의 의미로 인각되기를 간구하는 것으로 해석할 수 있을 것이다. 박두진의 시세계를 범우주론적 공간이라고 말하는 이유의 하나가 여기에서도 비롯함을 알게 해준다.

신라 향가에서 충담과 월명이 보여주었던 자연과 그것을 포함하는 우주의 전체 구조를 신앙적 바탕에서 시적으로 대응하는 태도와 박두진의 시적 우주관이 상당한 편차를 보여주는 것은 분명하다. 그러나 우주와 그 속의 자연을 인간 영혼과의 교감관계로 설정하고 그 교감의 한 자락을 인간정신의 구극究極인 영혼과 병렬시킨 점은 많은 부분 공통된다고 할 수 있을 것이다. 이것은 현실적인 시적 대상을 시인의 정감으로 감싸 안으면서(그 이념 자체의 시비 여부를 제쳐두고), 봉군애민奉君愛民이란 하나의 시적 이념으로 세울 수 있었던 두보杜甫의 경우를 떠올리지 않을 수 없게 한다. 정감을 현실의 시적 항목 속에 언어로써 표상하여 원래 이성적인 현실의 모습을 온통 낭만적인 풍류로 파악했던 이백李白과는 다른 자리에 두보의 시가 놓일 수 있었던 것은, 시적 이념의 구축에 있어 현실을 정감 자체로 본 것이 아니라 현실을 정감으로 감싸안아 언어로 형상화할 수 있었기 때문이다.

그러나 한국 시는 향가 이후, 특히 조선조에 와서, 정철과 윤선도의 시세계가 두보 쪽보다는 이백의 켠에 서 있었음을 알게 해준다. 현실의 모습이 빠져버린 풍류와 자연의 세계 충군연주忠君戀主를 배경으로 한 알레고리의 구조로 사랑을 형상화한 것이 그 점을 잘 말해준다.

박두진의 시가 향가에서 보게 되는 시적 인식과 많은 부분 같은 맥락을 지니고 있다는 것은 자연과 인간 영혼의 모습을 현실의 항목과 밀접히 연관시키면서 그것을 정감 자체로 파악하지 않고 정감으로 감싸 안는 점이다. 한국 현대시의 양극은 현실을 정감 자체로 파악하는 서정주의적 입장과 정감을 현실 항목의 시적 표상과 인식의 통로로 이해하는 현실주의적 태도라고 보아도 크게 틀리지 않을 것이다.

오붓한 / 추억을 위해 / 너의 이름을 부른다.
때로는 / 이름에 묻어오는 / 늦가을 호젓한 풍경.
흰 서리 / 귀밑을 덮고 / 뒤란엔 가랑잎 진다.

탁월한 시적 정제를 보여주는(시조라는 정형적 패턴 때문만은 아니다) 김상옥의 「풍경風景」(『문학사상』 1월호) 전문이다. 현실을 정감 자체로 파악한 이 작품은 결국 김소월 · 박목월 · 서정주의 시들이 갖고 있는 서정주의의 자리가 될 것이다. 80년대의 민중시 계열, 김지하와 박노해 · 김남주의 시들이 서 있는 곳은 이와는 반대편에 정감을 현실 항목의 표상과 인식의 도구로 이해한 현실주의적 자리다.

서정주의의 시가 서 있는 곳에는 오롯한 정감과 노을에 묻어오는 애틋한 사연의 잔잔한 감동으로 깔려 올 것이다. 그러나 그것은 인간 존재와 영혼 그리고 그것이 발 딛고 있는 현실을 맹목 혹은 애써 돌아보지 않음으로 해서 영혼이 현실 속에서 좌절하고 갈등하면서 고뇌하는 모습을 찾을 수 없다. 따라서 폭넓고 깊이 있는 울림 즉 감동의 물살이 읽는 이에게 거세게 소용돌이칠 수가 없다. 정감을 현실 항목 표상의 도구로 하는 현실주의 시는 현실 속에서 길항하는 인간 존재의 모습이나 부조리한 현실의 구조적 모순이 적나라하게 드러난다.

그러나 그것은 정감을 통한 폭로나 비판이 아니면 시인 자신의 고백이나 넋두리 혹은 주장으로 인식되어 그 또한 감동의 거세찬 물살을 읽는 이의 가슴에 안겨주지 못한다. 요컨대 서정주의와 현실주의라는 양극단으로 치닫는 한국 현대시의 모습은 분명 바람직하지 않다. 여기에 박두진의 시가 갖고 있는 덕목―현실을 정감으로 감싸 안아 인간 존재와 영혼을 조명하는 일에 대한 관심을 고조시킴이 필요할 것이다. 비약일 수도 있겠지만 정신주의라 말할 수 있는 이러한 시적 태도는 난마처럼 얽혀 있고 통 감동을 주는 일에 수동적인 서정주의와 현실주의 시의 양극단을 발전적으로 지양하는 자리라고 생각하지 않을 수 없다.

김춘수 · 송재학 · 장호의 시

　김춘수의 시에서, 개인적으로는 언제나 실망한다. 논리적 파악이라기보다는 그 이전의 직관적 감응이다. 따라서 많이 잘못된 생각일 수도 있을 것이다. 그러나 김춘수의 시가 지닌 소박하고 단아한 시어들과 심상의 직조에서 생각하는 시가 아닌 그저 읽고 지나쳐버리는 시의 전범을 보는 것 같은 느낌을 결코 지울 수 없다. 그의 시가 추구하는 '무의미'나 '무의미의 의미'에 대해서 폭넓고 깊은 통찰이 없는 것이 큰 잘못이겠지만, 그의 시를 읽고 느끼는 이러한 생각을 아직도 지울 수 없다. 『현대문학』 1월호에 발표된 「돌각담」과 「구도構圖」를 읽고도 줄곧 이 생각을 하게 된다.

　　(가) 김종삼(金宗三)이 쌓고 간 돌각담은 우리의 돌담불과는 사뭇 다르다. 스페인의 고도(古都) 톨레도에서 본 아랍식의 완만한 원형(圓形)의 돌담과도 사뭇 다르다.

　　(나) 눈이 크면 겁이 많다. 날이 선 코는 제 살을 제가 벤다. 아침에는 은빛이 되었다가 저녁에는 잿빛이 되는 머리칼, 레닌그라드에는 봄에 눈이 온다. (레닌의) 생산주의(生産主義)는 시로미 꽃이 피는 것도 보지 못하고 죽어간다. 눈이 덮어줄까 없었던 걸로 해줄까, 신부(神父)를 사랑한 너 나스타냐 킨스키라고 하는 어떤 창녀(娼女).

　(가)는 「돌각담」 앞부분이고 (나)는 「구도」의 전문이다. (가)에서 '돌각담'을 심상화하는 것으로 '돌담불' 그리고 '스페인의 고도 톨레도'에

있는 '아랍식 완만한 원형의 돌담' 등이다. 스페인과 아랍식이 이 작품 속에 심상으로 놓이게 된 전후 사정을 확실히 포착하기는 어렵다. 그러나 그것은 이 작품이 '김종삼의 혼이 가끔 찌 찌 찌 운다.'라는 마지막 구절에서 볼 수 있듯이 작고 시인 '김종삼'의 어떤 것과 상관하고 있음을 알게 된다. 그리고 그것은 '김종삼' → '돌각담' → '정교하고 딴딴한 삼각형'으로 김종삼의 시적 세계 혹은 시인의 풍모를 느끼게 해준다.

그런데 김종삼을 시적 대상으로 하면서 하필이면 '톨레도'와 '아랍식 완만한 원형의 돌담'이란 이국적 이미지를 굳이 동원해야 했을까. 이 같은 의문의 연장에서 (나)의 작품에 '레닌그라드'와 '시로미꽃' '나스타샤 킨스키'의 이국적 이미지도 생각하게 된다.

사실 '시로미꽃'이 어떤 꽃인지를 분명히 모른다면 이 작품 「구도」의 시적 구도는 명료한 이미지를 제공하는데 수동적일 수밖에 없다. 의미를 전달하려 하지 않고 언어들의 구조 속에서 심상을 직조하여 기왕의 선험적인 시의 의미 구조를 변화시키는 일에 꼭 이국적인 대상을 차용해야만 하는가. 이러한 생각의 연장에서 김춘수의 시가 가진 댄디즘이랄까 이그조티즘(exotism)의 취향을 알게 된다.

세월은 괴로움 속에 오래 머문다 / 세월은 희망을 잠시 붙든다 / 녹슨 못이 자주 구부러지는 지난날은 / 음악처럼, / 어떤 기억이라도 썰물을 만든다 / 현악의 높은 음은 이곳에서 흐리다 / 맑은 날이 떠미는 저녁이 어둠의 입구에서 멈칫거릴 때 / 길은 너무 미세하고 빠르므로 혹은 / 길은 우연인 듯 삶을 뒤쫓아가므로 / 희미한 소리에 귀기울이는 이에게 / 공기는 이미 팽팽한 불덩이로 바뀌고 있다 / 보아라, 괴로움은 노을을 삼키고 붉다

송재학의 「노래」(『현대문학』 1월호) 전문이다. '세월' '괴로움' '희망' 등의 불가시不可視한 관념을 가시적可視的인 '못' '썰물' '길' '불덩이' '노을'

등의 대상으로 환치시키면서 심상의 구도화에 성공하고 있다. 송재학은 결코 이국적인 대상을 심상으로 직조하려 하지 않는다. 앞서 예거한 김춘수의 작품과 송재학의 시를 대비시켜 보는 일은 노대가의 시와 젊은 시인의 작품의 우열을 말하고자 함이 아니다. 김춘수의 시에 대한 이 그조틱한 취향은 그렇지 아니한 송재학의 시보다는 심상의 직조에 있어 보다 덜 효과적이라는 점의 확인이다. 의미가 아닌 심상 그것을 통해 시의 영역과 위상을 추구하는 듯한 김춘수 시의 최근 경향이 그렇지 아니한 젊은 시인의 그것보다 덜 효과적이라는 의미는 무엇인가.

> 이멜다의 천 켤레 구두에서는 / 필리핀의 꿈이 천 갈래로 찢어지는 / 피나투보 화산의 굉음이 울리지만,
> 아이들의 단벌 운동화에서는 / 샘이 솟는다. / 골목을 빠져나간 꿈길 같은 시냇물이 / 뒤뚱거리며 재잘거리며 / 어른들 산 너머로 기어오른다.

장호章湖의 「이멜다의 천 켤레 구두에서는」(『현대문학』 1월호)의 끝부분 두 연이다. 김춘수의 시가 이국적인 취향에 바탕하면서 오롯하게 떠올려 주려고 하는 심상을 통한 전달 그 속에서 전혀 찾아 볼 수 없는 것을 이 작품에서는 느끼게 된다.

'천 켤레 구두'가 의미하는 정치적 부패에서 백성의 꿈이 깨어지고 마침내 폭발하는 민중의 위력과 아이들의 앞날이 어른들의 성취 그 위쪽으로 상승하는 것을 '단벌 운동화에서는 / 샘이 솟는다'고 표현해내는 현실인식의 시 정신이 그것이다. 송재학이 「노래」에서 절묘하게 접합시킨 스스로의 사념을 사물로써 심상화시킨 것을 가질 수밖에 없는 부분을 장호의 작품은 해갈시켜준다.

한국의 현대시가 지향하는 길이 하나의 길이어서는 안 되도, 그렇게 될 수도 없다. 그러나 지금까지의 한국시 현황을 갈래지어 볼 때 서정주의와 현실주의의 양극단에 너무 치우친 자리에서 모국어를 학대해왔다는 생각을 지울 수가 없다. 이 양극단의 변증법적 지양을 생각하는 것은 어불성설일까. 『현대문학』 1월호에 발표된 중국 연변시인 김정호의 「아리랑」의 1편과 『문학사상』 1월호의 신인 발굴 작품인 정용우의 「기억의 풍경」 외 4편을 읽으면서 결코 이러한 생각이 어불성설이 아님을 확인할 수 있었다.

김정호의 작품은 서정주의의 경향이면서도 모국어를 학대하지 않고 있음을 알 수 있었고, 정용우의 시들에서는 그의 그 끈질긴 레토릭이 현실주의와 서정주의를 합치시킬 수 있는 가능성을 확실히 파악할 수 있었기 때문이다.

(1992.2, 문학사상)

시적 변용, 그리고 기행시

화학적 변화를 아시는가. 그것은 둘 이상의 물질이 합해져서 처음과는 전혀 다른 새로운 것을 창출하는 것이 아니던가. 현실 속에서 시인이 대상과 마주하여, 그 대상을 자신의 감각으로 관찰 수용하고 시인과 대상이 언어와 만나면서 시의 탄생은 비롯된다는 말에 이론異論이 있을 수 있는가. 그때 시는 시인도, 그 시인이 만난 현실의 대상도, 의사전달을 본래의 기능으로 하는 언어 그 자체도 아니지 않는가. 말 그대로 화학적 변화에 의한 새로움의 창출이 시 그 자체가 아닌가.

시를 읽으면서, 현실 혹은 대상을 그대로 표출해놓은 설명이나 시인 자신의 정감을 토로해놓은 지루한 진술이나 언어를 정교하게 가다듬어놓기만 한 것에서 결코 감동의 가닥을 붙잡을 수는 없다. 시를 읽고 감동하지 못할 때 시 읽기는 얼마나 고통스러운 것이며, 감동을 획득 못하는 시는 또 얼마나 실망스러운가.

> (가)
> 미양 가는 길은 대낮에도 어두워 / 산자락 마을 갈전리 송씨 할머니네 / 낡은 슬레이트 집으로 들어서려면 / 마당발 키 큰 들깻잎 냄새를 맡아야 했다 / 장닭이 가을볕에 붉은 볏을 빛내며 부산히 모이를 쪼고 / 할머니는 오늘도 해장술 낮술이 한창이구나
>
> (나)
> 옷이나 해 입는 줄로 알았던 모시로 / 처음 보는 나의 친구 / 채규 아내가 / 예쁘게 만드는 모시떡이라는 걸 내왔는데 / 나는 그 쑥떡 색의 모시떡을 몇 점 / 손으로 집어서 보면서 베어 먹었다 / 선박 로프나 어망을 만들었을 이것을 / 이제 보니 떡으로도 해 먹는구나 하고 / 내 입에는 어째서 딱딱도 한가 하면 / 또 조금은 차진 듯도 한 시커면 떡은 / 무슨 부드러운 천을 씹는 듯도 하였다
>
> (다)
> 강물은 월인(月印)을 싣고 / 머무느냐 가는 거냐 // 돗바늘로 얽은 실밥을 / 따면서 황국(黃菊)은 지고 // 어제 울던 산새도 / 자리 옮겨 갔구나.

(가)는 김영산의 「갈전리 송씨宋氏할머니, 지름할메」(『문예중앙』 겨울호), (나)는 고형렬의 「모시떡」(『문학사상』 12월호), (다)는 임종찬의 「황국黃菊이 지는 밤에」(『문학사상』 12월호)의 부분들이다. (가)는 지나친 설명 쪽으로 치우쳐 있고 (나)는 정감의 지루한 진술, (다)는 정교한 언어 다듬기에만 주력하고 있어 시적 변용을 통한 새로운 것의 창출에 수동적이다.

(가) (나) (다)의 시만이 아니라(『세계의 문학』 겨울호)에 실린 안정옥, 고진하, 최종천 등의 작품에서도 이 같은 사항은 확인할 수가 있다.

왜 시가 이렇게 되어야만 하는가. 그 원인을 여러 갈래에서 생각해볼 수 있을 것이다. 현실상황에 대한 시인의 집념, 그 반대로 송두리째 현실이란 것을 시적 대상에서 제외시키고 일컬어 영원주의에 사로잡혀 언어 미감에 탐닉하는 경우, 시인 자신의 표백에 강점을 두는 것 등으로 파악해볼 수 있을 것이다. 이런 사항은 한국시가 시급히 극복해야 할 요인이다. 그러나 그것은 한국시 전개 과정에서 필연적인 원인을 가지고 있다. 재기지도載器之道로서 시詩를 생각했던 공리주의적 시관, 한시漢詩에 대응해서 시여詩餘라고밖에 생각할 수 없었던 음풍농월吟風弄月적 풍류로서의 시에 대한 생각이 그것들이다. 정치적인 요인에 의해 시가 직정적인 의사전달의 메시지로 변하고, 폭압적이고 획일적이며 전체주의적이었던 70년대를 거치면서 현실에 맞부딪혀 상황의 질곡을 시로서 표현하려던 현실주의적 자세가 한몫을 담당했으며 그에 대한 반작용으로 극히 개인적인 요설이 시의 구조 속에 자리 잡게도 되었다. 그 원인이 낳은 필연적인 결과라 할지라도 한국시가 보다 감동을 획득하기 위해서는 이 같은 것에서 벗어나 현실과 시인 그리고 언어가 함께 이루어내는 창조적 시적 변용의 아픈 몸부림이 있어야 될 것이다.

전통적인 얼개로의 3인(人)의 시

서정주의 기행시들은 계속 우리를 실망시킨다. 창간된 『계간문예』에 발표된 「모스크바 서쪽 하늘의 선지핏빛 덩어리 구름」 외 5편은 그 동안 그가 추구해온 시세계의 심화도 아니고 변모도 아닌 것 같다. 초기부터 지금까지 그가 추구해온 시세계를 적당히 뒤섞어서 노년의 여가 풀이로 진술하고 있는 것 같다.

다뉴브강(江) 따라 걸어가노라니 / 헝가리 들판에 찔레꽃도 많
습데. / 시집가고픈 촌 처녀 얼굴 같이 찔레꽃도 여기선 연분홍
입데. // 옛날에 서방질한 어느 왕비(王妃)를 // 국왕(國王)은 관대
하게 용서해주어 / 따로 나가서 살게 했다는 / 별장도 언덕 위엔
서 있읍데. // 숨어서 살기로는 이 세상 으뜸이던 / 「야노쉬 초
르하」의 나라 오! 헝가리! / 여기와 숨어 살면 괜찮겠읍데.

「헝가리의 시詩」 전문이다. 서정주의 언어를 가다듬는 솜씨가 돋보
이긴 하지만 그가 치열하게 맞서서 대응하던 생명의식의 영원성이나
한국 불교정신의 구극, 그리고 토속적인 어떤 것도 찾아 볼 수가 없다.
'기행시'라는 한계를 인정한다고 해도 '『화사집花蛇集』 50년'의 그에게
거는 한국시의 기대지평을 전혀 찾아볼 수가 없다. 노시인이 확보한 자
리에 안주하면서 마주하는 이국정서에 자신의 느낌을 진술하고 있을
뿐이다. 서정주 시의 한계성이 이것이라면 더 할 말이 없다. 그러나 우
리가 거는 기대가 이 노대가에게 크면 큰 만큼 보다 치열한 시정신으로
의 회귀를 통해 정작 한국시가 가진 벽을 깨뜨릴 수는 없겠는가.
　송수권의 기행시들은 서정주의 그것과는 다른 모습을 보여준다. 발
표된 『문학사상』 12월호에 「두만강 시편」이란 제하의 다섯 편(그 중 「두
만강 돌」은 『현대문학』 12월호에도 꼭 같은 모습으로 발표되었다)은 다만 여행 중
의 감상을 표현한 것에서 벗어나고 있다. 시정신의 치열함이 분단의 극
복, 통일에의 열망이란 시인의 사상적 항목과 행복하게 손잡으면서, 송
수권의 시들이 갖는 시어의 특성인 한국어의 리듬이 형성하는 끈끈한
공간과 조화를 이루고 있다.

　　팔달영 여우 목도리도 단계석 벼루도 / 두만강 물소리에 잊고
왔다 / 내 초라한 여행용 백을 열어 보아라 / 이것이 두만강 돌이
다 / 이것이 그 돌이 바스라져 쌓인 / 우리 그리운 흙 한줌이다 /

오늘 밤 꿈 속에 이 돌멩이 하나 / 네 뜨거운 핏줄의 피를 먹고 자
라 / 하얀 물새로 깃을 치며 곧장 북녘하늘 / 훨훨 날아가리라

「두만강 돌」의 부분이다. '오늘밤 꿈속에 이 돌멩이 하나 / 네 뜨거운
핏줄의 피를 먹고 자라'라는 구절에서 보듯이 평범한 시어들이 이루어
놓는 리듬의 영역과 시인이 지닌 통일에의 열망을 의인법으로 환치시
킨 심상은 송수권의 치열한 시정신이 새로움을 창출하는 구체적 모습
이 될 것이다. 그러나 「연변동포의 말」, 「국경선國境線」 등에서 보이는
직정적인 표현들은 시인의 의도 표출이 두드러져 오히려 감동의 폭을
좁힌다. 이 점은 김종해의 시에 대해서도 지적할 수 있다.
　『세계의 문학』(겨울호)에 발표된 「비엔나, 9월, 우리는」 외 2편에서
김종해는 역시 분단과 통일에의 간구를 이야기하고 있다.

아우가 가지고 온 천지의 물빛은 / 언제나 차고 푸르다. / 아우
의 등뒤에는 / 늘 누이 같은 천지가 업혀 있다. / 오늘은 갈현동
우리집 눈썹까지 / 천지가 내려와 / 나를 불러낸다. / 차고 푸른
것이 / 밤새도록 꿈을 스쳐서 / 나는 잠을 이룰 수 없다. / 아한대
숲을 가르며 가리라. / 누이여. / 나는 반드시 조선땅을 거쳐서 /
네게 당도하리라.

「꿈」의 전문이다. 우선 지나치게 정통적인 시 형태에다 시인이 말하
고자 하는 통일에의 간절한 소망이 너무 직접적으로 노출되는 구조로
엮어져 있어 진부함은 물론 강한 감동의 파장을 일으키기에 수동적이
다. 잘 정제되고 짜여져 있지만 바로 그 이유로 해서 진부함을 느끼게
된다면 시인은 자신이 선호하는 정통적인 시의 얼개에 한 번쯤 절망하
는 것도 방법은 아니겠는가.

새로운 형태, 발상으로의 시詩

　김종해의 작품과 다르게 정통적인 시적 형태에 절망하고 새로운 형태모색에 강한 집착을 보이는 박남철의 「7월 30일, 새벽」(『계간문예』 창간호), 유하의 「환멸을 찾아서」(『현대문학』 12월호), 오규원의 「애인은 딸랑 한 사람만 접대하지 않는다」의 2편(『세계의 문학』 겨울호) 중에서 오규원의 「상징은 이렇게 산다」가 관심을 끈다.

　　　댓돌 옆 그녀의 한짝 신발을 덩치 큰 달이 깔고 앉아 있었다 /
　　　큰 달이 벗어놓은 하얀 바지가 봉창 밑에서 방으로 서걱거렸다 /
　　　방안데 누워 있는 그녀의 가랑이 사이에도 덩치 큰 달이 하나 스
　　　물스물 기고 있었다.

　「상징은 이렇게 산다」의 앞부분이다. 일견 정통적 시 형식을 따르고 있는 듯하지만 시인은 정통적인 것에 대한 철저한 파괴를 시도하고 있다. 그것은 시적 발상의 파격에서부터 시작된다. 선험적인 고정관념에서 벗어나기가 그것이다. '달'을 의인화시키면서 '스물스물 기고 있었다' 동적動的 이미지로 처리하는 것은 기존의 정통적 시형식에 대한 강한 부정에서 비롯한다. 명사나 명사와 명사의 접속에서 제목을 선택하는 것을 거부하고 시 제목을 완전한 하나의 문장으로 하는 것도 시인은 이 같은 의도의 연장에서 파악할 수 있다. 상투적인 것에 대한 거부, 속물화 되어가는 산업사회의 말초적이고 관능적인 근성을 그 뿌리부터 송두리째 빈정대고 거부하는 이 세 편의 작품은 형식의 파괴에서 시작하여 선험적인 고정관념을 벗어나면서 문명비판적 효과를 시적으로 성취하고 있는 경우다. 그러나 「오늘 저녁 6시에는 프로야구, 플레이오프 3차전이다」에서 보듯이 지나친 산문성에로 시적 구조를 몰아가면 시의

정감적 영역이 축소되어 시를 지적 부산물이나 지적 비판기능에 매달리게 하는 결과가 될 수도 있을 것이다. 지적인 것이 감성적인 것으로 감싸질 때 감동은 깊이와 폭을 확장시킨다. 시와 산문의 구별은 정감적 구조에 바탕하는가의 유무에서 찾아져야 할 것이 아니겠는가.

함민복의 「가을」(『문학사상』 12월호)은 현실성이 강한 메시지를 정감적으로 처리하고 있어 보다 성공적이었다고 평가할 수 있을 것이다.

> 아침 이슬에 젖은 삐라를 보다가 / 문득 떠오른다 // 경제적이고 진보적인 발상 // 월북하여 잘살고 있는 남한 인민들의 사진 / 월북하면 보장해 준다는 안락한 생활 / 월남한 리웅평 씨와 김만철 씨 // 그렇다 / 한 명 씩 인민들과 국민들을 맞바꾸어 / 이적하여 사는 것이다 // 백의민족에게 예약된 행복 / 위대한 이데올로기의 상술 // 찰라, 상념을 깨며 // 사후의 세계에서 넘어 온 삐라 한 장 / 툭, 낙엽이 떨어진다.

「가을」의 전문이다. 강한 현실적 메시지를 주조로 하는 이 작품은, 그러나, 연과 행을 구분하지 않고 써본다면 짧막한 산문과 크게 다를 바가 없다. 그것은 시인이 정감적 구조 위에 현실성이 강한 메시지를 전달하려 했지만 시어와 시의 구조에 대한 형태적 천착에 보다 깊이 생각하지 않은 때문이 아닐까. 시의 사상성은 사상을 시어가 설명해주는 것이 아니라 시어와 사상성이 만나 시의 감동적 공간을 획득하는 데 있다는 말은 충분히 음미할 가치가 있을 것이다.

(1992.1, 문학사상)

3부

'환장할 세상'의 정감적 풀이

감수성의 혁명·내적 몸부림

　시인에 대한 예찬은 그의 시에 대한 엄정한 평가를 수반하지 않을 때 심정적인 사항에 머물고 말 우려가 있다. 생존하는 시인이 첫 시집을 낸 이후 50년에 달하는 시간적 기간은 한국 현대시문학사에 있어서는 최초의 일이고 뜻 깊은 것만은 사실이다. 그리고 그 사실에 맹목하고 있었던 한국 시문학 담당자들에게 생각을 가다듬게 해준다. 구체적으로 말한다면 올해가 『화사집花蛇集』 출간 50주년인 것을 확인시킨 것은 시를 사랑하는 한 언론인에 의해서였다. 그의 제안에 의해 새롭게 미당 서정주의 시가 인구에 회자되는 듯한 분위기에 휩싸였다. 미당 시회가 마련되고, 마치 미당이 영 잊혀버렸던 시인이었다가 다시 평가되는 듯한 감을 갖게 해주는 듯하다. 그러나 사실 미당 서정주의 시는 그동안 그의 정치적 소신이나 행적과를 시적 성취와 결부시키려는 일부 논자들과 대응하면서 꾸준히 그의 시적 가치를 논해 왔던 사람이 있었음을 간과하고 말해져서는 안 될 것이다. 염려스러운 것은 곧잘 분위기에 휘말리는 한국 시문학의 속성이 『화사집』 50주년이라는 예찬의 굴레 속에서 서정주의 시에 대한 엄정한 논의가 희석되어지는 것에 있다. 거듭 말한다면 시에 대한 검증을 통할 때 그 시인에 대한 예찬은 제대로의 자리를 확보하게 된다. 예찬은 심정적인 감응에 불과하다. 그 감응은 그러므로 시에 대한 엄정한 평가를 수반할 때 예찬으로서의 면모를 완성하게 된다. 따라서 반세기를 살아온 시인 서정주에 대한 예찬은 서정주 시에 대한 비판적 검증이 아울러 행해질 때, 말 그대로 예찬이 완성될 것임을 확인할 필요가 있을 것이다.

　『문학사상』(11월호)은 서정주의 「요즘의 나의 시詩」를 비롯한 신작시 5편을 싣고 있다. 이들 작품에서 서정주가 보여주는 것은 지금까지 그의 시가 가진 장점보다는 한계를 보다 분명하게 노정하고 있다고 파악된다. 서정주의 시세계는 누구나 인정하고 있는 것처럼 지속적인 변화에 있다. 근원적인 인간 생명의 몸부림치는 약동의 형상화에서 동양정신의 구극과 불교사상의 시적 표현을 거쳐 토속적인 샤머니즘의 세계로의 이행 등이 그것이다. 그러나 그 어느 세계에 대한 시적 천착이든 서정주는 중요한 사항을 언제나 유보하는 듯한 모습을 보여주었다. 유보하고 있는 시적 사항이 무엇인가에 대한 끊임없는 갈증을 그의 시를 읽는 사람에게 제공하는 것은 그의 시세계가 한 영역을 지속적으로 천착하는 것보다 계속적인 변화의 모습으로 내보여주는 것과 결코 무관하지 않다고 파악하게 한다. 시인이 감추고 있는 듯한 유보사항과 그의 시세계가 변화의 선상에 자리하는 이 두 측면은, 그러나, 매우 의도적인 것으로 생각하게 해준다.

바다 속에서 전복 따 파는 제주해녀(濟州海女)도
제일 좋은 건 님 오시는 날 따다드리려
물속 바위에 붙은 그대로 남겨둔단다.
시(詩)의 전복도 제일 좋은 건 거기 두어라.
다 캐어내고 허전하여서 헤매이리요?
바다에 두고 바다 바래여 시인(詩人)인 것을……

　　1976년에 발표한 「시론詩論」(현대문학 5월호)의 전문이다. <제일 좋은
건> 남겨두고 있다는 시인의 진술은 주요사항을 의도적으로 유보하고
있다는 우리의 판단이 잘못 아님을 입증해준다. 서정주의 이 같은 시적
태도는 15년이 지난 지금까지 한결 같음을 「요즘의 나의 시」는 극명하
게 보여주고 있다.

요즘의 나의 시(詩)는
한국과 낮과 밤이 뒤바뀌는
어느 먼 나라의 수풀 속의
나그네의 길가에다 놓아두었다.
이름 모를 한 포기의 풀꽃 속에
집어넣어서 놓아두었다.

　　전 2연의 첫째 연이다. <제주도>에서 <어느 먼 나라>로 시적 공간
이 달라진 것 말고는 앞서 예시한 작품과 시적 의미에 있어서는 별 다른
차이가 나지 않는다. 주요항목을 언제나 유보하고 숨겨두는 시인의 시
적 자세를 어떻게 말할 수 있을까. 그것을 서정주 시의 한계로 파악하고
싶다. 유보의 자세보다는, 시세계의 변화선상에서라도 그 사항과 맞부
딪쳐서 거기에서 비롯되는 치열한 시정신을 언어로 표출하는 것이 시
인의 대對현실인식을 보다 확고하게 자리매김해주는 것이라고 생각하
기 때문이다. 결국 서정주가 시인으로서 식민지시대에 있어서나, 획일

적이고 전체주의적이었던 군사문화시절에 그의 정치적 자세를 모호하게 생각하도록 처신할 수밖에 없었던 원인이 이것과 무관하지 않다고도 보아진다.

원초적인 인간 정감의 세계는 불변의 것이라는 파악은 옳다. 그러나 그 원초적인 정감의 세계는 인간이 처한 당대적 현실 속에서 변화되는 정서로 자리하는 것임을 지나쳐서는 안 될 것이다. 이 변화된 정서가 언어와 만나 우리 앞에 새로운 높이의 감동적 물결로 출렁이게 하기 위해서는 시인의 새로운 감수성의 혁명이 필요할 것이다. 이 감수성의 혁명을 서정주는 <중요사항 유보>와 함께 <시적 공간의 확대>에서 찾고 있는 것 같다. 「부다페스트의 호텔 로비에서」나 「중공인민위원복中共人民委員服의 대열隊列」, 「에짚트의 사막沙漠에서」에서 보이는 헝가리·중국·이집트에로 시적 공간을 확대해나가는 데서 서정주는 시인의 감수성 혁명을 꾀하려는 듯하다. 그러나 <요 한정 없는 엉터리인 / 재수 없는 웃음만 같은>(「에짚트의 사막에서」 중에서)이라고 시인 자신이 표현하고 있는 것처럼 <애비는 종이었다>(「자화상自畵像」 중에서)의 식민지적 정서의 치열성이 결여되어 있는 점을 간과할 수는 없다.

결국 서정주의 신작시들에서 보게 되는 것은 서정주 시가 가진 지속되는 시적 세계의 변화의 모습이 <중요사항 유보>라는 것과 아직도 끈질기게 맞물려 있다는 점과, 원초적인 정감의 세계를 감수성의 혁명에 의해 성공적으로 포착해내고 있지 못하다는 것의 확인이다. 앞의 사항이 서정주 시의 장점이라면 뒤의 항목은 그의 시가 가진 한계라고 볼 수 있을 것이고, 그의 신작시들은 이것을 더욱 많이 노출시키고 있다. 서정주가 발표한 신작시를 통해 우리는, 한국시가 이제는 서정주 시의 장점을 비판적으로 수용하고 그 한계를 뛰어넘어야 하는 시점에 벌써 오래 전에 와 있다는 것을 또 다시 확인하게 된다.

최하림의 시는 자신과의 치열한 싸움이 현실의 모습을 정서로 감싸 안는 한 극한을 보여주고 있다고 파악된다.『현대문학』11월호에 발표한 「천은사泉隱寺 길」을 비롯한 5편의 시에서 읽을 수 있는 것은 결국 <시가 정서의 등가물>이라는 엘리엇의 말을 생각하게 하면서 현실 속에서 자신의 정서를 그것과 대응시켜가는 시인의 내적 몸부림이 언어 속에서 살아 숨 쉬는 모습을 확인하게 해준다.

(A)
우리가 걸어갈 새로운 물살이 흘러간다
우리가 생각할 새로운 물살이 흘러간다
우리가 꿈꾸고 반성할 물살, 우리가 저주할
물살이 흘러간다 물살은 살아서 흘러간다

(B)
후두둑, 후두둑, 기존의 질서를 파괴하면서
지상으로 떨어지는 가지각색 나뭇잎들이여!
나뭇잎의 비유여! 이 골목 저 골목에서
너희들은 광주리를 들고 떼몰려온다

(C)
차게 쏟아지던 장마비를 비집고
무지개가 기일게 남쪽에 섰다 종합청사가
들어선 과천에서 압구정동 쪽으로,
걷기 어려운 몸을 지팡이에 의지하고,
한 걸음 한 걸음 이동하면서, 나는
산길에서 무지개의 일곱 색을 본다

(A)는 「천은사泉隱寺 길」, (B)는 「나는 선禪맛 느낀다」, (C)는 「무지개」의 앞부분들이다. (A)에서는 '걸어갈 새로운 물살', (B)에서는 '기존의 질

서 파괴', (C)에서는 '지팡이에 의지하고' '산길에서 무지개의 일곱 색을 본다'는 구절을 연결시켜보면 시인의 내적 몸부림이 사회와 현실, 그것을 정서로 감싸 안는 모습을 확실하게 파악할 수 있을 것이다. (C)에서 말하는 시인의 현실의 상황이 (B)와 (A)에서 언표言表되는 지혜와 관조의 모습으로 언어에 심어졌다고 말할 수도 있을 것이다. 최하림의 시들이 보여주는 이러한 가닥들은 그가 선택하는 시어의 양감量感이 치열한 정신적 쟁투의 과정 속에서 얻어진 것임으로 하여 우리에게 더욱 감동의 진폭을 더해준다고 말할 수 있을 것이다. 한국 현대시의 정제되고 치열한 시정신의 면모를 확인할 수 있는 기쁨을 읽는 사람에게 부여하고 있다고 판단하게 된다.

연작시 「못」(『현대문학』 11월호)의 6편을 보여준 김종철의 시들은 압축되고 직핍하는 경구적인 효과를 형식면에서 보여주면서 시인이 천착하는 종교적인 사항과 현실의 모습을 화해롭게 결부시켜주는 것을 읽을 수 있게 된다. 연작형태인 이 시들은 이후 이어지는 작품들을 통해 보다 온전한 해석과 평가가 이뤄질 수 있을 것이다.

『문학사상』(11월호)과 『문학정신』(11월호)에서 보여주는 최동호의 시들은 지적 서정을 추구하려는 그의 관심을 확연히 드러내주고 있는 것 같다. 「손끝」 같은 작품에서 읽을 수 있는 경쾌한 사유가 다른 작품들에서도 보다 구체화되었으면 하는 생각은, 그의 시들이 어떤 경우 지나치게 요설적이지 않는가 하는 판단 때문이다. 그러나 그가 추구하려는 지적 서정은 성찬경의 시들이 시도하는 것보다는 전통적 서정에 맥을 닿고 있다고 생각하게 되고, 훨씬 정신주의적인 동양사상에 뿌리내리고 있음을 알 수 있게 된다.

(1991.12, 현대문학)

선시(禪詩) · 이수익 그리고 감성적 세계인식

일반적으로 <사물의 본질이나 또는 알고자 하는 대상을, 판단·추리 따위 작용에 의하지 않고 직접 파악하는 일>을 직관直觀이라고 한다. 이 직관에 의지해서 그 궁극적 자리에 언어를 가져다놓는 일을 불교에서는 선禪의 경지에서 행하는 <문자놀이>라고 말한다. 그러므로 이 <문자놀이>는 대상의 본질을 표출하는 일이라기보다는, 본질 천착을 위해 정신이 용맹정진하는 과정에서 얻어지는 부산물 정도에 불과한 것으로 불교에서는 파악한다. 대상의 본질인 진리 그 자체는 불립문자 不立文字 즉, 문자로써 세울 수 없다는 선의 기본적 태도가 이것을 말해주고 있다고 할 수 있다.

따라서 <선시禪詩>라고 하는 것은 <시>에 강점을 두는 것이 아니라 <선>에 악센트를 두는, 말하자면 구도정진의 과정에서 얻어지는 파편인 문자의 낱낱에 불과하다. 적어도 <선시>를 불교의 입장에서는 그렇게 파악하고 있음을 간과해서는 안 될 일이다. 그렇다고 해서 <선시>의 가치가 문학의 영역에서 폄하되어야 한다는 것은 아니다. 고양된 정신이 천착하는 그 직관의 구극이 언어와 만나는 자리라고 하는 것은 불교라는 종교적 입장과는 갈래를 달리하는 문학에서는 얼마든지 그 의미가 새롭게 조명될 수도 있다.

고은은 『작가세계』 가을호 부록에 <선시>라고 아예 단정을 한(시인 자신이 그렇게 한 것인지 편집자가 그렇게 단정한 것인지는 명확하지 않다) 30편의 시를 발표하고 있다. <내 삶의 어떤 경험>이라고 시 뒤에 붙인 글 속에서 고은 스스로가 말하고 있듯이 30편의 이 <문자놀이>는 <놀이(유희)> 이상의 문학적 의미 부여를 하기에는 많은 유보 사항을 동반할 수밖에 없을 것이라는 판단이다.

앞에서도 언급했지만 선시가 용맹정진의 과정에서 생겨나는 직관적인 파편일 수밖에 없기 때문에 결국 촌철살인 하는 경구적 형태를 취할 수밖에 없고, 그것은 필연적으로 초논리적 비약을 행간 속에 표출할 수밖에 없을 것이다. 그것은 또한 전혀 엉뚱한 심상과 심상의 결구를 당연한 것으로 시의 구조 속에 놓을 수밖에 없을 것이다.

그러나 유의해야 할 것은 <선시>가 필연적으로 가질 수밖에 없는 이 특성들은 <선>이 아니라 <시>인 이상 시가 가진 시적 특성과 결부될 수 있는 여지가 시인에 의해 장치될 때 효과적인 시적 성취를 획득할 수 있을 것이란 점이다.

(A)
나는 불 법 승 3보에 귀의하지 않노라
길 가다가
어린 아이 하나 만나

그 천진난만에 빠져버려
촛불 따위 향 따위 군더더기
아이고 놓쳤다 잠자리!

(B)
한밤중 여우가 둔갑해서
아리따운 아가씨로 방에 들어왔다
그래 어쩌겠느냐
무슨 소리! 당장 껴안아야지

오라 이 여우서방님
부처보다야 여우가 더 좋지

암

　(A)는 「어린 아이」, (B)는 「한밤중」의 전문이다. (A)의 행간에서는 엉뚱한 사항의 연결로 비약적인 심상이 점철된다. 결국은 불 · 법 · 승 3보가 별것이 아니라 부처 즉 깨달음의 본체는 때 묻지 않은 동심 그것임을 말하고자 한다. (B)는 속인俗人인 범부의 욕망세계를 적나라하게 표출하고자 한다.

　그러나 (A) (B) 두 시가 모두 보다 철저한 정진의 결과에 바탕하고 있다는 시적 장치가 빈약하다. (A)의 첫 행이 지나치게 설명적이고, (B)의 끝 행 처리가 소홀했음이 그 원인의 하나가 아닐까라고 생각하는 것이다.

　'네 앞에 석가란 도적 없고 / 네 뒤에 미륵이란 거지 없다 // 네 주둥이 꿀꿀 이전!'이란 「돼지」의 전문에서도 볼 수 있는 설명적인 첫 연의 사항과 끝 연의 비약적 사항이 서로 길항하고 있으므로 시적 사항이라 하기보다 유희적 문자놀이에 불과하다는 생각을 완전히 지울 수가 없게 된다.

요컨대 고은이 <선시>라고 발표한 작품들이 한국 현대시가 지향하는 막다른 골목의 어느 한 켠을 열어줄 수 있는 가능성의 한 가닥일수는 있을 것이다. 그러나 용맹정진이란 구도의 길에서만 선적인 불교적 발상과 시적인 문학적 항목이 확실하게 조우할 수 있고, 언어로써 그것이 형상화될 때 문학적 항목으로 바람직하게 이월됨을 하나의 화두話頭로 제시하고 있다고 판단된다. 달리 말하면 보다 철저한 구도자세인 용맹정진 속에서 <선시>는 보다 높은 시적 성취를 획득할 수 있게 될 것이라는 점이다.

이수익의 시는, 언제나 그렇지만, 시인의 격정을 곰삭혀서 언어로 표출할 때는 조용하고 유장하며 침착하다.

> 새벽은 언제나 와야 하고
> 나는 혁명(革命)을 떠나야 하는 전사(戰士)처럼
> 이별하는 새벽녘에 이르러, 숙명을 몸부림친다.
> 무슨 말을 너에게 줄 수 있으며
> 또한 내가 받을 수 있으리,
> 캄캄한 절망의 벽에 이마를 찍어
> 가득히 피 흘리는
> 이런 무모한 짓 외엔 내가 무엇을?
> 창밖엔
> 수색대(搜索隊)의 불빛처럼, 나를 찾는 새벽이!

「시간에 대한 기억記憶」(『현대문학』 10월호)의 전문이다. <혁명>, <전사>, <캄캄한 절망>, <피>, <수색대>라는 시어들은 이 작품이 격렬한 시인의 정서에 뿌리를 둔 것임을 알게 해준다.

그러나 이 격정을 시인은 <무슨 말을 너에게 줄 수 있으며 / 또한 내

가 받을 수 있으리>라는 인간 존재의 근원적인 한계성과 그 숙명적인 실존의 모습을 조용하게, 그러면서 유장하게 풀어내고 있다. 이 같은 시적 능력은 결국 시인의 현실과 삶 그리고 인간에 대한 깊은 통찰력이 없이는 불가능하다. 세계와 역사, 인간과 삶에 대한 사유의 그 깊이 모를 웅덩이를 시인의 가슴에 가지지 않고서는 불가능할 것이란 판단이다.

<혁명을 떠나야 하는 전사>이고 <캄캄한 절망의 벽에 이마를 찍어 / 가득히 피 흘리는> 무모한 짓을 할 수밖에 없는 인간의 나약성과 그 한계를 당대의 격동하는 역사와 결부시키고 있다는 점에서 이 시는 하나의 성과라고 파악할 수 있을 것이다. 그러나 이수익의 또 다른 작품 「목포의 눈물」(『현대문학』 10월호)은 시인의 개인적 사안이 정감과 너무 밀착하여, 주관적 회포풀이에 머문 듯한 아쉬움을 남겨준다. 시인이 언제나 좋은 시를 써야 하는 것은 아니다 라는 말을 떠올리게 해준다.

김윤성의 「흐르는 물」(『현대문학』 10월호)은 노시인의 삶에 대한 경륜을 잔잔하면서 감동 있게 제시해주고 있다.

> 우리는 지금
> 우리가 어디로 가고 있는지 알지 못한다
> 우리에게 어디로 가느냐고 누가 묻는가
> 우리는 우리가 어디로 가는지 알지 못하므로
> 그래서 이렇게
> 자기중심의 일상의 의식을 버리지 못하고 있다
> 일인칭(一人稱)으로밖에는 달리
> 살아갈 수 없는
> 이 어쩔 수 없는
> 운명!

<인간은 근원적으로 고독한 존재>라는 실존주의자들의 말을 떠올

리게 해주는 부분이다. 그러나 김윤성은 이 구절을 그가 시인으로 살아온 <감성적 세계인식>을 축적된 연륜의 지혜와 슬기로써 생체득生體得하고 있다. 「흐르는 물」이 우리에게 주는 감동은, 바로 이 같은 생체득이 설명적이기는 하지만 일상적이면서 곱게 다듬은 언어 속에 인각印刻되었기 때문일 것이다.

시가 일상적인 삶의 정감을 언어로 풀이하는 것이라면 박재삼의 「바람의 장난」(『현대문학』10월호)은 주목 받을 수 있는 작품이 될 것이다. 그러나 시란 그 같은 바탕 위에서 전개되는 새로운 세계인식이 언어와 만나는 장場이란 점을 기억할 필요는 있을 것이다. 시가 결코 <말장난>이 아니란 점을, 그러나 박재삼의 기왕의 작품은 웅변하고 있지 않은가.

김요일의 「혈, 의, 누,」(『현대문학』10월호)가 기존 시어의 파괴라는 점에서는 눈을 끌 수 있으나, 그 실험정신이 보다 견고한 이론적 바탕에서 전개되는 것임을 시로써 보여줄 수 있기에는 아직 많은 노력이 요청된다고 판단된다.

(1991.11, 현대문학)

신변잡사의 시와 시어에 대한 횡포

오세영의 『구룡사시편九龍寺詩篇』은 「대사待詞」, 「접사蝶詞」, 「읍사泣詞」, 「우사雨詞」, 「밤바다」가 『현대문학』 9월호에, 그리고 「간사簡詞」, 「풍사風詞」가 『한국문학』 9·10월호에 발표되었다.

이 시들을 주목하는 이유는 이렇다. 첫째 오세영의 시어가 갖고 있던 종래의 굳어 있음, 달리 말한다면 지나친 언어의 조탁으로 인해 딱딱해져버린 경직성을 벗어나 시어가 넉넉함과 여운을 갖게 되어 윤택해졌다는 점. 둘째 시인의 개인적 체험을 깨달음의 공통인 영역으로 이월시켜주고 있다는 점. 셋째 본능적인 것과 이성적인 것의 갈등과 몸부림을 근원적인 인간 존재의 속성으로 파악하고 그것을 정감으로 융섭하고 있다는 것으로 말할 수 있을 것 같다.

첫째 이유는 시인의 개인적인 시적 변화라고 말할 수 있는 것이긴 하다. 그러나 지나친 언어의 조탁이나 언어의 남용 혹은 언어에 대한 학대라고까지 말할 수 있는 시어의 무분별한 조사措辭가 횡행하고 있는 저간의 한국시단 사정에 비추어보면 매우 값진 수확이라 아니할 수 없다. 물론 시어가 꼭 유연성을 띠고 여백을 가지며 윤택해져야 될 이유는 없고, 오히려 새로운 시어의 창조적 개발은 실험정신 운운이 아니라도 권장할 만한 일이다. 시어의 적격성에 맞서 일상어의 조사를 주장한 것은 영국 낭만주의 시의 시대를 연 워즈워스뿐만 아니라 김만중金萬重도『서포만필西浦漫筆』에서 말하지 않았던가. 그와 같은 맥락과는 무관하게 자신의 주장을 강하게 전달하기 위해 표현과 진술을 구별 않고 시의 형식으로 언어를 혹사시키면 남는 것은 언어의 학대로 인한 사어死語로서의 시어가 되고 말 것이다. 오세영의『구룡사시편』은 이점을 극복하고 온전한 의미에서 시어의 제자리 찾기에로 진일보한 것으로 파악된다.

①

　바람 소리였던가, / 돌아보면 / 길섶의 동자꽃 하나 / 물소리였던가, / 돌아보면 / 여울가 조약돌 하나 / 들리는 건 분명 네 목소린데 / 돌아보면 너는 어디에도 없고 / 아무 데도 없는 네가 또 아무 데나 있는 / 가을 산 해질녘은 / 울고 싶어라. / 내 귀에 짚이는 건 네 목소린데 / 돌아보면 세상은 / 갈바람 소리 / 갈바람에 흩날리는 / 나뭇잎 소리. ―「풍사(風詞)」전문

②

　이년아 하필이면 비오는 날이냐, 네 이년 게 섰거라. 아무 말도 못하고 나가는 아내 내다보는 남편의 눈 같은 나의 삶을 휘이 둘러보면 허벅지로 가만히 갖다 대던 따뜻한 손바닥의 체온 같은 추억도 없진 않으련만 비 탓이야 비 탓이야 말이 새어나오지 못하는 건. 젖은 세상 타고 기억의 들판으로 드문 드문 섰던 꽃나무들 빗방울 뒤켠으로 슥 돌아들어가고······ ―허순

위, 「말라 가는 희망」(『문학정신』·9월호)

①과 ②를 대비해보면 그 시어의 쓰임이 어떠한 것인가를 알 수 있을 것이다. 리처즈의 과학적인 언어용법과 환정적인 언어용법 같은 분류를 굳이 거론하지 않더라도 ①은 정서를 환기시키는 언어의 직조고 ②는 의사전달을 목적으로 하는 과학적 언어용법의 영역에서 벗어나고 있지 못함을 알게 될 것이다. 오세영이 『구룡사시편』에서 보여주는 시어는 그의 시에서의 개인적 변모이면서 그것은 곧 황당하기 짝이 없고 무지막지하기 끝 간 데 없이 혼란스럽고 난폭한 시어의 조사를 바로잡을 수 있는 한 모형이 될 수 있다는 데 그 의미가 주어질 것으로 판단된다.

둘째 개인적 체험을 깨달음의 공통된 영역으로 가지고 간다는 말은 시인의 주관적 체험을, 내가 보기에는 불교적 사유라는 공동의 범주로 객관화하고 있다는 뜻이다. 시가 가장 주관적인 문학의 갈래라고 해서 또는 흔히 하는 말로 시인 자신의 정감 표백이라고는 하지만 그것이 시인 자신의 넋두리나 혹은 신변잡담을 압축해놓은 언어 나열이어서는 곤란하지 않겠는가.

『현대시학』(9월호), 『동서문학』(가을호), 『세계의문학』(가을호) 등에 발표된 원로에 속하는 분들의 시에서 이 점은 더욱 두드러져 보이는 경향인데, 시인의 개인체험이 누구에게나 합의될 수 있는 공감의 영역인 공동의 범주를 획득하지 못하면 시인 자신의 독백으로 주저앉고 말 가능성이 무척 많다는 점을 간과해서는 안 될 것이다.

『구룡사시편』들에서 오세영은 자신의 체험을 범부凡夫의 번뇌로 전제하면서 그 번뇌를 뛰어넘으려는 몸부림을 깨달음으로 표현해낸다.

빗방울이 들고, / 산은 부시시 몸을 떨었다. / 바람이 불고, / 산은 우우 이름을 불렀다. / 빗발이 몰아치고, / 산은 전신으로 흐느껴 울었다. / 천둥이 내지르고, / 본능이 서러워 나뒹구는 / 육신.
// 아아 나는 외로운 짐승, / 폭우가 쏟아지는 / 이 한밤. ─「우사
(雨詞)」 전문

본능에 몸부림치는 시적 화자의 그것은 빗속에 울고 있는 산의 이미지와 합치되면서 범부의 번뇌라는 공동의 영역에 놓인다고 할 수 있을 것이다. 이「우사」에서 보여주는 번뇌의 몸부림은「읍사泣詞」에서 하나의 깨달음이라 말할 수 있는 시인의 성찰로 나타난다.

우지 마라 냇물이여, / 언제인가 한번은 떠나는 것이란다. / 우지 마라 바람이여, / 언제인가 한번은 버리는 것이란다. / 계곡에 구르는 돌처럼 / 마른 가지 흔들리는 나뭇잎처럼 / 삶이란 이렇듯 꿈꾸는 것, / 어차피 한번은 헤어지는 길인데 / 슬픔에 지치거든 나의 사람아, / 청솔 푸른 그늘 아래 누워서 / 소리 없이 흐르는 흰 구름을 보아라. / 격정에 지쳐 우는 냇물도 / 어차피 한번은 떠나는 것이란다. ─「읍사(泣詞)」 전문

일컬어 <회자정리 이자필반會者定離 離者必反>의 시적 해석을 정서 환기의 감칠맛이 나는 언어로 직조하고 있다. 결국 오세영의 시에서 세 번째 주목하는 점인 본능적인 것과 이성적인 것의 갈등이 성찰의 언어로 가다듬어지고 있음을 볼 수 있게 되는 것이다.

그럼에도 불구하고『구룡사시편』의 시들에서 느끼는 아쉬움은 무엇 때문인가.『구룡사시편』의 시들에서 시인의 치열한 번뇌의 몸부림을 <정감의 언어 울타리>를 뛰어넘어 <지혜의 뜨락>에 완전하게 도달하지 못하고 있기 때문이 아닐까 하고 판단한다. <지혜의 뜨락>이란 『구룡사시편』들이 시인 안쪽에 자리하는 <성찰省察>을 넘어 <각자覺者>를 지향하는 불교적 사유의 깊은 바다에로 끊임없이 침잠, 천착하

는 보다 치열한 시정신의 표백이 두드러져 보이지 않기 때문이라고 보아진다.

『문학사상』 9월호가 <70년대 데뷔시인 신작시>라고 하여 감태준 · 강경화 · 강창민 · 김명수 · 김명인 · 김준태 · 김창완 · 이동순 · 이태수 · 이하석 · 장영수 · 박기섭 · 이정환 등의 시를 각각 2편씩 모아 실었다. 감태준의 「왜 오시지 않습니까」와 「바다로 갑니다」는 앞서 말한 시인 자신의 체험의 객관화에서 얼마간 거리를 둔 자리에 있지만 신선한 감각이 <그곳에는 언제나 / 발밑에 하얗게 웃으며 쓰러져주는 파도가 있고 / 모래밭의 긴 외로움이 있습니다> 같은 부분에서 빛나 보인다. 이것은 강창민 · 김명수 · 김명인의 시에 대해서도 함께 할 수 있는 말이 될 것이다.

그러나 이하석의 지나친 신변잡기적인 경향이나 박기섭의 시어에 대한 횡포나 김준태가 「단장곡斷腸曲」에서 보여주는 시사적 사실의 표백에 그친 시들은 이태수의 시가 보여주는 진지함과는 퍽 대조적임이 70년대 등단 시인들(물론, 이들이 그 전부는 아니지만)의 시적 천착이 아직은 많은 변별적 요인을 가지면서 퍽 다양한 갈래 속에 있음을 알게 해준다.

끝으로 이시영의 시와 허수경의 시에 대해서 말하고 싶다. 이시영의 「시인 나귀」와 「해남 가는 길」보다는 「마음의 고향 · I」(『문예중앙』 가을호)은 한국 현대시가 줄곧 추구하는 듯하면서도 항상 잊고 있는 듯한 토착적인 서정을 감동적으로 풀어놓고 있다고 생각된다. 시골 아낙네인 형수의 성격을 이 짧은 시가 소설보다 더 잘 창조하고 있는 까닭은 무엇인가. 그것은 이시영이 생래적生來的으로 갖고 있는 토착적 서정의 효과적인 시적 표현에서 가능했을 것이다.

허수경의 시 「저 잣숲」, 「저 누각」, 「저 나비」(『문학정신』 9월호)가 갖

고 있는 특징의 하나는 긴장감이라 판단된다. 그 긴장감은 그가 시어를
무척 아끼고 있는 곳에서 일차적으로 나타나지만 정통적인 시적 형태
인 행과 연을 무시하고 있는 데서 보다 구체화된다. 그러나 이 긴장감에
보다 유연성을 줄 수 있는 장치를 개척하면서 치열한 대對현실의식을
보다 많이 시적 대상으로 한다면 또 다른 현실시의 한 면모를 볼 수 있
을 것 같은 기대를 가져보게 된다.

(1991.10, 현대문학)

신선한 모습의 감각적 담론

- 문정희의 시세계

문정희의 시를 읽으면 즐겁다. 이 즐거움은 경쾌함에서 대부분 비롯된다. 시를 만드는 것이 아니라 마음속에서 자연스레 흘러나오는 정감의 가닥들을 시어詩語로 마냥 풀어내고 있음을 알게 된다. 이 같은 전제들은 문정희의 시가 낭만주의적인 요소에 보다 많이 발을 들여놓고 있다고 할 수 있는 대목이다. 그러나 반드시 그렇지만은 않다는데 문정희 시의 특성이 있다고 파악된다.

문정희가 30여 년 동안 써온 시들을 간추려서 내놓게 되는 이 시집의 시들을 읽으면 자연스레 정감을 언어로 풀어놓는 일이 결코 예사로울 수 없다는 점을 인정하지 않을 수 없게 된다. 그 예사로울 수 없는 점은 소박하게 말한다면 타고난 것이라고 할 수 있을 것이다. 이 천부적인 시적 자질은 삶에 대해서, 현실에 대해서 그리고 꿈에 대한 시인의 소망이

시가 갖고 있는 원초적인 정감과 만나면서 누구도 갖지 못하는 감각적
인 정서의 영역을 확보하는 것으로 구체화된다.

> 흐르는 것이 어디 강물뿐이랴
> 피도 흘러서 하늘로 가고
> 가랑잎도 흘러서 하늘로 간다.
> 어디서부터 흐르는지도 모르게
> 번쩍이는 길이 되어
> 떠나감 되어.
>
> 끝까지 잠 안든 시간을
> 조금씩 얼굴에 묻혀가지고
> 빛으로 포효(咆哮)하며
> 오르는 사랑아.
> 그걸 따라 우리도 모두 흘러서
> 울 이유도 없이
> 하늘로 하늘로 가고 있나니.

「새 떼」의 전문이다. '흐르는 것이 어디 강물뿐이랴'는 첫 행을 주목
한다면 이 시가 머금고 있는 삶에 대한 시인의 자세를 읽어낼 수 있을
것이다. '흐른다'는 시간적 개념을 '강물'이라는 시각적 심상으로 대치
하면서 날아오르는 새들의 모습으로 묶어주고 있는 시인의 관점은 삶
의 모습을 감각으로 대응하는 여실한 자세라고 아니할 수 없다. '번쩍이
는 길'과 '빛으로 포효하며'의 구절은, 그래서 시각을 청각으로 감싸 안
으면서 삶과 현실 속의 모든 양상을 시가 지닌 정서적 감응으로 수용하
여 감각적으로 풀어놓고 있다고 볼 수 있을 것이다.
　문정희가 시로써 대응하는 이와 같은 자세는 기왕의 한국 현대시인
들이 감당해 온 시로서 삶과 현실을 수용하는 모습과는 또 다른 자리에

있다. 가령 미당未堂의 「마른 여울목」이나 노천명의 「사슴」과 같은 시가 가지는 삶과 현실에 대한 시적 대응은, 미당이 윤회적인 불교사상의 눈으로 비극적인 한국인 삶의 단면을 설화로 표현해놓은 것이나, 노천명이 「사슴」이란 대상에 시인의 정서를 감정이입하여 그리움과 기다림의 표상을 압축하여 제시하는 것과는 다른 영역이다. 미당이 시로써 저 어둡고 눅진하며 질척거리는 사상의 웅덩이를 제공하고 있는 것이나 노천명이 그리움과 기다림을 애달픔이라는 전통적 정서로 묶어주는 일에서 문정희는 확실히 벗어나고 있다.

문정희는 삶과 현실 그리고 소망을 자신의 시적 감각이란 더듬이로 정확하게 포착하여 그것을 ‘사상’이란 웅덩이나 ‘애달픔’의 항아리에 담지 않고 정서적 감각으로 묶어 풀어내고 있다. ‘마른 여울목에는 독자갈들이 드러나고 / 그 위에 늙은 무당이 바른 손바닥의 금을 펴보고 있었다’(「마른 여울목」)는 구절과 ‘모가지 길어서 슬픈 짐승이여’(「사슴」)라고 말하는 미당과 노천명의 시적 진술과 ‘흐르는 것이 어디 강물뿐이랴’는 문정희의 진술은 그것을 극명하게 말해준다. 문정희는 대상을 감각으로 포착하려고 한다. 그래서 결국 ‘~뿐이랴’라는 설의법의 구조를 선택하지 않을 수 없었을 것이다.

문정희의 시를 읽고 경쾌함이나 즐거움을 갖게 되는 이유는, 그러므로, 시인이 자신의 감응을 감각적으로 풀어내는 곳에 그 연유가 있음을 알 필요가 있고, 대부분 그의 시는 이러한 영역에 자리하고 있음을 알아야 할 것이다.

이 시집 1부 ‘새 떼’의 시편들이나 2부 ‘혼자 무너지는 종소리’, 3부 ‘찔레’에 공통되게 자리하고 있는 이러한 특성들은 4부 ‘수목 사이로’의 시들에 오면 얼마간 모습을 달리하고 있다.

‘사시사철 엉겅퀴처럼 푸르죽죽하던 옥례 엄마는 / 곡哭을 팔고 다니는 곡비哭婢였다'로 시작되론 「곡비哭婢」라 제목한 시에서 문정희는 시의 구조를 설화 즉 이야기의 형식으로 이끌어가는 데 많은 관심과 선호를 보여준다. 4부에서 보여주는 최근 그의 시의 이 설화적 구조에로의 선회는 시인이 불혹의 나이를 넘어서면서 갖게 되는 일상사에 대한 신변적 사항을 시 속에 담으려는 의지와 함께 진행된다.

숫자는 시보다 정직한 것이었다
마흔 살이 되니
서른아홉 어제까지만 해도
팽팽하던 하늘의 모가지가
갑자기 명주솜처럼
축 처지는 거라든가

황국화 꽃잎 흩어진
장례식에 가서

검은 사진 테 속에
고인 대신 나를 넣어놓고
끝없이 나를 울다 오는 거라든가

심술이 나는 것도 아닌데 심술이 나고
겁이 나는 것도 아닌데 겁이 나고 비겁하게
사랑을 새로 시작하기 보다는
잊기를 새로 시작하는 거라든가,

마흔 살이 되니
웬일인가?

이제까지 떠돌던
세상의 회색이란 회색

모두 내게로 와서
어딘가에 전화를 걸어
새옷을 예약하는 거라든가

아, 숫자가 내 기를 시든 풀처럼
팍 꺾어놓는구나.

　「마흔 살의 시」 전문이다. 맨 끝 연의 오기가 밴 시인 자신의 요설을
뺀다면, 장례식에 가서 고인의 영전에 놓인 사진 속에 자신을 넣어놓고
끝없이 운다는 3연의 표현은 삶의 무상함에 대한 시적 깨우침의 한 극
단을 보여준다고 파악해도 좋을 것이다. 4부 '수목 사이로'의 시들 대부
분이 이처럼 시인 자신의 일상과 신변에 관한 시적 수용이면서 시의 형
식에 이야기의 구조를 보다 많이 끌어들이고 있음을 확연하게 집어낼
수 있게 된다. 시적 대상을 정서적인 감각으로 대응하면서 그것을 거침
이 없는 자연스러움의 시어로 표출하던 문정희 시의 변모는 그의 시를
보다 깊이 있는 삶에 대한 통찰의 소선으로 볼 수 있게 한다. 그러나 문
정희의 삶에 대한 통찰은 「수목 사이로」, 「사랑하는 사마천 당신에게」,
「오빠」, 「기다리던 답장」 등의 시에서 분명하게 노출되고 있는 것처럼
시인과 세계 즉 현실을 용해하고 있는 것이 아니라 세계 속에서 시인이
갈등하고 고뇌하는 사실만을 표출하는 쪽에 많이 기울어져 있다. 이 기
울어짐은 결국 시인의 신변잡사를 이야기 형태로 얼개 짤 수밖에 없는
것과도 상관되는 것으로 파악할 수 있다. 그래서 이 시집 4부의 시편들
에서 사상의 등가물로서의 시가 아닌 삶과 세계에 대한 감각적 대응의
소산물로서 문정희의 시를 보다 많이 생각할 수밖에 없도록 한다. 이것
은 시적 성취와는 상관없이 문정희의 시가 가진 감각적 대응의 장점이
신변적 사실이 표출에 주력할 때 감동의 폭과 깊이가 좁아지고 얕아진

다는 것을 생각해야함을 깨닫게 해준다.

　30여 년의 시력詩歷은 결코 짧은 것이라 할 수 없다. 길다면 길다고 할 수 있는 이 시 작업의 연륜 속에서 청초한 모습을 시 속에서 결코 퇴색시키지 않은 것은 문정희의 시 영역이 감각적이며 개성적인 점을 확인시켜주는 것이다.

　인연이란 참으로 불가사의한 것이다. 문정희 시인과의 속연俗緣은 저 어둡고 암울했던 60년대 중반을 지나면서부터였다. 말의 진정한 의미에서 '소녀'라는 것을 그의 모습과 시를 통해 언제나 확인할 수 있었던 짧지 않은 세월 동안 나는 그의 시에서 신선한 모습의 감각적 담론을 확인하곤 했다. 어떤 때는 다투기도 하고 때로는 영 만나지 못할 것 같은 상황에 놓이면서도 그와 나는 문학과 시의 울타리 속에서 언제나 조우했었다. 인연의 불가사의한 것은 그가 미국에 가 있고, 내가 바닷가의 도시 부산에 있을 때, 얼굴은커녕 그의 시조차 대할 수 없을 것 같았었다. 그런데 홀연히 그의 시를 말할 수 있는 기회가 생기곤 했었음은 진실로 부처님의 뜻이라 할 것인가.

　시인 문정희, 그리고 그가 써온 시를 모은 이 시선집은 독자들과의 삶과 세계와 사랑, 그리고 인간에 대한 신선한 모습의 감각적 담론임을 나는 또 다시 확인하지 않을 수 없게 된다.

(1991.11, 문정희 시집 『어린 사랑에게』, 미래사)

평범한 '틀'에 담긴 비범한 '울림'

마음에 뿌리내리는 정감의 가닥들
– 김종해의 시집 『바람 부는 날은 지하철을 타고』

어떤 경우에 있어서도 시는 가장 주관적인 문학의 갈래다. 이 말은 시는 시인 자신의 주관적인 정서를 언어에 집약적으로 인각시킨다는 뜻이다. 그래서 시인의 주관적인 정서가 시를 읽는 사람들의 정서와 소통의 통로를 보다 넓혀 공감의 영역을 획득할 때 그 시는 감동의 보다 넓은 평원을 개척해낼 수 있을 것이다.

그러나 가장 주관적인 시인 자신의 정서를 읽는 사람의 정서와 시를 통해 적극적이며 능동적으로 만날 수 있게 해주는 시인은 생각보다 많지 않다. 자신의 정서를 읽는 사람의 정서와 시를 통해 적극적이며 능동적으로 만날 수 있게 해주는 시인은 생각보다 많지 않다. 자신의 정서를 진술로 일관하여 고백이나 넋두리로 만들거나 자신의 정서를 현실 및 역사적 사항에 너무 밀착시켜 읽는 사람의 정서와는 동떨어지게 하여 주장과 분노로 혼자 떠돌아다니게 하고 만다. 오늘날 한국시의 지나쳐 버릴 수 없는 병폐 중의 하나다.

김종해의 시집『바람 부는 날은 지하철을 타고』를 읽으면 시인의 주관적인 정서의 가닥들이 읽는 사람의 마음에 고즈넉하게 젖어들고 있음을 알게 된다. 그것은 '어머니의 날개', '항해일지', '우리들의 우산', '무등산 수박', '그날을 기다리며' 등 4부로 나뉘어져 있는 시집 속의 어떤 시든 시인 자신의 개인적인 삶에서 비롯되는 정서의 넓은 품 안으로 우리를 흡인시켜주고 있는 사실에서 확인된다. 그것은 김종해가 자신의 개인적인 삶의 체험을 우리 모두가 공유하는 언어에 심어주고 있다는 점과 무관하지 않다. 그는 일상의 터전 위에 나뒹구는 언어를 체험의 바구니로 담아낸다. 그래서 정서의 물로 깨끗이 씻어내어 진솔하게 우리 앞에 배열해주고 있다.

"비는 내려서 우리의 마음속으로 스며들어 / 지하수로 흘러가지만 / 정작 젖는 것은 우리들의 여린 마음이다"「우리들의 우산」에서의 이런 구절들이 이 점을 분명하게 설명해준다.

요컨대 김종해의 시집『바람 부는 날은 지하철을 타고』에서 우리들은 시인의 주관적 정서가 모두의 마음속에 정감의 가닥으로 깊게 뿌리내리고 있음을 확인하게 된다. 그래서 당대 한국시에서 흔하게 볼 수 없는 덕목임을 말하지 않을 수 없게 된다.

(1990, 스포츠조선)

꿈과 현실 '공존의 감동'
– 이학성의 「달」, 「심해어」,

　시는 언제나 꿈을 생각하게 해준다. 꿈은 현실이 아니고 이상이다. 그 이상은 상상과 함께 있어 항상 가슴을 부풀게 한다. 그러나 꿈을 생각하게 한다고 해서 시가 현실과 동떨어져 있다는 생각은 잘못이다.

　현실이란 터전이 없이 꿈은 자리할 수 없다. 꿈과 현실이 상반된다고 해서 그것이 별개라는 생각이 잘못임을 이 대목에서 확인할 수 있다. 꿈과 현실은 언제나 공존하고 있다. 이 말은 이상과 상상이 현실에 뿌리내리고 있다는 것과 같은 말이다.

　현실이 이성과 관계하는 사항이라면 꿈은 밀접하게 연관되는 항목에 발을 디디고 있다. 이성적인 것과 정감적인 것의 어우러짐이 삶의 총체적인 면모다. 따라서 시詩가 꿈, 이상, 상상 등과 같은 영역에 자리한다고 해서 그 너머에 있는 이성적인 현실의 공간을 도외시 한다면 온당한 삶의 진면목을 파악했다고 말할 수 없다.

　현실적인 공간에 함몰하여 정감적 터전에 맹목하는 것도 이와 같다고 할 수 있다. 요컨대 삶을 대상으로 하는 문학의 갈래인 시는 따라서 꿈을 생각하는 정서적 통로를 통해 가장 현실적인 언어와 만나게 되고 그 만남에서 꿈과 이상, 그리고 상상을 생각하게 해줄 때 감동을 획득한다.

　젊은 시인 이학성이 『문학정신』(1월호)에서 보여주는 시 몇 편(「귀」, 「불꽃」, 「달」, 「유적流謫 1」, 「심해어」)은 꿈과 이상, 상상의 길을 통해 시를 읽는 사람이 언어와 만나고 그 곳에서 현실에 발을 딛고 있는 스스로를 되돌아보게 해준다.

　그것은 꿈을 생각하면서 현실의 질곡을 시인이 어떻게 감당하고 있는가를 언어로 극명하게 떠올려준다고도 말할 수 있다.

‘나의 길을 찾아 오래 헤매인 끝에 / 나를 찾아 오래 헤매이던 길과 만났다 / 사라져 간 이들의 이름을 내가 부르면서 / 나는 가야할 길이 제일 먼 길이었다’ 「달」의 전문이다.

‘달’과 ‘길’, 이 전혀 상반되는 두 대상을 ‘헤맴’과 ‘만남’으로 결합시킨 것은 꿈과 이상, 상상을 생각하게 해주는 부분이다. ‘가야할 길’이 ‘먼 길’이란 파악은 현실이란 질척이는 질곡을 시인이 꿰뚫어보고 있음을 확인시켜주는 표현이라고 할 수 있다.

「심해어」에서 ‘저미는 두려움 모두 다 버리고 / 변덕스런 추위에도 결코 말하지 않고 / 배고픔은 더욱더 차오르는 / 그리움은 언제든지 내면으로 주고받으면서‘라는 구절도 결국 정서적인 꿈의 사항과 현실적인 이성의 항목이 어떻게 갈등하면서 시인이 그것을 내면화 하는가를 분명하게 드러내주고 있게 된다.

그러나 이학성의 시가 갖고 있는 이 같은 덕목은 관점에 따라 이동순의 시들(「윗골 이모」, 「앉은뱅이꽃」 – 『한국문학』 1월호)이 갖고 있는 현실인식이 미약하다는 지적도 가능할 것이다.

그것은 그동안 한국시의 흐름 중 하나가 현실적 사항과 맞서는 언어들의 집적에 집착한 것과 무관하지 않음을 말해주는 것이기도 하다.

그렇지만 우리들은 시가 꿈을 생각하며 현실인식으로 이행되어가야 하고 현실 상황만의 처절한 인식이 결코 총체적 삶의 진면목 읽기의 전부가 아니라는 점을 간과하고 싶지 않다. 이런 맥락에서 이진명의 시들(「눈」, 「지룡地龍의 노래」, 「생각이여 내려오라」, 「실내를 위하여」, 「봄날」 – 『문학정신』 1월호) 역시 눈여겨보아지고 황동규가 그의 연작시를 『현대문학』에서 끝내며 ‘서정시는 언제나 침묵의 지붕이 보이는 곳에서 산다. 지붕의 용마루가 그대의 시선에 하늘과 힘을 주리라’는 말이 그의 시들에서 받는 것보다 감동적임을 말하고 싶다. ‘하늘’과 ‘힘’ 그것은 꿈과 이상,

그리고 상상이 아니겠는가.

(1991.1.21, 경향신문)

이탄의 시 「강아지를 보면서」

좋은 시는 삶에 대해 새로운 인식을 갖게 한다. 훌륭한 시는 삶을 온통 새롭게 창조한다. 그것은 시인의 상상력과 감수성이 언어를 통해 하나의 장점에 도달했을 때 가능하다. 하나의 정점이란 누구도 경험할 수 없는 시인 자신의 체험과 연관되어 있다. 그 누구도 경험 못한 체험을 시인의 영감이 포착하고 상상력이 감싸서 언어와 만나는 지점 그것이 하나의 정점이다.

삶에 대한 새로운 인식과 온통 새롭게 창조된 삶을 언어로서 대하는 일은 경악이다. 이 놀라움이 읽는 사람에게 감동을 갖도록 한다. 오늘의 시들이 감동을 못주고 있다는 것은 좋은 시, 훌륭한 시를 발견하기 힘들다는 것의 또 다른 표현이다. 시라고 말하는 글들은 많이 발표되고 있는데 제대로 심금을 울리고, 가슴을 사로잡는 시다운 시가 드물다는 말이다. 안타까운 노릇이다.

이탄의 「강아지를 보면서」(『동서문학』 2월호)는 이러한 안타까움을 얼마간 해소시켜준다. 얼핏 보아 이 시는 지나치게 평범한 듯하다. 이 시의 정통적인 형식은 새로움의 추구라고 해서 시 형태를 폭력적으로 파괴해 신기함을 유발하는 일컬어 해체시라고 하는 것과는 판이하고 시어들도 유별난 점을 찾아보기 힘들다. 요컨대 평범하다. 그러나 자세하게 읽어보면 이 시는 평범한 시어들과 그것이 놓여있는 정통적인 시형식 속에 누구도 경험 못한 시인만의 체험이 상상력과 만나고 있음을 알게 된다. 이 시를 통해 알 수 있는 시인만의 체험은 삶을 순환구조, 불교적 표현으로는 윤회사상을 일상생활 속에서 포착하는 예지이다. 이 예지는 영감과 상상력에 맞물려 있는 것이라고 판단되는 사항이다. 그러므로 이것은 시인의 체험 속에서 비롯되는 시인만의 것이라고 파악할 수 있게 된다.

　"한 나무의 잎사귀처럼 / 떨어지는 순서를 우리들이 알고 있지만 / 보통 때는 그것을 담고 살지는 않는다 / 화원의 꽃들이 시들 때 / 또 뒤를 이어 꽃들이 피어나고 / 우리들의 손은 바빠진다 / 그 사이마다 스며있는 질서 속에서 / 우리들의 삶이 있다" 모두 3연으로 된 이 시의 제2연이다. 평범한 조사措辭로 되어 있는 이 시의 행간에서 문득 호머의 '가을이 되면 나뭇잎은 떨어지고, 봄은 새로운 잎으로 다시 숲을 덮는 것을'이란 시 구절을 떠올리게 된다. '보통 때는 그것을 담고 살지 않는다'는 표현 속에서 이 시인의 체험이 영감과 상상력의 힘을 입어 예지로 시적 변용을 행하고 있음을 알게 된다. 일상의 평범한 생활 '강아지를 보'는 그 속에서 시인만이 경험한 삶과 죽음에 대한 통찰이 평범함 속에서 오히려 비범한 지혜로 다가온다. 조은이『문학정신』2월호에 발표한「사물四物」등 4편의 시는 이탄의 시가 가진 지혜와 슬기를 갖지는 못했지만 시적 대상을 날카로운 감수성으로 감싸 안는 그 신선함이 돋보인다. '내리는 진눈깨비 사이로 가늘게 / 강이 흐른다 / 버스에서 내려 난감한 / 내 앞에서 강은 / 배회하는 진눈깨비를 거머쥐며 / 무디고 날쌔게 자신을 넓힌다'는 구절에서 볼 수 있듯이 시인의 경험을 시각과 촉각 등의 감각으로 심상화心象化하여 시적 공간을 넓히고 있는 것은 결코 가볍게 볼 수만은 없다. 그러나 조은의 시들에는 날카로운 감각만이 번득일 뿐 삶에 대한 슬기로운 영감과 넘쳐나는 상상력에 대한 흡족함을 획득 못한 아쉬움을 갖게 된다.

　이번 달에 발표된 박두진, 김춘수 같은 원로 시인에서부터 지순, 김기택 등의 신진에 이르기까지의 시들을 읽으면서 이탄 시가 가진 체험을 지혜와 슬기로 갈무리하는 시적 공간과 조은의 날카로운 감각이 합일하는 어떤 자리에 오늘의 한국시가 자리할 수 있다면 감동의 진폭은 훨씬 넓고 깊어지리란 생각을 갖게 된다. 그때 좋은 시, 훌륭한 시에 대한 우리들의 갈증은 좀 가시어질 것이 아닌가.

(1991.2, 경향신문)

큰 나무 될 싹은 떡잎부터 안다

시는 언어의 예술이다. 이 말은 진부하다. 그러나 시가 언어와 관계하지 않고 존재할 수 있다는 것은 처음부터 잘못된 정의다. 시가 언어의 예술이라는 말이 진부하다고 해서 그것을 잘못된 것이라고 할 수 없는 까닭이 여기에 있다. 하이데거는 이렇게 말한다. 언어는 존재의 집이라고. 지당한 이 말은 시와 언어의 관계를 말할 때 이렇게 바꾸어 볼 수도 있다. 시는 언어의 집이다 라고.

시가 언어의 집이라는 것은 시 속에 깃들어 있는 언어들이 시를 지탱시키고, 시는 자신을 지탱시키는 언어들이 있으므로 존재할 수 있다는 의미로 파악해도 좋다. 그러므로 언어와 시의 관계는 각각 독립되어 있는 개별체로서가 아닌 합해져 있는 통일체, 불가분의 관계다. 따라서 시와 언어는 '관계'로서 분류되어 논의될 성질의 것이 아니다. 그것은 통합된, 총체적인 '덩어리'로서 이해되어야 할 항목이다.

　언어란 무엇인가. 이 물음은 너무 소박한 것이라고 생각할 수도 있다. 그러나 그 같은 생각은 순진하다. 언어에 대한 문제는 시를 포함하는 문학이 논의되는 마당에서는 언제나 시각을 달리해서 천착되어야 할 사항이다. 언어가 가진 의사소통의 기능이 지나치게 강조될 때 언어가 지탱시키는 시는 강한 이념 전달의 모습을 보여준다. 언어는 처음부터 공동체의 언중言衆이 공인하는 의미의 덩어리다. 그래서 언어의 일차적인 기능이 개별적 존재인 자아가 또 다른 상대방에게 의미의 모습[의사意思]를 전달하는데 있게 되는 것이다. 언어가 즉자적卽自的이면서 대자적對自的인 이유다.

　'의미의 모습'이 언어 속에 인각되어 있다는 것을 간과해서는 안 된다. 이것은 언어가 아무리 유능한 장인에 의해 갈고 닦아져 그럴싸한 모습을 가진다고 해도 그 속에는 공동체의 구성원이 지닌 이념의 알맹이가 도사리고 있게 된다. 그래서 언어가 가진 의사소통의 기능이 극대화되어 시가 성립되는 경우 그것을 질타할 하등의 이유가 없다. 그러나 언어는 오로지 '의미의 모습'만을 가지고 있는 것은 아니다. 그것은 의미의 모습을 전달하는 주체인 사람의 정감이 배여 있다는 점이다. 의미가 이성적 요소라면 정감은 정서적인 요소다. 이성적 요소인 이理와 정감적 요소인 기氣가 인간 존재의 정신세계에서 두 개 기둥이듯이 언어에는 의미와 정서의 두 영역이 융합되어 있음을 간과해서는 안 된다. 시가 언어의 의미 기능을 극대화하여 강한 색깔인 의미의 옷을 두텁게 입고 있는 것이 결코 온당할 수만은 없는 이유는, 그곳에는 언어의 정서적 영역이 무자비하게 짓밟혀 있기 때문이다.

　논의가 다소 길어졌지만, 언어가 무엇인가 라는 물음에서 시작되는 다양한 시각과 관점들은, 언어에 의해 성립되는 시의 파악이, 그리고 그것의 자리매김이 매우 복잡한 갈래로 행해질 수 있음을 내보여준다. 그러나 앞서 말한 언어의 의미와 정감은 그 어느 한 쪽으로의 편향된 파악에 의한 시의 모습이 결코 온당하지 않음을 언제나 인식해야 한다는 점을 알려주게 된다.

1990년 신춘문예에 당선한 일곱 명의 시인들이 새로 쓴 신작시를 읽고 이 글을 쓰는데 망설이지 않을 수 없었다. 그 이유는 여럿이지만 가장 중요한 것은 이 시인들의 시가, 시는 언어에 의해 성립된다는 점과, 언어는 의미(이 경우 이념 혹은 이데올로기라고 해도 좋다)와 정감의 영역이 공존한다는 것을 의식하려하지 않거나, 애써 그 인식으로부터 벗어나려는 모습을 보여주고 있다고 파악했기 때문이다. 그래서 언어의 즉자적 기능인 자기 의미 만들기에 열중하고 있다고 보인다. 그 자기 의미 만들기는 언어가 가진 소리의 결인 리듬을 무시해버리는 모습으로나 혹은 시인 자신의 일상사나 체험을 넋두리화 하고 있는 양태로 나타나고 있다고 판단되었기 때문이다.

시인이 자신의 의미 만들기를 언어로서 행한다는 것은 시가 가장 주관적인 문학 장르임을 유념한다면 긍정적인 것으로 파악되어야 한다. 그러나 그것은 치열한 시정신에 의한 새로움의 추구, 다시 말해서 실험정신의 격렬함을 동반하지 않고는 독백에 머물고 만다.

    (1)
뜨겁던 피가 식으며 모락모락 피어오르는 샛강의 안개를 보며 아버지의 팔뚝에서 태어난 나는 때묻은 도시 하수도에 고여 스무살이 되었습니다.

    (2)
얼마나 견디기 어려웠던가 나는.

세월의 다채로운 유혹 속에서 슬픔은 얼마나 구체적으로
다가왔던가

(3)
나는 젖는다 그리고 기다린다
그녀의 몸속에 갇혀 있는 저음이 울려나 올 때까지
그녀는 그 소리를 몸 밖으로 밀어내려고 빗방울로
오선(五線)의 새장에 자꾸 되돌이표를 찍고 있다

(4)
내 그리운 나라 백제(百濟)
보고 싶어지면 차라리 눈을 감어
그래도 만나보고 싶어지면 강(江)에 가서 불러본다
나는 백제 유민인가, 백제땅 유민이고 말 것인가

(5)
내가 남해의 어느 우체국에서 엽서를 부치면
그들 중에 누구라도 답장을 보내주네
누군가는 내 아이를 학교도 보내주고 가르치기도 한다네
한달 후에 내가 돌아와도 변한 것은 없네

(6)
어둠 속이라 나는
신나게 싸우다 뒤따라 죽어가는 합중국 기병보다도
말의 죽음이 더 슬픈 게 민망하지 않았습니다

(7)
수수밭에 서면
내 어릴 적 꽃 고무신이 보이고
안경알 같은 하늘이 보인다

(1)은 이윤학, (2)는 조성화, (3)은 김유석, (4)는 임영봉, (5)는 김룡길, (6)은 전원책, (7)은 박라연의 시들에서 각각 뽑아본 구절이다. 이 구절 속에서 시인 자신을 지칭하는 '나'라는 인칭대명사는 결국 시를 시인 자신의 의미 만들기를 위한 언어로 직조하고 있음을 분명하게 보여주고 있다. (1)이 아버지와 시인 자신의 관계를 통한 세계 인식, (2)가 자신의 눈으로 파악하는 세상 읽기, (3)이 시인이 인식하는 대상을 내면화하는 과정을, (4)가 자신의 당대 모습을 역사적 사안과 결부시키고, (5)가 시인의 고독을 역설적으로, (6)이 방기적이면서 비판적 안티아메리카니즘을, (7)이 유년기 체험을 극히 주관적으로 시화하고 있음을 알게 된다. 여기에서 다 인용할 수는 없지만 이 일곱 명이 각각 쓴 여섯 편의 시들을 자세하게 살펴보면 의미와 정감 그 어느 쪽으로 편향된 사항을 발견할 수는 없다. 마찬가지로 그 두 사항이 언어가 본래 가지고 있는 모습이라는 인식의 흔적도 찾아보기가 힘들다. 이것이 바로 언어가 갖고 있는 직능과 그것에 대한 보다 깊은 성찰의 결여를 말할 수 있게 되는 까닭이 된다. 그렇기 때문에 신선한 충격을 읽는 사람에게 충분히 제공하지 못할 뿐 아니라 감동의 지평을 열어주는데도 소극적이 되고 만 결과를 가져왔다고 판단할 수밖에 없게 된다. 요컨대 시가 언어의 예술이라는 점의 인식은 언어가 무엇인가를 확연하게 천착하여 세계에 대한, 삶에 대한, 인간존재에 대한 시인 자신의 응전이 공동체의 구성원인 모두에게 보편적인 사항으로 인식될 수 있게 할 때 감동의 폭과 너비는 깊고 넓어질 것임을 확인하는 일이 필요할 것이다.

신춘문예 당선 시인들은 한국 시문학사에서는 좀 유별난 의미망을 형성한다. 그것은 한국 시문학이 20세기에 들어와서 비로소 근대적이면서 현대적인 문학의 울타리를 설정할 수 있었던 것과 무관하지 않으며, 국권상실의 식민지시대와 정신적 맥을 깊이 갖고 있었으며, 식민지의 어둠을 밀어내고 광복의 새벽을 맞이하고자 했던 민족주의자들이 신문을 통해 문학의 맹아에 거름을 주고 그것을 북돋우어 연결되어 있었다. 그래서 광복이 될 때까지 신춘문예의 당선 시들은 공동체의 구성원인 민족의 단위와 묶여 있어 그 공동체의 집약된 이념과 정서가 언어에 인각되어 치열한 시정신을 표출시켰다. 탁월했던 시인들이 신춘문예를 통해 한국 시문학사에 커다란 영역을 차지했던 것을 부인할 수는 없다.

광복 이후의 오늘날까지, 물론 산업화에 의한 자본주의 사회의 병폐적 징후가 곳곳에 산재한 지금에 이르기까지, 신춘문예의 당선시인들은 치열한 시정신으로 자신이 살아가는 시대를 처절하게 인식하면서 그 고뇌의 파편들을 언어로서 건져 올렸던 것이다.

이 신작 시집에 수록된 일곱 명의 시인은, 그러니까 기왕의 신춘문예 당선시인들이 일구어놓은 터전에 또 하나 새로운 시의 싹을 틔워놓은 사람들이라 할 수 있다. 그래서 그들의 신작시들은 이만한 역사적 의미를 가짐에 있어 그에 부합되는 모습을 '시'로써 보여주어야만 한다. 그러나 우리의 이 같은 기대에 이 신작시들이 충분히 기여하지 못하고 있는 점의 하나를 앞서 언어에 대한 인식에서 찾아보았다. 그렇다고 해서 이 신작시들이 전혀 시적 덕목을 획득하고 있지 않다고 하는 것은 성급하고, 잘못된 판단이라고 말할 수 있다.

김유석의 「검은 돛배를 찾아서」가 보여주는 정서의 유연성과 인간의 내면을 점착성이 있는 언어들의 직조로 이미지화하고 있음에서 그간 한국시가 빠져 있던 이념 편향화의 극복 가능성을 발견할 수 있게 된다.

흐릿한 것은 아름답다.
생생하게 살아오거나 지워버린 때까지
깊고 섬세한 뿌리를 여백 속에 감추고
그림자마저 안으로 접어 사원 채
윤곽만으로 떠흐르는 묵시의 거리(距離)

「검은 돛배를 찾아서」의 첫 연이다. '뿌리', '그림자', '윤곽' 등이 이루어놓은 시적 공간은 '흐릿한 것은 아름답다'라고 마무리하면서 불확정의 시대를 시인이 시로서 말하고자 하는 것은 인식의 참신한 차원이라 할만하다.

조성화의 「각자에게」가 보여주는 예리한 감성도 높이 사줄만한 것으로 판단된다. '땅은 하늘처럼 쉽게 눈물 흘리지 않으며'로 인식하는 시인의 감성은 '저 거대한 땅의 눈물인 강을 보아라' 등의 구절처럼 번뜩이는 감성의 날카로움은 그의 시적 능력이 만만하지 않음을 알게 해준다. 너무 큰 주제를 일상성으로 가두어버림으로 오히려 풍자적 효과를 가져오고 있는 김룡길의 「국가적 손해」외 6편이 보여주는 현실 정황의 주관적 파악이나, 전원책의 시들이 보여주는 현실적 요소와 정서적 요소의 길항관계, 그리고 「말」에서 말하고자 하는 안티아메리카니즘은 얼마간 거칠고 시인 자신의 직감에 머물고 말지만 현실에 대응하는 시적 정신이 소중한 덕목으로 말해질 수 있을 것이다. 이윤학의 혈연관계를 통한 정서적 세계 인식과 박라연이 섬세한 정감을 통해 유년기를 심상으로 떠올리고 있는 시들은 다소 진부한 소재이지만 그들의 조사措辭는 관점에 따라서는 한국 낭만주의의 새로운 전개를 전망할 수도 있게 해준다. 임영봉의 영성하지만 순진한 목소리는 그것대로 시가 가진 원초적 서정을 느끼도록 한다고 말할 수 있을 것이다.

신춘문예. 그것은 시를 공부하는 사람에게는 선망의 표적이다. 그 당선 시들은 문학 지망생에게는 설레임과 부러움의 대상이 되고, 한국 시 문학의 터전에서는 가장 가능성이 있는 새로운 시의 싹이 된다. 큰 나무 될 싹은 떡잎부터 안다고 누가 말하지 않았던가. 신춘문예 당선 시인들은 이러한 배경 속에 자신이 서 있음을 영광스러움으로보다는 무거운 책무로서 받아들여야 할 것이다. 그러나 우리는 90년 신춘문예 당선시인들의 신작들을 읽고, 그들의 시에 기대한 것만큼 실망도 컸음을 말하는 것을 감출 수 없음이 안타깝다. 이 안타까움을 없애기 위해 이 글의 앞부분에서 논의한 것을 좀 깊이 성찰할 필요는 없겠는가. 이 안타까움을 이들 시인들이 이후의 작품을 통해 불식시켜 줄 수 있을 때 한국 시 문학은 분명 또 다른 지평을 열어줄 수 있을 것이다.

그리고 이들 90년 신춘문예 당선시인들의 신작을 읽은 많은 시인 지망생들이 이들의 한계를 극복할 수 있는 가능성을 보여준다면 그것 또한 한국 시문학을 위해 얼마나 행복한 일이겠는가.

(1991.1, 『신춘문예당선시집』, 문학세계사)

'시간을 씹는 모래톱 소리' 같은 감각적인 시

문정희의 시 세계

문정희의 시는 청신한 감각의 덩어리다. 적어도 나는 그렇게 생각한다. 하긴 어느 시인의 시라고 해서 감각이 예사로울 수 있을까마는 문정희 시의 감각은 뛰어나고 예사롭지 않다. 이번에 묶게 되는 시집『꿈꾸는 눈썹』이란 제명題名 자체가 이미 예사로울 수 없는 감각의 한 극점에 자리하고 있음을 지나쳐서는 안 된다.

'눈썹'이란 말과 '눈'이란 말은 촉각적인 것과 시각적인 어감으로 각기 동떨어진 영역에 자리한다. 눈 가장자리에 나 있는 털에 해당하는 '눈썹'은 '눈'이 가진 시각적인 기능 말고도 뾰족한 털이 환기시켜주는 촉각의 기능이 합해져 있다. '꿈꾸는 눈'이 아니고 '꿈꾸는 눈썹'으로 표현할 수 있는 시인의 묘사描辭 능력은 문정희의 시가 감각에 있어 하나의 경지에 서 있음을 단적으로 말해주는 것이라 평가할만하다.

『꿈꾸는 눈썹』은 1부를 '바람의 아내', 2부를 '술병의 노래' 그리고 3부를 '가을 누이에게'로 묶었다. '바람'과 '술병' 그리고 '가을'이 각각 '아내'와 '노래', '누이'를 관형하고 있음에 주목해야한다. '바람'을 촉각으로 '술병'을 미각과 시각으로 본다면 '가을'은 촉각에 해당한다고 풀이할 수 있다. '아내'를 촉각이 에워싸고 있음은 관능적이고, '노래'를 미각과 시각이 감싸주는 것은 노래 자체의 청각과 합쳐 3가지 감각의 공영역, 이를테면 공감각의 폭넓은 지평을 줄기차게 개척하고 있음을 알 수 있다. '누이'를 촉각이 감싸고 있는 것 역시 관능적인 것임을 우리는 확연히 포착할 수 있게 된다. 관능적인 것과 공감각의 절묘한 심상(image)을 문정희의 시어들이 내포적 의미로 머금고 있는 것은 감각을 통해 자아와 세계를 어떻게 문정희가 들어내는가를 생각하게 해주는 길잡이 역할을 한다.

흐르는 것이 어디 강물뿐이랴
피도 흘러서 하늘로 가고
가랑잎도 흘러서 하늘로 간다.
어디서부터 흐르는지도 모르게
번쩍이는 길이 되어
떠나감 되어.

끝까지 잠 안 든 시간을
조금씩 얼굴에 묻혀 가지고
빛으로 포효(咆哮)하며
오르는 사랑아.
그걸 따라 우리도 모두 흘러서
울 이유도 없이
하늘로 하늘로 가고 있나니.

「새 떼」의 전문은 앞서 말한 문정희의 시가 감각의 한 극점에서 관능적인 것을 나타내면서 자아와 세계와의 관계설정을 어떻게 하는가를 잘 말해주고 있다. 2연 전체 13행의 「새 떼」의 첫 연에서 주목해야 할 것은 '흐르는 것'과 '떠나감'이다. 고정되어 있지 않는 모든 현상을 통해 '떠나감'을 확인하는 것이라고 말할 수도 있게 된다. 자아가 관계하는 세계에 대해 모든 것이 가변적可變的이고 자아가 '있음'으로 해서 '떠나간다'는 이 깨달음은 가장 직접적인 감각인 촉각이 가져오는 관능적인 요소와 굳게 묶여져 있음을 확인해야 한다. 그 관능은 떠나가는 궤적인 길이 '번쩍이는 길'이라고 표현하고 있는 곳에서 새로운 영역을 차지한다. '번쩍이는 길'은 결국 '하늘'로 닿아 있음을 2연에서 확인하게 되지만, 그 모든 것이 '사랑'으로 수렴되고 있음에 주의해야 한다. 그렇다. 그 사랑을 '포효하며 오르는 것'으로 확인할 때 그것은 '끝까지 잠 안 든 시간'과 합해져서 흐르고, 떠나가며, 포효하는 울음을 사랑으로 응축시키는 세계에 대한 자아의 깨달음으로 유추할 수 있게 된다. 세계에 대해 사랑으로 자아를 인식하는 일은 세계를 온통 떠나가는 길로 파악하면서 번쩍이는 것으로 이해하는 일과 문정희는 같은 문맥 속에 놓는다. '번쩍이는'이란 시어가 가지는 시각과 청각의 절묘한 합치 속에서 세계를 바라보는 자아가 떠나가는 것에 대해 관능적인 그리움이나 처연한 안타까움을 보이는 것이 아니라 그것을 세계의 한 섭리 혹은 질서라고 파악하게 된다. 그것은 「새 떼」에서 문정희가 말하고자 하는 떠나감의 보편적 세계 질서를 자기 속에 확실히 자리 시키는 다음과 같은 시 속에서 잘 나타난다.

　　　네가 처음 외박한 밤엔
　　　모두 피들이 털끝에 매달려
　　　뜨거운 커어튼을 찢었고

네가 두 번째 외박한 밤엔
바람 헤매이는 언덕을
백지장처럼 홀로 넘었다.

네가 세 번째 외박한 밤엔
가늘게 파닥이는 나래로
긴 긴 이슬을 손에 받았는데

오늘 네가 들어오지 않아도
그래? 괜찮다!
노란 목소리로
기분 좋게 추운 옷깃을 여며 내린다.

「등불」의 전문인 이 시의 끝 연을 조심해서 살펴볼 필요가 있다. '네가 외박한' 첫째, 둘째, 셋째의 밤을 지나 그 떠나있음 혹은 떠나감을 보편적인 세계의 질서로 파악하고 '기분 좋게 추운 옷깃을 여며 내린다'고 표현 하고 있게 된다.

이것은 시인 문정희의 자아가 세계를 변화하고, 떠나가는 현장임을 '외박'이란 관능적 의미와 결부시키면서 자신의 자리를 내보이는 것이다. 그러나 보다 다른 경우에는 「지금은 밤」에서와 같이 나타내주고 있게도 된다.

사랑이여
지금은 밤

바람이 흔들더라도
입 다물기에요.

그냥 무성하기에요

멀리 보면
서로가 별이 되기에요.

4연 전체 7행 중 끝 연의 '멀리' 떨어져 있는 경우 '별이 되기에요'라고 말한다. 그것은 떠나가 떨어져 있음을 그것대로 수긍하면서 빛나는 무엇 즉 '별'로 반짝이자는 의지의 나타냄이라 할 수 있다.

문정희의 시는 또 한 번 말한다면 첨예한 감각에 의해 그 시세계의 영역이 개척되어진다. 그 영역은 관능적인 것에 의해 감싸여지면서 떠나감과 사랑에 대한 자아의 성찰이 그 주요 관심사가 되어 자리한다. 그러한 세계에서 문정희가 계속 추구하는 것은 그가 선택하는 시어의 참신함과 그 참신함이 어울리어 읽는 사람에게 한 덩어리의 청신한 감동으로 다가서는데 있다.

내 허리를 휘감아 줄
사내는 없는가

저 야생의 히스크리프처럼 털이 세고
하나밖에 다른 것은 모르는 밤의

다시는 용납할 수 없는
아픔이 땅 위를 딩굴고 있다.

붉은 머리 풀어 헤치고
으르렁거리는

목 아프도록 징그러운
그리움이여

먼 바람 속에서

무덤이 나를 삼키려
달겨든다.

죽은 에미의
밥상에서는 그릇이 저 혼자 깨지고

수천 번 쏟아지는
서슬 푸른 기침을 따라

밤새 비단벌레 같은 여자가
하늘로 하늘로 오르고 있다.

「폭풍우」의 전문이다. 첫 연의 관능적인 심상이 다섯째 연의 '목 아
프도록 징그러운 / 그리움이여'라는 끈덕지면서 처절한 심상으로 이어
지는 속에서도 읽는 사람이 답답해하지 않는 원인은 그의 신선한 언어
감각에 의한 시어 선택이다. 그것은 「말타기 놀이」에서 문정희가 표현
하고 있는 대로 '시간을 씹는 모래톱 소리'의 감각이라 할만하다. 시간
을 미각과 청각으로 바꾸어놓는 경이스러운 묘사描辭는 문정희가 한국
현대시인 중에서 가장 감각적인 언어구사의 능력을 가진 사람으로 평
가받아 마땅할 것이다. 인용한 시들 외에도 「갈대의 노래」, 「주소」, 「바
다 앞에서」, 「황진이의 노래」 연작, 「서리」, 「편지」, 「사랑은 불이 아님」,
「달맞이 꽃」, 「공중전화」, 「시를 쓰며」의 연작들은 문정희의 이러한
특징적인 시세계와 그의 시적 능력을 확인시켜주는 가편佳篇들이라 할
수 있다고 판단된다.
　『꿈꾸는 눈썹』의 이 시집 속 시들이 결코 만만한 수준의 작품이 아님
을 우리는 단지 문정희의 청신한 언어감각에서만 찾을 수 있는 것은 아
니다. 그러한 언어감각을 통해 세계를 떠나는 것의 모임으로 보는 가변

적可變的 인식에서 출발하여 관능적인 것으로 감싸 안는 사랑 그 자체로
성찰하고 있는 점은 자아와 세계에 대한 문정희의 눈뜸이 형형한 것임
을 새삼 깨닫게 해준다.

> (1)
> 동지달 기나긴 밤을 한 허리를 버혀내여
> 춘풍니불 아래 서리서리 너헛다가
> 어룬님 오신날 밤이여든 구비구비 펴리라
>
> (2)
> 수십년 견디어 온 천수답에
>
> 남몰래 채워 놓은 푸른 수심
>
> 날 흔들지 마
>
> 나의 울음보.

(1)은 황진이黃眞伊의 시조, (2)는 문정희의 「시를 쓰며 1」의 전문이
다. (1)이 자아와 세계에 대한 인식을 시인의 사무친 그리움으로 못 박
아 버린데 반해 (2)는 자아와 세계의 단절을 통해 사랑과 그 관능의 인
식을 싱싱하게 푸른 감각적 언어로 '날 흔들지마 // 나의 울음보'라고 '울
음'의 청각으로 심상화하고 있는 특성을 읽을 수 있게 된다.

황진이와 문정희의 시를 비교하는 것은 사실상 무의미한 것일지 모
른다. 그러나 시집 『꿈꾸는 눈썹』을 통독하고 난 느낌은 기왕의 한국
시문학에서 뛰어났던 한 여류시인이 시로써 인식한 자아와 세계에 대
한 사설적辭說的 풀이가 현대 한국의 한 여류시인에게 와서 보다 응축되
고 감각적인 언어로 심상화되고 있음은 결코 우연이 아니라는 생각을

하게 한다. 아무튼 문정희의 시는 그런 느낌을 우리 모두가 공유하는 계기를 만들고 있다고 말할 수 있게 한다. 그의 시에 대한 이 보잘 것 없는 생각의 편린은 문정희가 보다 괄목할 만한 시를 보여줄 수 있는 가능성의 한 구체적인 증표로서 시집『꿈꾸는 눈썹』의 시들을 생각하도록 한다. 이 시집의 시들을 읽고 적어도 나는 그렇게 확신할 수 있었다.

(1990.4, 문정희시집『꿈꾸는 눈썹』해설. 신원문화사)

'환장할 세상'의 정감적 풀이

이상백의 시 세계

　이상백의 시는 담백하다. '담백하다'의 사전적인 풀이는 '진하지 않고 산뜻하다'라고 되어 있다. 이상백의 시를 읽으면 진하지 않고 산뜻한 언어들이 모여서 이루어 놓는 독특한 시적 공간 속에 자신이 잠겨드는 것을 알 수 있게 된다. 그 흡인력이 어디에서 비롯되는가를 헤아려보는 일이야말로 이상백의 시가 말하고자 하는 것에 한걸음 다가서는 일이라고 우리는 생각한다.

　소박하고 평범하게 말해서 시인이 자신의 정감을 언어로 표출하여 시로 형상화하는 경우를 두 갈래 정도로 나누어서 말해볼 수 있다. 하나의 갈래는 하나하나 내뱉지 못해 마음속에 갈무리한 숱한 사연을 줄줄이 풀어놓는 경우다. 그때 그 시는 많은 부분 시인 자신의 고백과 진술로 표출하게 된다. 길이에 있어 좀 긴 편에 속하게 되는 것은 이때 당연하다. 그러나 시인 자신이 너무 많이 시 속에 노출되어 시인의 독백을 듣는 듯 한 착각에 빠지기도 한다. 그 독백이 읽는 사람에게 공감을 주지 못할 때 넋두리처럼 들리게도 된다. 한국 서정시의 대부분을 이 같은 갈래로 묶어볼 수 있다. 자주 그리고 많이 애송되는 소월素月의 「진달래꽃」도 그런 갈래의 하나다. '나 보기가 역겨워'라고 시작되는 '나'라는 시인 자신의 구체적인 노출은 소월이 민족의 보편적인 정한情恨이라고 일컬어지는 '이별'과 '그리움'의 영역에 읽는 이를 붙잡지 못했다면 넋두리로 전락될 운명에서 결코 자유로울 수 없었을 것이다. 만해의 「님의 침묵」이나 서정주의 「국화 옆에서」도 불교라는 종교적 사상의 보편적 범주나 국권상실 등의 시대적 정황의 문맥과 상관시킬 수 없다면 마찬가지가 될 것이다.

또 다른 한 갈래는 시어 속에 자신의 모습을 극도로 은폐시키면서 동원되어지는 객관적인 상관물이 이루는 심상 속에 자신의 정감을 함축시키는 경우다. 다 그렇다고 볼 수는 없겠지만, 이 경우 대부분 시들은 짧은 길이에 속하게 되고 '나', '너' 등 인칭대명사의 시어가 극도로 통제되어지게 된다. 동원되는 객관적인 상관물 속에 시인 자신의 정감이 전이轉移되는 이른바 감정이입이라고 말할 수 있는 상태가 시의 전편을 감싸고 있게 된다.

목월木月의 「나그네」를 예로 들 수 있다. '강나루 건너서 / 밀밭 길을 // 구름에 달가듯이 / 가는 나그네. // 길은 외줄기 / 남도南道 삼백리, // 술 익는 마을마다 / 타는 저녁놀, // 구름에 달가듯이 / 가는 나그네'라는 이 시의 전문 속에서 인칭대명사를 우리는 찾을 수가 없다. '나그네'와 '술익는 마을', '타는 저녁놀' 그리고 '강나루'라는 객관적인 상관물이 이루는 이미지와 시적 공간 속에 시인의 정서는 고스란히 드러나게 된다. 그것을 향토적인 자연을 통해 표상화된 민족적 정서라고 말해도 좋을 것이다.

　그러나 이 갈래의 시들이 갖고 있는 취약점은 건조함이다. 자칫 잘못하면 시가 가져야 하는, 시어들이 이미지와 시적 공간을 통해 읽는 이에게 전해줘야 하는, 정서적인 넉넉함을 제대로 확보하지 못하는 경우도 있다. 극도의 감각적 언어로 직조한 지용芝溶의 「백록담」의 시편 중의 일부, 박두진의 시들 중에서 이 점을 확인할 수 있게 된다.

　이상백의 시들은 분명 두 번째 갈래에 포함 시킬 수 있을 것이다. 그러나 이상백의 시에는 정서의 고갈이 없다. 따라서 자기고백적인 시적 공간을 직조하면서도 넋두리로 전락하지 않고, 객관적인 상관물을 통해 감정을 이입하면서도 건조함을 벗어나고 있다. 신선한 충격을 주었던 첫 시집『물의 여행』에 있는 어느 시를 예로 들어도 이것은 확인할 수 있는 점이다.

유월이
유월이 오면 그들도 온다

햇살 부서지는
서러운 몸짓으로 떼 지어 온다

와서
장미 넝쿨도 되고

또 더러는
들녘의 풀꽃으로 피어

시퍼런 하늘 자락 움켜쥐고
흐느끼는 강이 된다

『물의 여행』이란 첫 시집 속에 있는 「유월에」의 전문이다. '서러운 몸짓'과 '흐느끼는 강'에서 '몸짓'과 '강'이라는 객관적 상관물 속에 전이되어 있는 시인의 감정이입은 동족상잔의 엄청난 비극과 전사자들에 대한 슬픔임을 우리는 확인할 수 있게 된다. '장미 넝쿨'과 '풀꽃'에서 그들 전사자의 넋이 민족화합의 통일 의지에로 향하는 불멸의 민중정신임을 검증할 수도 있게 된다. 그러나 결코 그러한 항목들이 정서적인 터전을 벗어나고 있지 않은 점을 주목해야 한다. 말하자면 이데올로기라든가 거기에서 비롯하는 이념적인 지적知的 사항을 전혀 내색하고 있지 않은 점을 간과해서는 안 된다. 이념적인 지적 지향의 이미지와 시적 공간을 강한 어조로 형상화하는 일이 중요하다면 이상백이 정서적 터전을 벗어남이 없이 그것들을 객관적 상관물로 이미지화하고 있음도 소중한 것임에 맹목해서는 안 될 것이다. 이상백의 시가 진하지 않고 산뜻한 ─ 담백한 공간 속으로 읽는 이를 끌어들이는 흡인력의 대부분은 여기에서 비롯되는 것으로 판단된다.

이상백의 두 번째 시집 『나의 어린왕자』의 원고를 읽고 난 후 나는 첫 시집 『물의 여행』을 읽었을 때보다 덜 충격적이었다. 그 까닭은 여러 가지로 말할 수 있을 것이다. 그 중 하나는 이 시인의 정서가 '물'의 심상권에서 아직도 벗어나고 있지 않음을 알 수 있게 되었기 때문이다. 물의 심상 즉 이미지란 우리에게 있어 무엇인가. 그것은 가변적인 것이고 모성적임은 여러 분야의 접근들이 확인시켜준다. 마음대로 변할 수 있는 가능성의 심상과 어머니의 사랑 같은 풍요하고 따뜻함의 이미지는 대단히 정감적인 가닥들임은 두말할 나위조차 없다. 그런데 이상백은 시를 통해 이 가변적이고 모성적인 요소를 거부하는 자세를 보여주고 있다. 그 거부는 결국 그것에로 향하는 질긴 집착의 역설적 표현임을

알게 된다. 따라서 첫 번째 시집의 연장선에서 두 번째 시집은 한 발자
국도 벗어나고 있지 않고 있다.

(A)
이러다간 일이 나도 단단히 날 것입니다.

메마른 가슴 마주한 채
그 녹지 않은 잔을 들고 선 우리.
온통 갈라 터지는
그 녹지 않은 잔을 들고 선 우리.
온통 갈라 터지는
껄끄러운 간격으로 서게 되었다고
스스로를 부추겨
이제껏 간직한 한 점 마음에 산불을 놓지는 맙시다.
감당하기 어려운 장마에도
건져낸 우리의 목숨이 아닙니까
좀더 기다려 봅시다
깊은 어둠을 뚫고 흐르던 물소리가 들립니다

바로 여기에.

(B)
한때는 너를 따라갈까도 했다

혀 볼테면 혀봐.
네 덕으로 살아와서
생가지 목숨들을 내놓고
흙빛 울음투성인 우리들의 몸에
퍼붓고 싶을대로 퍼봐.

절대로 움직이지 않겠다

　(A)는 첫 시집의 맨 앞에 있는 「건조주의보」의 전문이고, (B)는 둘째 시집의 맨 앞에 있는 「집중호우」의 전문이다. 우선 각 시집의 맨 앞에 이 두 시가 자리하고 있음에 주목하면서 이 두 시의 제목이 대조적임을 생각하게 된다. 시집의 맨 앞에 이 시들을 놓은 것은 시집들 속 시의 성격들을 시인이 함축하려 했다는 뜻으로 해독할 수 있는 부분이다. 그러나 두 편의 시 제목이 대조적인 의미이긴 하지만 자세히 읽어보면 내용은 동일하다는 것을 알 수 있게 된다. (A)에서 '감당하기 어려운 장마'의 구절이 (B)의 「집중호우」로 바로 연결되고 있기 때문이다. (A)에서 '깊은 어둠을 뚫고 흐르던 물소리'의 구절 역시 (B)의 '한때는 너를 따라갈까도 했다'와 나란히 놓아보면 의미의 상관성을 알 수 있게 된다.

　요컨대 '물'을 중심부로 한 이미지가 시적 공간을 이루는 속에서 (A)와 (B)는 이상백이 가변적인 물의 이미지를 통해 가변적일 수 없는 자신의 정서를 표출하고 있다고 말할 수 있게 된다. 그러나 그것은 (A)와 (B)의 제목이 대조적이면서도 내용은 같은 영역이듯이 가변적인 것에로 집착하면서도 결코 그러지 못하는 시인의 표현임을 알 수 있게 해준다.

　　　너를 땅에 묻고
　　　돌아온 사람들이 부활절을 맞는다

　　　부모는 산에 묻어도
　　　자식은 가슴에 묻는 거라는
　　　어머님 말씀을 따라 산을 내려온 바람
　　　산 사람은 살아야 하지 않겠냐고
　　　밥상 앞에 우리들을 모아 놓는다

모래알을 씹으며 눈물 흘리는 우리들 사이에
동생이 보인다.

「나의 어린왕자―부활절에」의 전문이다. 변화하는 것에로 향하는
의지를 언표言表하면서도 변화하지 못하는 물의 심상 공간 또 다른 한
켠에 모성적인 영역이 있음을 이 시는 보여주고 있다. 죽음과 부활이라
는 대척적인 자리를 설정하고 '자식은 가슴에 묻는' 그런 모성애의 공간
을 적절하게 확보해주고 있다.
  또 다시 말한다면 이상백의 시들은 담백하다. 그 담백함 속에 확보되
는 그의 시적 공간과 이미지는 그것이 정감적인 터전에 언제나 자리하
기 때문에 읽는 이를 흡입한다.

    긴 여행이었다

    같이 살던
    살 한 점 묻어두고
    돌아선 길 앞에
    우뚝 다가서는 향나무 한 그루
    잊으라 잊으라
    무덤에 새싹이 돋아나는
    이런 환장할 세상.

    여름의 문을 당기고 들어서도
    춥기만 하다

「나의 어린왕자―돌아오는 길」 전문이다. '이런 환장할 세상'이란 구
절을 통해 뼈를 깎아내는 통한의 슬픔을 응축하고 있다. 그러나 이상백
은 결코 '이런 환장할 세상'에 대응하여 유한적인 삶의 일회성을 지적知

的으로 풀이하지 않는다. '같이 살던 / 살 한 점 묻어두고 / 돌아선 길 앞에 / 우뚝 다가서는 향나무 한 그루'의 객관적인 상관물을 통해 정감적으로 그것을 풀이한다. 그래서 그가 물의 이미지를 통해 말하고자 하는 변화와 모성적 공간을 확보해간다. 그것은 '잊으라 잊으라 / 무덤에 새 싹이 돋아나는'으로 이어져 강한 부활 의지를 정감적으로 표출해내기도 한다.

'환장할 세상'이라고 말하는 삶의 현장인 현실에 대응하는 이상백 시의 정감적 풀이는 연작으로 되어 있는 「겨울교실」에서 두드러지게 그러나 보다 비판인 요소가 드러나고 있다. 이것은 현실에 대한 정감적 풀이라는 이상백의 시가 확보하고 있는 이미지와 시적 공간이 가진 한계성이기도 한 것으로 판단된다. 한국 교육 현실은 정감적 풀이가 보다 치열한 의지의 시정신을 포함하는 것으로 확대되기를 요구한다고 보아진다.

> 모두가
> 공부 열심히 하라는 말 외에는
> 하지 말라는 것뿐이다
> 해서는 안 된다는 것이다
> 지금은 그럴 시간이 없단다
>
> 아이들이 그것을 배워서
> 시험에
> 꼭 나올 부분만 공부하잔다
>
> 내가 선생인데
> 그들을 따라가고 있다

「겨울교실 · 5」의 전문에서 보는 대로 치열한 의지에 의한 '환장할 세상'에의 시적 대응이 확고하지 못할 때 설명적인 빈정거림이 되고 만다고 파악할 수 있게 된다.

그러나 이상백의 대부분 시들은 진하지 않고 산뜻함을 느끼게 하는 정감의 뜰을 형성한다. 그 뜰을 그의 시어가 직조하는 이미지와 시적 공간이라고 한다면 우리는 그 속에서 고백이나 넋두리가 아닌 시인의 정서를 만날 수 있고 그 속에 빨려들어 갈 수가 있게 될 것이다. 그것은 얼마나 소중한 것인가. 원컨대 그의 시가 그것을 간직하면서 강한 의지와 치열한 삶에의 대응을 물과 모성적 이미지 위에 포갤 수 있다면……. 그의 둘째 번 시집을 읽으면서 몇 번이고 반추하게 되는 말이다.

(1990.3, 시집『나의 어린 왕자』, 문학세계)

한국 서정시의 문제점

시가 가장 주관적인 문학 장르라는 점에 이론이 있을 수는 없다. 따라서 시를 통해 우리가 읽을 수 있는 최초의 모습은 시인 자신의 경험이라고 해도 지나친 말은 아니다. 그러나 시인의 경험이 시로서 자리하기 위해서는 몇 가지 중요한 요건이 전제됨을 간과해서는 안 될 것이다. 우리가 시정신이라고 하는 것은 결국 이 몇 가지 전제조건을 시인이 확실하게 인식하고 있음에서 비롯된다는 것을 분명히 해야 할 것이다.

어떠한 경험일지라도 주관적인 영역에서 벗어나지 못할 때 그것은 보편타당성을 결여한다. 보편타당성은, 그러므로 시가 가장 주관적인 문학 장르라는 것과 갈래를 달리한다. 그것은 경험의 보편성이 아니라 주관적 경험을 객관화시켜 공감을 획득할 수 있는 시적 장치와 관계하게 된다. 경험은 결국 자신이 체득하는 한에서는 주관적이다. 그러나 그것을 다른 사람이 공감할 수 있도록 하는 새로운 영역의 설정은 주관적인 범위를 벗어나 보편성을 획득할 수 있게 되는 시작이 된다. 경험이 시로서 자리하게 될 때 꼽혀야 할 첫 번째 항목이다.

경험을 진술(description=statement)이 아닌 표현(expression)으로 구체화하기 위해서는 언어의 조탁이 필요하다. 언어의 조탁을 언어의 연금술사적 측면에서만 이해할 성질의 것은 아니다. 언어의 조탁이란 미사여구나 다만 함축·응축 혹은 압축적 진술을 의미하는 것은 아니다. 경험을 확실하게 드러내어 보편적 공감의 구조 속에 편입시킬 수 있는 언어의 선택에 보다 많이 힘을 쏟는 것을 의미한다. 그러한 언어를 찾기 위해 무한히 언어에 절망하면서 그것을 극복하는 강인함이 수반되어야 할 것이다. 때로 기왕의 문법적 질서 혹은 장르의 틀을 파괴할 필요도 있게 될 것이다. 이 합당한 언어를 찾기 위한 끊임없는 노력이 시 정신 속에 확실하게 자리하여야 함이 두 번째로 들어져야 할 전제조건이라 할 수 있을 것이다.

사람 사는 것의 축적이 역사다. 그리고 살아가는 현장이 현실이며 상황이다. 경험은 이 둘이 설정하는 영역을 결코 벗어날 수 없다. 말하자면 현실과 역사에 대한 투철한 인식이 없을 때 경험은 체득한 사람의 주관에 머물고 만다. 자신의 경험이 현실과 역사라는 통로를 거치지 않고 내뱉어질 때 보편타당성을 획득할 수 없고 공감을 얻을 수가 없다. 요컨대 시정신이란 경험에 현실성과 역사성을 부여해주는 인식과 성찰에 다름이 아니다. '국파산하재國破山河在 / 성춘초목심城春草木深―망한 나라, 산과 강은 그대로 / 봄이 온 성 위에 풀과 나무 푸르름은 더욱 깊어지고' 했을 때 두보의 경험은 현실과 역사인식의 터전 위에 서 있기 때문에 보편성을 얻어 공감의 테두리를 설정한다. 두보의 경우와는 달리 이백의 경우에서도 주관적이 경험이 객관적인 공감을 획득하는 예를 얼마든지 들 수 있다.

'거두망산월擧頭望山月 / 저두사고향低頭思故鄉—머리 들어 산위의 달을 보고 / 고개 숙여 생각하는 고향이여'에서 머리 들어 먼 곳을 바라보고 고개 숙여 고향 생각하는 시인의 행위는 일상 속에서 누구나 그리운 대상을 향해 행하는 보편적인 행동이 아닌가. 이 구절이 공감을 획득할 수 있는 것은 이 같은 사항을 시인의 시정신이 꿰뚫어 통찰하고 있기 때문이라고 설명할 수 있다.

경험이 시로서 온전하게 자리하게 하기 위해 필요한 전제들은 이밖에도 얼마든지 더 열거할 수 있을 것이다. 그러나 주관적으로 체득한 경험이 적어도 이와 같은 시정신과의 만남이 없을 때 대부분 그것은 시인 자신의 '독백'과 심하게는 '넋두리'에 머물고 말게 됨을 확인할 필요가 있을 것이다. 그 독백과 넋두리를 때로 현실에 대한 빈정거림과 자잘한 가닥의 냉소적 표정을 읽는 사람으로 하여금 감지하게 할는지는 모른다. 그러나 그것은 감동의 넓은 평원에 읽는 사람을 완전히 올려놓지 못하게 하고 말 것임은 자명하다.

관점에 따라 얼마간의 편차는 있을 수 있겠지만 매달 발표되는 시들을 읽고 언제나 느끼게 되는 점은 바로 이러한 생각이다. 한국의 서정시는 이래도 좋은가의 물음은 그것에 대한 반성을 동반하게 한다.

　　나는 수음을 너무 많이 해서 아이를 못 낳을 줄 알았다. 무정자증이 아니라 아예 정액이 말라붙어, 귀두 끝에서 퐁퐁, 분말 정액이, 베이비파우더, 밀가루처럼, 얼레짓가루처럼, 공포의 백색가루, 히로뽕처럼, 펑펑 기침할 때 마다 터져 나올 것 같았는데, 아내가 임신했다. 아니, 이놈, 낮도깨비 같은, 달걀귀신, 솜사탕 같은, 화장터 한줌 뼛가루 같은, 아이가 나오면 어쩌지. 열심히 술 마신다. 함박눈이 내린다.

김영승의 「희망 990」(『동서문학』 2월호)의 전문이다. '수음', '귀두'와 같은 언어와 만나기 위해 시인의 시정신은 과연 현실성과 역사성의 검증을 한 번쯤 했을까를 의아하게 한다. 뿐만 아니라 비속어를 통해 시인이 조립하고 있는 심상은 극히 주관적인 영역을 표출하는 데 그치고 있어 이 시가 시인 자신의 넋두리인지 자학증세의 공개장인지 가늠하기 힘들게 된다. 가장 개성적인 것은 가장 보편적인 공감의 영역에 선다는 것을 이 시는 전혀 맹목하고 있다고 파악할 수도 있다. 따라서 '열심히 술 마신다.'는 독특한 결말 부분이 '함박눈이 내린다.'와 합해져서 그 자체만으로는 산뜻한 심상을 가지지만 앞부분의 넋두리와 같은 진술의 연장에 있으므로 개성적이 아니라 자기고백으로 전락하고 마는 결과를 가져온다. 독특한 시어 그것들이 직조하는 새로운 심상, 비속어를 통한 통렬한 자기 검증을 역사적 정황과 연결시키려는 듯한 시집 『반성』에서의 시들과는 전혀 다른 자리에 이 시인을 팽개치게 하는 이 시는 한국 젊은 시인들의 시정신이 정작 만나야 할 부분에 짐짓 비켜가고 있지는 않는가를 생각하게 한다.

나 어느 날 지방으로 가리라
지리멸렬과 상호비방이 난무하는 곳으로
야간열차에 몸 실어
정처 없는 발길 터벅터벅 걷기만 하면
악취와 우유부단의 고향
오, 그곳은 우리 흔히 얕잡아 마지않는 지방
나 이제 그곳으로 가리라
철 지난 뽕짝과 주정꾼이 득실대는 곳
아무 곳에서 발 뻗고 늘어지게 코 골며 자고 싶은
생선 비린내와 소금기의 포구로
촌스럽고 경박한 사투리 속으로

나 어느 날 가리라 일 대 일의 맨몸으로
서울은 싫어 중앙은
모든 것의 중앙이므로 중앙은
나 변방에서 제 흥에 겨워 비틀거리다
삼촌처럼 소리치다 울다가
어두운 골목에서 누구든 만나
껴안기고 말리라 나 마침내 지방에 당도하여

　　최영철의 「지방주의」(『현대문학』 2월호)의 전문이다. 지방으로 갈 것이
란 시인 자신의 울울함이 진솔하게 표백되고 있다. 그러나 우리가 문제
삼고자 하는 것은 그러한 시인의 울울함이 시인 자신의 것으로 한정되
고 있는 점이다. '지리멸렬과 상호비방이 난무하는 곳'이 곧 이 시인이
가고자 하는 '지방'인데, '서울은 싫어 중앙은 / 모든 것의 중앙이므로'라
고 말하는 것과 상관해서 볼 때 결국은 시인 자신의 패배주의와 맞닿아
있음을 알 수 있게 된다. 패배주의가 잘못이라는 뜻은 아니다. 그 패배
주의가 당대의 모순성과 역사적 맥락과의 관련 속에서 심화 천착되는
시어와 만나 시적 공간이 형성되었어야 이 시는 시인 자신의 범위를 뛰
어넘어 공감의 영역을 확보하고 감동의 지평을 열 수 있었을 것이다. 왜
그렇게 못하고 있는가. 그것을 우리는 현실과 역사를 인식하는 시정신
에서 찾을 수 있다고 판단한다. 슬픔을 이길 수 없어 눈물을 흘린다고
표백하는 것보다는 슬픔이 읽는 이 자신에게 슬픔 그것으로 인식될 수
있을 때 주관적인 경험은 보편적인 공감이 될 것이 아닌가.

　　헌릉 가서 오랜만에 태종을 만나보았다.
그는 이즈막에 와서 원경왕후와
금실이 더욱 좋아져서
아침저녁으로 신문에 나는

방송프로 주식시세판을
함께 열심히 본다고 했다.
한참 이야기하고 나니 목이 칼칼해서
사들고 간 포천 이동 막걸리
한잔 같이 하자고 권하니
혈압이 높고 간염을 앓고 난지
겨우 이 주일밖에 지나지 않았다며
손을 내저으며 사양했다.
나는 할 수 없이 막걸리를 나 혼자 다 마시고
술김에 당신 아버지가
이 나라 군사문화의 창시자 아니냐고
막무가내로 다그치자
그는 원경왕후와 가만히 듣고만 있었다.

윤동재의 「헌릉 가서」(『현대문학』 2월호) 전문이다. 당대를 지배하고 있는 사회·정치·문화적 현상을 역사적 사항과 결부시키고 있는 시적 공간이다. 그리고 그것은 우리가 몸살 앓았던 획일적이며 전횡적인 군사문화적 현상을 우회적으로 비판하고 있다. 그러나 시인은 이 모든 것을 시적 화자인 '나'에게 포박시키고 있다. 이 얽어맴은 결국 시인 자신의 현실 정황에 대한 불만과 불평의 노출이란 것에서 끝나기 때문에 '나'의 현실에 대한 인식과 성찰을 통한 비판을 자신의 것에만 국한시키게 되고 말았다. 따라서 현실에 대한 비판과 그 지적이 개인의 불평불만에 한정되고 마는 결과를 가져왔다. 아울러 설명적인 수사는 이 시를 보다 새로운 시인 자신의 언어로 직조하는 데 소극적이었다고 판단할 수밖에 없도록 한다.

내게는 아프리카에서도 편지가 온다
아프리카다

이달만 해도 두 통이나 받았다
요즈음 우리 사정으론
아무것도 아닌 이런 일이
내게는 이토록 놀랍다
그 편지의 내용이 유정(有情)해서가 아니다
아프리카!이다
나는 늘 뒤떨어져 있다
모두 달려간 길을
이토록 혼자서 걸어가다가
황토빛 먼지 날리는 길가에 앉아서
언제나 목이 메이게
차디찬 도시락을 까먹는다 혼자서
그렇다!
아프리카는 언제나 황토빛 먼지이다
황토빛 먼지 날리는 아프리카!
그걸 만나는 일이 내게는 이토록 놀랍다
나는 언제나 아프리카에 있다
언제나

정진규의 「몸시詩 7」(『문학사상』 2월호)의 전문이다. 이 「몸시詩」편은 연작으로 보인다. 지금까지 발표된 이 연작시의 대부분이 그렇지만 이들 시는 시인 자신의 경험 속에서 보편적인 일상의 진실을 밝혀내려 하고 있는 것으로 파악된다. 그러나 인용한 시에서 볼 수 있는 대로 나긋나긋한 시어들로 심상을 오롯하게 직조하고 있지만 사실은 시인 자신의 일상을 그대로 표백하는 것 이상의 것을 찾아내기는 어렵다. 그것은 시인의 경험이 보편성을 획득하려는 데 소극적임에서 비롯하고, 그것을 현실과 역사적 사항 속에 헹궈내지 않고 있는데서 연유하는 것으로 보인다. 정진규의 「몸시詩」연작이 이 점을 벗어나지 않을 때 한국서정시가 안고 있는 문제점은 많은 부분 그 속에 도사리고 있지 않을까를 생각하게 된다.

　박상배의 「잠언집 4」(『동서문학』 2월호)는 지금까지 논의한 시들과는
또 다른 자리에서 문제점을 지적할 수 있을 것이다. 지금까지 그의 대부
분 시들은, 우리가 판단하기로는, 잠언적인 형식 속에 냉소적인 세상 바
라보기의 자세로 일관된 듯하였다. 그러나 「잠언집」이라 제목을 단 이
연작의 하나는 그 같은 냉소적 자세가 다만 현실의 정황을 빈정거림으
로 일괄하는 듯한, 보다 구체적으로 말한다면 관조적인 비판이 시인 자
신의 경험을 너무 지적인 것으로 변용시키고 있는데서 연유하는 것 같
다. 지적 변용은 그에 합당한 시어가 직조하는 심상과 공간을 확보할 때
보다 공감을 획득하고 감동적일 수 있다고 우리는 생각한다.

　한국의 서정시―그 지극히 주관적인 문학 장르가 읽는 이를 감동하
게 하여 가슴에 넘쳐나는 파문을 가져오게 할 수는 없겠는가. 그것이 시
인 자신의 '독백'이나 '넋두리'를 뛰어넘어 '우리'의 것으로 확인될 수는
없는가.

　「몰운대행沒雲臺行」(황동규, 『문학사상』 2월호)에서 다시 실망하는 우리
는 「풍장風葬 18」(황동규, 『문학사상』 2월호)에서 그 가능성의 조각을 줍기
도 한다.

　그것의 전문은 이렇다.

깨어 있다는 것은 과연 무엇일까?

피곤한 날 네 다리와 몸통을 지구(地球)중심으로 잡아당기는
손을 꽉 잡고 놓지 않는 것
빗방울들이 몸을 비벼 무지개를 피는 것
눈송이를 하늘과 땅 사이에서 춤추게 하는 것
먼 산에 이는 바람꽃.

(1990.3, 한국문학)

신문에 남긴 시에 관한 단상(斷想)

스물아홉나이로 요절한 기형도의 시세계

질투는 나의 힘

아주 오랜 세월이 흐른 뒤에
힘없는 책갈피는 이 종이를 떨어뜨리리
그때 내 마음은 너무나 많은 공장을 세웠으니
어리석게도 그토록 기록할 것이 많았구나
구름 밑을 천천히 쏘다니는 개처럼
지칠 줄 모르고 공중에서 머뭇거렸구나
나 가진 것 탄식밖에 없어
저녁 거리마다 물끄러미 청춘을 세워두고
살아온 날들을 신기하게 세어보았으니
그 누구도 나를 두려워하지 않았으니
내 희망의 내용은 질투뿐이었구나

그리하여 나는 우선 여기에 짧은 글을 남겨둔다
나의 생은 미친 듯이 사랑을 찾아 헤매었으나
단 한번도 스스로를 사랑하지 않았노라

기형도의 시에는 우수憂愁가 안개처럼 깔려있다. 그러나 그것은 혼자 있음에서 오는 깨달음을 언제나 동반한다. 그 깨달음은 자아의 성찰이기도 하고 사회와 현실에 대한 날카로운 대응 혹은 삶에 대한 고단함이기도 하다. 때로 사랑에 대한 한없는 절망일 경우도 있다.

「질투는 나의 힘」(『현대문학』 3월호), 「그집앞」, 「빈집」(이상 『외국문학』 봄호), 「가수는 입을 다무네」, 「대학시절」, 「나쁘게 말하다」(이상 『외국문학』 봄호) 등 여섯 편의 시는 이 같은 생각을 더욱 확인시켜주는 가편佳篇들이다.

'나의 생은 미친듯이 사랑을 찾아 헤매었으나 / 단한번도 스스로를 사랑하지 않았노라'(「질투는 나의 힘」)에서 자아의 성찰과 사랑에의 절망을, '나는 플라톤을 읽었다. 그때마다 총성이 울렸다 / 목련철이 오면 친구들은 감옥과 군대로 흩어졌고 / 시를 쓰던 후배는 자신이 기관원이라고 털어 놓았다'(「대학시절」)에서 사회와 현실에 대한 시인의 날카로운 대응을 보게 된다.

이러한 사항들을 확실하게 언어로 잡아놓는 그의 시적 기량은 언제나 혼자있음의 깨달음에서 비롯되는 것임을 간과해서는 안 된다. 대부분의 시인들이 혼자있음으로 하여 폐쇄된 공간 안에 자신을 결박시켜 영탄이나 자학에 함몰되는 것이 일반적 경향이지만 기형도는 결코 그런 모습을 보이지 않는다. 혼자 있으므로 그의 눈동자는 더욱 형형해져서 언어의 숲속에서 자신에게 합당한 시어의 나무를 벌채하고 있다.

시인이 세계에 대해 대응하는 양태는 여러 가지 갈래로 말할 수 있다. 기형도의 경우 세계에 대한 시적 대응은 고통이라고 말해지는 범주다.

그 고통은 혼자있음의 깨달음으로부터 오는 것이라고 할 수 있지만 우
수의 의장을 걸치고 있음에 맹목해서는 안 된다. 그의 시에 우수가 안채
처럼 깔려있다는 말은, 그러므로 고통을 우수로 바꾸고 있는 것과 상관
하는 언표言表다. 이것을 두고 '도회적 정서'라고만 간단하게 처리할 일
은 아니다. 그의 시는 고통을 우수로 환치시켜 보다 절절한 자신의 사연
을 삶의 보편적 사항과 연결시키고 있다.

　'언젠부턴가 내 얼굴은 까닭없이 눈을 찌푸리고 / 내마음은 고통에게
서 조용히 버림받았으니 / 여보게, 삶은 떠돌이들을 한군데 쓸어담지 않
는다, 그는 / 무슨 영화의 주제가처럼 가족도없이 흘러온 것이다'(「가수
는 입을 다무네」)라는 구절을 자세히 살펴보라. 거기에는 '나'와 '그'가 공
존하면서 '여보게'라고 부르는 '너'도 함께 하고 있음을 알게 될 것이다.
'나'와 '그'와 '너' 즉 '우리'라는 공동체의 보편적 '삶'을 기형도는 시어로
써 확실하게 붙잡는다. 기형도의 시는 말할 수 없는 것의 시적 복원을
의도하고 있다. 그리고 정황의 곤고함을 한恨으로 처리한 전통적 방법
과는 달리 우수로써 형상화하고 있음을 주목한다는 글을 썼던 것이 채
일 년도 넘어서지 않았다.

　과작에 속하던 그가 봄이 오는 이 달에 여섯 편을 한꺼번에 발표한 것
은 이례적인 일이다. 그런데 그는 이 여섯 편의 시를 생애의 마지막 작
품으로 했다.

　삼십년도 다 채우지 못한 스물아홉의 나이로 다시는 오지 못할 길로
가고 말았다.

(1989.3.27, 경향신문)

김종해의 시 「우리들의 우산」

우리들의 우산

비를 가리기 위해 우산을 펴면
빗방울 같은 서정시 같은 우산 속으로
바람이 불고
하늘은 우리들 우산 안에 들어와 있다
잠시 접혀 있는 우리들의 사랑 같은
우산을 펴면
우산 안에서 우리는 서로 젖지 않기
외로움으로부터 슬픔으로부터 서로 젖지 않기
물결 위로 혹은 꿈 위로 얕게 튀어 오르는
빗방울 같은 우리 시대의 사랑법 같은
우산을 받쳐 들고
비 오는 날 우산 안에서
서로를 향해 달려가기
비는 내려서 우리의 마음속으로 스며들어
지하수로 흘러가지만
정작 젖는 것은 우리들의 여린 마음이다
우산 하나로 이 빗속에서
무엇을 가리랴
젖지 않는 꿈, 젖지 않는 희망을
누가 간직하랴
비를 가리기 위해 우산을 펴면
물방울 같은 서정시 같은 우산 속으로
바람이 불고
하늘은 우산만큼 작아져서 정답다
아직 우리에게 사랑이 남아 있는 한
한 번도 꺼내 쓰지 않은
하늘같은 우산 하나

누구에게나 있다.

시詩가 삶과 현실에 큰 몫을 감당해야 할 것이란 생각에 붙잡힌 시대를 살아왔다. 이런 생각은 당연히 시의 사회적 기능을 극대화시키고, 사람의 가슴을 뒤흔들고, 그들 영혼에 섬뜩한 충격을 주는 일에 시인을 한사코 매달리게 했다.

역사 상황, 문명 또는 노동, 민중, 민주주의, 통일 그리고 투쟁 등의 항목에 대부분 시인은 자신의 관심을 집중시키게 되었다. 80년대 한국시의 지배적인 경향을 이러한 문맥에서 읽을 때 이전의 모습과는 다른 얼굴을 확인한다. 그것은 긍정적이고 한국시의 활력이라 평가할 수도 있다.

그러나 시로서의 형상화란 선택한 시적 대상에 대한 시인의 고뇌와 성찰의 흔적이 언어에 인각印刻되면서 시가 감싸 안을 수 있는 가능성의 지평을 그 구조 속에 담을 수 있을 때 가능하다. 그때 독자들을 시 속으로 끌어들일 수 있고 그들 영혼의 텃밭에 감동의 깃발을 달 수 있게 된다.

여기에 80년대 한국시의 지배적 경향에 대한 긍정적 평가를 유보할 수밖에 없는 까닭이 자리한다.

김종해의 시 「우리들의 우산」(『현대시학』 7월호)은 시가 큰 몫을 삶과 현실에서 감당해야 한다는 사항에서 벗어난 자리에 있다.

시인은 감성이 가닿는 영역에서 자신의 성찰과 인식을 보편적인 정감의 세계로 확인하고 있을 따름이다. '우산', '젖지 않는 꿈과 희망' 그리고 '우리에게 사랑이 남아 있는' 관계를 차분하게 언어로 건져 올리고 있다.

사무치는 그리움과 고독을 '외로움으로부터, 슬픔으로부터 서로 젖지 않기'로 다짐하면서 '정작 젖는 것은 우리들의 여린 마음'이라고 하는 그 '여린 마음'은 끊임없이 갈등하는 현실의 가시와 돌자갈밭에서 깨어지고 피 흘리면서 좌절해도 제대로 된 고함 한 마디 지르지 못하는 평범한 사람들 정서의 본적지가 아니겠는가.

'한 번도 꺼내 쓰지 않은 / 하늘같은 우산 하나 / 누구에게나 있다.'는 것은 '우산'과 '하늘'을 동일시하면서 '하늘'을 '우산' 속으로 축소시키는 세계와 우주의 자기화를 말하는 것으로 파악된다. 세계를 자기화하는 것은 시인의 감성이 일반인의 정서와 연결되는 고리라고 말할 수 있게 되고, 감성적인 세계인식의 공감대 형성의 시적 표현이라 할 수 있을 것이다.

시가 삶과 현실에 큰 몫을 감당해야 한다는 것을 옳다. 시가 곤고한 삶과 갈등하는 현실에서 시인의 정서를 그 속에서 좌절하는 사람들의 꿈과 사랑에 연결, 그 공감대를 확대하는 것도 폄하할 수는 결코 없다.

삶과 현실을 변혁의 대상으로 파악하여 투쟁의 언어로 그 의지를 표출하는 것만큼, 언어에 시인의 정감을 인각시켜 맑고 투명한 감성으로 형상화하는 것도 무시해서는 안 된다. 문제는 그것이 영혼을 새로운 깨우침으로 충격 · 감동의 폭과 깊이를 넓히고 깊게 하는데 있다.

김종해의 시 「우리들의 우산」은 80년대 한국시의 지배적 경향 그리고 그에 대한 반작용을 생각게 하고 시인의 정서가 보편적인 것으로 감응할 수 있는 예를 성공적으로 보여준다는 점에서 주목된다. 그의 시는 이렇게 말하고 있다. '하늘은 우리들 우산 안에 들어와 있다.'

(1989.7.28, 경향신문)

최동호 시집 『아침 책상』

최동호의 시는 자연발생적이다. 이것은 시가 만들어진다는 생각에 끈질기게 붙잡혀있는 많은 시인들과 다른 자리에 그가 굳건하게 서 있음을 확인하고자 하는 말이다. '쓰지 않으면 안 되는 시'를 쓰고자하는 그의 시적 의지가 시로서 확실한 모습을 보여주고 있음을 증언해주는 것이기도 하다.

대상에 대한 시인의 감응은 언어라는 구체적인 매개물에 의해 하나의 세계로 자리하게 된다. 일컬어 그 세계는 시인 영혼의 자락이 펄럭이는 현장이라고 말할 수 있다. 최동호의 시적 세계에서 보이는 영혼의 모습은 단아하고 절제되어 있어 정적인 모습을 띤 것처럼 보이기 쉽다. 그러나 좀 자세히 들여다보면 바다 속 빙산처럼 한없이 치열하게 불타면서 몸부림치는 더 큰 부분이 그 속에는 가라앉아있음을 알 수 있게 된다.

'영혼의 흐린 거울은 / 마음속에 가리어진 별빛을 / 말없이 비춰준다.'(「산길」에서)라는 구절이 전자를 말해준다면 '섬광 같은 의식의 한 끝이 / 광란의 해일처럼 일어나'(「누추한 육신을 누가 잠들게 하나」에서)의 표현이 후자의 생각을 가능하게 해주는 것이라고 파악할 수 있다. 요컨대 최동호의 시는 삶과 그 현장인 현실에 대해 그가 감응하는 가닥들을 치열하게 감싸 안으면서 정제되고 절제된 언어로 선택하여 쓰지 않을 수 없는 사연을 거기에 인각시키고 있다.

최동호는 비평가로서 더 알려져 있다. 그의 시집 『아침 책상』에서의 시들을 읽고 우리가 감득할 수 있는 것은 비평가도 좋은 시를 쓸 수 있는 류의 소박한 사항이 아니다. 비평가의 삶과 문학에 대한 형형한 눈빛과 인식이 시의 구조 속에서 보다 능동적으로 되살아날 수 있다는 점에 대한 확신이다. 그의 시를 읽어보라. 그러면 그 점을 더욱 확실히 알 수 있게 될 것이다.

(1988.1.9, 경향신문)

권운지, 송재학의 시, 세계와 존재에 대한 눈뜸

시가 영혼의 몸짓을 언어로 구체화한다는 말은 낡은 정의일지 모른다. 그러나 시가 영혼의 어떤 부분을 언어의 자락으로 펄럭이게 하지 못한다면 시에서 갖게 되는 감동의 진폭은 좁혀들게 된다. 언어의 자락으로 읽는 이의 정서라는 벌판에 감동의 깃발을 달기 위해 시인은 어떻게 할 것인가. 이 물음에 대한 답안은 주관적이고 자의적인 범위를 결코 넘어서지 못한다. 그러나 주관적이고 자의적이라고 하여 이 물음에 소홀할 수는 없다. 이러한 물음에 대한 끊임없는 천착이 시인으로 하여금 세계에 대해 존재에 대해 그리고 삶과 현실에 대해 새로운 눈뜸의 계기가 된다는 것을 망각해서는 안 된다.

'그 집의 늙은 주인이 / 분갈이를 하고 있었다. / 건조한 꿈속을 빠져나온 / 단세포의 뿌리 털어 / 옹벽 속에 무성하게 뒤엉겨 있었다. / 갈증의 밤마다 져다버린 / 한 짐의 가설과 의혹 / 그 절망의 하얀 실뿌리를 본다. / 자생의 눈물겨운 표면장력을 / 기근의 땅속을 울리는 / 아름다운 비폭력의 함의를.'

권운지의 「봄 I」(『현대시학』 5월호)의 전문이다. 분갈이의 모습을 이 시는 언어의 절제와 압축이라는 양식으로 매우 산뜻하게 드러내준다. '가설과 의혹', '절망'이라는 언어 속에 담긴 깊이를 알 수 없는 시인의 고뇌를 간과할 수는 없다. 설령 그것이 '아름다운 비폭력의 함의'라고 '봄'을 우회적으로 말하고 있다고 해도 그곳에는 끈적이는 시인의 역사의식이 엉겨 붙어 있음을 놓쳐서는 안 된다. 그러나 그곳에는 세계와 존재에 대한 새로운 인식의 지평을 열고자하는 영혼의 꿈틀거림을 보기는 어렵다.

그것은 아픔을 통해 몸부림으로 되살아나고 그 몸부림은 하나의 이미지를 온전하게 떠올려주는 것에 머무르게 해서는 안 된다. 몇 개의 교차되는 이미지가 시인의 내면에 숨겨진 영혼의 모습이 내보여질 수 있도록 장치되었어야 했다.

권운지의 시「봄·1」이 보다 더 치열한 시인 자신의 영혼의 고뇌를 언어에 각인하기 위해서는 다음과 같은 송재학의「붉은 잎」(『현대시학』 5월호)이 보여주는 구절을 음미해볼 필요는 있을 것이다.

'김형의 깊은 병 속으로 단풍나무는 붉어갔다 / 크로포트킨의 망명을 읽다가 그는 의식을 잃었다 / 느린 맥박으로 그는 잠깐, 도저하고 급한 / 흙탕물의 강을 떠올렸다.'

'단풍나무', '망명', '흙탕물'은 결국 시인 영혼을 꿰뚫어 보게 하는 언어가 아닌가. 그러므로 그것은 시인이 갈등하는 내면의 치열한 자기검증을 통해 세계에 대한 새로운 인식의 지평을 열고 있다고 파악할 수 있는 부분이다.

권운지와 송재학의 시가 가진 이와 같은 특성들은 권운지와 송재학의 시가 가진 이와 같은 특성들은 권운지가 자신을 닫아거는 장치로서의 언어에서 벗어나고, 송재학이 자신을 한없이 열어놓고 설명하려는 자세에서 극복될 때 하나의 경지에로 다가갈 수 있으리란 판단을 그러므로 가능하게 해준다.

언어로 구체화하는 영혼의 몸짓은 세계와 존재에 대한 새로운 인식의 틀로 시를 의미화 시킨다고 할 수 있다. 그 같은 관점에서 이 달에 읽은 권운지와 송재학의 시는 많은 것을 또 다시 생각하게 해준다고 말할 수 있으리라.

(1989.5.31, 대구매일신문)

서정윤의 시들, 관념의 시화詩化, 얄팍한 시정신詩精神

현실을 살아가는 현장으로 파악하는 것은 가장 일반적인 접근 방법이다. 그러나 '살아가는 현장'이 반드시 눈으로 볼 수 있는 영역만이 아님을 확인하는 일은 결코 쉬운 일이라 할 수만은 없다. 눈으로 볼 수 있는 가시적인 영역만이 아닌 눈으로 보아서 확인할 수 없는 어떤 영역이 있다는 것을 서정윤의 시들은 우리들에게 일깨워주려 한다.

그렇기 때문에 그의 시를 피상적으로 관찰할 때 삶의 현장인 현실에서 다소 비켜선 자리에 있다고 말할 수 있게 된다. 그리움, 고뇌 혹은 젊은 시절의 방황을 다만 머릿속에서 생각하는 사춘기적 사색으로 언어에 심은 것이라 그의 시를 혹평할 수도 있게 된다.

그러나 좀 더 주의 깊게 그의 시를 읽으면 그곳에는 삶의 현장인 현실에서 눈으로 직접 바라보고 확인할 수 없는 고뇌의 파편들을 언어로써 확실하게 붙잡고 있음을 알게 된다. 말하자면 현실이란 우리가 눈으로 직접 바라보고 확인하는 것과 눈으로 볼 수는 없지만 분명 우리의 마음과 생각 속에 엄연히 도사리고 있는 부분이 있음을 알게 된다.

사람들은 현실의 사항들에 토대를 두고 그것을 정신적인 사유의 그물을 가지고 언어로 잡아 올리는 부분을 토대인 하부구조에 대해 상부구조라고 말한다.

요컨대 정신적인 공간 속에 자리하는 현실의 자락들은 서정윤의 시는 관심을 가지고 언어와 접목시키려한다.

『현대문학』(4월호)에 발표한 연작시「길에 서서」8편은 이 같은 생각을 더욱 확인시켜주고 있다.

'내일이면 또 다른 사람의 역사가 / 시작된다. 할 말을 않아도 / 느낄 수 있는 반가움의 나라를 그리며 / 밤하늘 / 민족이 지나온 말발굽마다 / 별을 놓는다.'

「길에 서서·1」의 부분이다. '역사'와 '반가움의 나라', '민족'을 세 개의 축으로 해서 형성되는 시적 공간이다. '민족이 지나온 말발굽'을 '역사'와 동격으로 놓았을 때 '반가움의 나라'와 '별'을 같은 항목에서 생각할 수 있게 된다. 서정윤은 민족의 현실과 그 다난한 족적을 생동감 있는 가시적 현실로 파악하지 않는다.

그는 민족이 만들어 살고 있는 공동체를 '반가움의 나라'라는 정신적 감응으로 '별'이라는 동경의 이미지로 제시한다. 이것은 눈에 보이는 현실의 모습이 아닌 관념 속에 갈무리되는 보이지 않는 또 다른 현실의 시적 표현이다.

'먹고 싶은 것이 그렇게도 많던 / 유년의 눈빛 / 깊숙이 묻어든 그 아픔들을 / 나만의 진주로 보듬으며 / 고개를 들고 서 있다.'라는 「길에 서서·4」의 부분도 '나만의 진주로 보듬으며'에서 보이는 것처럼 관념적 현실 속에 모든 것을 저장하려는 시적 태도를 서정윤은 확연하게 보여 준다.

눈으로 직접 확인할 수 없는 관념의 현실은 그러나 그것이 영혼과 만나지 않을 때 언어를 통한 정신적인 카타르시스라는 단정에서 자유로울 수 없다. 서정윤의 시들이 보다 확고한 상부구조 속의 현실을 심화된 시적 공간으로 보여주기 위해서는 보다 치열한 시정신이 보이지 않는 현실의 부분을 안아 들이면서 영혼과 조우할 수 있도록 해야 할 것이다.

이 말은 아직도 서정윤의 시들이 얄팍한 사고의 지평 위에 놓여 있음을 말하는 것이기도 하고 감상적인 어조로 독자에게 접근하는 안이하고 자족적인 시정신을 이야기하는 것이기도 하다. 여기에서의 벗어남이 서정윤의 시를 또 다른 모습으로 변혁시킬 수 있을 것이다. 이것을 「길에 서서」의 연작시는 또 한 번 우리에게 확인시켜 준다.

(1989.4.26, 대구매일신문)

현란한 언어의 '연금鍊金'
– 6개 중앙지 '88년 신춘문예 당선 시를 읽고

새로운 시인에게서 우리는 변화된 시의 모습을 요구한다. 기왕의 것이 아닌 다른 갈래의 항목을 그들의 시가 개척하고 있지 못할 때 실망한다.

올해 6개 일간지 신춘문예에 당선된 시들은 이 점에서 우리를 크게 만족시키지 못하고 있다. 그 이유는 우선 그들의 시가 현란한 수사적 옷을 입고 구태의연한 이미지의 조립에 맹목적으로 따르고 있음에서 찾을 수 있다.

「1987년 11월의 신천新川」(안상학『중앙일보』)과「바둑론」(성선경『한국일보』)은 당대 한국의 현실을 시로써 말하려 하고 있다.

안상학은 산업화의 폐해인 공해와 노동의 아픔을 분배의 불공정과 함께 조망하고자 하며 성선경은 분단의 현실을 극복하는 논리로써 바둑을 매개로 하여 화해와 합의를 통해 제시하려 한다. 첨예한 사항들을 올곧게 바라보는 시인의 관찰력은 긍정적 평가의 대상이 될 수 있다. 그러나 그들은 그 같은 현실적인 안목을 다만 언어를 동원하여 설명하려 한다.

설의법設疑法을 근간으로 하는「1987년 11월의 신천」이나 청유형請誘形을 중심으로 하는「바둑론」의 조사措辭는 현란하지만 지금까지 한국시가 매달려온 구태의연한 설명의 유형에 다름 아니다.

치열한 시정신詩精神은 언어를 동원하여 화려한 포즈를 취하면서 설명하려 들지 않는다. 그것은 언어를 찾아내어 그 속에 시인의 정신을 각인刻印한다. 날카롭게 언어 속에 심어진 시정신은 언어가 가진 일상의 의미를 증폭시키면서 내재율이라 이름 하는 새로운 개성적인 운율을 획득한다. 그때 그것은 설명이 아닌 표현이 되게 된다.

안상학과 성선경은 그래서 첨예한 현실적 사항을 시적 대상으로 한 이른바 전달위주의 과잉된 설득조의 시들과 궤를 같이하는 자리에 있게 된다. 따라서 그들의 새로운 시적 영역을 창조적으로 개설하지 못하고 말았다.

「양수리兩水里에서」(권대웅『조선일보』)와 「사계四季」(김정희『동아일보』), 그리고 「오이도烏耳島」(이효숙『서울신문』)는 퇴색되지 않는 시적 대상인 서정주의와 굳게 손잡고 있다. 이들의 시는 서정적인 사항이 언제나 그렇듯이 자기류自己流의 삶 해석 방법을 고집하게 된다. 그러나 그 고집이 반드시 돌을 맞아야 하는 것만은 아니다. 다만 그 같은 삶의 해석이 절제되고 압축되어 보편적인 공감의 자리를 마련하지 못할 때 자기 독백에 머물고 말게 됨을 확인할 필요가 있다.

「양수리」에서 보게 되는 과잉된 수사, 「사계」에서 보이는 시어詩語의 근원적인 산문구조가 갖는 자기류의 주장은 이전의 한국 서정시 양태에서 그렇게 먼 것이 아니다. 특히 「오이도」에서 절제를 보이지 못하는 조사는 결국 자기 생각의 일방적 강조와 이미지의 상호연결을 엉클어지게 해놓고 있기도 하다.

「에르바르트 뭉크의 꿈꾸는 겨울 스케치」(조현석『경향신문』)는 시어를 다룸에 능숙한 언어의 장인적 자질이 돋보이는 시라고 할 수 있다. 그러나 위대한 시는 결코 언어의 연금술만으로는 되지 않는다. 시를 언어의 기술로 보던 시절은 지났다고 파악하는 편이 옳다. 치열한 시정신이 언어를 찾아 그 속에 자신을 심을 때 시어와 함께 시의 생명은 약동하고 영혼을 뒤흔드는 감동은 오게 된다.

조현석의 이국 정취 선호경향 역시 향向서구적 취향에 젖어 있던 일련의 시들을 상기시켜준다. 그들 경향의 맨 뒤에 그는 서 있는듯함을 떨쳐버릴 수가 없다.

첫술에 배부르지 않다는 말의 반대쪽에 될성부른 나무는 떡잎부터 안다는 말도 있다. 어느 쪽이 옳은가의 판단은 유보하기로 하자.

어쨌든 시인이란 이름은 가시 면류관이고, 그가 가는 길은 형극의 길임을 우리는 확인하고 싶다. 그 같은 확인이 보다 투철히 행해질 때 시인의 아픔과 고통, 그리고 몸부림은 변화된 시의 새로운 모습을 보여줄 것임은 확실하다.

(1988.1.12, 중앙일보)

제3장
직관으로 본 20세기말 한국의 서사문학

1부

정통적 소설미학의 허실

일상의 탐구 그리고 언어로 못질하기

70년대 이후의 문학성과 집대성한 『오늘의 한국소설』

* 연간 수백 편씩 발표되는 소설, 좋은 작품 골라 읽기도 힘들다

바람직한 '쓰기'를 위해서는 올바른 '읽기'가 전제되지 않으면 안 된다. 작품의 생산이 '쓰기'라고 한다면 '읽기'는 생산을 위한 제반 여건의 확실한 자리 잡기임을 간과해서는 안 된다. 좋은 작품을 올바로 읽고 자세하게 이해한 터전에서 보다 넓고 깊은 감동을 줄 수 있는 작품의 싹은 돋아날 수 있다. 풍부한 체험과 깊은 성찰과 사색을 통한 삶에 대한 인식은 그 싹을 키우고 탐스런 과일을 결실하게 만든다. 구양수歐陽脩가 많이 읽고[多讀], 많이 쓰기[多作]를 강조하면서 폭넓게 깊이 생각[多商量] 하기를 좋은 작품 생산의 조건으로 들고 있는 것도 결코 우연한 일이 아니다. 어쨌든 좋은 작품을 골라 올바른 읽기를 하고 그것을 통해

폭넓은 삶에 대한 성찰과 인식을 행하면서 세계와 존재에 대한 깊은 사유를 게을리 하지 않을 때 우리를 감동시킬 수 있는 작품은 보다 확실하게 기대할 수 있게 된다.

한국소설의 양적인 팽창은, 신소설로 일컬어지는 근대적 의미의 소설이 시작된 후, 한 세기를 넘기면서 괄목할 정도로 변화와 발전을 거듭해왔다. 시작의 처음에 장편소설의 형태로 자리 잡아 갔던 한국소설은 일제 식민지시대에 접어들면서 단편소설이 주류를 이루면서 변화해왔다. 그 원인이 어디에서 비롯하는가는 여러 측면에서 고찰되어야 하겠지만 가장 뚜렷한 원인을 동인지 중심의 문단 형성, 당시 인쇄 매체의 열악한 수준 등에서 접근할 수 있을 것이다. 소설의 주류가 된 단편에서 삶을 총체적으로 조망하는 장편에로의 변화 시도가 부단히 행해져왔지만 아직 한국소설에서 장편이 그 주류를 형성하고 있다고 말하기는 힘들다. 삶의 가장 빛나는 부분을 압축적으로 드러내 삶의 모습을 생각하게 하는 단편이 현대 한국소설의 주류임을 부인할 수는 없다. 그래서 단편의 생산은 오늘날 놀랄 만한 양적 팽창을 가져와 연간 수백 편의 단편이 문예지와 여타의 매체를 통해 발표되고 있다. 이 많은 작품들을 다 읽는다는 것은 실제 불가능한 일이고 그 많은 작품 중에서 좋은 작품을 골라 읽는다는 것도 일반 독자들에게는 기대하기가 힘든 것이 사실이다. 여기에서 오늘의 한국소설이 변화된 모습과 다양한 기법 그리고 정통적인 소설의 미학에 접할 수 있는 소설 사화집에 대한 필요성은 중요한 현안이 될 수밖에 없다. 물론 『전집』이라는 이름을 달고 출간되는 여러 소설집들, 문학상의 수상작품과 그 후보작들을 수록하는 작품집이 활발하게 간행되지 않는 것은 아니다. 그러나 전집류의 소설집이 읽기에 있어 양적인 부담감을 줄 뿐만 아니라 좋은 작품 골라 읽기에 어려움을 준다는 것이 사실이고, 문학상 수상작과 그 후보 작품집이 그 상의 성격에 밀착되어 있어 얼마간의 편향성에서 결코 벗어나기 힘든 것 또한 사실이다. 더욱 근래의 경향은 문학상 수상 작품집이 다분히 상업성과 담합현상을 보이고 있어 다양하고 객관적인 정통적 소설 읽기에 거치적거리는 요인이 되고 있음을 말하지 않을 수 없게 한다.

이남호 교수가 엮은 『오늘의 한국소설』(민음사 간)이란 사화집은 이와 같은 여러 정황을 고려할 때 심장한 의의를 지닌다고 하지 않을 수 없다. 바람직한 '읽기'를 통해 좋은 작품의 '쓰기'에로 나아가는 튼튼한 교량역할을 이 사화집은 감당할 수 있으리라 판단되고, 현대 한국소설의 다양한 모습과 정통적인 소설의 덕목을 지닌 작품을 엮은이의 문학적 통찰력으로 정선해놓았다고 파악되기 때문이다. 엮은이는 이 작품집의 작품선정 기준을 다음과 같이 설정하고 있다.

'첫째, 전통적인 소설미학에 충실한 작품을 위주로 하되, 이로부터 일탈된 양식의 작품들도 두루 보여주려 했다.

둘째, 작가보다는 작품을 중시하여 뽑았지만 한 작가에 한 작품으로 한정하였다.

셋째, 주로 70년대 이후의 작품을 대상으로 하였으며, 우리시대 소설의 다양한 모습을 보여주려 했다.

넷째, 시대적 문제작을 완전히 배제한 것은 아니나 대체로 내용과 형식에 있어서 보편적인 작품을 선호하였으며, 소설 이해와 세계 이해의 창구가 될 만한 작품들을 뽑아 소설읽기 문법과 세상읽기 분법을 배울 수 있도록 의도했다.'

* 문학적 감식력과 통찰력으로 괄목할 만한 작품 30편 선별

엮은이가 설정한 의도가 얼마나 실제 선정 작업에 능동적으로 작용

하였는가는 수록된 작품들을 살펴보면 확연하게 드러난다. 모두 30명의 작가들의 작품 30편이 수록되어 있다. 우선 그 작가들과 작품을 살펴보면 이렇다.

김승옥「무진기행」, 이청준「별을 보여드립니다」, 서정인「강江」, 최인호「타인의 방」, 한수산「미지의 새」, 황석영「삼포가는 길」, 김주영「달밤」, 조해일「매일 죽는 사람」, 박완서「조그만 체험기」, 이문구「우리동네 황씨」, 오정희「저녁의 게임」, 오탁번「아버지와 치악산」, 전상국「우상의 눈물」, 김성동「산란山蘭」, 최학「산행山行」, 김원일「미망未忘」, 이문열「금시조」, 임철우「사평역」, 송하춘「은장도와 트럼펫」, 유홍종「죽은 황녀皇女를 위한 파반느」, 한상윤「고리」, 이인성「유리창을 떠도는 벌 한 마리」, 김원우「소인국」, 현길언「껍질과 속살」, 홍성원「산山」, 박영한「왕룽일가」, 양귀자「한계령」, 윤후명「원숭이는 없다」, 이동하「과천에는 새가 많다」, 김영현「그해 겨울로 날아간 종이비행기」.

70년대 이후 지금까지 20여 년 동안 한국소설이 어떤 성과를 이룩하였는지를 볼 수 있는 작가와 작품이 거의 빠지지 않고 선정되어 있음을 알 수 있게 된다. 김주영의 「달밤」과 김승옥의 「무진기행」이 신선한 감수성과 정확하고 빼어난 문체적 특성을 지닌 정통적인 소설구조 속에 있는 작품이라면 이인성의 「유리창을 떠도는 벌 한 마리」는 그것들과는 대척적인 자리에 서는 실험성이 강한, 기존의 소설문법을 송두리째 뒤엎어 극복하려 하는 전위적 자리에 서 있는 작품이다. 황석영의 「삼포가는 길」이 부의 편재에 따른 갖지 않은 사람들의 슬픔과 70년대 당시의 노동자문제를 정면에서 응전하는 작품이라면, 서정인의 「강」은 존재의 내면적인 문제를 깊이 천착하는 서정성 짙은 작품이다. 요컨대 우리시대 20여 년 간 한국소설이 이룩한 성과의 대표적인 주자들이 그것을 이룩한 구체적 작품의 모습을 통해 성찰할 수 있도록 엮은이의 문학적 감식력과 통찰력이 무엇보다 확실하게 작용하였다고 말하지 않을 수 없게 된다.

상반되는 문학관과 작가적 입지를 그대로 인정하면서, 그 작품들이 정통적인 소설미학과 그것을 극복 지양하려는 실험성과를 공존시키면서, 이만큼 폭넓고 다양하게 작가와 그의 작품을 선정할 수 있었다는 것은 오늘날 한국 소설문학을 편벽되게 바라보지 않으려는 열려진 문학적 통찰력 없이는 불가능할 것이다. 따라서 격변하는 전환기의 한국 소설문학이 사회적 들뜸과 깊이 연루되면서 편향된 이념적 시각을 노정하려 하고, 정통적인 소설미학을 살펴보고 섭렵하지 않은 채 이념의 종속구조 속에 놓으려는 지배적 경향에 이 작품집은 충분히 소금의 역할을 감당하리라 판단된다.

결국 좋은 작품의 '읽기'는 보다 성취된 문학적 결실을 담보하는 '쓰기'에 있어 얼마나 필요한 일인가는 아무리 강조되어도 지나치지 않다. 그림에 있어 소묘를 아무리 강조해도 좋은 것에 비교될 만하다. 이제 바람직한 '쓰기'를 위해 짐짓 소홀히 여겨지기까지 했던 좋은 작품 '읽기'에 대한 텍스트가 전무하다시피 한 한국문학에서 『오늘의 한국소설』은 결정적인 의미를 가질 것이라고 판단된다. 과거가 없이 새로운 현재를 기약할 수 없다는 T. S. 엘리엇이나 E. H. 카의 말을 되새길 필요 없이 바람직한 '쓰기'를 위해 당대 한국소설의 상층부에 대한 진지한 '읽기'를 『오늘의 한국소설』 간행을 통해 다시 한 번 강조하고 싶다.

(1989.11.26, 주간조선)

이동하의 『삼학도』, 일상의 탐구 그리고 언어로 못질하기

시작에서부터 지금까지 작가 이동하의 소설적 관심을 그의 후배 작가인 황충상이 요약하는 다음과 같은 말에서 찾고 싶다.

오직 소설만을 위한 삶으로 치닫는 작가 이동하, 그는 오늘도 스스로 묻는다. '나에게 있어 나의 소설은 무엇인가. 무엇보다 앞서 그것은 눈물이다. 또 추위다. 그리고 외로운 나의 초상이다. 나에게 나의 소설은 무엇이기를 바라는가. 그것은 못질하기여야 한다. 보다 크고 완전한 것에다 내 작고 불안한 존재를 단단히 못질하고자하는 노력이어야 한다.'

요컨대 이동하 소설이 1966년 서울신문 신춘문예에 「전쟁과 다람쥐」로 그 얼굴을 내민 뒤 20여 년 넘게 우리에게 말하고 있는 것은 '보다 크고 완전한 것에다 내 작고 불안한 존재를 단단히 못질하는 것'으로 촌철살인 된다. 다시 말한다면 그가 소설로서 우리 앞에 제시하는 것은 자신의 존재를 언어로써 진술하면서 삶의 터전에 확고한 존재의 위상을 자리매김하는 것이라 말할 수 있게 된다.

사람이 사는 세상은 그곳에서 살아가는 존재의 개별적 입장에서 파악할 때 '보다 크고 완전한 것'일 수 있다. 그것은 플라톤이 '자연'을 완전히 조화된 절대적 가치의 실체로 파악한 것과 같은 문맥이다. 그러나 그것은 사람이 살아가는 터전인 한에 있어서 일반적이고 평범한 것임을 놓쳐버리면서 생각할 수는 없다. 범박하고 일상적인 것을 '보다 크고 완전한' 무엇으로 생각하는 것이야말로 일상 속에서 존재의 참모습과 그것을 둘러싸고 있는 현실과 삶의 실체를 꿰뚫어보는 지혜일 것이다. 이동하는 이 지혜를 체득하고 있는 작가이며, 체득한 지혜를 소설의 그릇 속에 소담스럽게 담아내는 조용한 모습의 작가다. 우리는 그것을 그의 창작집 『삼학도』에서 확인할 수 있게 된다.

『삼학도』에는 17편의 단편이 실려있다. 그 단편들은 1966년이 처녀작 「전쟁과 다람쥐」에서부터 최근작 「과천에는 새가 많다」와 「춘화도 春畫圖를 위하여」, 「김씨에 관한 추억」에 이르기까지 20여 년을 훨씬 넘게 일상의 단면을 통해 삶의 실체를 파악하려는 그의 약여한 면모가 집대성되어 있다. 초기의 작품에서부터 최근작에 이르기까지 그의 작품들의 주요 부분들을 조감할 수 있는 특징을 이 작품집은 갖고 있다.

작품집 『삼학도』를 읽으면서 초기에서부터 지금까지의 작품이 그 얼개의 원숙함과 치밀함에서 얼마간 편차를 가지고 있는 것을 발견할 수는 있다. 그러나 이동하가 소설에서 관심하고 있는 평범한 일상 속에 가려진 존재의 모습을 천착하는 자세는 변화를 보이고 있지 않음을 확인할 수 있게 된다. 부연한다면 그의 작품들은 일관되게 일상성 속에 자칫 매몰되어가기 쉬운 존재에 대한 끊임없는 탐구의 모습을 견지하고 있다. 때로 그것은 작품집 표제작인 『삼학도』에서 볼 수 있듯이 산업화에 의해 마모되어 가는 꿈과 희망의 실체인 자연에 대한 것일 수도 있고, 그 마모되어 가는 꿈의 실체를 조직사회 속의 메커니즘에 의해 한없이 자신을 억눌러야 되는 갑갑함과의 유추에서 찾을 수도 있게 된다. 그리고 근년에 와서는 대부분 그 일상성을 폭력과의 관계에서 파악하는 점이 두드러짐을 놓칠 수는 없다. 작품제목을 「폭력요법」으로 할 만큼 폭력을 통한 일상성과의 만남을 80년대 전체주의적이며 획일적인 군사 폭력문화에 그가 맹목하고 있지 않았음을 확인시켜주는 대목이 되기도 한다. '보다 크고 완전한 것'인 일상의 터전에 자신의 작가정신을 언어로 '못질'하는 그의 자세를 확실히 볼 수 있게 된다.

따라서 이동하의 작품집 『삼학도』를 읽으면서 당대의 한국소설이 가진 이념적 편향성의 극복 가능성을 확인한다면 독단이겠는가. 다만 이동하는 이 점을 언어로써 못질하기라고 말할 것 같다.

(1990.1.28, 주간조선)

조성기 『천년동안의 고독』
― 역사소설의 새 지평 개척

한국문학에 있어 『삼국유사』는 무엇인가. 이 물음은 그동안 한국의 것이 무엇인가에 대해 얼마나 소홀했던가를 되돌아보게 한다. 문학에 있어 그것은 한국문학의 통시적인 파악을 가로막아 이른바 전통단절론으로 확산되었다. 구체적으로 말한다면 고전 혹은 고대문학과 신문학을 별개의 것인 양 생각하게 하는 결정적인 요인이 되었다.

그래서 한국 신문학을 서구문학의 이식문학사라고 단정하는 데까지 이르게 했다. 그 같은 논의가 많은 부분 극복되고 진정한 의미의 한국문학 실체 파악을 위한 노력이 전개되지 않은 것은 아니다. 그러나 아직도 서구문학에로 기울어진 편향성에서 한국 현대문학이 벗어나 있다고 말하기에는 많은 유보 조항이 도사리고 있음을 부인하기는 힘들다.

고려왕조가 대륙을 지배한 몽고족이 세운 원나라에 처참하게 유린당했던 시대에 일연一然은 『삼국유사』를 썼다. 그러므로 『삼국유사』 속에 채록된 구비전승의 설화들은 이 같은 시대적 정황과 떼어놓고 설명될 수는 없을 것이다. 뿐만 아니라 이러한 시대적 상황은 민족주의적인 성향을 『삼국유사』가 짙게 머금고 있다는 사실을 일깨워주게 된다. 『삼국유사』 속의 설화들을 다만 설화나 혹은 정사正史가 아닌 역사적 사건의 기술이라고만 파악할 것이 아니라 그 하나하나의 항목이 반외세 민족주의적 이념과 깊게 상관하고 있음을 간과해서는 안 될 것이다.

『라하트 하헤렙』으로 제9회 오늘의 작가상을 수상한 이후『야훼의 밤』,『가시둥지』,『베데스다』,『바바의 나라』등의 장편과 주목할 만한 창작집『왕과 개』등 정력적인 작품 활동을 하고 있는 조성기는 이러한 사실을 확실히 인식하면서『삼국유사』의 소설화를 시도해『천년동안의 고독』(민음사 간)을 출간했다.

'나는 일연이 살았던 당시의 어두운 고려 현실을 항상 염두에 두면서 이 장편을 엮어나갈 것이다. 몽고의 압제 밑에서 민족정신이 풍전등화처럼 꺼져가는 그 시기에 일연은 민족의 뿌리를 찾게 해주는 작업을 삼국유사의 집필을 통해 감당하였던 것이다.'

「작가의 말」에서 조성기가 밝히고 있는 것을 통해『삼국유사』의 소설화, 그 진정한 의미가 어디에 놓이는가를 짐작할 수 있게 된다. 그것은『천년동안의 고독』에서 작가가 다만 설화적인 요소를 이야기로써 재구성하겠다는 것이 아니라『삼국유사』저자의 당대적 현실인식의 핵심을 소설로써 파악하겠다는 것에 있음을 확인할 수 있게 된다.

「니질금」이란 단편으로 발표되었다가「유리이사금과 탈해」의 항목으로 편입된 작품 속에서 이 점은 보다 확연하게 드러난다. 집권계층의 권력암투가 일반서민의 문화적 가치척도와 동류항이란 점의 확인과 역사 창조의 주체가 당대를 사는 백성들임을 분명하게 제시해주는 것이 그 구체적 증거가 된다. 그러므로 역사적 사건 혹은 설화를 조성기의 현실인식이 야담류의 이야기로서가 아니라 삶과 그 터전인 현실을 언어로써 분명하게 잡아내는 소설로써 형상화하고 있다는 평가가 가능하다.

이광수, 김동인, 박종화나 홍벽초, 황석영의 역사소설과는 또 다른 역사소설의 영역을 조성기가 힘들여 개척하고 있음을 알 수 있게 되는 부분이기도 하다. 야담류와 역사적 실제 사안을 이야기로 엮어가거나 역

사적 인물을 통해 특정 이데올로기를 문학적 사항으로 표출하는 것이
아닌『삼국유사』에서 설화를 통해 일연의 현실인식을 자신의 것으로
확장시키면서 작가 당대의 소설로 엮어내는데『천년동안의 고독』이
가진 문제성이 있음을 알 수 있게 된다. 그것은 또한 한국인의 것이 진
정 무엇인가를 문학의 영역에서 통절하게 생각하는 계기를 마련해주기
도 한다.

　계속 이어질 조성기의『삼국유사』의 소설적 재해석을 주목하고자
하는 이유가 여기에 있다.

(1990.1.28, 주간조선)

우리 사회의 병폐 파헤친 전상국의『사이코시대』

　중편이란 소설의 갈래는 얼마간 모호성을 가진 장르다. 소설의 구성
과 길이에 있어 단편과 장편은 확연히 구별되지만 중편은 길이에 있어
단편보다 근접하고 구성에 있어 장편과 같은 영역을 취하게 된다. 따라
서 지금까지의 관례에 따르면 2백자 원고지 4백장 정도를 전후한 길이
와 삶의 단면이 아닌 전면을 소설로써 담아내는 것을 중편으로 규정해
왔다.

　독자들의 소설에 대한 갈증은 삶의 단면을 압축적으로 제시하는 단
편으로서 감당하기가 힘든 게 사실이다. 도도히 흐르는 강물처럼 삶의
총체적인 모습이 소설 속에 용해되어 표현되는 것을 통해 독자들의 소
설에 대한 욕구는 해결되어져야 한다. 이 점은 우리의 경우 70년대 중반
을 넘어서면서 보다 구체화된 현상이다. 그동안 문예지를 통해 단편의
주종을 이루어오던 한국소설이 장편으로 향하는 과정으로 중편에 대한

관심을 보이게 된 것은 이 무렵이다. 이 같은 사실은 문학사회학적 관점에서 보다 심층적으로 고찰되어야할 것이다. 그러나 한국소설에서 중편은 그동안 괄목할 만한 나름대로의 성과를 얻은 것도 부인할 수는 없다. 이러한 사정은 문학월간지『동서문학』사가 제정한 '김유정문학상'이 한 해 동안 발표된 중편소설을 그 대상으로 한다는 데서 확인할 수도 있게 된다.

김유정은 전통적인 한국의 해학문학을 심화 확장시킨 탁월한 작가였다. 정확한 문장으로 식민지시대 참담한 현실에 놓여 있던 한국민중들의 욕망과 궁핍, 물욕, 정욕 그리고 생활풍속을 정감어린 토속적 문체로 소설의 의미망에 감싸 안은 작가였다. 그의 문학적 업적을 기려 제정한 '김유정문학상' 제1회 수상 작품집『사이코시대』(동서문학 출판부 간)는 오늘의 한국소설에서 중편이 차지하는 비중과 의미를 새삼 생각하게 해준다.

이 수상 작품집에는 본상 수상작인 전상국의「사이코시대」를 비롯하여 추천 우수작인 박영한의「후투티목장牧場의 여름」, 정종명의「숨은 사랑」, 김향숙의「덧문너머의 헝클어진 숨결」, 유순하의「막막한 바다」, 방현석의「새벽출정」등이 수록되어 있다.

본상 수상작인 전상국의「사이코시대」는 격변하는 당대를 살아가는 한국인에게는 의미심장한 메시지를 전해주는 작품으로 파악된다. 요컨대 당대 한국사회의 본질적이고 지배적인 경향을 폭력구조에 두고 있는 것이 전상국의 작가정신인 것으로 파악된다. 따라서 작가는 온통 미치고 들떠 있는 한국사회의 구조적 병폐를 땡삐라는 주인공을 통해 적나라하게 상징해주고 있게 된다. 미치고 들떠 있는 사회현상을 미치고 들뜨지 않은 눈으로 바라볼 때 그것이 바로 폭력으로, 우리를 압도하고 있음을 독자들이 새삼 인식하도록 해준다.

박영한의 「후투티목장의 여름」은 산업화의 외곽지대에서 전통적인 소박한 삶을 영위하는 일이 얼마나 소중한가를 사람과 사람의 관계를 통해 실감나게 묘사해주고 있다. 박영한의 선이 굵고 걸쭉한 해학적 문체는 김유정의 토속적인 것과 연결시킬 수 있는 공통영역을 가지고 있다는 점을 알게도 된다. 정종명의 「숨은 사랑」은 알레고리 소설이다. 80년대를 지배했던 군사정치문화를 사려 깊은 지적 대응으로 소설화시켜놓고 있다. 「숨은 사랑」은 우리의 삶이 획일적인 군사문화에 얼마나 짓밟힐 수 있는가를 돌이켜 생각하게도 해준다. 유순하, 방현석의 작품은 노사문제를 대상으로 하고 있다. 작가의 시선은 노동자들의 어려움을 사회구조의 모순에서 찾으려하고 있는 것이 당대 한국사회 가치관의 하나를 알 수 있게 해준다.

요컨대 '김유정문학상' 수상 작품집 『사이코시대』는 한국 중편소설의 오늘날 위상과 당대 한국사회의 적나라한 소설적 표현을 확인할 수 있다는 점에서 그 의미가 매우 크다는 판단이 가능할 것이다.

(1990.2.18, 주간조선)

정통적 소설미학의 허실
─이상문 등의 소설

이상문의 소설은 재미있다. 재미란 무엇인가. 그것은 정통적인 소설미학의 첫째 덕목이다. 그러나 그 덕목은 시대에 따라 얼마간 달라져 왔음을 기억할 필요가 있다. 그리고 그것은 소설 읽는 사람의 지적 수준과 기호에 따라 얼마든지 편차를 가진다는 점에 맹목해서는 안 된다. 이러한 점들을 사려 깊게 생각하면서 '재미'의 가장 기본적인 사항들은 일반적으로 세 가지 정도에서 비롯된다고 말해져 왔다.

첫째 관능적인 요소에서부터 비롯되는 것이다. 둘째 감각적인 것에서 시작되고, 마지막으로 지적인 데 근거하는 것이다. 이상문의 소설들이 재미있다고 했을 때 그것은 대체로 지적인 것과 감각적인 것에서 시작된다고 말할 수 있을 것이다. 그가『동서문학』2월호에 발표한 중편「은밀한 배반」도 예외는 아닌 것으로 판단된다. 송덕구를 비롯한 시화 고등학교 동기생들의 모임에서 걸쭉하게 묘사되는 술판 분위기는 관능적인 것 같지만 사실은 감각적인 쪽에 많이 치우쳐져 있다. 가톨릭 계열의 종교재단이 세운 시화 고등학교 학생들이 학교 행정을 맡고 있는 외국인 신부의 '야만인'이란 말에 흥분하여 시위하는 사건의 묘사들은 지적인 것과 관계하고 있다. 요컨대 이상문은 그의 소설을 읽는 사람에게 재미를 제공하기 위해 정통적인 소설미학에 많은 것을 기대고 있음을 알게 된다. 가급적 설명적인 것을 배제하고 충실하게 사건을 묘사해가는 것도 결국 이 같은 까닭에서 연유하는 것으로 파악된다.

소설이 이야기고 이야기는 재미있어야 한다. 따라서 소설가는 이야기꾼이라는 진부하다면, 말할 수 없이 진부한 이 정통적인 소설미학에 끈질기게 집착하고 있는 이상문의 소설들은, 그러므로, 규격적이고 도식적이며 교과서적 소설의 모범답안이라 할 만하다. 그러나「은밀한 배반」은 이상문의 이러한 작가적 자세가 많은 문제점을 가지고 있음을 잘 보여준다. 그것은 또 정통적인 소설미학이 가진 한계를 이상문이 아직도 극복하려 하는 의지가 소극적임을 말해주고 있다고도 판단된다.

고등학교라는 소설적 공간은 소설 속에 등장하는 사람들을 일단은 제한해 주게 된다. 따라서 작가는 회상형식으로 이야기 속의 이야기를 직조하지만 실상 사회와 삶의 터전인 현실의 부조리를 담아내는 데 총체적이고 적극적이지 못하다. 중편이란 물론 다소 애매한 장르이긴 하지만, 삶의 공동체의 현실에서 그것에 대응하여 갈등하는 인간의 모습을 적나라하게 표출해주는 또 다른 구성상의 장치를 생각했어야만 한 것은 아닌가라는 점을 되묻게 한다.

그것은 송덕구와 한춘구의 바람직하지 못한 사기적 기질이 결국 안락한 삶을 향유하게 된다는 패배주의적 허무감만을 소설 속에 담아내게 되는 결과를 가져오게 하지 않았는가를 생각하게 된다. 외래 종교단체에서 외국인에 의해 경영되는 학교가 갖게 되는 여러 문제를 파편적으로 나열할 것이 아니라 그 모두를 한국인의 역사적 및 민족적 삶의 질과 길항하는 한국인 갈등의 모습으로 보다 깊이 천착하는 쪽으로 나아가야 되지 않았을까.

「은밀한 배반」이 재미있게 읽히면서도 현실과 사회에 대한 독자의 새로운 눈뜸과 동참을 통해 더 큰 감동을 획득하는데 적극적이지 못한 결과가 여기에서 비롯되는 것은 아니겠는가.

결론적으로 말한다면 이상문이 정통적인 소설의 미학에 집착하면서도 보다 치열한 삶과 현실에 대한 작가정신이 소극적임을 「은밀한 배반」은 우리 앞에 그대로 드러내고 있다고 할 수 있게 된다. 이상문 소설에 대한 아쉬움을 채워줄 수 있는 방법은, 우리의 판단으로는, 그가 정통적 소설미학에서 과감히 탈피하면서 현실과 삶을 새로운 시각에서 소설적으로 천착할 때 가능하지 않을까를 생각하게 된다.

김형경의 「헹가래치기」(『문학사상』 2월호)는 시대적 정황이 한 인물을 어떻게 영웅화하고 그 스스로가 그것에 어떻게 대응하는가를 압축적으로 제시해주고 있다. 그 같은 작가의 의도가 소설의 그물로 떠올려지고 있다는 곳에 이 작품을 논의의 표적으로 삼을 수 있을 것이다. 그것은 격변하는 전환기적 상황에서 작가가 사람과 공동체를 예리하게 파악하고 있음을 의미하는 말이기도 하다. 그러나 이상문의 소설과는 또 다른 자리에서 김형경의 소설은 문제를 가지고 있음을 간과해서는 안 될 것이다.

발생론적 입장에서 보면 소설은 일반 서민과 관계하고 있으며 시민 정신과 연루되고 있다. 이 말은 소설이 시와는 달리 대중적인 장르임을 말해주는 것이기도 하다. 따라서 대중과 함께 호흡하는 곳에 소설의 진면목이 나타난다는 의미로 해석될 수가 있다. 그러므로 소설에서 사용되는 언어와 문장은 대중적인 것과 그들이 일반적으로 사용하는 말들과 연관해야 할 것이다.

> "그 곡은, 곡 자체가 가지고 있는 비장한 서정성만으로도 현실에 대한 과학적 인식 능력을 가지고 있지 않은 사람조차 감동시키기에 충분했다."

「헹가래치기」의 한 구절이다. '비장한 서정성', '과학적 인식 능력' 등의 설명은 이 소설이 대중적인 일반 서민의 문학에 대한 접근을 많은 부분 차단시킨다. 요컨대 지적이고 고급한 언어다. 소설에서 그것이 필요하지 않다는 의미가 아니라 소설을 읽는 일반 사람들이 소설에 쉽게 접근하여 그 속에서 재미와 감동을 획득하게 하는데 많은 문제점을 가지고 있는 문장이다. 문학 특히 소설이 오늘날 일반 독자들과 멀어져가고 있다면 그 원인의 하나를 여기서 찾을 수도 있을 것이란 생각이다. 김형경의 소설이 그의 예리한 현실인식 능력을 보다 보편적이고 일반적인 문장으로써 소설로 엮어갈 수는 없겠는가.

이승하의 「돌아갈 수 없는 땅」(『문학정신』 2월호), 김중태의 「벌초」(『현대문학』 2월호)는 분단 혹은 통일이란 시대적 문제를 소설로 담아내고 있다. 그러나 작가의 메시지가 너무 노골화되어 전달됨으로 감동의 폭과 깊이를 제한해주고 있다. 진술이나 주장이 소설의 그릇 속에 용해될 때 우리는 그것을 표현이라 할 수 있게 된다. 표현이란 형상화이고 그것은 결국 감동을 획득하는 주요한 관건이 아니겠는가. 정한숙의 「비만증」(『문학사상』 2월호), 김상렬의 「뻐꾸기의 시간 속에서」(『현대문학』 2월호) 등의 인간존재와 일상성의 문제를 다룬 작품에서도 우리는 그것을 더욱 절감하게 된다.

(1990.3, 문학정신)

종교와 문학의 접목 가능성 제시한
소설집『극락산』

전환기의 표류하는 정신을 차분히 가라앉혀주는 소설

'나를 찾아가는 소설 여행'이란 부제를 달고『극락산』(문학아카데미 간)
이란 표제의 소설집이 나왔다. '나를 찾아가는…'이란 말의 의미가 시사
해주듯이 이 소설집은 불교적인 사유를 소설적 대상으로 한 10편의 단
편을 묶은 것이다. 김문수의「만종晚鐘」을 비롯하여 한승원의「극락산
1, 2」, 윤후명의「검은 숲, 흰 숲」, 김상렬의「춘설春雪」, 황충상의「불
의 집에서」, 이원규의「미로迷路의 빛」, 노명석의「돌불」, 정찬주의「쥐
방울꽃」, 정채봉의「오세암」 등이 수록되어 있다. 종교적인 항목과 깊
이 관계하는 주제를 중심으로 작품집을 엮은 것은 지난번 가톨릭의 성
체대회에 즈음하여 기독교적인 주제의 시집과 수필집 등이 간행된 것
과 더불어 격변하는 전환기의 시대적 정황에 자칫 표류하기 쉬운 정신

적인 들뜸을 차분히 갈앉혀주는 역할을 감당할 수도 있을 것 같아 주목
된다.

종교적인 사항과 문학적인 영역은 많은 공통점을 가지면서도 사실은
접목되기 힘든 요소가 늘상 도사려 있게 마련이다. 그것은 종교적인 사
항이 신앙이라고 이름 되는 믿음의 영역이라면 문학은 세계 속의 인간
존재를 현실과 삶의 바탕에서 갈등의 구조로 파악하고 갈등을 통한 인
간의 근원적 실존을 드러내고자 하기 때문이다. 그러므로 종교적인 믿
음이 어쩔 수 없이 회의되는 곳에서 문학은 출발한다고 볼 수가 있게 된
다. 세계와 인간 그것을 떠받치고 있는 현실과 삶을 언어의 그물에 담아
내고자 하는 의지가 문학의 영역이라면, 현실과 삶을 인간이 감내하기
힘든 요소로서 신의 존재에 의탁하여 그것을 극복, 이른바 낙원에의 희
구와 믿음으로 설정하는 것이 종교의 근간이라고 파악할 수 있게 된다.

따라서 삶과 현실을 그것 자체로서 인식하려는 의지의 삶과 현실을
신과의 관계에서 새로운 어떤 세계에로 이행시키려 하는 종교적 속성
과의 접목은 어우러지기가 매우 힘든 사항이라 판단할 수밖에 없다. 요
약해서 말한다면 인간과 세계에 대한 천착과 신과 낙원에로의 간절한
소망을 강조하는 사항은 사실 상반되는 발상의 양 극단이라 말할 수도
있다.

그래서 종교적인 의미와 그 사유의 가닥을 문학과 접목시키려는 많
은 작가들의 노력은 대부분의 경우 종교적인 사유의 한 가닥을 문학적
구조 속에서 설명하는 자리에 주저앉고 마는 안타까움을 보게 된다. 원
죄의식原罪意識이라든가 인생무상이란 항목들을 문학의 구조로서 부연
하여 설명, 형상화한다든지 그것 자체를 작품의 주제로 삼아 구체적으
로 진술하려 하게 된다. 얼핏 보기에 그것은 종교와 문학이 접목되는 것
이라고 파악할 수는 있다. 그러나 실상 그것은 종교적인 사유의 항목을

상위개념으로 하고 문학이 그 하위개념이 되는 종교와 문학의 수직적인 관계설정에서 비롯되는 바람직하지 못한 상황이다. 세계와 인간을 파악함에 있어 종교와 문학은 그 출발을 달리하는 각각의 자율적 실체이다. 따라서 그 둘은 수평적인 관계에 있음을 확인하지 않으면 안 된다. 만약 문학을 종교의 하위개념으로 파악하여 작품이 제작된다면 그것은 종교에 복무하는 문학의 종속적 관계를 만들고 말 것이며, 그때 문학은 자율성을 상실하고 말게 될 것이다. 그것은 문학을 매우 곤혹스러운 지경에 처하게 하는 결과를 가져올 것이다.

『극락산』 속의 작품들을 읽으면서도 이러한 생각은 떨칠 수가 없게 된다. 불교사유의 핵심 중 하나가 자신의 진실된 모습을 찾는 것임은 확실하다. 그 진실된 모습을 인간존재의 참모습이라 할 수 있게 되는데 그것을 불교가 말하고 있는 항목에 너무 집착한 나머지 이야기로써 그것을 설명하려 하는 모습이 너무 짙게 내비친 작품들이 대부분이다.

김문수의 「만종」을 예로 들어 설명할 수 있다. 학창시절 단짝이던 두 친구의 우정에 금이 간 것은 한 여학생을 둘이 함께 좋아했기 때문이다. 그 여학생과 둘 다 결혼할 수 없었던 것은 그녀가 다른 사람을 결혼 상대자로 선택해버렸기 때문이다. 중년을 넘어선 그들 둘이 재회한 것은 좋아했던 여학생이 위암으로 죽은 후다. 둘은 산에 올라 소주잔을 들이키며 노을이 깔려오는 산자락을 바라보며 산사山寺의 저녁 예불을 알리는 종소리를 듣는다. '그 은은하고도 긴 여운에는 옷깃을 여미게 하는 경건함이 깃들어져 있었다. 그것은 이미 소리가 아니라 어떤 깨우침을 위한 계시였다. 두 친구는 그 종이 끝날 때까지 마음속으로 합장하고 있었다'라고 작가는 적고 있다. 요컨대 모든 것은 영원하지 않고[諸行無常], 만남이란 반드시 헤어짐[會者定離]을 전제하는 것이라는 불교적 사유의 한 자락을 이야기로서 풀어 소설의 구조 속에 담아놓고 있다. 그러나 모든 것이 영원하지 않고, 만나면 헤어진다는 수긍할 수밖에 없는 사항에 맞서는 현실과 그 삶 속에서의 인간의지의 쟁투 모습이「만종」속에는 없다. 그 인간실존의 몸부림이 배어 있도록 소설적 장치가 될 때 세계와 인간을 파악하는 문학의 영역 속에 삶과 현실을 극복, 지양시켜 영원과 낙원에로 이행케 하려는 불교적 사유를 감싸 안게 할 수 있을 것이다. 말하자면 문학의 영역에 불교의 깊고 그윽한 진리를 포섭할 수 있을 것이다.

실존의 모습이 보다 부각될 때 문학 속에 불교 수용 가능하다.

한승원의「극락산 1」과「극락산 2」는 6·25의 비극적인 동족상잔현장을 부모를 잃은 남매의 눈을 통해 삶의 현장인 현실이 사바세계 즉 죄악과 애욕이 뒤엉켜 갈등하는 지옥으로 파악하는 연작이다. 그러나 이 끔찍한 비극의 현장을 지옥을 파악하고 그것을 극복하려는 소녀의 의지를 다만 부처님 앞에 서서 구복救福하는 쪽으로 편향시킴으로써 역시 불교적인 사항의 소설적 풀이라는 맥락에서 크게 벗어나지 않고 있다고 말할 수 있을 것이다.

김상렬의「춘설」이나 황충상의「불의 집에서」는 불교의 구도자인 스님을 주인공으로 설정하여 불교 자체의 교리를 이야기로써 설명하는 쪽에 너무 치우쳐 있게 된다. 스님도 삼독三毒과 오욕칠정五慾七情에 사로잡힌 인간존재임을 확인하는 일과 함께 그 번뇌를 끊으려는 확연한 인간실존의 모습이 보다 이야기 속에서 부각될 때 불교사유 항목의 소설적 해석에서 극복되어 문학 속에 불교를 수용하는 영역으로 자리 잡을 수 있을 것이다.

정채봉의「오세암」은 아름다운 이야기다. 그러나 그 아름다운 이야기가 삶과 현실 속에 깊숙이 뿌리내려질 때 리얼리티의 획득이 가능할 것이다. 그때 동화적인 사실이 현실의 토대 위에서 구축된다는 실증과 아울러 불교의 사유도 이승의 삶과 현실에서 비롯된 것임을 문학적으로 확인시켜 줄 것이다.

'그때 금물로 칠해진 불상은 내게는 우상이 아니었다. 그것은 내 마음이었고, 결국 나였다. 나는 새벽 세 시에 일어나 절했다. 나에게 절했다. 내 흐트러진 마음에 절했다. 나 때문에 일어난 모든 일에 대해서 벌하옵소서. 예수 그리스도, 진정한 마음. 술 먹고 싶고, 여자 간하고 싶고, 돈 갖고 싶은 마음, 권세 가진 자를 욕하고, 친구를 침 뱉은 사악한 마음, 이웃을 헐뜯고 자기를 앞세우는 간특한 마음, 잘된 자 시기하고 못된 자 핍박하는 악마의 마음, 긍휼히 여기소서, 주여.'

윤후명의 「검은 숲, 흰 숲」의 일절이다. 결국 자신과의 쟁투를 통해 세계와 인간실존의 모습을 확인하면서, 그 갈등을 통해 종교적인 사유가 이야기 속에서 문학적인 인식과 손잡는 것을 이 부분은 극명하게 보여준다. 그것은 노명석의 「돌불」이나 정찬주의 「쥐방울꽃」에서도 보게 되는 것들이다.

삶과 현실에 대한 종교의 인식방법과 문학의 성찰방법은 어쩌면 상반된다고 할 수도 있다. 그러나 그 대칭되는 거리를 세계와 인간실존의 천착으로 좁혀주면서 현실과 삶에 대한 갈등의 통로를 언어의 의미망을 통해 종교적인 사유의 저 넓은 평원으로 나아가게 하는 데 종교를 수용하는 문학의 진면목이 있다고 파악된다. 불교의 사유를 소설로써 수용한 「극락산」 속의 작품들을 통해 이것을 생각하게 되며, 윤후명과 노명석, 정찬주의 작품에서 그 가능성을 확인하게 된다. 따라서 작품집 「극락산」은 종교 즉 불교와 한국소설의 접목 가능성을 타진하게 하는 좋은 계기가 될 수 있을 것이란 판단을 가능하게 한다.

(1989.11.5, 주간조선)

정통소설의 재미담긴 동인문학상수상작
김문수의 「만취당기(晩翠堂記)」

가장 역사가 오래된 ·동인문학상· 분명한 색깔 지닌 작품에 수여

문학상은 많다. 그것은 문학이 그 가치와 영향력에 있어 평가절하 되는 듯 한 시대에서는 의미가 심대하다. 자칫 의기소침해질 수 있는 작가들에게 창작에 대한 힘과 용기를 북돋워줄 수 있고, 상이 가진 여론 환기의 효과로 폭넓은 관심을 얼마동안 지속시켜 한 켠으로 팽개치다시피 해둔 문학에 대한 일반인들의 생각을 가다듬게 할 수 있는 계기를 마련해줄 수 있기 때문이다. 그러나 우리의 생각은 이러한 문학상이 가진 속성을 활용하여 대대적인 광고와 선전을 통해 상업적인 요소들과 담합하는 듯 한 근래의 문학상과 출판 저널리즘과의 행복한 밀월관계를 결코 바람직한 현상이라고 볼 수만은 없다는 입장이다.

그것은 첫째, 문학상의 수상작품이 시대적 편향성과 심사과정에 있

을 수 있는 혹간의 불공정성이 깡그리 가시지 않는 한 작품에 접하는 일
반인들의 문학에 관한 인식을 오도할 염려가 있다고 판단되기 때문이
다. 둘째, 해당 작품의 문학적 성취도에 의한 선택보다는 이미 화제작가
혹은 문제작가로 지목받고 있는 작가 중심의 수상작 선정이 되지 않을
까 하는 의구심이다. 이것은 어디까지나 의구심에 그치는 사항이지만 상
업성과 문학성이 지나치게 상관할 때 있을 수 있는 우려의 한 가닥이다.

　많은 문학상 중에 '동인문학상'이 있다. 이 상은 김동인의 문학적 업
적을 기리어 해마다 시상하는 가장 역사가 오래된 우리나라 문학상 중
의 하나다. 1956년 김성옹의 「바비도」를 1회 수상작으로 하여 지난해
박영한의 「지옥에서 보낸 한 철」에 이르는 동안 19회까지 수상작품을
내었다. 1968년 이청준의 「병신과 머저리」를 선정한 이후 이 상은 10여
년 동안 수상작품을 선정하지 못하고 있었다. 그것은 원래 이 상을 제
정, 주관했던 월간 종합교양지 『사상계』의 폐간과 관계한다. 이후 동서
문화사가 주관하던 이 상은 김동인이 생애를 통해 짧긴 했지만 유일하
게 직장으로 가졌던 조선일보사에서 주관하게 되었다. 그러니까 류재
용의 「어제 울린 총소리」(1987년)가 조선일보사가 '동인문학상'을 주관
한 이후 첫 수상작품이 되는 셈이다.

　33년이란 역사가 포개진 문학상이 우리나라에 흔하지 않고, 열아홉
번의 수상작품과 그 작가들이 동시대 한국소설문학에 분명한 색깔과
선을 가지고 있으며 그 문학적 성취도가 문학사에 뚜렷한 위치를 차지
하고 있음을 감안할 때 '동인문학상'의 권위는 보다 확실하다고 말할 수
있다. 올해(1989년) 제20회 '동인문학상'의 수상작품으로는 김문수의
「만취당기晩翠堂記」가 결정되었다.

　「만취당기」는 유교적 가치관인 정신주의가 지배하던 농경중심의 사
회구조가 산업화사회로 전이되면서 물질주의적인 것이 팽배해가고 정

신주의가 허물어져가는 당대 한국의 상황을 가족사의 맥락에서 짚어본 정통적 소설이다. 『실천문학』 여름호에 발표된 이 단편을 정통적 소설이라고 하는 것에는 몇 가지 이유를 말해야 한다. 그것은 김문수의 다른 소설이 그렇듯이 정확한 서술을 근간으로 하는 문체의 특성, 소설이 이야기이며 이야기는 재미있어야 하고 그 이야기는 삶에 대한 새로운 인식과 성찰의 지평을 제시하고 있다는 것에서 확인되는 사항이다.

「만취당기」는 고향을 떠나온 주인공이 고향을 찾아가는 데서 시작된다. 주인공의 아버지인 이택희 노인은 자신이 잘못하여 정승이 나올 수 있는 명당터에 지은 만취당을 간직하지 못했다. 그것은 이택희 노인에게는 치명적인 실수였다. 그래서 이택희 노인은 그 집을 도로 찾기 위해 복덕방을 하며 그 집을 인수할 만한 자금을 마련하여 고향에 찾아간다. 노인이 조상으로부터 물려받았던 만취당의 옛집이 있는 마을은 공장부지로 설정되어 조만간 헐리게 되었다. 산자수명했던 그 마을은 이미 공장 폐수가 흘러 시냇물은 썩어가고 있었으며, 왜가리가 보금자리를 틀었던 서림 숲을 왜가리는 외면한 채 다 떠나버리고 말았다.

요컨대 농경중심의 취락구조가 산업화에 의해 공업화되어 간 경우가 만취당이 있는 마을의 오늘날 실상임을 작가는 이야기하려 한다. 그것은 공해라고 말할 수 있는 공업화의 속악성이 삶의 터전을 망가뜨려놓고 있음을 의미한다. 그러나 다만 공업화에 의한 공해문제만을 말하려 하지 않는 곳에 작가의 특성이 자리한다.

김문수는 「만취당기」에서 공해를 공해 그것에 한정하지 않고 유교적 가치관의 정신주의와 산업사회의 물질주의의 길항관계를 소설화한다. 정신주의의 유교적 가치관에 젖은 이택희 노인과 그 조상들은 가문의 영예와 풍수지리설을 접합시킨다. 정승이 세 사람 나올 택지에 지어진 만취당에 이미 두 사람의 정승이 나왔으므로 남아 있는 한 자리를 결코 외손자에게 넘기지 않으려는 증조부 때의 실화가 그것을 밝혀 설명해준다. 굳이 이택희 노인이 만취당을 찾고야 말겠다는 의지도 결국 가문의 영예와 영화를 되찾아보려는 유교적 정신주의의 가치관과 농경중심사회의 환경론인 풍수지리설에 뿌리내리고 있는 것이라 할 수 있을 것이다.

소설적 구성이 치밀한 작품 바래져가는 가치관의 복원 시도

사업사회의 공업화와 물질주의적 가치체계는 이택희 노인의 아들인 「만취당기」의 주인공인 '나'와 그의 아내에게서 두드러진다. 만취당을 찾으려고 하는 시아버지의 의지를 '나'의 아내는 마땅치 않게 생각한다. 뿐만 아니라 '나' 역시 그것에는 소극적이다. 더욱 '나'는 만취당이 있는 마을이 공장부지가 됨으로써 만취당을 구입하는 일이 사실상 불가능해짐에 따라 이택희 노인이 만취당을 재구입하기 위해 모은 돈을 자신의 의지대로 공직생활에 종지부를 찍고 얼마 동안 생활할 수 있는 자금으로 활용하려 한다.

정신주의와 물질주의의 길항은, 그러므로, 아버지와 아들 세대 간의 가족적 갈등으로 파악되는 부분이기도 하다. 그것은 가부장적인 가족사회의 중심이 허물어져가는 것을 말해준다고 볼 수도 있는 대목이다. 따라서 이택희 노인이 만취당을 되찾기 위한 안간힘으로 해석할 수도 있게 해준다.

「만취당기」가 다만 이러한 이야기들을 그것이 가진 재미의 속성으로만 서술하고 있지 않은 점을 주목해야 한다. 그것은 사라져가고 바래져가는 가치관의 복원을 시도하는 아버지와 그것을 비판적으로 조망하는 아들 세대 간의 갈등을 통해 삶의 터전인 현실의 정황을 공해문제로 오버랩 시키고 있는 점이다. 바로 이 점은 정통적인 소설의 덕목인 이야기의 재미 속에 그 재미를 향유하는 사람에게 새롭게 삶과 현실에 대해 성찰하고 인식하게 해주는 지평을 제공하고 있다는 점이다.

김문수의 기왕의 소설들은 말할 것도 없고, 「만취당기」에는 더욱 이 점이 돋보이고 그렇게 하기 위한 작가의 정밀하고 치밀한 소설적 구성이 약여한 면모를 보여준다.

정통적이라는 말은 때로 진부하다는 의미의 꼬리표를 달게 된다. 너무 진부하여 사람들의 이목을 사로잡지 못한다는 것을 그 말은 머금고 있다. 사실 정통적인 소설의 미학과 덕목에 바탕을 둔 김문수의 작품들은 화려한 이목의 집중을 받지 못한 것이 사실이다. 「물레나물꽃」, 「끈」, 「서러운 꽃」이 정통적인 소설의 확고한 자리를 확보하고 있음에도 이른바 문제작의 반열에 확고히 입적하지 못한 것은 그 점을 잘 설명해준다. 또한 그 점은 이념에 편향되어 있고, 형상화라는 전통적인 소설적 미학보다는 메시지의 전달 혹은 변혁기의 첨예한 경향들에 강점을 두는 가치관의 팽배와 결코 무관하지 않을 것이다.

진리는 가까이 있고 평범한 일상 속에서 삶의 새로운 인식과 성찰이 시작되는 말은 문학에서도 통하는 문맥이다. 정통적인 소설의 덕목인 이야기의 재미를 정확한 서술과 정치한 구성으로 직조하여 삶의 성찰과 인식이란 감동의 지평으로 「만취당기」가 읽는 사람을 함몰하게 하는 점을 간과해서는 안 된다. 그 점을 높이 평가하는 것은 '동인문학상'의 전통적 면모와 걸맞는다는 판단이 가능하다. 김문수의 '동인문학상' 수상작인 「만취당기」는 심사위원들의 면면이 과거와 달리 한 세대 낮춰졌다는 점과 더불어 한국문단에 새로운 의미로 자리할 것이 틀림없다고 파악된다.

(1989.9.17, 주간조선)

살아가는 일의 아픔을 언어에 꿰어

우한용의 단편소설 「불바람」

사람이 삶의 주체임은 틀림없는 사실이다. 삶의 현장인 현실의 주인
도 그러므로 사람임에는 틀림없다. 그러나 사람이 더불어 사는 공동체
의 현상은 언제나 모든 구성원들이 주인으로 살 수 있게 되지 않는 곳
에서 갈등은 비롯된다. 보다 바람직하고, 보다 나은 공동체의 건설을
위해 제도가 만들어지고 통치구조가 형성되는 이른바 조직이 자리 잡
게 된다.

주인의 몫을 행사하지 못하는 삶의 주체들의 갈등 모습을 한 점으로
하고, 조직 속에서 하나의 구성요소에 불과한 무력한 사람의 모습을 또
다른 점으로 하는 영역에서 소설은 언어로 그 정황의 낱낱을 건져 올린
다. 관점에 따라 얼마간의 편차는 있겠지만, 소설이 삶의 현장인 현실과
단단하게 묶어져 있음은, 이 같은 문맥에서 헤아릴 수 있는 항목이다.

또 정황의 낱낱을 언어로 잡아 올린다고 하는 것은 소설이 가진 이야기 그것에서 출발하는 재미 그리고 감동이란 덕목들을 진술(description)이 아닌 표현(expression)으로 형상화하여야 한다는 것을 일깨워준다. 여기서 소설은 삶의 총체적 모습을 감당한다고 할 수 있는 근거를 찾을 수 있다.

또 소설을 포함하는 문학이 삶과 관계하는 또 다른 갈래들인 정치, 경제, 사회운동 등등에 종속·복무하지 않고 그들과 나란히 자리하고 있는 것이며 그 스스로 자율적 실체임을 확인하게도 되는 부분이다.

우한용의 「불바람」(『현대문학』 6월호)은 당대 한국인 삶의 갈등 모습을 그 현장인 공동체와의 관계에서 소설적 덕목들을 표현으로 획득한 작품이라 할 수 있다.

원자력 발전소의 건설이 공동체 구성원들과 어떤 관계에 있으며, 원자력 발전소라는 조직 속에서 다만 구성원에 불과한 한 사람인 홍보과장 이성득이 공동체의 주인으로 스스로를 어떻게 확인하고 되찾아 가는가를 극명하게 드러내준다.

원자력 발전소와 공동체 구성원의 갈등을 「불바람」은 환경오염 혹은 공해문제와 결부시키다.

그러면서 연진이란 여인을 통해 전통적인 한국여인이 가진 지아비에 대한 사랑과 여성적 섬세함이 희구하는 꿈과 희망, 그리고 행복을 치밀하면서 단아하게 말해주고 있다. 뿐만 아니라 「불바람」을 주목하는 것의 하나에는 원자력 발전소의 오염여부문제와 더불어 변혁기 혹은 시련기에 처해 있는 당대 한국사회의 모습을 망라해주는데 있다.

그리고 그것들이 뒤엉켜 길항하는 모습을 도로를 점거하는 시위대, 주택가에도 마구 쏘아대는 최루탄, 인신매매단들의 횡행과 가스총을 준비하는 주부들, 모든 것을 제국주의와 그 주구들의 소행으로 획일화

하며 파악하려는 일군의 학생들의 행위를 통해 섬뜩하게 용해하여 드러내놓고 있다.

이러한 작가의 의욕은 단편이란 그릇에 합당한 것인가를 되묻게도 한다. 그러나 그 같은 되물음은 이 작품의 소설적 덕목을 결정적으로 손상시키지는 않는다.

소설이 삶의 현장인 현실과 묶여 있으며, 삶의 총체적 모습을 현실의 구성원을 통해 문제를 제기하고 있기 때문이다. 또한 「불바람」은 그 문제제기를 진술이 아닌 표현이란 형상화를 통해 감동의 지평을 여는데 매우 적극적으로 작동하고 있다고 파악되기 때문이다.

(1989.6.28, 경향신문)

이석호 장편 『섬』
– 살아가는 일의 아픔을 언어에 꿰어

섬은 바다에 갇혀 있다. 흰 이빨을 드러내며 삼킬 듯이 물어뜯는 파도와 마주하면서 아무리 둘러보아도 끝 간 데 없이 펼쳐지기만 하는 그 바다의 한가운데에 섬은 홀로 우뚝 자리하고 있을 뿐이다. 홀로 있음을 고독이라 한다. 섬은 바다에 갇혀 있어 언제나 고독의 깊은 심연을 생각하게 해준다.

'오늘의 작가상'을 수상한 이석호의 장편소설 『섬』은 조직사회와 현실의 바다에 갇힌 인간실존의 외로움과 패배 그리고 일상적인 삶 속에 박혀 살아가는 일의 아픔을 언어에 꿰어 한뜸 한뜸 소설의 수틀에 정성스레 새겨간 작품이다.

김승준은 거대한 점포망을 가진 은행지점의 차장이다. 그는 아내를 정신병원에 요양시키고 있는 두 아이의 아버지이기도 하다. 그가 조선소가 있는 거화도란 섬의 지점에 부임하여 겪게 되는 이야기가 소설의 골격이다. 그래서 거화도 조선소의 감원사태에 따른 근로자들의 모습과 조선 경기의 침체로 황폐해져가는 그곳 주민들의 생활을 흥분하지 않고 냉정한 시각 속에 붙잡아 매고 있다. 동시에 아이들을 할머니에게 맡겨두고 떠나온 섬에서의 나날 속에 침투하는 외로움과 섬찍한 삶의 패배감을 정밀하고 치밀하게 묘사해 간다.

현실을 소설의 의미망으로 형상화하는 일은 작가가 삶을 살아가는 태도와 연결된다. 그러므로 작품을 통해 작가의 문학관이 삶의 인식에 맞닿아 있음을 확인하게 된다. 『섬』에서 작가는 눈에 띄는 현실의 두드러진 부분보다는 미세하며 끈질긴 사항에 보다 집착하고 있음을 파악할 수 있다. 그것은 현실 속에서 일어나는 작은 부분들로부터 야기되는 아픔을 제시하여 인간실존을 끊임없이 성찰하고 인식하도록 작용하게 한다. 따라서 작가는 목소리를 높여 흥분하는 일을 소설 속에서 극도로 자제한다. 이것은 사건의 소용돌이를 통해 성격을 창조하고 있는 태도가 아니라 자잘한 일들이 함께 엮어져 인간의 진정한 모습을 알 수 있도록 장치한다는 점을 깨닫게 해준다.

옥사장의 부도사건, 경진이와 승준의 애틋한 만남과 헤어짐, 경진이 오빠와 해고근로자들의 조선소 전무 테러와 농성사건 등이 결코 큰 목소리로 전달되지 않으면서 일상 속에서의 삶과 그 어려움 그리고 아픔과 패배, 외로움과 등가를 이루면서 서술되고 있는 것이 이 점을 밝혀 설명해준다. 무엇보다 작가는 벽돌 한장 한장을 포개어 담을 쌓아가듯이 정직하고 솔직하며 성실하게 현실과 대응하는 인간의 진실된 실존의 모습을 차곡차곡 적나라하게 천착하고자 한다.

이 같은 작가의 태도를 '평범이 지나쳐 전반적으로 밋밋한 느낌을 지울 수 없다'라고 말할 수도 있다. 그러나 삶과 현실은 유별나고 극단적인 모습만을 띠고 있는 것은 아니다.

범상하고 평범한 일상을 통해 삶과 현실의 진면목은 오히려 보다 더 확실해질 수 있다. 더구나 극단적이고 편향적인 관점에 의해 모든 것이 파악되고 평가되는 시대에 이것은 귀중한 덕목으로 평가할 수 있음을 지나쳐서는 안 될 것이다.

파도가 아무리 세차게 물어뜯어도 섬은 바다 속에 잠겨버리지 않는다. 조선소의 불경기로 삶의 터전이 피폐해져가고, 사람이 사람에 대해 이리로 변해가는 현실에서도 인간은 패배할지언정 결코 꺾이지는 않는다. 장수철의 자살도 옥사장의 성격창조의 한 방편이었음을 놓쳐서는 안 된다.

김승준의 외로움과 패배의 심연을 들여다보면서 경진과 그녀의 오빠 그리고 지점장과 옥사장의 성격창조를 통해 이석호는 조직에 옥죄이고, 가진 자들의 횡포에 피투성이가 되어도 결코 좌절하지 않는 인간존재를 『섬』에서 소설로 말하려 한다. 격랑의 파도에도 결코 섬이 바다 속에 잠기는 일이 없는 것처럼.

(1989.8.8, 세계일보)

이상문 소설 『황색인黃色人』 전3권

전쟁은 사람과 사람의 싸움이다. 그러나 전쟁은 사람과의 싸움이 개별성에 있는 것이 아니라 집단적인데 놓여있음을 알 필요가 있다.

그것은 살육을 악덕이 아닌 미덕으로 옹호하려는 집단의 조종자들에게 인간이 무참히 짓밟히는 처절함을 동반한다. 집단의 조종자들은 그 구성원을 이념으로 무장시킨다. 그 이념이 이데올로기다. 월남전쟁은 이미 물 건너 간 용어가 되고 말았다. 그 전쟁의 당사자였던 미국은 패배했고 또 다른 당사자가 이미 그곳을 지배하고 있기 때문이다. 요컨대 그 전쟁은 마감되고 말았다. 그럼에도 우리는 그 전쟁을 소설적 대상으로 하고 있는 이상문의 소설『황색인』을 왜 주목하는가.

월남전쟁에 한국이 참전한 것을 소설『황색인』은 특이한 관점에서 관찰한다.

그것은 월남인을 황인종이란 같은 피부색깔의 황색인으로 한국인과 동류항으로 묶으면서 그들의 동족상잔을 저 비참했던 6·25의 그것과 같은 선상에 놓고 있다. 그래서 세계를 지배하는 동서양 진영의 조종자 이념(이데올로기)의 대리전으로 월남전과 6·25를 공통분모로 묶는다. 그리고 전쟁에서의 살육의 미덕을 소설로써 통렬히 규탄한다. 아직도 분단의 고통에서 벗어나지 못하는 한국의 현실을 월남전을 통해 보다 구체적으로 인식하려 한다.

둘째로 소설『황색인』은 월남전에 참전한 소설의 주인공 박노하를 5·16쿠데타 이후 군사문화로 독재화된 유신정권에 대응해 민주화를 투쟁의 전위대열에 서게 함으로써 민족의 자기회복이라는 과제를 소설로써 발언하려한 점이다. 또 반공이데올로기의 획일성에 성찰을 촉구하게 하고 경제성장정책의 어두운 면인 불공정한 부의 배분이 초래한 공동체 분열의 조짐을 깊이 있게 천착하려 한 점이다.

끝으로 소설『황색인』은 앞서 말한 항목들을 소설의 덕목인 재미로써 형상화 하고 있는 점이다. '재미'를 상실한 소설은 이미 소설이 아니란 생각을 거듭 깨닫게 해주는 곳에 작가로서 이상문의 위치와 소설『황색인』의 문학적 위상이 자리한다. 이미 발표한 1부와 새로 쓴 2부를

합쳐 완결된 소설 『황색인』 전3권은 그러므로 작가에게는 소설가적 역
량의 확인이고 한국문학으로서는 오늘의 성과 중 하나로 파악하지 않
을 수 없게 한다.

(1989.8.11, 부산일보)

좋은 소설 그리고 훌륭한 작품

정종명의 중편소설 「숨은 사랑」

소설의 또 다른 명칭은 허구虛構다. 소설 속의 이야기는 현실에 있는 것의 재현이 아니다. 재현이란 대상을 그대로 옮겨놓는 것을 말함이다. 있음직한 이야기는 있을 수도 있는 이야기란 말과 같은 뜻을 지닌다.

이 당연한 교과서적 이야기로 서두를 시작하는 까닭은 이렇다.

정종명의 중편 「숨은 사랑」(『현대문학』 4월호)은 급격한 변혁기에 처한 당대 한국의 정황에 작가들이 너무 민감하게 반응하여 그 정황을 그대로 소설로 재현하려는 것과는 엄정하게 거리를 둔 자리에서 출발하고 있다.

이러한 정종명의 입장은 소설이 허구라는 점을 새삼 깨닫게 해주고, 작가가 당대의 현실을 어떻게 자기화하여 해석하는가를 분명하게 보여주고 있게 된다. 말하자면 현실적 정황을 소설로써 어떻게 해석하는가를 보여주고 있다.

「숨은 사랑」은 군사쿠데타로 정권을 장악하여 20여 년이 훨씬 넘게 독재정치를 펴고 있는 노리에이 장군 치하의 상황을 소설적 배경으로 하고 있다. 노리에이 치하의 소설적 현실은 말의 정확한 의미에서 허구적이다. 이 세상의 어느 곳에도 소설과 동일한 상황이 있다고 말할 수 없는 그런 공간이다.

그러나 「숨은 사랑」을 읽으면서 작가가 설정한 공간은 군부가 통치하고 있는 이른바 전체주의 혹은 독재체제의 어느 나라든지 「숨은 사랑」의 소설 공간과 동일할 수 있음을 알게 된다. 이것을 알레고리의 구조라고 할 수 있겠지만 얼마 전까지의 한국이나 버마, 쿠바 또는 북한 따위로 유추할 수 있는 것이 이 공간이다.

군사문화의 획일성과 전체주의적 성향에 의해 삶의 자유로움이 제약받고 자유로운 의사가 짓밟히던 얼마 전까지의 한국의 현실을 떠올림은 따라서 자연스런 발상이 될 것이다. 그래서 시인이며 존경받은 대학교수인 가르시아가 집권자들에 의해 이용당하고, 폭압에 의해 어쩔 수 없이 훼절하는 과정 그것이 바로 얼마 전까지의 한국 현실의 알레고리화임을 알 수 있게도 된다.

이렇게 소설로써 담아 올려 당대적 현실을 자기화하는 과정에서 간과할 수 없는 것은 작가가 소설이란 허구로써 현실을 해석함에 있어 지나치게 통속적인 재미에 그 끈을 묶어두려는 작위적 태도다. 가르시아와 테레사의 「숨은 사랑」을 소설의 제명題名으로 삼은 것에서도 알 수 있듯이 가르시아의 아들 도이구지를 역사학교수로 설정하고 도이구지의 아들 도이미나를 민주화투쟁의 운동권학생으로 설정해놓은 것이 모두 그렇다.

그것들은 일반적인 사항에 너무 사건을 밀착시켜 필연성이 결여된

채로 유추의 효과만을 얻으려는 의도로도 보이지만 한편으로는 평면적인 인과관계를 통해 독자의 이목을 끌어들이려는 안이함이라 할 수 있게 된다. 그렇기 때문에 통속적이라 말할 수 있다.

「숨은 사랑」이 허구에 철저히 뿌리내려 알레고릭한 수법으로 현실 정황을 소설로써 해석함에 있어 보다 가열된 작가정신으로 현실에 대응하는 현실감이 결여된 듯함을 지울 수 없는 것은 바로 이러한 점에서 비롯된다. 소설이 역사보다 진실하다고 하는 말은 가열된 작가정신이 허구의 소설 속에 보다 생동감 넘치는 리얼리티를 부여해줄 때 가능하다.

그것은 소설로써 재해석하는 현실과 삶의 문제를 작가가 보다 필연성 있는 인과의 관계 속에 놓고 일상적인 현실감이 넘치도록 사건의 얼개를 통했을 때 가능할 것이다.

(1989.4.27, 경향신문)

조성기의 「우리시대의 법정」, 장정일의 「아담이 눈뜰 때」

소설에서 독자가 얻고자하는 것은 무엇인가. 이러한 질문에 대해 보다 깊이 생각해보는 한국의 작가가 얼마나 되는지를 정확하게 말하기는 어렵다. 그러나 양적인 면에서 결코 적다고만은 할 수 없는 일컬어 본격소설들을 매월 발간되는 문예지에서 읽으면서 독자의 요구가 많은 부분 충족되지 않고 있다는 판단을 하는 이유는 이렇다.

첫째, 작가들은 자신들에 관한 이야기를 너무 많이 하고 있다는 점이다. 소설이 작가의 체험에서 비롯된다는 것을 알고 있지만 그것은 그 체험이 당대의 현실 및 사회적인 정황 속에서 상상력의 힘을 얻어 보편적 가치체계로 환원될 수 있도록 형상화할 때 보다 감동적일 수 있다.

둘째, 작가 개인의 이야기로 뒤덮인 소설은 독자의 요구보다는, 독자에게 어떤 것을 요구하는 주제의식의 과잉상태를 가져온다. 어떤 형태로든 그것은 서사정신이 있어야 할 온당한 자리가 아님을 확인할 필요가 있을 것이다. 사소설이라 말해지는 작가의 체험이 오롯이 담겨진 소설이라 할지라도 그것이 당대 독자들의 삶과 인간, 역사와 현실에의 갈증을 적셔주지 못할 때 성공했다고 말하기는 어렵다.

장정일의 중편 「아담이 눈뜰 때」(『문학정신』 8월호)는 이 같은 우리의 생각을 더욱 심화시켜준다. 이 작품은 19세를 전후한 청소년들의 정신적인 방황과 그들의 고뇌를 참신한 문체로 표백하고 있다. 일인칭 소설인 이 작품을 읽으면 작가가 서술하고 있는 소설의 공간이 바로 작가 개인의 체험적 고백에 다름 아니라는 생각을 갖지 않을 수 없게 된다. 재수생의 희망과 좌절, 십대 후반에서 이십대 초반에 이른 그들의 무절제한 성적 충동 등이 설령 작가의 상상력에 의해 소설로 짜여졌다 해도 독자들은 소설 속의 '나'와 작가를 결코 분리해서 생각하기 힘들게 되어 있다. 한국교육제도가 안고 있는 문제점, 후기 산업사회의 퇴폐적인 문화 공간, 말초적인 것을 추구할 수밖에 없도록 되어 있는 당대의 모든 현상들에 어떤 갈등과 그것을 통한 새로운 인식의 지평을 성격창조로써 형상화 못한 곳에 그렇게 생각할 수밖에 없는 이유가 도사려있다고 파악된다. 어느 작가도 이 같은 체험적 사실을 과감히 감각적으로 형상화할 수 없었다는 점에서 분명 이 소설은 문제작일 수 있을 것이다. 그러나 독자들이 소설에서 얻고자 하는 갈증을 보다 시원하게 적셔주지 못하고 있다는 곳에 아쉬운 웅덩이가 도사리고 있음을 지나칠 수는 없다.

조성기의 「우리 시대의 법정」(『동서문학』 8월호)에서도 이러한 점을 지적할 수 있다. 권인숙의 성폭행사건을 정면에서 소설로 응전한 작가의 치열한 역사의식은 이 작품을 숨 막히는 박진감으로 읽을 수 있게 한다.

그러나 일인칭 소설이 가지는 한계를 뛰어넘을 수 있도록 하기 위해서
는 작가의 세계관과 역사인식의 시각이 작가 자신의 것이면서 같은 시
대를 살고 있는 우리 모두의 것으로 읽는 사람이 인식할 수 있는 서사적
장치가 필요했을 것이다. 달리 말한다면 작가 자신의 체험의 폭과 깊이
를 바로 독자들 자신의 것으로 생각할 수 있는 구성상의 장치를 했다면
더욱 감동적일 수 있었을 것이라 판단된다.

(1990.8, 중앙일보)

최일남의 「히틀러나 진달래」

최일남의 소설을 읽으면 언제나 입가에 미소를 떠올린다. 그 미소는
삶과 현실에 대한 작가의 느긋한 마음가짐과 때로는 삶과 현실을 삐뚤
게 바라보는 작가 특유의 시각 때문이다. 느긋한 마음가짐과 삐뚤어진
시각은 결국 읽는 사람으로 하여금 작가가 삶과 현실―세계를 풍자하
고 있는 듯한 생각을 갖도록 한다. 분명 최일남의 소설들에는 대상을 얼
마간 왜곡시켜 드러내려는 의도로 하여 바탕에 항상 풍자성이 자리 잡
고 있다.

그러나 이 풍자성은 누구나 두들겨보는 동네북처럼 그냥 한번 쯤 두
드려본다는 식의 가벼운 마음에서 비롯되는 것은 아니다. 적어도 우리
가 파악하기에는 작가의 당대 현실에 대한 예리한 해부와 투철한 인식
에 근거하고 있다고 생각된다.

이번 달에 발표된 많은 소설 가운데 그의 작품 「히틀러나 진달래」
(『현대문학』 9월호)가 가장 우수한 작품의 하나인가에 대해서는 유보조항
을 달 수밖에 없다. 그렇지만 그의 이 작품이 우리에게 제시하는 몇 가

지 사항은 한국소설 오늘의 전개상황에 시사해주는 요인이 결코 만만 치 않음을 간과할 수 없게 한다.

화장품 회사의 홍보실 요원인 작중 주인공이 '말'에 대해서 생각하는 여러 항목들은 '언어는 존재의 집'이라는 하이데거 식의 현학적 접근과 는 다른 곳에 자리한다. 주인공은 그가 부딪치고 겪어가는 생활의 한 가 운데서 그 사항을 생체험으로 걷어 올리고 있다는 점이다. 그렇기 때문 에 운동권에 관해서, 유신에 대해서 그리고 5공과 전교조 등에 관한 예 민한 현실 항목과 긴밀히 관계하게 된다. 뿐만 아니라 '무궁화'와 '진달 래', '국민'과 '인민'이란 표현을 통해 분단현실의 질곡을 인식하도록 장 치한다. 요컨대 그냥 지나쳐버리는 일상생활에서의 언어를 통해 그것 을 사용하는 언중言衆이 살고 있는 당대 현실을 우회적으로 표출시켜주 고 있게 된다. 그 우회적 접근 방법은 작가의 느긋한 마음가짐 혹은 대 상에 대한 삐뚤어진 시각이라고 파악할 수 있는 대목이다. 그래서 그것 은 늘상 풍자적인 요소를 머금고 있다.

현실과 그 구성원을 몇 개의 영역으로 분리해놓고 그 영역간의 격렬 한 갈등을 통해 당면하고 있는 변혁기의 실상과 분단문제를 진지하지 만 무겁게 소설화하려는 지배적 경향에 대해서 최일남의 접근 방법은 많은 것을 성찰하게 해준다. 그러므로 그것은 소설이 읽는 사람에게 언 제나 세계에 대해 새로운 눈뜸을 가지게 하는데 있어 근엄한 것만이 능 사가 아님을 일깨워준다.

대상에 대한 비뚤어진 시각이란 대상을 비판적으로 인식하는 태도의 한 가지 양태다. 「히틀러나 진달래」에서 전교조에 가담한 설원희의 직 장에서의 해고와 선거용 홍보 책자에서 ㄱ 후보가 써넣은 문구가 결국 예상치 않은 파문을 몰고 오는 경우를 서술하면서 작가의 엄정한 중립 적 위치와 차라리 그것을 스쳐 지나가는 듯 한 가벼움으로 서술하는 것

등은 올곧은 사실을 삐뚤게 파악하는 시각이면서 그것을 통해 읽는 사
람을 더욱 비판적 인식으로 다가가게 하기 위한 장치다. 이 점을 최일남
은 성공적으로 수행하고 있다.

최일남의 소설은, 그러므로, 읽고 난 후 입가에 미소를 떠올리게 한
다. 그러나 그 미소는 곧바로 현실과 삶ー세계에 대한 비판적 접근의 또
다른 통로가 그의 소설에 있음을 알게 되는 기쁨의 미소이기도 하다.

(1990.9, 중앙일보)

좋은 소설 그리고 훌륭한 작품

작가가 작품을 쓰는 일은 일차적으로 자신과 세계에 대한 비판행위
라는 말은 설득력이 있다. 따라서 작가는 쓰는 행위를 통해 세계를 인식
하고, 자신이 참여하고 있는 세계 속의 삶과 현실을 비판적으로 점검해
간다고 할 수 있게 된다.

애당초 서사문학인 소설은 언어의 그물로 세계의 현상인 삶과 그 현
실을 걷어 올린다. 이 점은 가장 기본적인 소설에 대한 그리고 소설을
쓰는 작가에 대한 인식의 시작이라고 할만하다.

고원정의 단편 「한 끼 밥을 위한 명상冥想」(『문학사상』 3월호)은 이 같
은 소설에 대한 우리의 기본적인 인식이 틀리지 않다는 것을 잘 말해주
고 있다고 판단된다. 이 작품은 '점심은 무엇으로 먹을 것인가'라는 간
단한 명제를 시작으로 우리 시대가 안고 있는, 작가를 포함한 우리들이
몸담고 있는 세계에 대한 통렬한 비판을 주조로 전개된다. 주인공 '나'
의 독백형식을 취하고 있는 이 작품은 별다른 이야기나 사건의 갈등관
계를 보여주지는 않는다. 그러나 조심스레 읽어 가면 '나'의 독백 속에

서 먹는 것이 인간 삶을 영위시키는 기본적 단위임을 역사적인 상황과 결부시키는 탁월한 작가 정신의 비판적 관점과 만날 수 있게 된다.

> "'밥의 경제학', '밥의 사회학', '밥의 정치학' 그 모든 게 고종·순종에 이르기까지 수많은 조선왕조 군왕들의 급사(急死)가 음식을 통한 독살이었다는 것은 공공연한 비밀이고 가깝게는 박정희의 시바스 리갈이 있고 보통사람이 취임축하 리셉션에서 내놓았던 소주, 순대, 시루떡이 있지 않은가. 선거 때마다 빠지지 않는 막걸리, 불고기…… 지난 대통령 선거 때의 컵라면, 백담사의 절밥, 그 양반이 증언하러 국회에 내려왔을 때 먹었던 꼬리곰탕…… 이 모두가 역사적인 '밥'들이 아니겠는가. 아쉬운 것은…… 옛날 '국방위 회식사건'이나 최근의 '국정감사 폭탄주사건' 때 도대체 뭘 안주로 먹었는지 알 수 없다는 점이야. 정말 아쉬워."

먹는 행위 일컬어 음식문화를 통해 가장 첨예한 시사적 문제를 우리의 역사적 사안과 결부시키면서 세계를 비판적으로 인식하여 소설이란 그릇에 담고 있다. 하나의 결정적인 단면을 통해 삶과 현실 그리고 역사와 세계를 조감할 수 있도록 압축적 장치를 이야기의 얼개가 감당한다는 것은 단편소설의 정석적인 형식이다. 그 같은 관점에서 본다면 「한끼 밥을 위한 명상」은 정통적인 단편의 형식을 통해 세계의 비판적 소설화에 성공하고 있다고 말할 수 있다.

그러나 아쉬운 점은, 물론 독백형식이 제약으로 작용하고 있지만, '나'의 소년시절의 궁핍함을 어머니와의 관계를 통해 너무 전면적이게 제시해줌으로 진부함을 떨칠 수 없게 한다. 한국소설의 주인공은 언제나 피해자나 궁핍함의 어려운 시절을 겪도록 장치하고 있는데 대해 우리는 이제 얼마간 식상食傷하고 있음을 깨달을 필요가 있을 것이다. 또 다른 아쉬움은 「한 끼 밥을 위한 명상」의 작가가 시사적인 사항을 소설화함에 보다 정밀하게 자료를 검증할 필요가 있지 않았을까 하는 점이다. "옛날 우리가 숨겨가며 읽던 박승훈 씨의 소설에 보면"이라고 했을 때 그것은 '박승훈 씨의 소설'이라고 진술하기보다 '수필'이라고 했어야 옳았을 것이다. 소설이 허구라고 하는 점과 시사적인 사항이 잘못 기술되어도 좋다는 것은 분리되어 이해해야 할 항목이다. 중국집 어둑한 방을 배경으로 벌어지던 지난 시절 남녀 간의 풍속도를 지나칠 정도로 까발려 독자들의 이목을 끌었던 것은 박승훈의 '수필'들이었음을 작가는 검증했어야 하지 않았을까 하는 아쉬움을 「한 끼 밥을 위한 명상」의 작가는 남겨준다.

이청준의 소설 「지관止觀의 소」(『문학정신』 3월호)는 예술가의 좌절이 우리의 삶과 어떤 연관 속에 놓이는가를 심도 있게 추적한 작품이다. '심도 있게 추적'하고 있다는 표현은 소설가 이청준의 장인적 능력이 이 소설에서 약여하게 보인다는 의미이기도 하다.

양정관 화백의 세계에 대한 그 좌절이 결국 예술적인 평가와 무관했다는 점을 통해 삶에 있어 예술이란 무엇인가를 되씹게 해준다. 흠잡을 데 없는 짜임새, 정확하고 유려한 문체는 「지관의 소」가 완벽한 소설의 전형이라고 평가할 수 있게 한다. 그러나 우리는 왜 이청준의 이러한 완벽한 소설에서 언제나 미진함을 떨쳐버릴 수 없는가의 문제와를 「지관의 소」에서도 다시 만나게 된다. 그 점의 자세한 분석과 논의는 이 글의 성격과 걸맞지 않다. 분명한 것은 그의 소설이 이야기의 재미를 제공하는데 소극적임에서 비롯되고 있음은 분명히 말할 수 있다. 술의 종류를 가리지 않고 황음하는 지관 화백의 일상사가 보다 갈등하는 사건의 구조 속에 놓일 때 삶에 좌절하는 예술가의 면모는 보다 확실하게 성격화(characterization)되고 이야기의 재미는 찾아질 수 있지 않겠는가. 완벽한 작품은 좋은 소설임에는 틀림없다. 그러나 우리는 훌륭하고 위대한 작품을 이청준에게 구하고 싶다는 소망을 언제나 갖고 있다.

(1990, 문학정신)

김형경 오성찬의 소설

김형경의 단편 「동절작용冬節作用」

사람이 그가 내던져진 세계 안에서 살아가는 방법을 터득하는 일이 문화학습이다. 문화학습의 효과적 습득을 위해 교육은 존재하는 것이라 말할 수 있다. 사람이 사람을 가르치는 일. 맹자의 표현을 빌면 가르치는 일은 가장 보람찬 기쁨의 하나로 분류된다. 농경사회였던 맹자의 당대와 산업사회였던 맹자의 당대와 산업사회인 오늘의 정황을 같은 문맥으로 묶을 수는 없다.

그러나 가르치는 일의 중요함은 어느 때를 막론하고 아무리 강조해도 지나침이 없다는 사실은 기억해야 할 일이다.

김형경의 「동절작용冬節作用」(『문학정신』 2월호)은 가르치는 일의 어려움을 사회구조의 부조리한 현상에서부터 접근하려 한다. 이 짤막한 소설의 대부분은 중학교 교사인 김만형의 시각에 의해 얼개 짜여진다.

오징어와 땅콩을 씹으면서 더불어 교감과 동료교사를 씹고 있을 여교사들, 숙직실에서 고스톱에 열을 올리고 있을 남자교사들과는 얼마간 비켜선 곳에 김만형은 위치하고 있다. 이 같은 김만형의 자리 설정은 그가 학생 가장의 추천서를 쓰고, 가출하는 여학생의 경우와 접하면서 가르치는 일의 어려움이 사회구조와 맞물려있음을 확인하게 된다.

학생 가장으로 생활보호대상자인 김미자의 추천서를 앞에 놓고 교사 김만형이 생각하는 것을 작가는 이렇게 요약한다.

해상 조난사고로 세상을 버린 아버지, 공장에서 오른손을 절단 당한 언니, 동사무소에서 나오는 구호양곡. 그것들이 비록 눈앞에 번연히 펼쳐진 미자의 현실이라 해도 그것을 기록함으로써 확인하게 되는 사실감은 또 다른 당혹감일 터였다. 몇 줄의 문장 안에 구겨넣을 수 없는 아이의 상실감과 눈물, 전달할 수 없는 고통은 또 어쩔 것인가.

어떠한 제도도 인간고통의 근원을 완벽하게 해결해줄 수 없음을 확인케 하는 구절이다. 작가의 이러한 확인은 재벌기업에 편중된 부에 대한 김만형의 생각 개진을 통해 동시대 한국현실에 대한 날카로운 성찰로 이어진다. 그래서 일당 2천원의 쥐치 가공공장에 다니는 언니의 수입으로 학업계속을 포기하고 가출하는 현수를 통해 사회구조의 부조리를 포착한다.

부의 편중이 계층 간의 갈등을 심화시키고 그것이 문화학습인 교육에 드리우는 짙은 그림자를 섬세하게 드러내려고 한다.

그러나 부의 편중이 자유로운 의견개진에 족쇄를 채우려는 권력집단과 담합되고 있는 폐쇄구조의 문제의 심각성은 더욱 크게 자리하고 있음을 작가는 소설화하고 있다. 김만형이 경찰서에서 신문 당하는 것들이 이 점을 분명하게 말해준다.

요컨대 「동절작용」은 식물은 겨울을 나야만 꽃을 피울 수 있다는 단순논리를 말하고자 함이 아니다. 너무 오래 획일적 사회의 겨울이 갖지 않은 사람들의 고통을 지속시키고 그것 때문에 세계 속에 내던져진 인간의 문화학습 바탕이 훼손되고 있음을 소설로써 증언하려 한다. 그리고 부의 편재가 어떤 형태로든 균형 잡힌 배분을 통함으로써 교육의 제자리가 찾아져야 한다는 것을 말하려 하는데「동절작용」을 주목하게 되는 또 다른 이유가 있게 된다.

소설은 주장의 구조도 아니고 문제해결의 구조는 더구나 아니다. 소설을 포함하는 문학은 작가정신이 포착하는 삶과 현실 그리고 사회적 정황을 문제제기를 통해 감동의 항목을 획득하는데 놓인다.「동절작용 冬節作用」은 교육의 터전이 부의 편재와 정치권력의 담합으로 허물어질 수도 있음을 작가정신이 소설의 얼개로 문제제기 하고 있다. 그래서 우리에게 오래도록 성찰의 시간을 갖게 해준다는 점에서 심장한 의미를 갖는다.

그러나 우리의 아쉬움은 섬세하고 세련된 문체와 세심하게 구성한 정서적인 소설기법이 주는 진부함에 오히려 놓이게 된다. 창조란 새로운 것으로 향하는 한없는 갈구가 아닌가. 기존의 기법에 과감히 맞서는 새로움을 힘 있게 제시할 때「동절작용」이 갖고 있는 한국소설의 기왕에 버려 마땅한 감상주의적 현실인식의 찌꺼기도 걷어낼 수 있을 것이라 판단된다. 작가의 다음 작품을 기대하는 까닭의 하나가 여기에 있다.

(1989.2.25, 경향신문)

오성찬의 「나비로의 환생」과
표성흠의 「딱따구리는 장난으로 나무를 쪼지 않는다」

　오성찬의 「나비로의 환생還生」(『현대문학』 3월호)과 표성흠의 「딱따구리는 장난으로 나무를 쪼지 않는다」(『동서문학』 3월호)는 폭력의 문제를 소설로써 말하고 있다. 어떠한 폭력도 그것은 인간의 삶을 망가뜨리고 삶의 터전인 현실을 황폐화시킨다는 사실을 이 두 작품은 이야기로써 우리에게 제시한다.

　「나비로의 환생」이 상반되는 이데올로기의 갈등에서 비롯되는 민족의 비극적인 정황을 배경으로 하여 제주도 4·3사태를 직접적인 대상으로 삼고있는 반면 「딱따구리는 장난으로 나무를 쪼지 않는다」는 5공화국의 획일적이며 전체주의적이었던 군사문화를 소설적 배경으로 하고 있다.

　그래서 「나비로의 환생」은 역사적인 문맥에서 민족의 비극적 상황에 대응하는 인간 개개인의 심정적 울분이 어떻게 공동체에 작용하는가를 응징과 화해의 영역에서 조망하려 한다. 「딱따구리는 장난으로 나무를 쪼지 않는다」는 군사문가가 체제를 형성하고 그것이 제도적인 폭력으로 전이되면서 도덕성을 상실해간 것이 사회구성원인 인간에게 어떻게 비극적으로 작용되는가를 극명하게 포착하려 한다.

　먼저 「나비로의 환생」을 보자. 인민위원장이 된 하인이며 백정 출신인 바가지朴我知에게 죽어간 아버지와 이웃들의 원과 한을 '나'는 그 가족에게 폭력으로 대응하려 한다. 용공분자로 몰아붙여 죽음으로 끌고 갔던 배용길에게 폭력을 가해 역시 죽음으로 그 이웃들이 대응하는 것도 같은 맥락이다.

　「나비로의 환생」은 그러나 이러한 폭력의 악순환이 역사를 움직여간 또 다른 집단들에 의한 것임을 확실히 할 때 응징보다는 화해가 민족

적인 혈연의 동질성을 회복한다고 시사한다. 그것을 확산해서 말한다
면 분단극복을 통한 민족통일에로의 지향이라 할 수 있음을 암시하려
한다고 파악해도 좋을 것이다.

같은 학과의 여학생과 동행하여 영화관에 가려는 길에 시위 학생들
을 향해 발사한 최루탄의 파편에 눈이 먼 여학생을 통해 「딱따구리는
장난으로 나무를 쪼지 않는다」는 5공화국의 제도적 폭력이 인간과 그
인간의 삶을 송두리째 파멸시킨 점을 분명하게 드러내준다. 제도적인
폭력이 개인에게 작용되는 그 비극을 '혼미한 도시에' 서 있는 곤혹스러
움으로 파악하는 데서 이 작품의 특색을 읽을 수 있다.

소설이 인간의 삶과 그 터전인 사회와 현실을 언어로써 반영한다는
것에 이론을 제기하는 것은 만용이다.

그러나 반영한다는 점만을 강조할 때 작가는 소설을 만드는 장인匠人
에 머물고 말 가능성에서 자유로울 수 없다. 장인인 이야기꾼을 뛰어넘
는 곳에서 작가정신의 치열성과 만나게 되고 살아 펄떡이는 리얼리티
와 조우하게 된다.

그때 감동의 진폭은 넓이와 깊이를 더할 수 있다. 「나비로의 환생」이
이야기꾼으로서의 작가적 소임을 충족되게 수행하면서도 작가정신의
치열성이 이야기꾼의 소임을 위해 작위적인 것에로 편향되고 있는 것
은 아쉬운 점이다.

반대로 「딱따구리는 장난으로 나무를 쪼지 않는다」는 작가정신의
치열성이 이야기꾼의 소임을 능가해버림으로써 한국소설이 항용 그렇
듯이 재미보다는 작가의 메시지를 얼마간 지겹게 수용해야 하는 부담
감을 읽는 이에게 안겨준다.

왜 소설이고 문학인가. 이야기를 통해 끊임없이 문제를 제기하며 삶
의 미처 깨닫지 못하는 가닥을 감동을 통해 인식하고 성찰하게 해주기

때문이 아닌가. 이야기에만 머물 수도 인식과 성찰의 제시에만 집착할
수도 없는 양자합일의 영역을 오성찬과 표성흠의 작품이 충족시키고
있지 못하고 있는 것은, 당대 한국소설의 공통된 취약점을 그들 역시 뛰
어넘지 못하고 있기 때문으로 파악된다. 이념과 제도적 폭력을 각각 다
룬 두 작품이 억지로 읽혀지기를 강요하려 하지 않을 때 두 작가의 문학
적 지평은 새로운 영역을 획득할 수 있을 것이다.

(1989.3.29, 대구매일신문)

2부

현실과 소설의 상동관계

현실과 소설의 상동관계

다음과 같은 소설 속의 구절을 인용하면서 이 글을 시작하고 싶다.

원자력 이용에서 가장 심각한 문제를 불러일으키는 것은 폐기물이다. 폐기물 중에 방사능 오염도가 가장 심한 고준위 폐기물은 우라늄235가 타고 남은 플루토늄이다. … 플루토늄이 땅속에 있을 때는 풍요와 황금을 인류에게 공급하지만, 지상으로 올라와 악마로 둔갑하면, 인류의 씨를 말릴 가공스런 위력으로 우리를 협박해 들어온다. 플루토늄 1파운드면 세계 인류는 폐렴으로 전멸할 수도 있다. 그런데 현재 원자력 발전소 하나에서 생산되는 플루토늄은 매년 400~500파운드가 된다고 한다. 만일 이를 시가지 공중에 살포한다면 60킬로미터 이내에는 자그마치 10만 년 동안 방사능 오염이 되며, 그 유독성은 자그마치 50만 년에 이른다. 더욱 문제가 되는 것은 반감기가 2만4천 년이나 된다는 점이다. 인류역사는, 핵 오염으로 종말을 고할지도 모른다.

소설가와 과학자가 다른 점은 소설가는 이야기를 만드는 사람이고 과학자는 자연현상을 탐구하여 사실을 정리, 제시해 주는 점에 있다. 소설가가 만드는 이야기를 '허구(fiction)'라고 하는 것은, 그가 만든 이야기가 '거짓말'이라는 것과는 전혀 다른 의미다. '거짓말'은 '사실'에 상대되는 개념이고 '허구'는 그럴 수도 있는 사실 이른바 개연성을, 작가가 그이 삶과 그 현장인 현실을 살아가면서 체득하여, 언어로써 얼개 짜는 것이다. 요컨대 소설 속에 제시되는 사항은 현실과의 상동관계 속에 맞물려 있음을 확인해야 한다.

앞에 인용한 구절은 우한용의 「불바람」(현대문학 6월호)에서 뽑은 것이다. 우한용은 「불바람」속에서 과학자의 포즈를 취하려고 하지 않는다. 그리고 그는 결코 과학자도 아니다. 그러나 그가 추구하고자 하는 것은 과학적인 탐구의 현상과 그 결실이 인간과의 관계 속에서 과연 무엇인가에 놓인다.

「불바람」은 원자력 발전소와 환경오염 문제를 소설의 대상으로 삼고 있다. 그러나 이 작품의 얼개는 그와 같은 환경오염에 대한 것을 고발하려는 의도도, 원자력 발전소의 핵폐기물이 환경을 결정적으로 오염시키고 인간의 생명을 위협한다는 확신을 말하고 있지도 않다. 다만 원자력 발전이 우리 삶의 현장에 엄존하고 있으며, 그것의 위험성을 어느 정도 인식하는 공동체 구성원들의 항의에 우리의 시선을 돌리도록 하고 있다. 말하자면 원자력 발전의 문제점을 정면에서 응전해보고자 하는 작가정신이 과학자의 시선이 아닌 소설가의 시선으로 탐색되고 있다.

어연진은 결혼 후 어려운 경제적 여건에서 남편 성득의 뒷바라지를 한다. 원자물리학이 전공인 성득은 학업을 끝낼 때까지 아기를 가지지 말기로 작정한다. 연진은 임신한 아기를 지워야 했고 고된 그의 직장생활은 결국 그녀가 남편이 원자력 발전소의 과장이 되었을 때 정상적인 회임이 불가능함을 알게 된다. 인공수정으로 임신한 연진이 원자력 발전소 인근 주민들의 항의시위가 계속되는 속에서 서울의 산부인과 친구 병원으로 와 실신하는 과정을 「불바람」은 표현하고 있다. 얼핏 「불바람」은 남편에게 내조하는, 지아비에게 모든 것을 희생적으로 바쳐 봉사하는, 전형적인 한국의 여인상을 성격화하고 있는 듯하다. 그러나 사실 「불바람」은 그와 같은 여인상의 성격창조를 병행하면서 바로 우리들 가까이에 공업화, 산업화 혹은 근대화라는 이름으로 이뤄지고 있는 과학적 사항에 대한 맹신에 문득 이의를 제기한다.

실신하여 깨어난 병원에서 남편이 있는 곳에 전화를 했을 때 관리부장이 받아 내뱉는 다음과 같은 「불바람」의 대단원은 한국에서의 원자력 발전소에 대한 강한 의구심을 소설로서 제시해 준다고 말할 수 있을 것이다.

> "이 과장 그 사람, 미친 모양입니다. 지금 데모대 앞장을 서가 지구 길길이 뛰고 돌아다녀요. 궁금하면 나와보시우. 제 입으로 원전을 철수해야 한다니 그게 사람말이요, 짐승이 짖는 거요."

이와 같은 부장의 말 이외의 바로 이어서 서술하고 있는 「불바람」의 마지막 세 문장은 이렇다.

> 연진은 수화기를 놓치고는 전화통 앞에 주저앉았다. 남편 성득의 긴 손가락처럼 손이 마구 떨렸다. 월급 받아먹자고 거짓말하며 살아야 하는 거냐고 주장하던 성득의 얼굴이 눈앞에 어지럽게 일렁거렸다.

원자력 발전소의 한 직장인으로서의 성득과 진실과 사실을 말해야 하는 과학자로서의 갈등을 작가는 이 세 개의 문장 속에서 함축적으로 제시해 놓고 있다. 소설은 분명 이야기다. 그러나 이야기로서 끝날 때 그것을 우리는 소설의 참다운 면모라고 말할 수는 없다. 달리 말해본다면 이야기는 소설의 필요조건이지만 필요충분조건은 아니다. 충분조건의 사항은 작가정신이 삶의 현장에서 꿰뚫어 드러내는 문제의 부분이 언어를 통해 하나의 얼개로서 이야기와 함께 자리하게 하는 것이 포함될 것이다. 또 서사정신이라고 말해질 수 있는 삶의 총체적 인식을 진술(description)이 아닌 표현(expression)으로 형상화 하는 것도 마땅히 거론되어야 할 것이다.

이와 같은 논의는 소설이란 우리에게 무엇인가 하는 물음과 맞물린다. 결국 이러한 물음은 소설이란 우리가 괴롭지만 성찰해야 되고, 인식해야 하며, 확인해야 할 삶과 현실에 대한 통찰을 작가가 이야기를 통해 끊임없이 제시해야 한다는 것을 언제나 생각하도록 한다. 아울러 소설이 진술이 아닌 표현이 되어야함은 이야기 속에서 성격창조를 통해 작가의 메시지가 전해져야 한다는 것도 간과하지 말아야 한다는 점을 깨닫게 해준다.

「불바람」은 이러한 관점에서 어느 정도 충족된 결과를 말해 주는 작품으로 평가할 수 있을 것이다. 앞서 말한 전통적인 한국 여인상의 성격창조, 원 여사의 수다스럽고 이기적이며 현실주의적인 모습은 말할 것도 없고 당대의 한국적인 정황—격변하는 전형기를 맞아 시위와 농성으로 문제를 담박에 해결하려 하는 성급함 등을 얼마간 성공적으로 표현하고 있음을 그 준거로서 예거할 수 있을 것이다. 그러나 성득의 급변한 행동에 대한 설득력이 미흡하다든지 상경하는 열차 속에서 연진의 옆자리 남자의 치근대는 행동들에 대한 보다 확연한 복선으로서의 장치가 겸비되었다면 우리가 살고 있는 이 시대의 풍속도가 보다 더 확연해질 수 있지 않았을까 하는 아쉬움도 갖게 된다.

「오리사냥」(신영철,『한국문학』6월호)은 「불바람」과 대비시켜 볼 수 있는 작품으로 파악된다. 「오리사냥」은 주한 미군의 존재를 부정적인 시각으로 바라본 소설적 입장이다.

미군 주둔의 이른바 기지촌에 살고 있는 한 가족의 비극적 상황을 「오리사냥」은 압축적으로 드러내준다. 일규의 아버지는 60년대 초 금지구역에서 잡목과 갈대를 베다가 그의 형을 미군의 총탄에 잃어버린다. 일규의 손위 누이는 미군 세 명에게 윤간을 당해 그 후 기자촌의 윤락녀가 되고 마약 복용자인 미군에게 살해당한다. 그 소식에 접한 일규의 어머니는 쓰러져 운명하고 그의 아버지는 정신이상이 되어 외국인만 보면 삿대질을 하고 짧은 영어로 욕설을 해댄다. 한 가족의 이처럼 처참한 비극적 상황은 일규가 절차를 밟아 항의를 해도 번번이 좌절할 수밖에 없다. 그것은 한미행정협정의 잘못에 기인된 것이며 근본적으로는 남북분단에서 오는 비극이란 해석을 작가는 작품 속에 강하게 제시한다.

「불바람」이 원자력 발전의 환경오염 문제에 대해, 안전장치가 되어 있다는 입장과 그것은 완전한 것이 아니라는 두 입장의 어느 쪽에도 작가가 서지 않은데 비해 「오리사냥」은 미군의 기지촌 부근의 한국민에 대해 분명히 가해자라는 한쪽에 자리해 버린다. 따라서 「불바람」은 안전장치와 그것이 완전한 것이 아니라는 갈등관계를 성격창조와 함께 이야기 구조 속에 잡아옴으로 하여 함께 문제제기의 영역을 형상화로서 넓혀 나간다. 「오리사냥」은, 미군은 가해자고 한국인은 피해자며 분단의 비극은 이처럼 피해자인 한국인의 한이란 점을 일방적으로 강조하여 작가의 메시지를 진술하는 데 전력을 투구하고 있다. 따라서 「불바람」이 작가정신이 현실에서 포착한 대상에 대한 다양한 접근이라고

할 수 있다면「오리사냥」은 획일적인 파악이라 할 수 있다. 이 획일적
인 파악은 작가정신이 열려 있는 사고구조가 아니라 폐쇄되어 닫혀 있
는 구조라 할 수 있고 어느 한쪽의 고정관념에 편향된 것이라고 말할 수
있다.

　작가정신이 이렇게 편향될 때, 대부분의 경우, 메시지를 강하게 전달
할 수 있는 강점을 가지지만, 그것을 표현이라 하기보다 진술 쪽으로 기
울어지며, 그때 읽는 사람에게 감동의 폭을 넓히고 깊게 하는 소설적 성
과를 획득하는 데는 수세적이 되고 만다.「오리사냥」에서 이러한 사항
이 보다 극명하게 드러나는 것은 동수가 의식화 교사로 지목되어 관계
기관의 지하실에 붙잡혀가서 반미는 용공이며, 사실을 말하는 자체가
'이미 빨갱이'라고 하여 교직을 그만두게 되는 과정의 서술에서다.

> "현재 우리나라의 군 작전 지휘권은 누가 쥐고 있는가?"
> 몇몇 학생의 입을 통해서 금방 답이 굴러나왔다.
> "미국이요."
> "국방은 국민의 의무로부터 나온다. 그것은 주권의 하나의 상
> 징적인 존재인 것이다. 그러므로 우리는 곧 주권을 포기한 것이
> 되는 것이다. 그렇다면 주권을 포기한 상태의 땅을 무엇이라 이
> 르는가?"
> 눈을 반짝거리던 녀석이 잠시 주변을 더듬더니 입을 열었다.
> "식민지요."

　한국군의 작전지휘권은 미군이 갖고 있다, 국방은 주권의 상징이다,
군의 지휘권이 미군에 있으므로 한국은 주권을 상실한 식민지다 라는
내용이, 인용한 부분의 요지다. 물론 이렇게 볼 수도 있을 것이다. 그러
나 인용한 부분이 일규 가족이 비극적 상황에 놓이도록 한 미군의 존재
를 고발하는 소도구로 사용된 점에서 작가정신의 편향성이 보다 두드

러져 있음을 볼 수 있게 되는 것이다.

주권의 문제를 미군의 한국 주둔에만 국한시켜 논의하는 것 자체가 문제를 가지고 있으며, 남북전쟁인 이른바 6·25가 종식된 것이 아니라 협정에 의해 단지 휴전된 상태라는 점, 주한 미군의 한국 현지민에 대한 부정적인 측면과 아울러 긍정적인 측면도 분명 있다는 것을 소설로서 제시할 때 작가정신의 편향성은 극복 될 수 있다. 소설 속에서 작가가 주장하지 않고 삶과 현실의 형상화를 통해 제시하고 문제를 제기할 때, 그것이 반미적인 메시지를 전달함에 있어서도, 소설적으로 성공할 수 있음을 지적하지 않을 수 없다. 소설이 현실과의 상동관계란 말은 현실의 어느 한 면을 서술한다는 의미보다는 현실의 총체적인 모습을 언어로서 잡아 올린다는 뜻임을 확인할 필요도 있을 것이다.

「오리사냥」이 현실의 한 단면을 정치하게 드러냈다는 것을 인정할 수는 있다. 그러나 단편소설에서 현실의 단면은 그것을 통해 현실의 전모를 파악하는, 일컬어 정채 있는 부분이란 것을 간과해서는 안 될 것이다. 그러나 이러한 문제점들에도 불구하고 「오리사냥」을 주목하여야 하는 것은 작가가 과감하게 우리의 분단현실 속에 미국이란 무엇이고, 주한미군의 존재란 무엇인가를 섬뜩하도록 다시 생각하게 해 주는 점이다. 그것은 작가정신의 치열성에서 비롯된 것으로 파악될 수 있는 부분이다. 그러나 작가정신의 치열성은 그것이 열려 있어 닫히거나 획일적인 편향성을 갖지 않고 유연할 때 소설 속에서 보다 설득력을 지닌다. 그때 소설은 감동의 드넓은 평원으로 읽는 사람을 이끌어 갈 수 있다는 것을 「오리사냥」은 우리에게 제시해준다.

김원우의 「아득한 나날」(『문학과 사회』 여름호), 최창학의 「몇 개의 낙서를 통한 회상」(『문학사상』 6월호), 유순하의 「막막한 바다」(『문학사상』 6

월호), 오경훈의 「유배지」(『현대문학』 6월호)는 모두 중편이다. 중편이란 소설적 장르에 대해 좀더 확연한 규정이 논의를 통해 이루어지기를 바라는 것은 이 작품들을 읽고 또다시 생각하게 된다. 소박하게 말해서 중편과 단편은 작품의 길이는 물론 그 얼개가 전혀 다른 가닥에서 말해져야 될 것이다. 교과서적인 진술을 허용한다면, 장편을 줄이면 중편이 되지만 단편을 늘리면 결코 중편이 될 수는 없다. 단편이 단일하고 압축적인 얼개를 가진다면 중편은 복합적이고 총체적인 구조임을 확인해야 할 것이다. 이런 말을 지나치게 형식주의적이란 논의를 몰고 올 수도 있다. 그러나 작가가 소설의 대상을 선택했을 때 그 대상을 내용과 형식을 이미 다함께 가지는 '대상' 바로 그것이 아닌가. 그렇다면 그것을 언어의 구조인 소설로 잡아 올릴 때 보다 효과적인 읽는 사람과의 소통의 구조로서 그 얼개는 무엇보다 논의의 중점이 되지 않을 수 없을 것이란 판단이다.

「막막한 바다」는 이와 같은 소설의 얼개라는 측면에서 말할 때 많은 곤혹감을 갖게 된다. 소설의 얼개란 것이 불변의 것이라고 말할 수는 없다. 그것은 변해야 한다는 측면에서 역사적이고 동적이다. 실험소설이란 개념이 자리 할 수 있는 것도 이러한 언저리다. 그러나 「막막한 바다」는 이 모든 것을 감안한다 해도 그것이 작가 자신의 경험에 대한 자전적 서술인지 소설로서 형상화한 작품인지 구별하기 모호한 특성을 지니고 있다. 이 특성은 그래서 작가의 또 다른 작품 「예수재림」(『현대문학』 6월호)이 보여주는 알레고릭한 현실 비판이라는 뚜렷한 작가의 메시지를 찾기가 힘들다. 그렇지만 「막막한 바다」가 회사의 관리직에 있는 중간 간부가 노조문제와 부딪치게 되는 갈등의 자락이나, 회사의 책임자인 사장과 겪게 되는 조직 속에서의 폐해를 읽어 내지 못하는 것은 아니다. 그 모든 것이 좀더 확실하고 분명한 얼개 속에서 소설의 옷을 걸쳤으면

하는 생각을 갖게 된다.

「아득한 나날」은 해직 언론인이, 일컬어 5共시절에 겪게 되는 정치·사회적 상황과의 대응을 가족구성원과의 관계 속에서 담담하지만 끈질기게 천착한 작품으로 판단된다. 매우 재미있게 읽히는 것은 작가가 지닌 소설가적 역량에서 비롯될 것이다. 「소인국」과 「불면수심」 등 일련의 작품에서 보여 주었던 작가의 세계와는 변모를 보이고 있다는 것을 지나쳐서는 안 될 것 같다. 그것은 「소인국」 등 이 작가의 작품이 보여 줄 세계가 매우 비판적이고 삶에 대한 냉소적인 태도였던데 비해 「아득한 나날」에서는 낙관적이며 때로는 삶에 대한 긍정적인 시각까지를 내보여 주는 점이다. 해직이란 열악하면서 암담한 정황에서도 아내와 남편이 결코 좌절하지 않으면서 어떻게 되겠지 하는 옵티미스틱한 자세의 견지라든가, 광고회사에서 자신을 잘 적응시켜 나가다가 결국 무력감에 빠지는 것을 짐짓 나이에서 비롯되는 것으로 처리하는 것 등이 그 점을 잘 말해 준다. 「몇 개의 낙서를 통한 회상」 역시 작가가 낙관주의적인 영역에 서 있는 것으로 파악된다. 전문대학 교수인 동준이 어린 시절 미군으로부터 당했던 일, 그가 학교의 신문사 주간으로 있으면서 겪게 되는 이른바 운동권 학생과의 갈등 등을 '회상'의 형식을 통해 서술하고 있는 데서도 알 수 있는 것이지만 작품 술에 이야기들로 제시되는 '대통령상'에서도 민주화에 대한 열망을 얼마쯤 희화화시키고 있는 데서 분명히 드러난다. 그러나 이 작품의 특색은 우리시대가 직면하고 있는 학생시위, 노사문제, 권력의 남용 등 자칫 흥분하기 쉬운 문제를 낮은 목소리로 잔잔하게 표현해 주고 있는 점이다. 그래서 안정감을 갖게 되고 읽고 있는 동안 안도감마저 가지게 된다. 변혁과 전환기의 불안감을 이토록 차분하게 서술할 수 있는 것은 작가의 낙관주의적 대현실관과 무관한 것은 아닐 것이란 판단이다.

　김원우와 최창학의 이 같은 낙관주의적 입장은, 극히 주관적이긴 하지만, 두 사람이 그동안의 작품에서 취해왔던 비판적이며 냉소적인 태도에 대한 스스로의 비판적 검증이 아닌가 보아진다. 이 검증이 그동안의 작품세계에 대한 폭넓은 성찰로 이어질 때 보다 확실한 그들의 연작을 기대해볼 만하지 않을까 생각된다. 그렇지만 이러한 작품세계를 그 자체만으로 바라볼 때 치열한 현실대응의지의 소설적 응전에 다소 미흡하다는 판단도 가능할 것이다.

　「유배지」에 관한 논의는 부득이 다음으로 미룰 수밖에 없어 안타깝다.

(1989.7, 동서문학)

정확한 서술과 리얼리티 그리고 재미

갑오개혁이 단행되었던 1894년에 태어나 광복을 세 해 앞둔 1942년 이역의 소련 땅에서 유명을 달리한 작가 조명희의 「낙동강」을 다시 읽었다. 희곡을 썼고, 시집 「봄 잔디밭우에」를 간행하기도 했던 그의 소설 「낙동강」은 망국의 한을 몸서리치는 가난으로 체험했던 조명희가 가진 자와 갖지 않은 자, 지배자와 피지배자, 일제의 억압과 착취의 사슬에 묶여있었던 당시 우리 민족의 처지를 계급투쟁의 시각에서 접근한 작품이다. 그 같은 그의 작품 때문에 분단의 상황과 맞물려 그가 월북 작가로 분류되어 오랫동안 작품들이 금서로 묶여있었던 것은 널리 알려진 사실이다.

지금 이 같은 문제를 거론하기 위해 조명희의 「낙동강」을 말하는 것은 아니다. 이 짧은, 그러나, 조명희의 대표작으로 평가받는 「낙동강」에서의 다음과 같은 구절은 소설에서의 리얼리티가 무엇인가를 생각하게 해주기 때문이다.

　　'이 해의 첫눈이 푸뜩푸뜩 날리는 어느날 늦은 아침, 구포역(龜
浦驛)에서 차가 떠나서 북으로 움직여 나갈 때이다. <u>기차가 들녘
을 다 지나갈 때까지</u>, 객차 안 동창으로 하염없이 바깥을 내어다
보고 앉은 여성이 하나 있었다. 그는 로사이다' (밑줄－인용자)

　'기차가 들녘을' 지나가는 것을 서술하고 있는 「낙동강」의 이 마지막
부분은 구포龜浦라는 구체적 지명을 작가가 작품의 공간적 배경으로 하
고 있다. 따라서 우리가 구포라는 곳에 가서 그 곳의 역사驛舍를 답사하
고 역을 거쳐 지나가는 열차를 타보면 기차가 '들녘'을 지난다는 서술이
현장에서의 사실과 매우 거리가 있음을 알게 된다. 북행하는 방향으로
해서 왼쪽으로 낙동강을 끼고 오른쪽으로 산모롱이를 돌아 철로가 뻗
어 있기 때문이다. 구포역 주변에서 볼 수 있는 들판이란 있을 수 없고 따
라서 '들녘'을 기차가 지난다는 표현은 걸맞지 않다는 사실을 알게 된다.
　소설이 허구(fiction)라는 말 속에는 작가의 상상적 공간과 현실적인 공
간이 상이함을 용인하는 의미가 내포된 것은 사실이다. 가령 '시는 역사
보다 진실하다'는 말 속에도 개연성의 창조적 의미에 강점을 두는 문학
이론의 맥락을 알 수 있게 된다. 그러나 소설이 서사문학으로서의 소임
에 보다 충실함을 강조하는 리얼리즘의 표현기법에는 가능한 한 구체
적인 작품의 배경 공간에 대한 작가의 사실적寫實的 서술이 중요하다는
점을 간과해서는 안 된다. 『루공마까르 총서』를 쓸 때 졸라의 경우와
발자크의 서술상의 엄격성, 플로베르의 일물일어설一物一語說로 말해지
는 표현의 정확성 강조는 모두 이 같은 문맥에서 말해질 수 있을 것이다.
　요컨대 리얼리티의 획득이란 작품의 세세한 부분에 이르기까지 작가
의 투철한 현실인식에 바탕을 둔 엄격하고 정확한 표현의 기술은 물론
작품의 전 영역에 해당되는 구체적인 배경공간의 설정에 한 치의 소홀
함도 없어야 한다는 점을 잊어서는 안 된다. 한편의 소설은 작가가 그

속에 장치하고 설정하는 모든 공간과 인물들과 배경이 유기적으로 상
호관계하고 있다. 그러므로 이러한 관계는 현실적으로 존재하는 구체
적인 지명을 선택할 때 가능하다면 그 곳에 대한 작가의 답사가 선행되
어 정확한 서술이 요구되기도 한다. 가령 한국의 서울을 작품의 공간적
배경으로 설정할 경우 그 곳이 평양의 북쪽 20마일 가까이에 위치하고
있다고 서술할 경우 그 작품의 리얼리티 문제는 어떻게 될 것인가.

> '후미는 벽시계를 바라보았다. 아버지가 서울서 비행기를 탄
> 다고 했으니까 지금쯤 수영공항에 도착해서 택시로 오고 있을
> 시간이었다.'

　유홍종의 「부네」(『동서문학』 5)의 한 부분이다. '하회굿에 나오는 여인
의 웃는 형상을 깎은 탈'을 말하는 '부네'를 제명題名으로 하는 이 작품
은 가난한 미국 유학생인 정치학도 유빈이 그곳에서 만난 같은 유학생
후미와 결혼하여 귀국하자마자 유학생 간첩단 사건에 연루, 공항에서
수사기관에 끌려가 7년형을 선고받고 정신이상이 되어 가석방한 후 부
산의 해운대 옆 미포에 칩거해 있는 것을 내용으로 한 작품이다.
　군사정권을 유지하기 위해 비판세력과 반대세력을 범법자로 몰아세
워 무자비하게 고문한 제도적 폭력에 희생된 젊은이의 슬픈 삶을 이 작
품은 들어 내보여 주고 있다. 결혼을 반대한 후미의 아버지가 우빈을
'천사의 풀'이라는 독초로 죽게 하라고 하지만 그렇게 하겠다고 해놓고
결코 후미는 그것을 실행하지 못한다. 자식에 대한 부모의 사랑과 남편
에 대한 아내로서의 사랑이 갈등을 이루면서 「부네」는 이 아픈 시대를
살아야 했던 한국 젊은이의 제도적 폭력에 찢긴 처참한 모습을 보여주
는 작품이다.
　그런데 앞에 인용한 부분은 작가의 서술 상 문제점을 드러내주고 있

다. 이 작품의 시간적 배경은 분명 80년대인 당대 한국이다. 공간적인 배경은 작품 속의 구체적인 지명인 해운대, 미포 등이 말해주는 대로 부산이다. 그렇다면 서울에서 비행기를 탄 후미의 아비지는 '수영공항'에 내려 해운대로 와서는 안 된다. 수영공항은 이미 그 임무를 김해공항에 넘겨준 지가 오래되었다. 이 작품의 시간적 배경으로 보았을 때 그것은 확실하다. 그렇다면 수영공항은 분명 다른 공항의 이름으로 달리 서술되었어야만 했다.

표현상 기술상의 작은 무제가 작품 「부네」가 갖고 있는 군사 통치에 의한 제도적 폭력에 갈가리 찢긴 당대 젊은이의 비극적 삶을 드러내고 있는 덕목을 깡그리 뒤엎어버리는 것은 아니다. 그러나 표현 기술상의 그 작은 부분에 이르기까지 작가의 섬세하고 정확한 구성상의 정치함이 이루어졌다면 리얼리티는 보다 더 확실히 획득되지 않았겠느냐 하는 아쉬움이다.

또 하나의 문제는 「부네」가 너무 구태의연한 이원론적 발상에 의한 사항 파악에 있는 것으로 보인다. 후미의 아버지가 어머니가 죽은 후 젊은 여인과 재혼했다든가 증권과 부동산으로 돈을 번 사람으로 설정, 후미에게 우빈과의 관계를 끊도록 강요하는 일 등은 선과악의 이원론적 인간파악의 소설적 수용이라 아니할 수 없다. 따라서 이러한 이원론적 사항 파악은 후미의 심리적 갈등이 돋보이면 돋보일수록 그것이 지나치게 구태의연한 것으로 두드러져서 자칫 통속적인 감을 떨쳐버릴 수 없게 된다.

아무튼 한국의 작가들은 자신이 말하고자 하는 것을 소설의 그릇에 언어로 담음에 있어 사소한 하나하나에도 적확하고 정치한 장치를 함에 소홀하고 있음을 조명희와 유홍종의 예에서 확인할 수 있게 된다. 굳이 이들의 경우만이 아니라 다른 작가의 경우에 있어서도 이 같은 점을 쉽게 파악할 수 있게 된다. 한국의 작가들은 좀더 확인하고 그가 작품 속에 설정하고자 하는 공간적 배경에 대해 직접 답사하는 일에 투철해질 수는 없을까.

최인석의 「투표」(『한국문학』 5)는 당대 한국사회 구성원들의 대부분이 간과해버리기 쉬운 광산촌 사람들과 농촌 사람들의 아픔을 매우 진솔하게 표출해주고 있다. 수십 길 막장에서 채탄하는 광부들의 삶과 그들 버림받은 생활을 한국사회의 구조적인 모순인 분배문제와 결부시키고 있다. 특히 주목되는 것은 광부들의 그 같은 아픔을 농촌의 그것과 연결시킨 점이다. 기층민으로 이야기 할 때 도시의 빈민들을 말하는 것이 일반적인데 최인석은 거기에 광부와 농부들도 마땅히 포함시켜야 한다는 당연한 점을 「투표」에서 증명하고 있다.

덕철은 광부로서 모은 돈을 가지고 귀향하여 농토를 산다. 그러나 장마에 농사는 엉망이 되고 영농빚만 덜렁 껴안게 된다. 더구나 아버지는 중풍으로 몸져 누워있다. 우선 아버지의 약을 장만할 돈을 구해야만 했다. 그거 떠났던 광산촌으로 다시 돌아온 것은 그로서는 어쩔 수 없이 선택할 수밖에 없는 길이었다. 그가 광산촌에 와서 찾은 옛 친구 조태호는 병원에 입원해 있다. 태호는 막장이 무너져 다리를 절단해야만 했다. 병원에서 계속 마시는 술 때문에 태호와 그의 아내는 계속 입원실에서 부부 싸움이다.

사실 「투표」에서 태호와 그 아내가 싸우는 장면은 처절하다. 그 처절함 속에는 광부들의 처참한 삶과 그 현장을 적나라하게 표출해내고 있다고 말할 수 있을 것이다. 결국 덕철은 고향으로 다시 돌아와 서울 사람에게 농토를 팔아버린다. 그때는 대통령선거가 있는 시기다.

덕철과 태호의 두 인물은 단지 농촌의 청년과 광부가 아니다. 「투표」

라는 작품 속에 나오는 이 두 사람은 우리 시대가 갖고 있는 환부 중의 하나인 부의 공평한 배분, 그리고 기층민의 어두운 삶을 보다 윤택하고 밝게 해주어야하는 모두의 책무 속에 자리하는 인물이다. 그것을 정치라고 하는 장치가 해결하지 못하고 있음을 선거의 구체적 행위인 「투표」를 통해 작가는 제시하려고 한 듯하다. 그러나 사실 이 비참한 농촌과 광산촌의 현실을 정치라는 제도적 장치가 해결하지 못함을 보다 심도 있게 제시 못한 아쉬움을 「투표」는 갖고 있다. 그것은 이 작품에서 가장 주요한 부분으로 말할 수 있는 태호와 그 아내의 입원실에서의 싸움 부분에 태호 아내에 대한 묘사가 지나치게 인습적임에서 비롯한다. 그것은 덕철이 소주를 사가지고 오는 행위를 그의 아내가 막는 것에서 보다 두드러진다. 다리를 절단하여 누워있는 환자가 소주 한 잔 하잔다고 덕철이 곧바로 술을 사오는 것이나 그것을 태호의 아내가 막는 것이 작위적임에서 비롯하는 것과 맥락을 같이한다.

그러나 다음과 같은 작가의 확실한 현실인식은 작품 「투표」를 읽는 사람에게 문득 당대 한국의 현실 한 부분을 괴롭게 되돌아보게 하는 계기를 제공하는데 충분할 것이다.

'그래뵈도 그 쌍가마산에는 때가 되면 수많은 백로들이 날아든다. 이따금 그 백로들이 농약을 잘 못 먹고 죽어나자 빠지는 경우가 있다. 그러면, 근처 도청소재지의 대학교에서 조류학자들과 수의사들이 여러 명 차를 타고 와서 해독제를 먹이네, 치료를 하네 법석을 피우기도 한다. 때로는 그런 얘기가 신문에도 보도되는 적이 있다. 그러나 사람은 아무리 농약을 먹어봐야 교수나 의사가 덤벼드는 적이 결코 없다. 작년 늦겨울에도 이 마을에서는 한 사람이 죽었다. 덕철이와는 먼 일가인 병우 삼촌이었다. 농협 빚 때문이었고, 영농비 때문이었다. 그는 단위 농협에 50만 원의 빚을 지고 있었고, 그 외에도 약 백만 원 정도의 사채를 얻어 쓰고 있었다. ……병우 삼촌은 돌아오는 길에 막걸리와 농약을 샀고 그 쌍가마산에 들어가 그것을 마셨다. 다음 날에야 병우 삼촌의 시신은 발견되었다. 그런데, 교수도 의사도 와본적이 없다. 신문에도 보도되지 않았다.
　　그곳이 덕철의 고향이다.'

　송하춘의 「두럭산」(『문학사상』 5)과 고시홍의 「저승문」(『한국문학』 5)은 전형적인 단편의 형식을 지닌 작품으로 파악된다. 작가들이 너무 할 이야기가 많아서인지 산업화 혹은 다원화된 삶의 현장인 현실에서 가장 빛나는 삶의 부분을 통해 전체를 조망하고, 압축적인 얼개와 빈틈없는 구성적 특성을 가진 단편이란 소설의 장르는 작가정신을 담아내기에 철지난 장르가 되어버린 것은 아닌가, 의아심을 가질 때가 있다. 그것은 대부분 단편으로 발표되는 작품은 앞서 말한 특성들과는 많은 편차를 가짐에서 비롯한다. 길이에 있어서도 상당히 길다는 느낌을 지울 수가 없고 구성상의 여러 사항들도 압축적이라고 말하기 어려운 경우가 많다.
　이런 점들을 「두럭산」과 「저승문」은 말끔히 씻어 내주고 있다. 「두럭산」은 휴전직후로 보이는 시점을 선택하여 그 곳에 조난된 미국 비행기를 발단으로 해서 초등학교 교사인 남상훈과 한상민 그리고 박 교장을 등장시켜 그들의 성격을 산뜻하게 창조해 놓고 있다.
　남상훈은 젊은 새로운 세대로, 한상민과 박 교장은 구세대로 설정하여 세대 간의 현실인식과 처세 등을 국민학교 학생들과의 관계에서 이야기에 용해되도록 한 것은 탁월한 부분이라 파악할 수 있을 것이다. 특히 남상훈의 시세에 편승하는 영리한 처세술은 우리들이 변혁기에 흔히 주위에서 목격할 수 있는 사람들의 전형이라 아니할 수 없다. 어느 특정한 한 공간에서 잠깐 사이에 일어난 사안을 통해 이만큼 세 사람의 성격전형을 압축적으로 제시한 것은 「두럭산」이 근래 보기 드문 가작임을 입증하기에 충분하다고 판단된다. 그러나 우리의 욕심은 남상훈과 미군과의 관계를 좀더 구체적이며 심도 있게 제시해줌으로서 작가가 그의 노트에서 '우리 마을에 미국 사람이 처음 어떻게 왔는가를' 보여 주려했다는 그 부분에 그칠 것이 아니라 그 같은 미국사람에 대해 어떻게 인식했는가의 가닥을 제시했으면 좋지 않겠는가 하는 점이다.

「저승문」은 제주도 4·3사태를 또 다르게 조망했다는 점에서 문제점을 지닐 수 있다고 판단된다. 4·3 사태를 좌우익의 대립으로 이해하고 희생된 사람들을 이데올로기적 시각에 고정시켜 분단의 비극이 몰고 온 첨예한 갈등구조로 이해하려는 그동안의 소설적 응전에 「저승문」은 조금 비켜 서 있다. 「저승문」은 4·3사태를 비극의 실체로 파악하면서 그것을 가족사적 관점으로 좁히고 삶의 무상함과 연결시키면서 인간존재를 성선性善의 시각에서 파악하려 한다.

일제 강점기 고등계 형사였고 4·3사태 때 우익의 선두였다가 일본으로 건너간 김시탁이 조총련 간부로 일본에서 활동하다 죽은 후 그 유해를 고향에 갖고 온 이야기가 「저승문」의 줄거리다. 김시탁이 죽기 전 내 유해만은 꼭 고향에 묻히고 싶다고 간청했으며 그 동생인 작중 주인공의 장인이 그것을 실현하고 있는 것은 작가가 인간존재를 성선적 문맥에서 파악하고 있다는 근거의 하나가 될 것이다. 작품의 발단에 반공 이데올로기로 무장된 정치권력과 그들이 아직도 반공을 지배논리의 주요한 거점으로 하고 있음을 차중의 라디오 뉴스로 제시한 기법도 작가가 압축적인 구성에 얼마나 신경 쓰고 있는가를 말해주는 것이라고 볼 수 있을 것이다. 4·3사태에 대한 독특한 관점임을 지적하지 않을 수 없다.

소설은 재미있어야 한다는 말과 재미없으면 소설이 아니라는 말은 구별되어야 한다. 소설이 재미있어야 한다는 것은 좋은 소설이 갖는 구

비요건의 하나로서 재미를 말한 것이며 재미가 없으면 소설이 아니라
는 말은 소설에서 재미를 구하려는 편향된 독자들의 편견이다. 따라서
그 말은 잘못된 것이다. 사실 현대에서 소설이라는 장르보다 재미 면에
서 우세한 것은 무수히 많다. 요컨대 재미라는 것으로 소설이 그들 독자
를 끌어들이겠다는 것은 어리석은 일이다. 그러나 소설이 재미라는 것
을 머금고 있지 않고서는 작가가 소설에서 목적하는 바를 이루기가 어
렵다. 재미는 작가와 독자를 작품으로서 묶어주는 주요한 구실을 담당
한다고 말할 수 있다. 그러나 그 재미는 자연스러운 것이 되어야 한다.
자연스럽다는 말은 소설이 가진 여러 요소들을 작가가 적절히 조절하
면서 소설의 내적 구조 속에서 인위적이 아니게 보이도록 장치하는 것
을 말한다.

주관적인 판단임으로 얼마간 논란을 몰고 올 수도 있겠지만, 기존 소
설 형식의 파괴에 의한 새로운 수법의 소설도 그 파괴라는 실험적인 재
미를 읽는 사람에게 제공한다. 그렇기 때문에 기존의 소설로부터 부단
히 벗어나려는 작가의 시도는 당대의 민감한 사안들과 어울려 또 다른
재미의 지평을 개설할 때 성공할 수 있음을 확인할 필요가 있을 것이다.

「말뚝에 절하고」(염재만, 『동서문학』 5)가 풍자적인 수법으로 당대 한국
적 현실을 지적으로 접근 야유함으로 진실의 실체를 되새기게 해준다
는 점에서 긍정적일 수 있다. 그러나 그 같은 풍자적 구성이 왜 허황되
게만 생각되는가. 그것은 풍자라는 것이 원래 가진 소설적 재미가 이미
진부하여 풍자적인 방법이 역설적으로 획득하게 되는 리얼리티를 만족
하게 성취하지 못하는 데서 비롯한다. 달리 말한다면 「말뚝에 절하고」
에서 작가가 구사하는 풍자적 관점과 수법이 이미 인습적인 것으로 굳
어져버린 데 있다. 그렇다며 작가는 그 방법을 좀 더 달리 찾아내어 소
설화하는데 원용했어야만 했다고 판단된다.

　우리의 끊임없는 소설에 대한 요구를 작가가 모두 충족시킬 수는 물론 없다. 그러나 그 같은 요구들에 얼마쯤 귀를 열어놓는 것도 필요할 것이다. 거듭 말하지만 재미는 소설의 필요충분조건은 아니다. 그러나 그것은 필요조건인 것만 틀림없다. 이 점은 아무리 강조해도 좋을 것이란 생각이다.

(1989.6, 동서문학)

현실에 대한 소설적 대응

　현실의 질곡에 작가가 소설로서 대응하는 방법을 몇 갈래로 생각해
볼 수 있다. 질곡을 그대로 표출해내어 제시함으로써 치열하게 그것에
맞서는 양태가 그 하나이다. 또 다른 하나는 질곡에 옥죄어 정황을 한없
이 내면화하여 심리적 추이나 그 같은 추이를 들추어내면서 관념화 혹
은 사변화 시키는 경향이다. 또 한편으로는 질곡의 현실에 얼마간 거리
를 유지하여 그것을 관찰하면서 그 같은 상황에 야유나 비웃음을 짓는
태도다. 그 태도는 급기야 그와 같은 질곡의 현실을 풍자하는 모습으로
나타난다. 이러한 풍자는 대부분 경우 알레고릭한 구조를 도입하기도
하는데 이 경우 대개는 우화적인 방법을 작가는 선택한다. 우화적 방법
이란 그 말 자체가 암시하는 바로 가장 비현실적인 양태이지만 오히려
비현실적임으로 하여 현실의 질곡과 맞물려 읽는 사람으로 하여금 지

적 유추를 통한 현실에의 접근을 유도한다.

　이상과 같은 분류는 매우 자의적이기 때문에 언제나 보편타당성을 지닌다고 말할 수는 없다. 그러나 이러한 갈래로 분류해놓고 볼 때 현실에 맞서 작가가 소설로서 대응하는 대체적인 모습을 건져 올릴 수 있지 않을까 판단된다. 이상의 세 가지 방법 외에 또 하나 간과할 수 없는 것은 현실의 질곡이 보다 폐쇄적이고 획일적이 되어 정치권력의 검열이 강화될 때 작가는 아예 소설적 대상을 과거의 역사적 사실에서 빌려 와 서술하는 경우가 있다. 그 반대로 환상적이며 공상적인 이른바 미래소설적 양태도 여기에 포함시킬 수 있을 것이다.

　논자에 따라 얼마간 시각을 달리할 수 있겠지만, 1960년대 말에서 1970년대에 걸친 군사정권의 획일적이며 독재적이고 폐쇄적이었던 현실의 질곡에 맞서 박경리의 『토지』(1부)와 황석영의 『장길산』 등이 역사에서 그 소재를 취하고 있음을 범상하게 넘겨버릴 사항은 아니라고 판단된다. 민족적 에너지의 분출 근원을 농민에게서 파악하고 그들 삶의 집적이 곧바로 민족의 당위적 삶과 연결되어야 함을 『토지』는 말하고 있다. 그것은 근대화라는 경제적 변혁에 우선순위의 모든 것을 내맡긴 당시의 물질만능 풍조와 독재적인 정치권력에 대한 비판적 접근이라 아니할 수 없을 것이다. 민중의 핵심이 무엇이며 역사의 근본적인 주체가 바로 민중의 핵심적 역량에서 비롯되어야 하고, 그것은 피압박계층인 수탈당하는 민중의 투쟁에서 얻어질 수 있음을 말하는 『장길산』 역시 당시의 재갈 물린 군사독재의 상황에서 맞서는 소설적 응전이 직접적이 아닌 역사적 대상에로의 우회적 접근이라 파악할 수 있을 것이다.

　이번 달에 발표된 작품들 중에서 「버려지는 사람들」(오성찬, 『동서문학』 4월호), 「풍경風磬」(정찬주, 『한국문학』 4월호), 「하느님의 시야」(오탁번, 『문예

중앙』봄호) 등을 현실의 질곡을 그대로 소설로써 표출하고자 하는 갈래
로 묶을 수 있을 것이다.

「버려지는 사람들」은 시청의 부녀복지계 차석인 이성숙 여사를 통
하여 보호받아야 할 어린이, 갓난아기, 노인들이 유기되는 사항을 리얼
하게 포착하고 있다. 작가는 이렇게 보호받아야 할 인간생명이 마구 내
버려지는 것을 성도덕의 문란, 산업화 되는 사회에서의 전통적인 윤리
관의 변모 그리고 무엇보다 인간 존엄성의 타락에서 찾으려고 한다. 무
엇보다 이 작품이 이 같은 현실의 질곡을 잘 건져내어 제시하는 것은 작
가정신의 치열함과 이 작품의 구성에서 찾을 수 있다. 실상은 갓난아기
의 유기에 더 강점을 두면서 육자배기 노인으로 불리는 내버려진 노인
의 이야기로 복합시켜놓은 것에서 그것을 확인할 수 있게 한다.

「풍경」은 당대 한국의 가장 아픈 부분인 민주화를 위한 학생시위 그
리고 광주민주항쟁, 공권력에 의한 고문 등을 다루고 있다. <나>와 동
생의 견해 차이를 다만 세대 간의 갈등이나 혈육 간의 갈등으로 좁히지
않고 역사적인 흐름에서 부침되어가는 변화의 줄기와 합류시켜놓고 있
는 점은 작가정신이 뚜렷한 역사인식의 영역에 놓여 있음을 알게 해준
다. 그러나 흔들리며 구슬픈 소리를 내는 <풍경>에 소설의 주제를 상
정시키고 있음은 현실의 질곡에 바로 대응하는 작의를 얼마쯤 시적 감
상주의로 몰고 갈 수도 있음을 생각할 때 아쉬운 구석으로 지적되지 않
을 수 없을 것이다.

「하느님의 시야」는 분단의 아픔, 이산의 고통이 아직도 치유되지 못
하고 있음을 유년기 체험에서 차분하게 건져 올리고 있다. 그러나 이 작
품의 차분한 구성은 사실에 있어 치열하고 확고한 작가의 역사인식과
맞물려 있음을 간과할 수는 없다. 그것은 후퇴하는 북쪽의 병사가 피난
가 있던 집에 밥을 요구하여 챙겨먹고 형만을 동반한 채 가버린 점과 어

머니가 그렇게 아끼던 황소를 같이 피난 온 동네 사람들이 잡아먹는 두 삽화에서 약여하게 드러난다. 물론 형을 데리고 간 후 형을 기다리다 임종을 한 어머니의 애끓는 마음은 분단과 이산의 고통을 6·25가 가져다 주었음을 인식하게 한다. 그러나 북쪽의 병사가 마구 남쪽의 동족을 살상하고 약탈하지만은 않았음을 제시함으로서 민족의 동질성에 대한 확실한 역사적 인식을 작가는 소설로써 말하려 하는 데 이 작품의 덕목이 있다.

현실에 바로 맞서지 않고 현실의 질곡을 내면으로 가져와 관념화 혹은 사변화 하는 작품으로 「금지곡 시대」(이청준, 『문예중앙』 봄호), 「누워 있는 부처」(최시한, 『문예중앙』 봄호) 등을 들 수 있을 것이다. 이 같은 갈래의 소설들 대부분은 읽기에 지루함을 제공한다. 그 지루함을 벗어날 수 있는 형식적인 새로움의 모색이 필요할 것이라 판단된다. 그러나 「금지곡 시대」는 얼마간 지적 재미와 연결되어짐을 알 수 있다. 그것은 형식의 새로움에서 비롯된다고 하기보다는 작가의 내면적 기록을 현실에 대한 비판정신과 상관시키고 있기 때문으로 파악된다. 이청준의 소설들이 즐겨 다루는 관념적인 요소의 접합을 여기서 목격할 수 있게 된다. 그러나 소설이 보다 탄력적인 모습을 가져야 독자를 흡입할 수 있다는 입장에 선다면 이청준의 관념적 요소와 현실적 요소의 접합을 보다 엄정한 검증이 작가 스스로에게 수반되어야 하지 않을까 생각된다.

「누워 있는 부처」는 운동권학생에 대한 회의론자인 아들이 그 아버지와 갈등하는 심리적 과정과 노사문제 등을 관념화 혹은 사변화 시키고 있다. 그러나 이 지루한 작품은 작가가 현실의 질곡을 내면화시킴에 있어서는 보다 적극적인 비판정신과 어울려야 한다는 사실에 대한 성찰이 있어야 하지 않을까 판단된다. 그리고 소설형식에 있어서의 새로움이란 그것이 항상 독자가 소설에서 일차적으로 요구하는 <재미>의 사항과 연결될 수 있어야 함을 알 필요도 있을 것이다.

「민주구린내」(염재만, 『한국문학』 4월호) 그리고 「미친 새」(박양호, 『동서문학』 4월호)는 현실의 질곡을 풍자 혹은 우화로써 비판하려는 모습을 보여준다. 그러나 「민주구린내」가 너무 허장성세 쪽에 기울어져 있음으로 감동을 탕감시킨다면 「이목구비」는 너무 사실적이고 도식적임으로 하여 오히려 감동을 얻음에 소극적이라 보아진다.

「미친 새」는 현실의 질곡을 너무 노골적으로 동물의 행동에 도입시켜버림으로 하여 그 작의성이 두드러져 우화소설이 가진 알레고리를 희석시켜주는 아쉬움을 갖게 한다.

현실에 대한 작가의 이 여러 가지 대응양식은 그것이 어떠한 형태든 소설의 일차적인 덕목에서 일탈되어서는 안 될 것이다. 그것은 소설이 이야기이고 그 이야기는 재미있어야 한다는 점의 확인에서 비롯된다. 살펴본 바로 현실의 질곡에 맞서 그것을 내면화로 가져간 경우 사건이 사상됨으로 하여 재미가 반감되어 지루함을 야기하고 있음은 그것이 바로 소설의 일차적 덕목에서 벗어나고 있다고 보아야 할 것이다. 읽지 않은 소설은 결국 그 생명이 길 수 없을 것이고, 읽지 않음으로 하여 그 소설은 소설의 소임을 감당할 수 없게 될 것이다.

정종명의 「숨은사랑」(『현대문학』 4월호)은 사건을 통한 이야기의 재미를 충분히 획득할 수 있는 소설이다. 이 작품은 작중의 인물과 배경의 지명을 모두 허구적으로 하여 당대 한국의 군사정권 권력의 횡포 앞에 지식인이 몰락해가는 과정을 다루고 있다. 인명과 지명을 허구로 구성했기 때문에 알레고릭한 구조로 파악할 수 있지만 실상은 현실을 그대로 포착하여 제시하려는 작가의 의도가 무엇보다 강하게 깔려 있는 작품으로 파악해야 할 것이다. 그리고 군사정권의 폭압 앞에 무참히 짓밟혔던 지난날을 한번쯤 되씹어볼 수 있는 기회를 갖게도 된다. 그러나 작가는 사건을 통해 이야기를 전개하면서 그것이 개개 등장인물의 성격 창조에 합일될 수 있도록 하는 것에 소극적이었다. 그래서 가르시아와 테레사의 숨은 사랑의 필연성과 인과관계가 확연하지 못하게 느껴질 수밖에 없게 된다. 사건·이야기, 그리고 그것이 성격창조로 합류되는 속에 소설의 덕목은 보다 심화되고 확장되리라는 파악이다.「숨은 사랑」이 현실의 질곡을 잘 포착하여 알레고리의 구조를 원용하면서 이야기로 전개함에 성공적이지만 성격창조에 보다 소극적임으로 하여 그 인과관계와 필연성이 확연하지 못한 점은 아쉬움이 된다.

소설이 이야기라는 점, 그것은 사건을 통한 재미로 확보되고, 그것은 성격창조를 통해 보다 심화·확장된다는 점을 감싸 안으면서 소설형식의 새로움을 구축할 수는 없겠는가.

(1989.5, 한국문학)

살아있는 문학 그리고 관습적 문학

1.

정종명의 「숨은 사랑」(현대문학 4월)은 소설이 현실의 모습을 담아내야 한다는 것을 깊이 생각하게 해주는 작품이다. 소설이 현실을 담아낸다는 것은 무엇인가. 그것은 작가가 현실에서 감응한 것을 언어로써 서술한다는 것을 일차적인 의미로 삼는다. 서술이 소설이라는 장르가 가진 특성을 이해하면서 그 장르가 가진 요소들과 아우러져 확실한 모습을 보일 때 그것은 표현(expression)이 된다. 서술이 진술로서 그치지 않고 표현으로 자리할 때 예술성을 획득하게 된다는 것은 너무 진부한 얘기처럼 들릴 정도지만 강조되지 않을 수 없는 사항이다.

「숨은 사랑」은 작가가 현실에서 감응한 것을 다만 진술에 의해 서술하려 하지 않는 의지를 처음부터 확실히 하고 있는 작품이다. 결론부터 말한다면 그것은 알레고리의 구조로서 현실을 소설적 질서로 재구성하려는 곳에서 약여하게 드러난다. 「숨은 사랑」은 현실의 어느 곳에도 존재하지 않는 지명들을 사용하고 있다. 그것은 현실 그 자체를 작가가 서술하려는 것이 아니라 '있음직한 현실' 즉 허구적인 현실을 배경으로 이야기를 전개하려는 의도와 상관하고 있다. 이 의도는 작가가 실제적으로 부딪쳐 감응하는 현실을 작가의 의식 속에 한번 굴절시켜 소설적 현실로 재구성한다는 점에서 서술을 표현으로 변화시키는 데 보다 능동적으로 작용한다고 파악할 수 있게 한다. 알레고리란 직접 부딪치는 현상을 비켜서면서 그것에 바탕하여 또 다른 현상으로 조립하고 그 조립을 통해 보다 역동적으로 현실 그 자체로 유추 혹은 육박해가는 기법상의 용어다. 작가는 이 점을 그가 대응하는 현실의 상황에 보다 탄력적인 접근을 위해 사용하고 있음은 현실의 모습을 작가가 그대로 소설로서 내보여 진술하기 전에 그의 의식 속에서 또 한 번의 구성을 시도하게 됨으로 현실 파악에 있어 보다 사려 깊게 된다는 점을 간과해서는 안 된다. 「숨은 사랑」은 시인이면서 교수로 평생을 한결 같이 존경받으면서 살아온 가르시아라는 지식인이 무력과 정치권력 앞에 어떻게 허물어져 가는가를 이야기로서 엮어간다. 가르시아의 아들 도이구지는 역사학 교수고 그의 손자 도이미나는 민주화 운동을 위해 활동하는 학생이다. 군부를 등에 업고 이십 오년간이나 정권을 잡아왔던 노리에이의 철권 통치에 가르시아, 도이구지, 도이미나가 어떻게 대응하는가는 매우 흥미로운 부분이다. 학생인 도이미나는 행동과 실천을 통해 직접 독재 권력에 맞서 싸우는 모습을 보여준다. 도이구지는 친위 쿠데타가 발발하여 그것에 대항하는 시위가 격렬한 카이주아 시에 가서 계엄군들의 무자비한 진압에 분개하여 총을 들고 시위대에 가담하다 체포된다. 가르시아는 노리에이 정권에 협력할 것을 제의 받으나 끝까지 수락하지 않는다. 그러나 그와 테레사의 불륜의 애정행각, 그의 아들 도이구지와 손자인 도이미나의 안위를 담보로 내거는 독재권력 앞에 어쩔 수 없이 무너지고 만다.

할아버지와 아버지 그리고 손자의 삼대에 걸친 구성원들이 그들 공동체에 대응하는 것은 할아버지인 가르시아가 정치권력에 담합하는 모습으로, 아버지인 도이구지가 구체적인 체험을 통해 그 부도덕하고 타락된 정치권력과 맞서는 자세로, 손자인 도이미나가 처음부터 확고한 신념으로 독재 권력에 투쟁하는 것으로 형성화되어 있다.

알레고릭한 설정을 통해 작가는 이러한 세대 간의 현실대응을 다만 평면적인 서술에 보다 많이 의존하고 있다. 여기에서 「숨은 사랑」에 대한 아쉬움은 생겨나게 된다. 평면적인 서술이란 말은, 작가가 소설 속에 재구성한 사항들이 읽는 사람에게 그가 체험한 혹은 체험하고 있는 상황과 쉽게 유추시킬 수 있다는 점을 전제하여 그들이 상황에 그렇게밖에 대처할 수 없는 필연성을 소홀히 취급하고 있음을 의미한다. 다만 가르시아, 도이구지, 도이미나가 소설 속에 설정된 공간 속에서 권력에 짓밟혀가고, 권력과 맞서 투쟁하는 이야기로서 제시해주고 있는 곳에서 더 이상 나아가지 못하고 있다. 현실의 상황에 대한 대응을 통해 좀더 갈등하고 그것이 보다 더 치열한 의지의 가닥들과 얽혀지는 장치를 통해 성격창조가 확연하게 드러날 수 있어야 한다. 그것은 물론, 작가의 현실에 대한 인식과 성찰을 바탕으로 한 작가의 대현실 인식인 작가정신의 소설적 표현일 것이다. 「숨은 사랑」이 소설이 현실을 어떻게 담아내야 하고, 소설 속에서의 현실이 작가의 치열한 현실인식인 작가정신과 용해되어 진술이나 서술이 아닌 표현의 영역을 어떻게 넓히고 확보하느냐는 것을 우리에게 제시해주는 데 보다 능동적임을 부인하기는 힘들다. 그러나 그 같은 소설적인 구조 속에서 개개의 등장인물들에게 보다 확연한 성격창조를 부여하여 그들의 갈등이 사건으로 맞물려 이

어지고 그것이 문제제기로서 읽는 사람에게 제시되었다면 한층 더 많은 리얼리티를 확보할 수 있었을 것이라 판단된다.

부연해서 말하고 싶은 것은 다만 소설이 현실 속에 있는 사항을 이야기로 엮어 제시함으로써 그 소임에서 자유로울 수는 없다. 진정한 작가의 소임은 있는 현실을 새롭게 깨달을 수 있도록 사건을 통해 성격창조함으로써 작가정신이 치열히 대응해가는 현실과 관계를 보여주도록 해야 한다. 「숨은 사랑」이 알레고릭한 구조를 택했음에도 현실성을 유지할 수 있는 것은 덕목이지만 평면적인 사건의 전개를 통한 성격창조에 보다 수세적임은 우리에게 아쉬움을 남겨주는 부분임을 간과할 수는 없다.

2.

오성찬의 「버려지는 사람들」(『동서문학』 4월)은 풍요로움의 그늘진 곳에 엄청난 빈곤이 도사려 있으며, 밝고 명랑한 삶의 현장 바로 뒤편에는 어둡고 암울한 또 하나의 현실이 엄청난 두께로 내동댕이쳐져 있음을 일깨워 주는 작품이다. 리처드 호가아트(Richard Hogart)는 '왜 문학에 가치를 두는가(Why I value Literature)'라는 글에서 다음과 같이 말한다.

> '내가 문학을 소중하게 여기는 까닭은 인간 경험의 의미를 탐색하고 재창조하고 추구하는 문학 특유의 방법 때문이다. 문학은 사람의 경험(그것이 개별적 인간의 것이든, 집단 속의 인간의 것이든, 자연계 속의 인간의 것이든)의 다양성과 복합성과 신기함을 탐색하고, 또 그 경험의 감촉 및 결을 재창조하며, 그리고 이러한 탐색을(변명조로, 애원조로 또는 위협조로 하는 것이 아니라) 객관적으로 냉정하게 수행한다. 내가 문학을 소중히 여기

는 까닭은 문학 속에서 우리가 모든 인간적 약점과 정직함과 날
카로움을 그대로 간직한 채 삶을 바라볼 수 있고, 또 언어와 형
식과의 독특한 관계를 통해 우리의 통찰력을 생생히 표현해 낼
수 있기 때문이다.'

　호가아트의 관점에서 본다면 「버려지는 사람들」은 '인간적 약점과
정직함과 날카로움을 그대로 간직한 채 삶을 바라'보는 작가의 정신과
만날 수 있는 작품이다. 또 그것은 '언어와 형식과의 독특한 관계를 통
해 우리의 통찰력을 생생히 표현'해주고 있다고 말할 수 있다. 사실 '언
어와 형식과의 독특한 관계'라는 말은 문학이 문학으로서 자리할 수 있
는 입지점을 확실히 해주는 것이다. 소설이 소설로서의 모습을 가지기
위한 최소한의 요건을 이 말은 시사하고 있다고 보아도 무방할 것이다.
따라서 「버려지는 사람들」은 제주도 시청의 부녀복지계 차석인 이성숙
여사의 경험과 실제적인 체험을 소설의 형식으로 엮어주고 있다는 점
에서 이 요건을 충족하고 있다.

　많은 아이들이 버려지고 있다. 그것은 특히 관광지인 제주도의 경우
성윤리의 문란함과 맥이 닿아있다. 자고 일어나 대문을 열어보니 강보
에 싸인 아이가 놓여있더라고 하는 것은 생명에 대한 외경감과는 실상
거리가 먼 사안이다. 이 거리가 먼 사안이 실제적으로 일어나고 있는 것
이 현실임을 작가는 소설로서 증언하려 한다. 더구나 다음과 같은 끔찍
한 묘사는 인간과 동물, 선과 악의 한계점이 실제로 현실 속에 존재하는
가 하는 문제를 다시 한 번 되씹어보게 한다.

　'그녀들을 안내하고 가는 과수원 주인은 어이가 없는 모양이
었다. 주인의 뒤를 따라 삽짝 안으로 들어서니까 더운 김이 확
몸에 끼얹혀왔다. 나무들 몇 줄 사이를 헤쳐 들어가니까 정말 어
디서 고양이 울음 소리 같은 게 들려왔다. 아아, 이럴 수가, 아기

는 여학생의 블라우스 위에서 버르적거리고 있었다. 엎드려 들여다보던 그녀는 아기의 발꿈치가 헤져 피멍이 들어있는 것을 보았다. …(중략)… 그런데 그녀는 더 아기를 관찰하다가 고함을 지르며 뒤로 무너앉고 말았다. 이럴 수가, 이럴 수가, 세상에 이럴 수가. 그녀는 세차게 고개를 내저었다. <u>그녀가 본 것은 아기의 그 작은 조개에서 곰실곰실 기어나오던 구더기들이었다.</u>(밑줄－필자)'

밑줄 부분은 인간의 동물적인 수성을 생각할 때 자연주의적인 묘사의 한 경지라고 할 수도 있을 것이다. 버려진 아기의 생식기에서 구더기가 기어 나오고 아기의 끈질긴 생명은 아직도 꿈틀댄다는 이 처절한 상황은 무엇으로 설명할 수 있을 것인가. 작가는 다만 이러한 사항들을 소설이란 '언어와 형식'을 통해 제시해주고 있다. 그 점에서 작가는 엄정한 자연주의적인 입장에서 있다고 말할 수 있을 것이다.

그러나 작가는 「버려지는 사람들」에서 다만 갓난아기들의 유기만을 말하고자 하지 않는다. 이 소설의 줄거리가 되고 있는 것은 '육자배기 할머니'의 얘기다. 용두암 근처에 버려진 이 할머니는 신랑이 자기를 데리러 올 것이란 환상을 굳게 믿고 있다. 이 할머니의 버려짐을 행정적으로 처리함에 있어 이성숙 여사가 겪게 되는 저간의 사정은 인간을 보호하기 위해 만든 제도가 언제나 인간을 완벽하게 보호해주지는 못한다는 점의 확인이다. 이것은 행정관할에 대한 얼마간의 시빗거리를 서술하고 있는 데서도 나타나지만 과장과 계장의 더할 수 없이 이기적인 근무태도에서 나타난다. 또 부녀복지과의 인사문제가 정치적인 권력과 함수관계에 의해 좌지우지된다는 점들의 제시에서도 확연하게 드러난다.

1989년도 중앙일보 신춘문예 당선작인 「푸른 하늘」은 운동권 학생이 고문에 의해 정신질환자가 되어 단칸셋방에서 살고 있는 누이동생을 범하려고도 하고, 느닷없이 이웃들에게 폭력을 행사하는 짓을 도무지 참을 수 없어, 공장에서 노동자로 근무하는 동생이 형을 제주도에 유기하는 것을 다루고 있다. 「버려지는 사람들」과 「푸른 하늘」에서 유기된 정신병을 앓고 있는 학생은 결국 버려진 사람이고, 그 뒤처리는 「버려지는 사람들」에서 이성숙 여사들이 담당하는 일임을 생각할 때 당대 한국의 현실적 정황 속에 이 두 작품은 질긴 끈으로 묶여져 있음을 알게 된다.

이 같은 생각은 현실이란 터전은 모두가 관계 속에 묶여져 있다는 점을 새삼 되새겨보게 하고, 한국의 당대적 정황이 가시적인 풍족함과 넉넉함의 바로 맞은편에 엄청난 두께로 켜켜이 쌓여져 있는 결핍과 가난의 어두운 덩어리가 있음을 확인하게 해준다.

우리가 문제로서 주목하지 않을 수 없는 것은 오성찬이 「버려지는 사람들」에서 다만 버려지는 사람들에게 감상주의적인 접근을 배제하고 있는 점이다. 앞에서도 잠깐 지적했지만 작가는 엄정하게 객관적 입장에서 버려진 사람들의 모습을 이성숙 여사를 통해 조망하며 제시하고 있다. 사실은 갓난아기들의 유기를 대부분 이야기하면서도 사실은 버려진 노인인 육자배기 할머니를 메인스토리로 하고 있음도 작가가 소설 속의 사항들과 객관적 입장에 서고자 한 데서 연유한다고 파악된다. 이것은 자연주의적인 입장이라고 말할 수 있을 것이다.

그러나 부녀복지과의 모습을 지나치게 정치권력과 연결시키고 있다든가, 이성숙 여사가 과거 고아원 출신으로 지금 고아원을 경영하는 사람과 만나 사안을 논의한다든가 하는 소설적인 장치나 복선은 작가가 이 짧은 단편 속에 지나친 욕심을 부린 결과라고 이해할 수도 있다. 그러나 유기된 사람들에 대한 문제의식을 보다 강한 리얼리티로 제시함에 군더더기 같음을 말하지 않을 수 없다. 그것은 바로 소설 「버려지는 사람들」이 '언어와 형식과의 독특한 관계'설정에서 다소 미흡하다는 판단을 가능하게 해준다.

그렇지만 우리는 「버려지는 사람들」이 다음에 인용하고자 하는 호가아트의 표현대로 '살아있는 문학(live literature)'으로 말해질 수 있는 가작임을 말하지 않을 수 없다. 그래서 그것은 '가장 쾌활한 경우에서조차도' 당대 한국의 현실적 정황을 생각하는 '우리의 마음을 뒤숭숭하게 만들며' 이 같은 정황 속에 안주하려는 모두에게 그렇게 자족하는 삶의 태도를 '뒤엎어 버릴 수 있는' 가능성을 머금고 있다고 말할 수 있다.

> '크게 보아, 우리는 문학을 <관습적 문학(conventional literature)>과 <살아있는 문학(live literature)>으로 나누어 생각해 볼 수 있다. 관습적인 문학은 흔히 기성관념이나 이미 정착된 세계관을 강화시킨다. 반면에 살아있는 문학은, 제대로만 읽는다면, 가장 은근하고 가장 쾌활한 경우에 조차 우리의 마음을 뒤숭숭하게 만들며, 우리의 인생관을 뒤엎어 버릴 수도 있다.'

3.

오탁번의 「하나님의 시야視野」(『문예중앙』 봄호)는 깔끔하고 아름다운 소설이다. 깔끔하다는 말은 단편이 갖고 있는 덕목들, 예컨대 가장 빛나는 부분을 통해 삶의 전면을 꿰뚫어볼 수 있도록 만든 형식과 구성에서 비롯되는 것이다. 아름답다고 하는 표현은 6 · 25라는 동족상잔, 분단 그리고 혈육의 이산에 관한 문제를 소설로서 극복한다는 전제 아래 작위적 얼개를 통해 이념화된 인물들의 갈등을 선전 선동적으로 그리고 있지 않음에서 비롯된 것이다. 다시 말하면 「하나님의 시야」는 동족상잔의 비극을 유년기의 체험 속에서, 갈무리된 시간의 퇴적층에서, 차분하고 침착하게 건져 올리고 있는 것이다.

어머니를 따라 형과 함께 피난길에 들어서서 발이 꽁꽁 얼 정도의 아픈 기억을 유년기로 감싸 안음으로 해서 오히려 잔잔한 향수마저 갖게 하는 것은 정감적이면서 유려한 문체에 힘입은 것이겠지만 이 소설을 아름다운 것으로 생각하게 해주는 관건이 되기도 한다. 피난 간 곳에 느닷없이 들이닥친 북쪽의 패잔병들이 해주는 밥을 먹고 다만 그들이 형을 데리고 가버린 사실의 묘사 속에서 6·25를 대상으로 한 기왕의 소설들이 북쪽 병사들은 흉악한 악인으로, 잔인한 살인자로 묘사하던 것에서 진일보한 작가정신을 엿보게도 된다. 그 같은 묘사에는 이데올로기의 시녀가 된 몇몇의 정치집단에 의해 치러진 그 전쟁이 동족과 동족을 언제나 적대시하고 살육한 것만은 아니라는 작가의 역사인식이 배어 있다고 파악해야 할 것이다. 그리고 이 점은 이 소설이 무엇보다 우리에게 새로운 인식의 지평을 열어주는 '살아있는 문학'임을 확인하게 해준다.

단편이 가진 특성을 교과서적인 의미에서 항상 되풀이하고 강조하는 것은 답답한 일이다. 그러나 단편은 단편으로서 덕목을 가지기 위해 그 양식이 갖고 있는 특성을 어느 정도는 지켜줘야 할 것이다. 오정희의 「파로호」(『문예중앙』 봄호)는 우선 소설의 길이 면에서 단편으로 말하기 어려운 점을 가진다. 뿐만 아니라 「파로호」는 귀국한 뒤의 이야기와 미국에 있을 때 유학생들이 가지고 있었던, 그리고 귀국하지 않은 남편의 사상적 편린들이 뒤엉켜 있어 작가가 어느 곳에 이야기의 강점을 두고자 했는지 분별하기 힘든 점을 보여준다. 그러므로 그것은 읽는 사람으로 하여금 지루함에서 떨쳐나오도록 하는데 매우 소극적이다.

「검은 양복」은 간단한 이야기를 늘어놓은 듯한 감을 떨쳐버릴 수 없게 해준다. 인쇄공으로 있는 공업학교출신인 '나'와 이미 결혼한 형과 누나들이 어머니의 위독함을 목전에 두고 겪게 되는 상황, 어머니를 큰 형이 모시지 못한 유교적 윤리관과 현실간의 괴리, 인쇄공원인 '나'가 운동권 학생인 여대생 애인과 사귀는 것 등등의 삽화는 결국 어머니의 죽음을 위해 내가 검은 양복을 맞추는 상징적 행위와 맞물리게 된다. 「검은 양복」이 단편으로서의 정석적인 골격과 그 덕목을 획득하기 위해서는 어머니의 임종과 검은 양복을 맞추는 일에 큰 줄기를 두고 어머니의 발병 이후 간병하는 문제를 좀더 현실적인 측면에서 다루었으면 하는 생각을 갖게 된다. 요컨대 확실한 대상 하나를 통해 삶의 전면적인 모습을 생각할 수 있게 압축적인 구성을 단편은 필요로 한다는 점을 생각할 필요가 있을 것이다.

기장과 사장 그리고 '나'의 문제설정과 여대생의 현실관, 형수들의 영악한 현실주의와 누나들의 유교적 가치관에 따른 형과 형수 비판 등은 그것이 잡다함으로 오히려 관습적인 현실인식의 범주에서 크게 벗어나지 못한 것은 아닌가 하는 생각을 갖게 해준다.

「이역의 쓴물」(최미나), 「사슬을 세운다」(이경자, 이상 『동서문학』 4월) 등도 논의의 표적이 될 만한 점을 갖고 있다고 판단된다. 그러나 「이역의 쓴물」이 구태의연한 소재주의와 닿아 있고, 「사슬을 세운다」는 필연성이 결여된 사건과 사건의 맞물림이 오히려 작가에게 '언어와 형식과의 독특한 관계'를 좀더 성찰하게 해준다고 파악된다. 그래서 이들 작품들이 '살아있는 문학' 이라기보다는 '관습적 문학'의 범주에 있지 않는가 하는 생각을 떨쳐버릴 수 없게 해준다. 『한국문학』 4월호의 「민주 구린내」(염재만), 「이목구비」(최정주), 「역류」(강호영) 등에게도 똑같은 말을 하고 싶은 것은, 그러나 매우 주관적인 판단일지 모른다.

(1989.5, 동서문학)

3부

읽는 사람의 목마름

현실정황과 소설의 맞섬

1.

　작가가 소설의 소재를 어디에서 구하건 간섭할 일은 아니다. 간섭해서도 물론 안 된다. 왜냐하면 소설의 대상이 무엇인가에 문학적 성취의 성패가 달린 것은 아니며 어떠한 대상을 소설화하든 그것은 인간과 삶을 탐구하는 영역의 일이라고 파악할 수 있기 때문이다. 문제의 관건은 작가가 선택한 대상을 어떻게 소설로서 담아내는가에 있다. 소설로서 담아내는 일을 또 다르게 말한다면 형상화라 할 수 있다. 형상화가 되지 않은 소설은 덜 익은 과일을 씹는 일처럼 읽는 이를 괴롭게 한다. 이 괴로움은 읽기의 괴로움이지 소설을 통해 미처 생각지 못한 삶의 부분과 현실의 양태를 새롭게 인식하고 인간문제에 대해 아프게 눈 뜨는 그런 괴로움은 아니다. 후자의 괴로움은 소설을 읽고 난 후 갖게 되는 감동의 자락이며 그것은 읽는 것에 대한 괴로움이 있을 때는 획득될 수 없는 사항이다. 형상화가 되었을 때라야만 그것은 가능한 일이다. 이 일반론을 왜 되풀이해야 하는가. 당대의 한국 소설들은 소용돌이치고 격변하는 정황과 맞물려 시사적이고 첨예한 정치·사회적 항목에 소설의 대상을 고정시키는 듯한 경향에 너무 많이 발 들여 놓고 있다고 파악되기 때문이다. 시대적 정황에 대한 관심의 당연한 귀결이라 할 수 있다. 그러나 이 점은 삶과 현실 그리고 인간을 보다 폭 넓고 깊이 있게 소설로서 탐구하는 데 때로 편향된 시각을 형성시킬 수도 있을 것이란, 생각을 하게 된다. 모든 것이 현실적 정황과 시대적 사항에 의해 야기 된 것이라는 생각도 그러한 가닥의 한 경우라고 볼 수 있다.

인간성이 마모되고 삶의 터전이 정황적 여건에 의해 짓밟히는 것을 드러내놓는 것은 소설이 문제제기의 구조이며 갈등을 통해 새로운 인식의 지평을 열어준다는 점에서는 긍정적이다. 그러나 그것이 일방적으로 강조될 때 패배주의의 색깔이 짙어지게 되고 패배주의는 작가의 감상주의적인 삶과 현실에 대한 대응과 인식이라는 단정에서 결코 자유로울 수 없게 되고 만다.

김관숙의 「태양을 보기 위해 눈을 감는다」(『동서문학』 3월)를 살펴보면 이 점의 한 가닥을 분명하게 찾아 낼 수 있다. 이 소설은 미군들의 한국 여행 가이드를 담당하는 관광부서를 소설적 대상으로 하고 있다. 이 부서에서 일하는 가이드들과 책임자인 미군인 매니저와의 갈등을 매니저의 파행적인 업무처리에서 찾고 있다. 진수명은 기혼자로서 대부분이 미혼인 동료들이 매니저를 집단으로 성토하자는 일에 회의적인 반응을 보인다. 그것은 그녀가 매니저로부터 받게 되는 불공평하며 불공정한 처사에 대해 분노하지 않기 때문이 아니다. 자신이 집단적인 행동을 통해 얻게 되는 이해득실이 무엇일까를 생각한 지극히 타산적인 발상에 그 원인이 있다. 이 같은 진수명의 심리 상태를 작가는 발달한 문체를 통해 정교하게 포착한다. 그러나 작가는 진 수명이 만났던 미국인 랜디에 대한 그녀의 그리움이나 남편이 '이상한 곳에 연행되었다가 초죽음이 되어 돌아오고 일하던 언론계에서 해직을 당'한 사항을 삽입시킴으로 관광부서라는 조직사회에서 구성원이 겪게 되는 제도적 폭력에 대한 소설적 대응을 희석시켜버리고 만다. 보다 구체적으로 말한다면 진수명이 여자로서 갖게 되는 그리움과 아내로서 겪게 된 나면의 해직에 따른 생활의 어려움, 관광부서의 매니저인 외국인으로부터 당하는 정신적 폭력을 솥발처럼 정립시킴으로 정작 드러내고자 했던 상황에서 부자유스런 인간의 모습을 읽는 데에 혼란을 야기 시키고 만다.

그 원인을 작가가 시대적인 현실정황에 너무 발 들여놓으려는 의도 때문에 소설의 구조 속에 해직언론인 문제를 느닷없이 설정하는 것으로 나타난 것에서 찾을 수 있다. 「태양을 보기위해 눈을 감는다」는 그래서 오히려 중년 여성의 심리를 추적하는 면에서는 성공하고 있으면서 그것이 현실상황 속에 놓여 있는 인간이 당하는 보이지 않는 폭력 때문에 부자유한 족쇄를 차게 됨을 말하려 하는 데서는 성공을 거두고 있다고 판단하기는 어렵다. 그것은 시대적 상황의 인식 쪽에 너무 발 들여놓으려는 작가의 의식이 결국 폭넓은 삶과 인간의 통찰로 이어지지 못한 데서 연유한다는 판단을 가능하게 한다.

2.

분단의 원인과 그 배경, 뿐만 아니라 한국 현대사의 전개를 어떻게 파악할 것인가의 문제제기는 분단문학과 그 극복이라는 차원에서 많은 논의를 거듭하고 있는 것이 저간의 사정이다. 분단문학의 극복을 민족문학의 새로운 지평개설과 그 설정에서 찾아야 할 것이란 점은 강조해야 할 사항이 아닌가 판단된다. 분단문학이든 그 극복의 문학이든 빠뜨리지 않고 성찰해야 할 일은 6·25란 동족상잔의 비극적인 전쟁의 실상이다. 그 실상에 대한 완벽한 소설적 성과가 있었다고 우리는 생각할 수 없다. 그 비참했던 3년 전쟁기간 동족이 서로 죽이고 죽임을 당했으며 이 땅이 전화로 폐허가 되었던 사실을 망각할 수는 결코 없을 것이다.

홍성원의 「남과 북」이 전쟁의 비극적 실상을 총체적으로 조감하려고 했다면 최인훈의 「광장」이나 김은국의 「순교자」, 서기원의 「이 성숙한 밤의 포옹」, 이범선의 「오발탄」 등은 장용학의 「요한시집」과 더불어 전쟁 속에 무참히 짓밟혀간 한국인의 처참한 초상화라 할 수 있을 것이다. 그러나 이 같은 6·25문학에 대한 기왕의 소설적 성과는 전쟁의 비극이 동시대 한국인의 깊은 상처를 드러내는 데는 아직도 미흡하지 않았느냐는 점을 확인해야한다. 그것은 자유당 독재, 군사정권의 파쇼화를 경험하면서 열리지 않고 폐쇄된 사고에 의한 온전한 가치판단으로 6·25전쟁을 파악할 수 없었던 곳에도 그 원인의 하나가 있었다고 생각할 수 있다. 그러므로 이제 보다 열린 생각의 영역에서 6·25는 소설적으로 더욱 심도 있는 천착이 있어야 할 것이다.

『동서문학』 3월호에 발표된 정한숙의 「산딸기」, 정건영의 「사진첩」 이응수의 「그날 이후」는 6·25란 소설적 대상을 조금씩 각도를 달리하여 형상화하고 있음이 주목을 끈다. 「산딸기」가 6·25로 인해 고향을 떠난 실향민의 오늘이 모습을, 「사진첩」이 전쟁의 현장에서 파괴되고 일그러진 한국인의 위상을 말하려 한다면 「그날 이후」는 이산가족의 비극에 초점을 맞추고 있다. 「산딸기」는 실향민인 두 형제, 배상길과 배상만의 오늘의 모습을 말하고 있다. 형인 배상길이 두고 온 고향을 잊지 못해 그곳과 지형이 비슷한 장소에 농장을 개척하는 것은 전쟁의 상처가 한 인간의 마음속에 얼마나 뿌리 깊게 드리워져 있는가를 말해주는 소설적 장치다.

　그는 오로지 고향과 흡사한 지형인 농장에 묻혀 어렸을 적의 회상 속에 삶을 마감하려 하며 그것을 실천한다. 그러나 동생인 배상만은 세속적으로 출세하여 부와 권력을 지니고 있다. 그는 출세지향적인 인간이며 자신을 과시하고 현실에 적응하며 살아가려한다. 요컨대 정한숙은 전쟁의 상처를 잃어버린 고향의 복원에다 두는 형과 전쟁의 아픔을 입신출세와 결부시키면서 획득한 자신의 위치를 과시하려는 동생의 대조적인 성격창조를 통해 오늘의 관점에서 과거의 전쟁이었던 6·25가 무엇인가를 소설로서 말하려고 한다. 그러나 「산딸기」에서 이점은 매우 복고적인 감상에 머문듯함을 불식시킬 수 없는 것은 아쉬움이다. 그것은 고희를 바라보는 작가의 문체가 진부함을 떨치지 못하는 곳에도 그 원인이 있겠지만, 정력적인 소설 창작에도 불구하고 그의 기왕의 소설들인 「고가」, 「금당벽화」 등이 갖고 있는 얼개에서 조금도 변화된 점을 「산딸기」가 보여주지 못하는 곳에 그 대부분의 원인이 있지 않나 생각하게 된다. 쉬지 않고 작품을 생산하는 그의 모습에서 우리는 글을 쓰는 일이 연령과 더불어 쇠진한다는 말이 잘못임을 확인하게 되지만 보다 변화된 소설의 얼개 속에 원숙한 그의 문학적 체험이 용해될 수 있다면 더욱 감동획득에 능동적일 수 있지 않겠는가 하고 생각하게 된다.

　정건영의 「사진첩」은 얼핏 송병수의 「쇼리킴」을 생각하게 해주는 작품이다. 그러나 「쇼리킴」이 전쟁의 현장에서 한 소년이 겪게 되는 고통과 인정의 훈훈함을 통해 그 비극성을 말하는 것과 「사진첩」은 거리가 있는 작품이다. 「사진첩」은 고아가 된 소년과 양공주가 된 그의 누나, 전쟁에서 부상한 병사를 세 개의 축으로 하여 전쟁의 장면들을 이들의 인간적 본능과 연결시켜 그 비극적인 처참함을 제시하려한다. <1. 수녀와 건빵>, <2. 향수>, <3. 내일…>, <4. 그 소년>, <5. 시계탑

과 벤치> 등으로 장면을 구성하고 각 장면의 사건전개가 소년을 중심으로 하는 전체로 통괄될 수 있게 하고 있다. 부모를 잃어버리고 누나와도 헤어진 소년이 학교에 가서 선생님의 물음에 끝까지 대답을 낳고 그 선생님과 밤에 홍등가에서 조우하는 탁월한 서술들을 전쟁의 비극을 교육의 문제와 결부시킨 보기 드문 소설적 경우라고 말할 수 있을 것이다.

「사진첩」은, 그러나 「쇼리킴」과 같이 전쟁의 단면을 통해 그 전체적 모습을 조망할 수 있는 단편의 정석적 얼개를 선택하지 않고 여러 단면을 하나로 통괄하여 전쟁의 모습을 파악하게 장치함으로써 상징적 효과를 나타내려 하고 있다. 그러나 그 상징적인 얼개는 오히려 소설적인 재미를 얼마간 감소시키고 정채 있는 부분을 통해 전체를 조망하는 단편의 구조적 특성을 벗어나려함으로 산만한 감을 주고 있다. 그러나 「사진첩」은 「쇼리킴」과는 또 다른 가닥에서 6·25의 비극적 실상을 드러내주고 있다는 것은 주목의 대상이 되지 않을 수 없을 것이다.

「그날 이후」는 전쟁으로 인한 이산가족의 만남이 반드시 행복한 것만은 아님을 말하려 한다. 외할머니를 어머니로, 어머니를 누나로 생각할 수밖에 없었던 비극의 실체는 어디에 연유하는가를 작가는 치밀한 묘사, 정교한 소설적 얼개로서 제시해준다. 다음에 인용하는 부분에서 생각하게 되는 것은 전쟁 → 이산가족 → 만남의 과정과 전쟁의 비극성 외에도 한국여인의 현실 수용의 한 양태를 작가가 예리하게 포착하고 있어 주목하지 않을 수 없게 된다.

'내 말 잘 듣거래이. 나는 창수(남편) 에미가 앙이고 외할미다. 창수 에미는 이태 전에 누이라믄서 찾아 만났던 그여자늬라. 창수를 배가지고 몸풀러 나한테 왔다가 갑자기 난리가 터지는 바람에 그만… 창수를 낳고 한 열흘이 됐을지 모르겠다. 지 남편 일이 궁금하다믄서 성찮은 몸을 끌고 나갔는데 그 길로 헤어진

게 삼십 년이 넘는 세월이 흘러봤으이. 기가 찰 노릇이제. 그래
도 그때는 서로 살아만 있다믄 설마 어델가서라도 안 만나겠나
해서 남들 따라 이쪽으로 내려왔는데, 만난다는 게 그리 쉬운 일
이 앙이더구나. 그뒤 칠 년만인 가 모르겠다. 수소문 끝에 창수
애비만 따로 만나긴 했다. 그런데 이미 그 사람은 새로 처자 딸
린 사람이 돼 있더구나. 나는 무슨 일이 있어도 둘은 함께 있을
줄 믿었는데… 그러니께 그때 찾아나간 창수 에미하고도 길이
엇갈린 게비지. 일이 이 지경이 됐으니 외려 서로가 안 만났던
것보다 못하고, 그래서 내가 탁 까놓고 얘길 했다. 이왕지사 이
렇게 된 거, 시방 와가지고 잘, 잘못을 가려봐야 맘만 아프고 하
이, 그만 창수 하나는 내 밑으로 묻어 두겠다, 자네들은 자네들
대로 살아라. 다만 형편 닿거들랑 창수 뒤나 조금 밀어주면 더는
암것도 안 바래겠다, 이래 가지고 서로간 남남이 돼버린 거다.
그런데다가 이번에 또 창수 에미를 새로 만나고 보이 걔는 또 개
대로 딴 살림을 가지고 있으니께…. 에미랑 짜고 모자간을 턱도
없는 남매지간으로 만들어 놓은 게다….

전쟁이 한 가족을 흩어지게 하고 그 가족을 이토록 비극적인 상황에
몰고 왔음을 「그날 이후」는 잘 건져 올려준다. 뿐만 아니라 그 같은 상
황을 한국 여인들이 어떻게 수용했는가를 앞의 인용문은 잘 나타내준
다. 전쟁의 비극을 운명이라고 말한다면 그것을 수용하는 한국여인의
자세에서 우리는 「그날 이후」가 단지 이산가족의 만남을 통한 전쟁의
비극 외에도 한국여인의 현실대응 자세를 성격창조하고 있음도 간과할
수는 없게 된다. 이러한 덕목에도 불구하고 「그날 이후」는 전쟁의 비극
을 가족사에 국한시킨 듯함에서 벗어나기 힘들게 전개된다. 이것은 이
작가가 보다 넓은 안목의 총체적인 작품을 생산하기 위해서는 반드시
성찰해야 할 대목이라고 생각된다.

3.

표성흠의 「딱다구리는 장난으로 나무를 쪼지 않는다」(『동서문학』3월
호)는 당대 한국의 정치적 상황에 희생된 여학생의 비극을 그리고 있다.
'그리고 있다'라기 보다는 소설로서 울부짖고 있다는 표현이 적합할지
모른다.

시위로 점철되던 5공 시절이 대학가는 언필칭 운동권이 아닌 선량한
학생들에게도 막대한 피해를 주었음을 이 작품은 증언한다. 시위로 휴
강이 계속 되고 다만 그 시위대의 곁에 있었기 때문에 여학생은 최루탄
을 눈에 맞고 실명하게 된다. 민주화를 위해 투쟁하다 다친 것으로 미화
하지 못하는 순수함이 그들 젊은이의 가슴 속에 양심으로 자리하고 있
음으로 실명한 여학생은 낙향하여 누구와도 만나지 않은 채 자신을 유
폐시켜버린다. 누가 이 여학생의 상처 난 육신을 치유해줄 것이며 갈가
리 찢긴 영혼을 구원해줄 수 있는가. 그 여학생은 같은 과 학생들이 모
금한 돈을 전달하러 온 남자친구도 만나주지 않는다.

그러나 「딱다구리는 장난으로 나무를 쪼지 않는다」는 이렇게 울부
짖고 싶도록 처절한, 정치권력 유지를 위한 공권력에 희생된 인간과 그
영혼을 흥분하여 읽는 이에게 선동조로 말하고 있지 않는 점에서 그 소
설적 덕목을 찾을 수 있다. 이것은 다만 한 편의 소설이다. 소설이 이야
기라면 이 작품은 이야기고 있을 수 있는 개연성을 가진 허구라고 한다
면 이것은 허구다. 그러나 그 허구는 작가의 냉혹하도록 엄정한 서술의
묘를 얻어 사실보다 더 넓은 영역의 리얼리티를 확보하고 있다.

집단과 제도적인 폭력이 인간을 짓밟아놓은 정치적 현실을 드러내놓
고 공박하지 않으면서 다만 소설의 전개 속에 그 사건을 이야기로 엮어
내서 읽은 이에게 미처 인식하지 못한 새로운 영역을 성찰하도록 하는
감동을 획득하려 한다. 「딱다구리는 장난으로 나무를 쪼지 않는다」의

덕목은 바로 여기에 자리하면서 소설이 현실이 정치적 정황에 어떻게 맞설 것인가의 대답을 작성하게 해준다. 소설이 시대의 거울이라는 반영론도 결국은 이 같은 맥락에서 이야기되어지는 것은 아니겠는가. 따라서 이 작품은 우리시대의 가장 폭력적이었던 정치권력에 인간과 그 영혼이 어떻게 비참하게 파멸되는가를 보여준다는 점에서 역사 그것보다 문학이 더 진실하다는 아리스토텔레스의 말을 문득 생각하게 해준다.

그러나 이 작품이 끝부분에서 스스로를 유폐하고 있는 여학생과 남자친구의 전화통화에서 보여주는 아름다움에 대한 여성적 본능의 언급은 오히려 군더더기 같은 느낌을 준다. 물론 작가가 폭력에 짓밟힌 모습을 더울 부각시키기 위한 방법처럼 해독될 수는 있겠지만 폭력에 대응하는 인간의 처절한 몸부림을 자칫 희화화시킬 수도 있는 소설적 장치가 되는 경우도 작가는 생각했어야 될 것이다.

19명의 출판사 구성원이 노조를 결성하는 과정을 자상하고 치밀하게 엮은 작품이 양귀자의 「기회주의자」(『문학과 사회』 봄호)다. 아직도 노동운동이 초기단계에 불과한 한국의 현실과 그 운동을 주도하는 손문길과 박성태의 성격창조를 통해 작가는 우리 사회에 미만해 있는 이성적 요소와 감정적이고 행동적인 요소의 갈등을 정치하게 내보여준다. 뿐만 아니라 주인공의 발열을 통해 급변하는 사회적 변혁 속에서 그것에 대처해가는 인간의 여러 모습을 객관적으로 제시한다. 바로 작가의 이 객관적 자리지킴이 소설 「기회주의자」에 보다 리얼리티를 부여해주는 결정적인 역할을 해주게 된다. 그런 문맥에서 이 작품은 분명 바로 지금 이 시각 우리의 사회적 현실정황에 맞서 소설이 그것을 어떻게 담아내는가, 어떻게 소설이 그것을 건져 올려야 하는가를 보여주는 한 전범으로 꼽을 만한 문제작으로 평가할 수 있을 것이다.

『문학정신』 3월호는 올해 신춘문예에 당선한 세 사람의 여성작가 작품을 싣고 있다. 윤영희의 「은빛 물고기」, 김현숙의 「출모」, 강성숙의 「태토」가 그것이다. 현실정황에 맞부딪쳐 그것을 소설적 대상으로 한 당선작들과는 전혀 다르게 노인문제, 모성애, 불임과 인공수정 등등의 문제를 여성적 섬세함으로 드러내주고 있다. 그러나 감상주의적 발상은 자칫 통속주의라는 단정을 받기 쉽고 사건전개의 그 진부함으로 하여 혹간 평범 이하라는 평가를 받을 수도 있음을 상기할 필요는 있을 것이다. 특히 「은빛 물고기」는 노인문제를 다룸에 있어 여성심리를 탁월하게 표현하는 그 문체가 돋보였음을 부기하고 싶다.

(1989.4, 동서문학)

역사 · 소설 · 감상주의

　역사와 소설의 다른 점은 무엇인가. 이 물음의 답을 생각하기 위해 낡기는 하지만 줄기차게 인정되어 온 아리스토텔레스의 말에 귀를 기울일 필요는 있다. 시는 역사보다 진실하다는 것이 그것인데 이 경우 시는 소설을 포함하는 문학일반으로 파악해도 무방하다. 아리스토텔레스 당대에 있어 문학 그것은 바로 시로서 포괄되어지기 때문이다.

　문학이 역사보다 진실하다는 말의 해석은 오랫동안 다양한 갈래의 해석이 가능했던 사항이다. 그러나 그것들의 공통된 항목은 문학에는 역사가 갖지 못하는 개인의 상상력이 가미된다는 점이다. 또 역사가 가진 사실의 인식이 이성과 관계한다면 문학이 가진 상상력, 이른바 허구의 세계는 정서와 보다 많이 관계하고 그것은 사람의 가슴을 울리는 감동의 진폭을 보다 넓히는 데 능동적이라는 것이다.

　따라서 사실에 바탕을 두고 그 사실의 집적을 통한 이야기인 역사보다는, 사실에 뿌리를 내리고 있되 상상력이 거기에 접목되어 있을 수도 있는 이야기는 허구의 세계, 즉 소설이 사람을 감동의 깊고 푸른 바다 속에 함몰시키기에 더욱 적극적이란 점을 아리스토텔레스는 간파하였 다고 말할 수 있게 된다.

그러므로 역사와 소설의 다른 점은 사실의 기록이란 점과 사실을 통한 새로운 사실의 추구라는 것에서 찾아볼 수 있다. 새로운 사실의 추구란 요컨대 작가의 상상력이 사실과 접목관계를 이루면서 정서적 영역에 보다 많이 걸쳐져 있는 감동을 획득하는 일이다. 그러므로 소설이 현실과 삶의 반영이란 말을 사실을 통해 그 사실 속에 내재해 있는 진실을 작가의 개성으로 드러내는 일이라고 말할 수 있게 된다. 소설에서의 리얼리티란 결국 내재되어 있는 사실 속의 진실을 작가정신이라 말할 수 있는 개성이 올곧게 포착하여 소설의 일개로 구성하는 데 있다는 점을 간과해서는 안 될 것이다. 또 한 가지는 역사의 주체가 사람이라면 소설의 영원한 주체도 사람이란 점이다. 그 사람이 살아왔던 갈등의 기록 즉 갈등의 결과 집적이 역사라면 사람이 사람과의 관계 속에서 삶을 영위하면서 갈등을 이루어 가는 과정을 이야기로 엮어내는 것이 소설이다. 소설을 갈등구조라고 말하는 까닭이 여기에 있게 된다.

『동서문학』은 1월호와 2월호에 걸쳐 강신재의 중편 「시해弑害」 분재했다. 이 작품을 익고 생각한 것은 지금까지 말한 역사와 소설의 관계다. 결론부터 말한다면 「시해」는 역사와 소설의 관계설정이 미분화된 상태에 있는 것은 아닌가하는 독후감을 갖게 된다. 이러한 미분화 상태는 이 작품이 읽는 이에게 감동을 획득하는 데 소극적임을 말하는 것이기도 하고 역사가 주는 사실에 대한 학습과 소설에서 얻게 되는 삶에 대한 새로운 눈뜸에도 수세적인 결과를 가져왔다고 판단하게 된다.

이른바 역사소설의 한국적 전개는 그동안 우리의 문학사적 문맥에서 판단하건데 역사가 소설의 자리를 너무 짓눌러온 경향이 있었음은 사실이다. 춘원의 역사소설이나 금동의 그것들은 신문학 초기의 것이라고 해도 월탄의 『임진왜란』을 비롯한 일련의 작품들은 역사를 소설화시킨 것인지 소설의 대상으로 역사를 택한 것인지에 의문을 갖지 않을수 없게 된다. 사실을 있었던 그대로 언어로 기록하는 역사는 필경 기술記述이다. 그것은 갈등의 결과를 전달하는데 그 목적이 있다고 보아야옳다. 역사를 대상으로 하여 그 속에서 부침해간 사람의 모습을 상상력으로 새롭게 창조하여 그들의 갈등을 통해 사실 속에 숨어있는 삶의 진실을 드러내는 것은 기술記述이 아닌 표현表現이다. 기술(description)과 표현(expression)의 차이는 따라서 감동의 획득에 보다 효과적인 것이 무엇인가를 되묻게 되며 소설은 역사보다 더 진실할 수도 있음을 입증시켜주는 준거가 된다.

벽초의 소설 『임꺽정』의 문학적 성휘와 황석영의 『장길산』이 이룬소설적 대상으로서의 역사파악은 이 경우 역사소설이 소설로 그냥 써보는 역사가 아니라 역사의 기록으로서는 도무지 집어낼 수 없는 사람과 당대 현실, 그리고 삶의 진면목을 작가 정신으로 표현해낸 것이라 할수 있다.

김동리의 『사반의 십자가』, 정한숙의 『금당벽화』, 김원일의 『겨울골짜기』, 가깝게는 조정래의 『태백산맥』 등도 소설의 대상으로 역사를작가정신의 치열함을 통해 얻을 수 있었던 소설적 성과라는 것을 확인할 필요가 있을 것이다. 역사소설이란, 그러므로, 소설이지 역사의 기록이 아니란 점의 인식이 선행되어야 할 것이다. 시엔키에비치의 『쿼봐디스』, 톨스토이의 『전쟁과 평화』는 우리의 이 같은 논의에 많은 시사를던져주는 작품이 될 것이다.

「시해」는 비운의 왕비였던 명성왕후의 암살을 다룬 작품이다. 동학운동으로부터 청일전쟁으로 이어지는 일본제국주의의 침략 만행과 격동하던 정세를 세밀하게 기록하고 있다. 그러나 우리는 명성황후와 고종황제 그리고 대원군, 박영효, 김후집 등등의 인물에 대한 사항이 역사 교과서에서 얻을 수 있는 지식에서 크게 벗어난 자리에 있지 않음을 알 수 있다. 이것은 바로 작가가 이들 역사적 이물의 성격창조(characterization)에 수동적이었음을 확인시켜주는 대목이 된다. 뿐만 아니라 격동기에 전개되었던 사건들이 계속 나열되어있을 뿐 그 속에서 사실에 내재된 보다 더한 진실을 판독할 수 없게 되고 만다. 이것이 바로 역사와 소설의 미분화 상태를 생각하게 해주는 것이며 기술과 표현의 차이를 또 한 번 짚어보게 되는 빌미를 제공한다고 말할 수 있게 된다.

이단원의 「먼동」(『현대문학』 2)은 「시해」와는 또 다른 가닥에서 역사적 사실과 소설적 구조의 의미를 생각하게 하는 작품이다.

일제말기를 시간적 배경으로 한 이 소설은 독립지사의 굽히지 않은 지조와 절개 그리고 일제에 대해 치열한 투쟁을 하면서 극빈의 생활 속에서도 독립의지를 잃지 않는 우국지사의 면모를 다루고 있다. 고와라는 어린 소녀의 눈을 통해 식민지 치하에서 핍박의 극을 헤쳐 나가는 독립지사 일가의 궁핍한 생활상이 조망된다. 일본 놈에게 교육시킬 필요가 없다는 극단적인 항일의식은 어린소녀 고와를 학교에도 보내지 않는 데까지 나아간다.

> "친일파는 죽일 놈인지 모르지만, 아버지는 일본말도 중국말도 잘하시면서 왜 저희더러는 집에서 일본말 한마디라도 하면 불호령을 치십니까? 남들 다하는 창씨도 안 해서 서울서는 배급도 못타고, 재국인 학교에 가서 구박을 받고 고와는 그나마도 학교에 안 보내고… 언제까지 견딜 것 같습니까. 모두 이제 춥고 배고파서 죽을 겁니다. 청도에 가서 보리쌀을 날라 오는 어머니가 불쌍하지도 않습니까? 봄에는 진달래꽃을 훑어 먹고 겨울에는 눈을 움켜 먹으며 옵니다. 서울서는 열 사람이나 되는 하숙생

밥을 혼자 하시고 시골 와서는 혼자 밭일을 하십니다. 친일파가
되어서라도 살고 봐야 될 것 아닙니까. 아버지 한 분이 고생하시
면 됐지, 왜 모두가 평생을 끌려 다니며 고생하고 이 땡땡 마른
시골 구벽에까지 와서 죽어야 합니까?"

　"네 이놈! 너 오늘 애비 앞에서 똑똑한 척 되지못한 소리를 잘
하는구나. 이놈아, 친일파가 살기 위해 하는 수 없어서 친일파
노릇을 하는 줄 아느냐? 배부르고 잘 입고 더 많이 배운 놈들이
제 부귀를 부지하려는 것이 바뀌었으니 더 영화를 누려보자는
자들이 친일파다. 희망이라고는 눈곱만큼도 없이 모조리 수탈
당하고보니 자포자기외어 게을러지고 목숨을 부지하려니 좀도
둑질까지 하는 것을, 우리 민족을 게으르고 거짓말 잘하는 불결
한 야만족이라고 천대하는 뻔뻔스럽고 간특한 도적놈들한테 동
조하여 총독부의 어용논리인 <민족개조론>따위를 쓴 것이 네
가 선생이라고 부른 작자가 한 짓이다. 개중에는 <우리말을 빨
리 잊는 것이 일본인이 되는 길이요, 조선적인 저급한 문화를 없
애는 것이 조선을 발달시키는 길>이라고 말한 왜적보다 더 끔
찍한 놈이 있다. 제 나라 젊은이를 전쟁으로 끌어내다 죽이는 징
병령이 내리자 <이제야 기다리고 기다리던 황은에 보답할 길이
생겨 감격을 주체할 길이 없다>는 치마 두른 소위 교육자가 있
는가 하면, <징병을 기피하는 자는 비열하고도 언어도단의 치
욕을 모르는 젊은이>라고 한 교단에 선 철면피한 교수 지성인,
이런 자들이 친일파다. 그런데 친일파라도 해서 살아야 한다고?
이 고얀 놈, 도둑질을 해나가서 세상 좁은 줄 모르고 떠돌아다니
더니 네 머릿속에 그따위 썩은 생각이 들이찬 것을 내가 몰랐
다."

　좀 긴 이 인용은 「먼동」의 주인공인 아버지와 그 아들의 가치관 갈등
과 독립지사로서의 아버지 면모가 약여하게 표출되는 부분이다. 소설
로서의 성취와는 별개의 가닥이지만 아버지와 아들의 대화 속에서는
일제의 굴레에서 벗어나 분단과 6 · 25 그리고 독재정권과 군사정권의

전체주의적 획일성의 닫힌 사회에서 살아왔던 오늘날에도 많은 것을 생각하게 해주는 부분이라고 파악된다.

그러나 「먼동」은 이처럼 갈등을 통해 지사로서의 아버지 성격창조를 역사적인 당대의 인물과 사건들을 번다하게 삽입하여 병력시킴으로 오히려 소설의 얼개가 주게 되는 읽는 이의 감동 폭을 좁혀 놓고 있다. 고와라는 어린 소녀의 눈을 통해 관찰되어지는 허구의 한축과 일제말기의 인물들과 사건들인 역사의 또 다른 축을 맞물려놓음으로 허구가 갖게 되는 개연성의 지평이 역사적인 사실에 의해 차단되는 결과를 야기 시킨다. 이것은 소설이 역사적 사실을 대상으로 할 때 소설의 얼개 속인 허구의 영역에 역사적 사실은 용해되어야함을 알게 해주는 부분이다. 「시해」가 역사의 사실을 소설로 진술해간 것과는 또 다르게 「먼동」은 역사적인 사항을 소설로 용해시킴에 소극적이었음으로 오히려 성취도를 약화시키고 있다고 파악하게 한다. 그러나 「먼동」은 이민족에 대한 국권상실기를 어렵게 살다 광복을 보지 못한 채 삶을 마감한 많은 열사와 지사들의 모습을 다시 한 번 생각하게 해준다는 의미에서 심장한 뜻을 가지는 작품으로 평가할 수 있을 것이다.

소설을 포함하는 문학은 사람의 탐구다. 그것은, 그러므로 사람과 사람 사이의 갈등과 그들이 살아가는 현실과 삶에 대한 인식과 성찰을 감동을 통해 전달하게 된다. 문학이 문학인 것은 이러한 것을 언제나 확인하면서 그것이 작품을 통해 실천되어야 한다는 점이다. 문학에서 실천의 문제는 운동으로서의 행위가 아니라 작품을 쓰는 일임은 아무리 강조해도 지나치지 않다. 운동으로서의 문학이 이념과 결부될 때 그것은 작품은 이렇게 창작되어야 한다는 입법비평의 속악성을 노정시키게 될 것이다. 그때 문학은 자율성의 터전을 상실하고 종속적 모습을 띄지 않을 수 없을 것이다. 그것을 문학의 파멸이라고 불러도 좋다. 문학은 기왕의 이념과 결부되는 것이 아니라 스스로 새로운 이념을 창출하는 창조적 행위임을 확인할 필요가 있다. 그러나 반드시 그것은 작품을 통해서임을 잊어서는 안 된다.

전환의 격동기에 처한 당대의 현실, 즉 민주화와 개방화 그리고 과거의 군사문화의 독재와 전체주의를 작가들은 그들 소설의 대상으로 삼는 데 매우 적극적으로 보인다. 얼마간의 편차는 있지만 이 같은 사실은 「대통령의 생가」(김웅, 『현대문학』 2), 「돌묏골 윤노인」(강호영, 『현대문학』 2), 「실종」(김주성, 『현대문학』 2), 「가깝고도 험한 길」(지요하, 『문학사상』 2), 「동절작용」(김형경, 『문학정신』 2) 등 문예지들에 발표된 소설의 대부분을 뒤덮고 있는 경향이다.

이러한 지배적 경향에 속하는 작품들의 또 하나 특징은 성격창조의 평면성 혹은 유형성이라고 파악할 수 있다. 이것은 작가들의 감상주의적 발상에 많은 부분 연유하는 것으로 판단될 성질이라 보아진다. 선과 악의 이원론적 대립구조는 결국 성격창조의 평면성과 유형성을 초래하는 결정적 계기가 되며 이것은 우리 소설에서는 매우 뿌리 깊은 역사를 가지고 있다. 조선시대 소설에 더욱 두드러지는 이러한 경향은 권선징악이나 계세징인적 주제설정을 효과적으로 수행하기 위해 필요했던 것으로 해독하는 것이 일반적이다. 그것은 결국 사람의 탐구인 소설에서 사람을 다원적인 시각에서 관찰하지 못하게 되고 사람이 사는 현장인 현실과 삶을 총체적으로 파악하는 데 결정적인 제동을 걸게 된다. 선악의 이원론적 대립에 의한 파악은 따라서 단선적이며 감정적 내지는 감상적이며 표피적인 사람과 현실 및 삶의 파악이란 단정에서 자유롭지 못하게 되고 만다.

「가깝고도 험한 길」은 흡인력을 갖고 있는 작품이다. 그러나 '나'의

차안에서의 사건발단은 시비를 걸어온 사람의 생각이나 가치관을 '나'
의 그것과 대립시키면서 '나'의 생각과 가치관의 적대적 관계설정을 통
해 군사통치의 독재와 비도덕성을 확연하게 드러내놓는다. 아내와 어
머니 그리고 육촌 형의 원만한 사태해결을 권고하는 부분도 역시 '나'의
입장을 확연하게 하는 소도구일 뿐이다.

중등교육계의 안일함과 부의 불공평한 분배에 의한 가지지 못한 사
람들의 그늘진 삶, 그리고 군사통치 기간 동안의 정보정치에 의해 피해
받는 소시민의 고통을 치밀한 문체로서 압축적으로 드러내주는「동절
작용」도 역시 이원론적 발상에 젖어 있음은 안타깝다. 김만형 교사의
수업 기간 중 발언을 추적하여 신문하는 사람, 방과 후 고스톱 등으로
소일하는 교사들, 현수를 불량학생으로 단정해버리는 학생과장 등의
가치관은 언제나 타기해야 되고 바람직하지 않는 것으로 해독하게 소
설적 얼개를 구성해놓고 있다.

「돌묏골 윤노인」은 산업화 사회의 병폐가 농촌까지 침투한 실상을
수도건설을 통해 잘 나타내주고 있다. 편의만능이 결국 사람다운 생활
의 터전을 얼마든지 망가뜨릴 수 있음을 이 작품은 탁월하게 이야기로
엮어주고 있다. 그러나 농촌봉사활동 온 학생들이 전경에 의해 닭장차
에 실려 가는 대단원에서 볼 수 있는 것처럼 학생과 공권력의 대립관계
를 다만 적대관계로 설정하여 놓음으로 윤노인 분노의 공감권이 축소
되고 만다. 역시 이원론적 현실파악에서 비롯된 것으로 파악될 수 있는
대목이다.

「동양치·별·Ⅰ」은 앞에 든 작품보다 훨씬 더 경직된 양상을 보여
준다. 광주 민주화 운동 때 고아가 된 소년과 예비역 장성의 아들인 창
수를 설정하고 창수 아버지가 써주는 6·25 웅변원고와 고아인 소년이
건네준 원고 그리고 창수담임의 입장을 선악의 이원적 대립으로 파악

하고 있는 것이 그 두드러진 부분이다. 뿐만 아니라 6 · 25를 통해 지금까지 설정되어온 이른바 반공이데올로기를 타기해야 할 것으로 암시하고 있는 것 등은 이 작품이 성급하게 새로운 이념을 전달하려는 작위적인 쪽으로 치우쳐 있는 것은 아닌가 하는 생각을 갖게 한다. 이런 치우침은 앞서 말한 문학이 어떤 이념에 종속되는 결과를 초래할 수 있고 그것은 문학의 자율성을 허무는 결과까지를 야기할 수 있음을 생각해야될 것이다. 6 · 25의 반공 이데올로기에 문학을 위해서는 불필요함의 인식은 이원론적 발상의 극복과 함께 두고두고 생각할 문제로 파악된다.

「대통령 생가」는 권력과 금력 그리고 예술과의 관계와 남녀의 사랑을 전통적인 소설 기법으로 다룬 작품이다. 그러나 전반부의 예술 지상주의적인 가치관이 현실의 속악성에 의해 무너지는 과정과의 연결 장치가 설득력을 더 갖게 했으면 훨씬 효과적이지 않았을까 하는 파악을 하게 된다. 그러나 이 작품 역시 사랑은 아름다운 것이고 예술은 순수지고한 것이며 금권과 권력은 그 대립적 입장임을 암시함으로 우리가보기에는 감상주의인 이원론적 발상의 영역에서 크게 벗어나지 못하고있는 것으로 파악된다. 「실종」역시 운동권 학생의 그렇게 될 수밖에 없는 상황전개에 치우쳐 군사통치의 보다 정교한 메커니즘을 다원적 입장에서 건져내고 있지 못한 아쉬움을 갖게 된다.

당대의 한국소설에서 부딪치게 되는 이원론적 현실과 삶 그리고 사람에 대한 파악은 그렇게 될 수밖에 없는 감상주의의 극복에서 가능하리라는 생각을 더욱 확실하게 하도록 한다. 다원적인 파악은 결국 다양성의 인정과 맥락을 같이하며 사고의 지평을 열어주는 계기가 될 것이고 문학의 제자리 지키기를 위해 필요할 것이다.

「샛길로 오는 빛」(권영분, 『현대문학』 2)과 「오후의 세계」(김채원, 『문학사상』 2)는 전자가 전통적인 인내와 순종의 여인상을 섬뜩하도록 아름답게 창조해놓았다면 후자는 자신의 내면을 잘 간수하며 새로운 상황을 통해 사람과 삶의 또 다른 모습을 인식하고 확인해가는 여인을 그려내고 있다. 「오후의 세계」는 그 소설적 서술과 얼개의 새로운 개인적인 문체가 돋보인다. 서술과 얼개의 새로움이란 정황을 한 분위기로 여인의 내밀한 심리적 풍경을 그려내고 있다는 뜻이다. 사건에 의한 소설적 진행이 아니라 정황을 통한 묘사적 진행은 기법에서의 독특함이라 아니할 수 없을 것이다.

(1989.3, 동서문학)

신춘문예 당선작과 여성작가들

한국문학 당대의 상황에서 신문 문화면의 역할은 무엇인가. 해마다 새해 첫 날의 신문에 발표되는 신춘문예 당선자 발표와 당선 작품들을 대하면서 뇌이게 되는 질문의 하나가 바로 이것이다. 머지않았던 지난 시기에 신문의 계도적 기능이 우리 사회에 적극적이며 능동적으로 작용해야 한다고 목소리를 높인 적이 있었다. 그 같은 관점에서 신문 편집자들의 문화면 제작 태도도 계도적 입장이었던 지를 우리는 알 수가 없다. 그러나 문화마저도 특정집단과 특정 정파의 정략적 목표의 고리 속에 옥죄어 두려했던 일들을 기억할 수는 있다. 괴롭기는 하지만 그 기억들을 한국문학 담당자들이 망각해서는 안 될 것이란 점은 아무리 강조해도 지나치지 않을 것이다.

문학이 자신의 자율성을 견지해야 한다는 지극히 당연한 말은 이러한 정황 속에서 문학이 다른 것에 관심을 가져서는 안 된다는 논리로 축소되어졌었다. 그래서 문학의 자율성을 강조하는 그만큼 문학의 폐쇄성을 강조하는 꼴이 되었고 오히려 특정 집단과 특정 정파의 파행적인 사항을 묵시적으로 동조하는 형태가 되고 말았다. 역설적으로 문학의 자율성 강조는 문학을 종속적인 모습으로 만드는 형국이 되고 말았다.

여러 가지 형태로 문학과 예술에 대한 지원이 적극성을 띄었다. 그러나 그 적극성이 문학과 예술을 본래의 모습에서 자꾸 멀어지게 하는 결과를 야기했던 안타까움을 가지게 했다.

신문의 문화면은 이 시기에 문학 담당자들에게 그리고 문학의 독자들에게 문학이 스스로의 자율성을 강조하는 일이 오히려 문학 아닌 다른 것의 고리에 묶여진다는 점을 많은 부분 기사로서 일깨우려 했다고 판단된다. 그 일깨움의 하나가 문학작품에 대한 것보다는 문학운동에 관한 것에 더 많은 비중을 두었던 것으로 파악된다. 엄격히 따져보면 문학운동이란 문학 담당자들이 작품을 쓰는 것을 두고 이름 함이다. 그러나 통용되는 개념의 문학운동은 작품이 쓰여야 하는 정황의 바람직한 이념의 존립을 위한 작품 외적 상황을 두고 말하는 것이 아닌가. 신문의 문화면은 그래서 한국문학 당대의 상황에서 문학의 논의가 작품에서 출발되어져야 한다는 점보다 운동이나 이론의 맥락에서 전개되어야 하는 것에 더 관심을 보이는 것으로 해석될 소지를 많이 갖고 있게 되었다.

그럼에도 불구하고 신문들이 그들 창간 시절부터 시작한 새해 첫 날 발표의 신춘문예를 꾸준히 계속하고 있는 것은 매우 다행스러운 일이 아닐 수 없다. 작품을 통해 문학이 그 구체적인 모습을 보여준다는 것을 모르는 바가 아니라 우리 삶의 현장인 당대 현실의 정황이 어쩔 수 없이 작품 외적 논의를 지름은 더 필요로 하고 있는 필연적 결과라는 점을 신문의 문화면 담당자들이 알고 있음을 확인 할 수 있기 때문이다. 바꿔 말한다면 문학 논의가 작품에서 출발해야함을 그들은 누구보다 더 확실하게 인식하고 있다는 점이다.

그러나 보다 바람직한 것은, 우리의 판단으로는 신문 문화면이 이전의 시대에서 변화된 새로운 시대로 접어든 것이 문학의 영역에서도 확연히 드러날 수 있게 보다 작품 중심으로 전개되는 가닥을 눈여겨 살펴야 하지 않을까 하는 생각이다.

6개 중앙지에 당선된 신춘문예 소설은 모두 7편이다. 6편이 단편이고 한 편은 중편이다. 이 글을 쓰는 시점까지 발표된 작품은 중편을 제외한 6편의 단편이다. 전체적으로 보아 당대의 매우 민감한 부분들을 이 여섯 편의 작품들은 그 대상으로 하고 있다. 분단의 문제, 민주화에서 야기된 개인들의 상처, 지역감정, 도시와 농촌의 격차 문제들을 당선자들은 그 대상으로 하고 있다.

또 다른 특징을 든다면 일곱 명의 새로운 소설가들 중에서 다섯 명이 여성작가라는 점이다. 이것은 비단 올해만 국한된 현상이라 할 수는 없겠지만 많은 여성작가들이 문단의 새 얼굴로 입적되고 있는 것은 근년의 주목할 만한 현상이라 할만하다. 여러 가지 원인이 여기에는 있겠지만 분명 우연한 현상이라고 볼 수는 없을 것 같다.

우선 대학의 문학학과를 많은 여성들이 선호하고 있다는 것을 그 원인의 하나로 들 수 있지 않을까 한다. 공업화, 산업화, 도시화로 급격하게 변모하는 한국사회의 구조적 특징은 보다 활동적이고 능동적인 사회활동에 남성 인구들을 흡수해가고 있다. 또한 그 같은 산업화, 도시화에 따르는 제도적이며 정치적인 문제 사항에 남성들의 관심이 보다 많이 집중되도록 한다. 따라서 정적이고 자기 성찰적이며 조용히 삶의 총체적 모습을 언어로 담아내는 문학의 경우 그 선천적인 특성과 더불어 여성 인구가 문학학과를 선호하는 경향이 결국 문학 창작 인구에 여성들이 많이 발 들여 놓게 되는 원인이 아닐까 한다.

한편으로 전체적인 생활의 수준이 높아지고 가정에서의 주부 노동량이 여러 가지 편의기구들의 생활화로 줄어들고 있음을 지나칠 수는 없을 것 같다. 올해 신춘문예 여성 당선 작가들의 연령이 평균 마흔을 웃돌고 있는 것은 이 같은 점과 무관하지 않다고 보아진다. 부엌 생활의 노동량이 전자제품들의 보편화로 현격하게 줄어들고 생활수준의 향상 등은 주부들로 하여금 여가시간을 보다 많이 향유할 수 있게 하지 않았을까 파악된다. 이와 아울러 평생교육이라는 차원에서 신문사들을 중심으로 한 문화강좌의 개설 특히 창작교실의 활성화는 문학학과 출신의 주부들에게 그들이 갖고 있는 잠재된 능력을 표출 할 수 있는 좋은 기회가 되었을 것으로 판단된다. 거기에다 인구 억제를 위한 산아제한이 고학력 가정에 보편화된 사정은 하나 내지 둘 정도의 자녀 양육에 그치고 있다는 점도 관계가 될 것이다. 요컨대 주부들의 시간적 여유는 이 같은 정황 속에서 앞으로도 계속 확장될 것이고 그것은 문학에 대한 여성 스스로의 잠재능력을 개발하는데 여성 스스로를 보다 능동적일 수 있게 할 것이다.

삶과 그 주체인 인간 그리고 현실에 대한 섬세하고 자상한 파악과 통찰은 이러한 여건 속에서 보다 치열하게 내면화 할 수 있을 것이고 언어의 그물에 그것을 담아내는데 보다 심층적일 수 있는 환경 속에 여성들이 있다고 보아진다.

이러한 여러 사항을 고려하면서 이 같은 현상 즉 여성작가의 많은 출현이 어떠한 결과를 한국문학에 가져다 줄 것인지를 속단할 수는 없다. 그러나 앞서도 지적했지만 보다 심화되고 섬세한 삶의 통찰과 인간존재의 소설적 파악에 능동적으로 작용하지 않을까하는 판단은 가능하게 해준다. 물론 남성 작가들의 경우 이 같은 점이 전혀 작품에 도외시되고 있다는 것은 아니며 그들이 이러한 작업을 소설로서 감당해내지 못한다는 이야기는 아니다.

윤영희의 「허리병」은 조선일보 신춘의 당선 소설이다. 이 소설을 떠받치고 있는 두 개의 기둥은 분단과 민주화다. 그러나 좀 더 세밀하게 살핀다면 분단으로 통합될 수 있는 내용이다.

아버지는 월남한 이산가족이다. 딸은 역시 월남한 집안의 청년을 사랑한다. 그러나 그 청년 인철은 연좌제에 의해 사회적 활동이 제약되고 민주화의 운동에 앞장서는 운동권이 되고 만다. 경찰에 의해 감시받는 것은 인철만이 아니다. 딸은 아버지의 권유도 있고, 이 답답한 상황을 벗어나기 위해 독일로 파견되는 간호원이 되고 만다. 귀국하여 아버지와 함께 딸은 강화도로 여행한다. 얼어붙은 이북의 얼음덩이가 떠내려오는 바다를 보기도 한다. 실향민의 아픔을 아버지는 소주로 달랜다. 얼어붙은 길바닥에 넘어진 아버지는 허리를 다친다는 것이 이 소설의 내용이다.

분단의 비극이 아버지와 딸 그리고 인철의 삶을 형편없이 망가뜨려 놓는 점을 작가는 치밀한 구성, 정확한 문체로 정교하게 파헤쳐 놓는다. 아버지와 딸 사이의 부성애와 인철과 딸 사이의 사랑이 갈등하는 관계를 분단이란 정황이 갖고 오는 제도적인 폐쇄성에서 야기되고 그 같은 비극이 어쩔 수 없었던 당대 삶의 실체임을 제시해주고 있다. 아버지가 허리를 다친다는 것을 분단된 조국의 현실과 알레고릭하게 맞물리도록 장치한 것은 이 작가의 소설적 기량을 한층 돋보이게 하는 부분이다.

그러나 우리는 딸과 인철의 이룰 수 없었던 사랑이나 아버지가 딸의 앞날을 생각하여 딸을 파독하게 권유하는 모든 항목이 분단 → 폐쇄제도 → 연좌제 → 전체주의적인 독재체제 등등의 사회적 정황에 모두 다 돌려버려야 할 성질의 것인지에 대해서 회의적이다. 물론 「허리병」에서 딸과 인철과의 관계는 퍽 심도 있게 다루어지는 주요부분이 되고 있다. 그렇지만 모든 비극이 사회적 정황에서만 오로지 비롯된다는 것은 발상에 다소 문제를 제기할 수 있을 것으로 보인다. 소설이 갈등의 구조이고 그것을 통해 삶과 현실의 비극적 실체를 이야기로 드러낸다는 점에 이의를 제기할 수는 없다. 그러나 정황과 맞서 대결하는 인철의 성격이 보다 패배주의에 젖어 있고 딸과 아버지의 그것 역시 패배주의의 그늘에서 벗어나고 있지 못하다. 그것은 분단이란 비극적 실체를 드러내 주는 데는 효과적일지 모르지만 분단이란 비극적 실체를 극복하려는 의지와 행동의 성격창조에서는 보다 수동적이다.

우리는 「허리병」이 분단의 비극적 실체와 그 동안 한국사회 현실의 어둡고 폐쇄적이며 전체주의적 경향에 마모되는 인간 삶의 일그러진 모습을 심도 있게 그리고 있음에 이의를 갖지는 않는다. 작품으로서의 얼개와는 또 다른 가닥에서 패배주의를 통한 비극의 실체를 드러냄보다 행동과 의지로 그것을 극복하는 성격창조를 작가가 제시할 수는 없었을까 하는 아쉬움을 가지게 된다. 허리를 다친 아버지의 모습을 분단된 한국현실과 알레고리 시키는 그런 장치보다 이것은 훨씬 더 소설적인 감동 획득에 능동적으로 작용한다고 그래서 말할 수 있게 된다.

강성숙의 「푸른하늘」(중앙일보 신춘문예 당선작)은 윤영희가 「허리병」에서 드러내는 당대 한국의 비극적 실체를 좀 다른 각도에서 건져 올리고 있다. 운동권의 주변에서 서성대던 형은 수감되어 고문에 의해 정신질환자가 된다. 궁핍한 경제적 상황에서 동생은 공장 노동자로 형의 그 정신질환의 연유에 대해 생각하기 보다는 여동생마저 정신이상으로 유린하는 형과 더불어 살아갈 수 없음을 확신하게 된다. 노동으로 어렵게 번 임금을 손에 쥐고 그는 형을 비행기에 태워 제주도에 유기한 채 돌아온다.

정권유지를 위해 인간의 기본권을 마음대로 농락하고 체포, 구금을 일삼았던 군사정권의 폐해가 삶의 현장인 한국사회 당대의 아픈 모습이었다. 「푸른 하늘」에서 동생은 형의 정신질환이 여기에서 비롯된 것임에 연연하거나 그 같은 상황에 패배적인 자세로 서러하지 않는다. 동생은 어쨌든 이것을 벗어나야 하고 삶의 터전을 새롭게 건설해야 한다는 의지에 차 있다. 그 의지의 영역에서 형의 유기를 행동으로 옮기게 된다. 이것은 어려운 상황을 극복하고 새로운 것에로 나아가려하는 능동적인 행동의 인간상이다. 따라서 동생의 그 같은 생동이 혈연적인 비극성, 가족의 윤리적 파탄을 뛰어넘어 우리에게 새로운 감동을 유발시킨다. 그것은 「푸른 하늘」이 「허리병」과는 전혀 다른 성격창조를 통해 오히려 패배주의를 극복하는 의지와 행동의 인간존재를 소설로 창조함으로 하여 감동의 폭과 깊이를 넓히고 심화시켜 주는 결과를 가져온다. 뿐만 아니라 그 같은 의지와 행동의 성격창조를 통해 군사정권의 포악성과 파탄을 더욱 생생하게 건져주고 있다고 파악할 수 있다.

「골고다의 길」(김수인, 동아일보 신춘문예 당선작)은 지역감정, 도시와 농촌의 격차와 그곳에서 비롯되는 갈등을 다루고 있다. 그러나 남편과의 결혼을 어머니가 반대한 이유에 지역감정의 파편이 깔려 있다는 것과 그 극복을 다만 딸의 행복한 생활을 위해 아파트 마련 정도로 해결하는 것이나 유학 간 남편의 뒷바라지에 스스로를 희생당했다고 생각하는 시동생과의 갈등 등이 더 심층적으로 파헤쳐져 소설의 구조 속에 용해되지 않음으로 감상주의적인 곳에 머물고 있다는 지적에서 자유롭지 못할 것이다.

「골고다의 길」이라는 제목이 함축하고 있는 의미대로 지역감정, 도농 간의 격차 해소는 당대의 우리 모두가 걸어가야 하는 형극의 길이며 그 길을 빨리 탄탄대로의 소통과 화해의 길로 변화되어야 한다.

김수인은 이러한 항목들을 「골고다의 길」에서 너무 우회적인 소설적 접근으로 얼개 짠 결과 지역감정이 갈등하는 한가운데에 결혼하여,

더욱 도시와 농촌간의 격차에서 오는 문화적인 갈등까지를 안아야 하는 한 여인의 이야기를 축소해 버리게 되었다. 이것은 작가의 삶과 현실에 대한 농도 짙은 감상주의에서 비롯한 것이라고 파악될 수 있는 여지를 언제나 남겨줄 수 있음을 알 필요는 있을 것이다.

손숙희의 「분갈이」(서울신문 신춘문예 당선작)는 민주화를 위해 투쟁했던 남편이 당해야 하는 불이익과 제도적인 폭력이 한없이 개인을 소외 상황으로 몰고 가는 것을 여인 내면의 심리추적을 통해 이야기화 하고 있다. 아쉬운 것은 분갈이를 통해 암울하고 침통하며 끝없이 좌절 속에 함몰되는 상황을 상징적으로 나타내면서도 외가댁에서 아들을 찾아오는 삽화나 여인의 어머니가 사위의 무능을 무작위로 타박하는 설정 등이 당대의 한국 상황을 너무 쉽게 소설적으로 접근하려는 의도로 보여 감동을 탕감시키는 점이다.

새로운 여성작가 네 명이 신춘문예를 통해 보여준 세계는 이미 설명한 데서도 엿볼 수 있겠지만 그리고 그것에서 비롯하는 제도적인 분단 폭력에서 비롯하는 비극이다. 훨씬 많이 사회적인 상황에 연루된 삶의 비극을 꼼꼼하고 섬세하게 건져 올리고 있는 특성들을 가지고 있다. 그러면서도 소설적 장치의 얼개를 정교하게 설정함으로 하여 소설의 기본덕목인 재미와 어느 정도 튼튼한 관계를 갖고 있는 것으로 판단된다.

옥에도 티는 있다. 그들의 작품이 우리를 감동의 물결 속에 완벽하게 휩싸이게 하는데 얼마간 수동적임을 모르는 것은 아니다. 그러나 이들 네 명의 새로운 여성작가들이 보여주는 현실과의 끈질긴 유대관계, 삶을 파악하는 소설적 방법 등은 정황을 이야기화함에 구호적이거나 도식적인 기왕의 지배적인 접근을 극복하고 있다. 따라서 그들이 획득하고 있는 리얼리티는 분명 한국문학에 긍정적인 요소가 될 것이라고 파악된다. 그들의 활발한 작품 활동을 기대하는 까닭이 여기에 있다.

경향신문의 신춘문예 당선작은 이승화의 「비망록」이다. 다른 신춘
문예 당선작과 마찬가지로 이 작품 역시 당대 한국현실의 비극적 실체
를 말하려 한다. 4·19때 경무대로 몰려오는 시위 군중에게 발포했던
경찰관인 아버지, 광주민주화운동 때 공수부대원으로 시위 군중에게
발포한 아들—이들의 비극적 삶은 결국 정치 제도적인 폭력에 의해 희
생당한 경우라 할 것이다. 그러나 아버지와 아들의 이 같은 설정은 너무
도식적인 얼개이며 주제를 확고히 들어내기 위한 작위적인 소설구조로
확연하게 파악되어 감등을 탕감시켜준다. 도식적이며 작위적인 것으로
읽는 사람이 느끼지 않게 장치하는 것은, 결국 소설가의 각자 기량에 속
하는 문제겠지만, 작가정신이 시대상황과 만나 소설 속에 완벽히 용해
될 수 있는 이야기의 활용에 관건이 놓일 것이다. 그 이야기의 활용은
사건과 사건이 맞물리는 고리를 자연스레 해주는 것도 하나의 방법일
것이다.

채의윤의 「어머니의 저녁」(한국일보 신춘문예 당선작)을 가장 인상 깊게
읽었다. 이 같은 진술은 물론 극히 주관적인 것에 불과하다. 그러나 가
장 한국적인 여인을 통해 부침하는 일가족의 역사와 일제, 분단, 자유당
시절, 군사정권을 통해 체득했던 사실을 이렇게 잔잔하게 그리고 차분
하게 표현할 수 있다는 것은 채의윤의 만만치 않은 역량을 촌탁할 수 있
게 해주는 것으로 생각되었다. 결국 문학은 감동의 구조라는 것을 다시
한 번 확인할 수 있었던 작품이었다. 신선하고 정교한 문체가 「어머니
의 저녁」을 이렇게 말하게 해주는 중요한 관건의 하나지만 이 작품이
비극적인 동시대 한국의 현실을 소설 속에 완벽히 용해시킬 수 있었던
곳에 이 작품의 덕목은 자리한다고 판단된다. 그것이야말로 소설이 획
득할 수 있는 리얼리티가 아닌가. 딸의 배 속에서 태어날 아기가 요동치
는 끝부분 역시 우리의 새로운 시대 새로운 문학에 대한 태동으로 보고

싶었고, 그 기대를 채희윤에게 걸고 싶다.

6월 항쟁 이후 한국의 민주화는 열린사회에로 이행하는 소용돌이 속이었다. 신춘문예 당선작들이 하나같이 이 같은 상황과 맞물려 있다고 볼 수 있다. 소설이 시대의 거울이라는 지당한 말도 퇴색되어서는 안 될 것이다. 그러나 삶의 비극적 실체를 꼭 정치 제도적 사랑과의 연관에서만 파악할 수는 없고 그래서도 안 될 것이다. 소용돌이치는 격랑의 포착도 중요하지만 조용하고 잔잔한 일상사의 진정함에 대한 사려 깊은 소설적 응전도 필요할 것이다. 이러한 생각의 연장에서 강석경의 중편 「가까운 골짜기」(민음사 간)를 만나게 된다.

예술가의 삶과 그 영역 속에 생활해 가는 가족들의 고뇌와 아픔을 강석경의 「가까운 존재」는 드러내 주고 있다. 한 도예가의 예술에 대한 집념과 좌절 거기에서 비롯되는 광기, 처절한 자기극복의 과정과 가족들이 겪게 되는 생활의 범속함이 모두 다 소중한 것임을 강석경은 「가까운 골짜기」에서 잔잔하지만 설득력 있게 소설로서 이야기하고 있다. 그것은 가을날 맑고 푸르게 트여가는 구만리장천의 하늘을 문득 연상시킨다. 비유컨대 폭우가 쏟아지고 뇌성벽력이 진동하는 여름날이나 삭풍이 몰아치고 헐벗은 나뭇가지가 처절하게 울부짖는 혹한 겨울이 아니라 과일이 영글고 오곡이 익어가는 들판으로 파란 하늘이 끝없이 펼쳐지는 넉넉함과 그 속에서 우리의 삶을 되돌아보게 하는 사색의 공간을 「가까운 골짜기」는 제공해 준다고 할 수 있다.

예술과 삶, 그리고 생활을 깊이 생각하게 해주는 이 소설을 강석경의 담백하고 투명한 문체의 힘들 입어 그것이 얼마나 소중한 것인가를 몇 번이고 되씹게 만들어준다. 소용돌이 치고 격변하는 시류 속에 이것만이 삶의 전부가 결코 아님을 깨닫게 해주는 퍽 아름다운 소설로 「가까운 골짜기」는 평가할 수 있을 것이다. 뿐만 아니라 작가의 온축된 소설적

역량이 꾸밈을 넘어서서 지극히 소박하고 자연스럽게 우리에게 다가옴
을 확인할 수도 있게 된다. 그것은 저녁놀 깔리는 가을 호수에서 호반에
찰싹거리는 물소리를 감미롭게 듣는 것과도 같은 은은함이라 할 수도
있을 것이다.

(1989.2, 동서문학)

읽는 사람의 목마름

　김인배金仁培의 「고삐」(『문학사상』 12월호)는 역사소설의 범주에 놓이는 작품이다. 「고삐」는 세계의 이야기를 축으로 하여 연결되는 영역 속에서 전개된다. 정철을 형편없이 간사한 무리라고 질타한 최영경의 이야기가 그 하나의 축이고 선학 대사의 예언자적 모습과 탐·진·치로 말해지는 불교적 인간관에 의한 강목다리와의 관계가 다른 하나의 축이다. 그리고 강목다리와 진주민란, 탐관오리에 의해 피폐해진 당대 백성들 삶의 실태와 가진 자에 대해 저항으로 대응하는 강목다리의 역사적 족적을 재구하는 것이 그 마지막 축이다.

　이 세 개의 축이 형성하는 영역에서 김인배는 소설적 전개를 주로 설명적인 서술에 의지하고 있다. 설명적인 서술은 이 작품을 사건과 사건을 통해 생동하는 현장감에 의해 읽는 사람을 흡입시키는 구조라고 하기보다 작가가 의도하는 메시지의 전달에 더 많은 강점을 두고 있는 얼개라고 파악할 수 있게 해준다. 소설이 소설로서 자리할 수 있는 덕목의 주요한 하나는 재미의 제공에 있다. 재미라는 것 역시 다양한 갈래로 분류할 수 있는 것이기는 하다. 어쨌든 그것은 소설 속에 읽는 이를 흡입시켜 소설 속의 문학적 현실을 읽는 이가 살아가는 실체적인 삶의 현장과 상관시키는데 매우 긍정적으로 작용한다. 소설의 재미가 이 같은 작용을 바람직하게 수행하도록 작가가 장치할 때 읽는 이는 그가 직접 살아가는 삶의 실체보다 더 감동적이고 놀랄만한 경험과 마주하게 된다. 이 때 소설은 허구이긴 하지만 더욱 진실한 삶의 어떤 것을 읽는 이로 하여금 깨닫고 느끼게 해준다. 그것을 아리스토텔레스가 말한 개연성의 문맥에서 보면 소설은 역사보다 진실하다고 말할 수도 있을 것이고, 딜타이의 표현대로 체험의 주체화라 할 수도 있을 것이다. 뿐만 아니라 읽는 이가 실 체험하는 삶의 현장보다 더욱 구체적인 깨달음의 영역을 마련해 줌으로 소설이 현실을 드러내주지만 문득 낯설게 느껴지기도 하는 놀라움을 읽는 이가 획득하게 할 수도 있을 것이다.

물론 사건과 사건의 고리만이 이러한 직능을 수행하는 것은 아니다. 사건을 통해 그 주체인 인물의 성격창조가 더욱 중요한 몫을 가진다고 할 수 있다. 그러나 사건이 재미를 통해 읽는 이를 소설 속의 현실에 동참시키는 것에 더욱 능동적임을 확인할 필요는 있다.

따라서 김인배가 「고삐」의 소설적 구조를 설명적으로 진술하는 쪽으로 편향시키고 있는 것은 아쉬운 점이다. 대부분의 역사소설이 소설적 형상화에 퍽 성공적이었다고 파악하는 원인의 가장 큰 부분이 바로 이 같은 설명적 진술구조 때문이라고 판단된다. 소설은 이야기다. 그 이야기는 화자가 청자에게 일방통행으로 설명하고 진술할 때 덜 감동적임을 확인할 필요는 있다. 화자의 말 속에 청자가 빨려 들어와 어우러질 때 즉 청자가 화자의 '이야기'속에 동참할 때 감동의 폭과 깊이는 넓어지고 깊어질 수 있는 통로를 개설하게 된다.

「고삐」는 설명적 진술이 과다함으로 하여 정철과 최영걸의 성격창조가 사건에 의해 조립, 창조되지 않고 있다. 강목다리가 도벽을 버리지 못하겠다고 선학 대사와 맞섬으로 야기되는 사건을 통해 강목다리와 선학 대사의 성격이 자락이 읽는 이에게 붙잡히는 과정과를 대비해 보면 확실해질 것이다. 선학 대사의 예언자적 모습과 강목다리의 출생담 역시 설명과 진술에 의지함으로 현실감을 결여하고 있게 된다.

> '그가 태어난 대곡면 가정이 뒷산인 대방산 중턱에 바로 그 절이 있었다. 역사상 의기와 절개의 인물을 많이 배출한 의령 땅의 자굴산 줄기가 남으로 내려와 가이산으로 솟은 후, 대곡면 가정리와 경계를 지으며 마을 가까이 와서 다시 한 번 불끈 들어 봉우리를 맺은 산이 대방산이다. 이런 산의 맥을 보면 강목다리는 필시 기개가 있는 큰 인물이 됨직했는데, 나쁜 생시에 출생하여 의적이 될 수밖에 없었다는 것이 지리에 밝은이들의 한결같은 후세담이다. 전하는 얘기로는, 그의 출생 시에 산모가 진통을 겪고 있을 무렵쯤 한 도승이 찾아와, 사립문 밖에서 물었다고 한다.'

리얼리티란 소설에서 무엇인가를 다시 생각하게 해 주는 부분이다. 인용한 것과 같은 설명적 진술이 소설로서의 리얼리티를 획득하기 위해서는 소설이 가져야 하는 사건 그것이 재미를 유발하고 그 속에서 성격의 창조를 도모할 수 있는 얼개를 작가가 구성할 때 가능할 수 있는 것이다. 더욱 소설이 그 대상을 역사적 공간에서 선택할 때 이와 같은 설명적 진술이 주조가 될 때 야담에 머물 수도 있다는 점을 확인해야 할 것이다. 선학 대사, 강목다리, 하백립, 득손이, 이계열 등의 인물이 작가가 설명하는 진술 속에서 읽는 이에게 다만 '전달'되고 있다는 점은 이야기의 소설적 형상화의 관건이 되는 리얼리티를 생각하게 해준다.

이러한 취약점에도 불구하고 김인배의 「고삐」를 주목하는 것은 앞서 말한 세 가지를 축으로 하여 만들어 주는 영역 속에서 백성들 삶의 실체 규명을 운명과의 저항과 대결의 문맥에서 파악하고 있는 점이다. 진주민란이란 소설적 대상을 백성과 집권자 간의 맞섬의 관점에서 이른바 민중의식의 나타냄에만 고정시키지 않고 그것을 강목다리라고 하는 인간의 개별적 삶의 테두리와 연관해서 운명에 대한 저항과 대결로 이동시켜주고 있는 점이다. 이것은 작가가 역사주체를 인간의 개별적 실존에 두고 시대적 상화와 인간의 근원적 운명의 고삐를 둘 다 주요한 삶의 실체로 보고 있음에서 연유한다고 말할 수 있는 대목이다.

정연희의 「오, 카라얀!」(『한국문학』 12월), 김녕희의 「피의 춤」(『한국문학』 12월), 우선덕의 「굿바이 정순 씨」(『동서문학』 12월)는 모두 여성문제를 다루고 있다는 공통점을 가지고 있다. 작가가 여성이라는 점도 공통되는 부분이겠지만 여성작가가 여성문제를 다루고 있다는 점에서 같이 묶어 볼 수도 있을 것이다. 그러나 이 세 작품은 여성을 대상으로 하고 있지만 그 각각의 관점과 작가의 관심이 소설 속에서 전혀 다르게 표출되고 있다는 것도 흥미 있는 점이라 할 것이다.

「오, 카라얀!」은 중년여성이 느끼게 되는 삶과 생활의 무기력을 정교한 심리적 접근으로 형상화하고 있는 작품이다. 의사를 남편으로 두고 아이들을 키우면서 알뜰하게 가계를 꾸려와 어느 정도 생활의 안정을 향유하는 가정주부에게 다가오는 무력감과 허망함의 정체를 삶의 유한성과 연관시키고 있다. 젊고 아름다운 간호사에 대해 느끼는 여자로서의 절망감, 다 큰 아이들이 어머니로부터 멀어져가는 데 대한 허망함과 고적감, 살기 바빠 만나지도 못했던 동창생과 선배의 자살에서 느끼는 그 깊이 모를 허무. 요컨대 유한한 삶에 대한 인간존재와 생활의 무기력함이 함께 어울려 중년여성의 갈등을 야기 시킨다. 꿈 많던 젊은 시절에 그렇게도 동경해 마지않던 카라얀의 노쇠한 모습 등은 더욱 여인으로 하여금 허망함과 무력감에 젖어들게 한다. 그러나 이 무력감과 허망함이 삶의 유한성에서 비롯된다는 단선적인 작가의 파악은 때로 많은 것을 우리로 하여금 되돌아보게 해준다.

시대정신이나 상황의식 그리고 역사적 존재로서의 인간에 대한 문제가 사상된 무력감과 허망함은 삶의 총체적 파악이라고 하기는 어렵다. 소설이 특히 삶의 단면을 압축적으로 들어내는 단편이 총체적인 삶의 모습을 다 보여줄 수는 물론 없다. 그렇지만 삶의 현장에서 우리가 살고 존재하는 것은 「오, 카라얀!」에서 작가가 보여주고자 하는 그 같은 정신적 텅 빔 현상만으로 해명될 수 없다는 것도 생각해야 한다. 진실로 인간 존재의 고뇌가 삶의 현장인 현실로부터 야기될 때 그것은 정신적인 결핍만으로 말해질 수는 없다. 인간이 역사적 존재라는 말은 역사를 창조하는 면을 가지고 있다는 뜻이기도 하고 굽이쳐 흐르는 역사의 물살에 어쩔 수 없이 빨려 들어가는 면을 동시에 가지고 있다는 것을 모두 포함하는 말이기도 하다. 삶의 유한성을 거역할 수 없는 도도한 물살이라고 한다면 그것을 인정하면서도 나와 관계하는 공동체 속에서 우리라는 것을 인식, 우리가 살고 있는 현실의 상황에로의 눈 돌림이 없을 때 '행복한 고뇌'라는 말에서 자유로울 수 없다.

작가에게 강요할 수도 없고, 강요 되어서도 안 되겠지만 중년여성의 심리적 추적을 통해 삶과 인간존재의 유한성에서 오는 절망과 허망함을 권태의 색깔로 보는 듯한 시각은 아쉬움을 남겨준다. 마거릿 미첼이 형상화한 스칼렛의 성격창조나 에밀리 브론테가 창조한 인물들이 끈덕지게 삶의 현장인 현실의 정황과 결박되어진 속에 있었음을 되돌아 볼 필요가 있을 것이다. 호박 두 덩이를 사서 결국 집으로 돌아오는 중년여성의 어쩔 수 없는 위치를 꼭 심리적 갈등으로서만 고정하는 관점이 아니라 사회적 역사적 상황과 연결해서 파악하는 보다 폭넓은 삶의 인식은 가능할 수 없는 문제일까. 「오, 카라얀!」을 읽고 난 후 계속 되씹게 되는 문제의 하나다.

「피의 춤」은 중편이다. 따라서 보다 다양한 삶의 모습을 작가는 기구한 젊은 여인의 운명적 상황을 통해 들어내려 한다. 그러나 나이트클럽에서 춤을 추는 아르바이트 여대생이 그를 그렇게 몰아온 것을 혈연적인 얽힘의 비극성에서만 찾으려고 한다. 다리가 불편한 문선공과 그녀와의 관계 설정도 결국 운명적이라 말할 수 있는 영역에서 조금도 벗어남이 없다. 이것의 연장선에서 명순과 명자의 가출과 그들의 도덕적 타락도 현실적 정황에서 이루어졌다기보다는 혈연적인 비극성에 기인하는 것으로 치우쳐져 있다. 이것은 작가가 사회적인 현실상황 쪽에서 작품의 주안점을 두기보다 그들 작가의 혈연적인 운명에 놓아두려는 데서 비롯되었다고 파악할 수 있는 부분이다. 그러나 '나'를 비롯한 어머니 그리고 강노인, 명순, 명자의 성격들이 보다 확실한 인과관계의 필연성에 의해 조립, 형상화 되지 않음으로 그 각각이 사건에 따라다니는 것으로 파악될 수밖에 없게 된다. 그 결과 사건과 사건만이 맞물려 마치 흥미 위주로만 편향된 듯한 느낌을 갖지 않을 수 없게 된다.

우선덕의 「굿바이 정순 씨」는 노인문제를 압축적으로 잘 들어내 주고 있다. 고혈압으로 쓰러졌다 정신상태가 정상이 아닌 친정어머니를 아파트 단지 내의 여자노인회에 이틀 동안 맡겨두는 이야기를 매우 재미있게 형상화 하고 있다. 동시에 죽음의 문제, 인간의 근원적인 고독의 문제까지를 생각토록 해준다.

'여자는 그저 죄송합니다, 죄송합니다 하며 사방팔방에 대고 절을 해 대느라 정신없었다.

"애 엄마 그만 가 보셔. 대충 닦아는 드렸지만 새로 목욕도 시켜드리고, 나 애쓴 것 없어, 저이들한테 죄송할 건 눈곱만치도 없고, 여기 그러고 있어봤자 애 엄마한테 득 될 게 없어요. 죄송할 게 없대 두, 그럴 수도 있는 거지, 당신이 맘이 편치 않은 것 같으니 어여 모시구나 가우,"

보름이 지나갔다. 소주잔을 기울일 때마다 엘에이 할머니는 여자 어머니의 안부를 궁금해 했다.

"어떻게 됐누. 동 호수를 알아야 찾아가 보기라도 하지. 조오기 오똑 앉아 있는 것만으로도 그렇게 좋아 하던 마누란데, 얼마나 심심할꼬, 얼마나 외로울꼬."

"형님 벗어 준 고쟁이 생각 또 나십니까?"

"지랄! 시끄러!"

소주병을 기울여 잔을 채우는 엘에이 할머니는 허전하고 쓸쓸해 보였다.'

노인정에 온 날 여자의 친정어머니는 소파에 소변을 해 버린다. 그것을 두고 노인네들이 대응하는 모습이다. 인간의 동물적인 면을 부각시키고 있는 점에서 이 작품은 자연주의에 다가서고 있다고 파악할 수도 있을 것이다. 인간이 인간을 그리워하고 죽음을 바라보는 늙은 여인들의 모습에서 죽음과 근원적인 인간의 고독, 그리움을 읽게도 된다.

「굿바이 정순 씨」는 따라서 정적적인 단편의 틀—단면을 통해 삶의 전체를 읽으며 긴장되고 압축된 문체로 꽉 틀이 짜인 작품이다. 간결한 문체와 돋보이는 대화의 처리 그리고 치밀한 복선들은 이 작품을 가작으로 파악하게 하는 요인이 될 수 있을 것이다.

정연희가 중년 여성의 허망함과 허무의식을, 김녕희가 혈연적 얽힘에서 비롯하는 운명적 여인의 비극을, 우선덕은 늙은 여인 즉 노인의 문제를 인간의 근원적인 고독과 그리움 그리고 동물성에서 천착하고 있다. 「오, 카라얀!」이 심리묘사에 기대로 있다면 「피의 춤」은 사건을 통한 흥미 위주, 「굿바이 정순 씨」는 정석적인 단편의 얼개를 갖고 있다고 할 수 있다. 그러나 이들의 소설적 관점이 편차를 보이는 것과는 달리 역사적이며 사회적인 삶의 현실적 정황에 보다 끈질긴 유대관계를 소홀히 하는 듯한 시각은 공통되고 있다고 보아진다.

이건숙의 「박쥐사냥」(『문학사상』 12월)은 박쥐의 생리를 인간 삶의 부분과 연관시키면서 상징적 의미를 부여해 보려는 의도가 농후한 작품이다. 어려운 가정환경에서 고시에 합격하여 해군 법무관을 지망했지만 북쪽에 아버지와 형이 있다는 이유로 좌절당한 치킨센터의 주인인 40대의 병무와 박쥐를 연구하는 대학교수의 친구 경원이 함께 박쥐사냥을 한다. 경원이 해박한 박쥐의 생리에 관한 설명을 통해 병무는 자신의 과거와 만나게 된다. 어머니의 참을 수 없었던 밤 외출, 죽어버린 어린 동생에 대한 기억들을 괴롭게 추적한다. 그러나 이 작품이 우리가 살고 있는 당대의 한국적 현실 문제에 접근하면서도 그 심화를 소설적으로 형상화함에 미흡한 것은 병무, 경원의 과거를 지나치게 감성적으로 접근하는 방법에서 비롯되는 것 같다. 경원이 부잣집 아들이면서도 공장의 가난한 근로여성과 동거한다든가, 병무 어머니의 밤 외출을 보다 구체적으로 묘사하지 않음으로 죽은 동생에 대한 병무의 감상이 너무 진하게 다가오도록 한 소설적 장치들이 그것이라고 파악된다.

> '앞으로 살아야 할 날들을 계수하는 나이에 이르니 주변에 널릴 것들을 예사로 넘길 수가 없다. 모두 새로운 의미를 띠고 안겨오기 때문이다. 하찮은 곤충이나 동물에게서 인간이 소유하지 못한 놀라운 기능을 발견했을 때 밀려오는 감격을 누구나 맛보았으리라.'

<작가의 말>에서 이건숙은 인용한 것과 같이 말한다. <새로운 의미를 띠고>있는 것들을 현실과의 보다 끈질긴 유대관계 속에서 소설로 천착하는 작업을 원하는 것은 「박쥐사냥」이 가진 감성적 현실인식 때문이다. 왜 병무가 북에 있는 아버지와 형 때문에 그토록 어렵사리 통과한 고시에서 좌절할 수밖에 없었던가. 좌절 이후 치킨센터를 하면서 삶의 현장인 당대적 현실과 어떻게 대응하고 고뇌했던가 하는 점을 감상적 접근이 아닌 현실대응의지로 파악하려 했다면 「박쥐사냥」의 상징성이 보다 감동적으로 읽는 이에게 다가설 수 있지 않았을까, 하는 생각을 하게 된다.

소설의 영원한 대상은 삶이다. 그리고 삶의 현장인 현실이다. 삶과 현실에 대한 소설적 응전이 언어를 통해 이루어진다는 것은 삶과 현실 그리고 언어라는 세 개의 항목이 소설을 구성하는 기둥임을 확인하게 해준다. 소설을 읽는 사람들은 소설을 쓰는 사람들과 마찬가지로 이 세 개의 기둥이 튼튼하게 세워져 보다 훌륭한 건물인 소설이 모습을 볼 수 있기를 고대한다. 대부분 소설 독자들은, 그러므로, 소설 속에서 삶과 현실의 깨닫지 못한 생동하는 실체를 언어를 통해 소설과 만날 수 있기를 고대한다.

이와 같은 만남은 소설 속에 그것을 읽는 사람이 동참할 수 있는 통론의 개설이다. 이 통론의 개설은 달리 표현하면 감동이라 할 수 있을 것이다. 따라서 감동을 주지 못하는 소설은 읽는 사람에게서 영원히 잊혀져버리는 소용없는 것이 되어버린다는 것을 작가들은 몇 번이고 확인할 필요가 있을 것이다. 한국소설은 그동안 감동을 읽는 사람에게 주어왔는가. 이 물음에 확실하고 긍정적인 대답을 유보하는 것은 한국소설이 아직도 읽는 사람들을 충족시킴에 미약했다고 판단되기 때문이다.

삶과 현실은 다양하고 그 가닥들은 헤아릴 수 없을 만큼 복잡다단하다. 그러나 그것을 총체적으로 파악하고 그것이 역사적인 인식 속에 확실하게 자리하며 소설을 쓰는 사람의 정신에 인각될 때 소설의 언어와 만나는 작가정신은 가열되어 있다고 할 것이다. 가열된 작가정신의 치열성이 삶과 현실을 언어로서 건져 올려 소설로 우리 앞에 제시할 수 있을 것이다. 그때 패배주의적인 감상적 자세는 불식될 것이고 읽는 사람들의 감동의 목마름을 해갈시켜 줄 것이다.

이 감동의 갈증을 적셔줄 작품을 아직도 고대하는 것은 그 같은 작품의 현장부재를 의미하는 것이 아닌가. 읽는 사람들 목마름도 작가들은 생각해야 할 것이다.

(1989.1, 동서문학)

■ 찾아보기

<인명>

새미비평신서 17

환장할 세상의 정감적 담론
―한국문학의 현장

초판 1쇄 인쇄일		2012년 4월 16일
초판 1쇄 발행일		2012년 4월 17일

지은이		김선학
펴낸이		정진이
출판이사		김성달
편집이사		박지연
본문편집		이하나 정유진 이원숙
디자인		김현경 장정옥
마케팅		정찬용
영업관리		김정훈 권준기 정용현 천수정
인쇄처		월드문화사
펴낸곳		새미

등록일 2005 03 14 제25100-2009-8호
서울시 강동구 성내동 447―11 현영빌딩 2층
Tel 442―4623 Fax 442―4625
www.kookhak.co.kr
kookhak2001@hanmail.net

ISBN		978―89―5628―593―1 *93810
가격		28,000원